Anne Frasier

Eisige Stille

Anne Frasier

Eisige Stille

Thriller

Deutsch von Ulrich Hoffmann

Weltbild

Originaltitel: *Hush*
Originalverlag: Onyx, New York
© 2002 by Anne Frasier

Besuchen Sie uns im Internet:
www.weltbild.de

Die Autorin

Anne Frasier hat ihren ersten Roman 1988 veröffentlicht und erobert seitdem regelmäßig die US-Bestsellerlisten. Ihre Bücher wurden in zahlreiche Sprachen übersetzt, und sie hat eine ganze Reihe von Preisen erhalten. *Eisige Stille* ist ihr erster Thriller. Die Autorin lebt mit ihrer Familie in Minnesota.

Für Neil und Martha
Und ganz herzlichen Dank an meine Lektorin,
Ellen Edwards, und meinen Agenten, Steve Axelrod

Prolog

Er drehte die Scheibe des Kombinationsschlosses zügig, denn er hatte es schon so oft getan. Im Uhrzeigersinn auf die 26, dann eine volle Drehung im Gegenuhrzeigersinn, bis er bei der 10 stoppte, schließlich wieder im Uhrzeigersinn zur 18. Er vernahm das bekannte Klicken und drückte das Schloss nach unten, schaute mit fast sexueller Erregung zu, wie es sich öffnete. Er zog den Bügel durch die Löcher des Blechs und öffnete den Spind; die Tür gab dabei ein zufriedenstellendes metallisches Geräusch von sich.

In diesem Spind bewahrte er seine Andenken auf. Er hatte den Schrank bei einer Auktion gekauft, er stammte aus der Sporthalle einer Highschool, die geschlossen worden war. Er war groß und hatte Haken, an die man seine Sachen hängen konnte, und Fächer, in die man Kleinigkeiten legen konnte.

Mit beiden Händen griff er hinein und zog sein Scrapbook – das Album – heraus.

Scrapbook war eigentlich kein gutes Wort dafür, denn *scrap* hatte einen negativen Beigeschmack. Erstens bezeichnete *scrap* etwas, das man ab- oder herausgerissen hatte, etwas Übriggebliebenes, wie Essensreste oder Altmetall. Zweitens: Wenn man das S wegnahm, blieb einem nur *crap* – Dreck.

Doch das Buch, das er mit beiden Händen hielt, war mehr als Dreck, viel mehr. Es war sein Schatzbuch, sein *Leben*.

Er ging langsam rückwärts, bis seine Waden die Metallfedern seines Bettes berührten, die weiche Kante der Matratze. Er setzte sich hin, sein Schatzbuch im Schoß, die Knie aneinandergepresst, um das Gewicht des Buches zu stützen, die Füße auf den Zementboden des Kellers gestellt.

Es war eines der Alben, die man in jedem Billigladen bekam. Eines von denen, die junge Mädchen unter ihren Betten versteckten und hervorzogen, um sie ihren besten Freundinnen zu zeigen. Seines war elfenbeinfarben und am Rand bereits vergilbt, denn er hatte es schon so lange. In goldenen Buchstaben stand SCRAPBOOK darauf.

Es ärgerte ihn, dass es so vergilbt war. Er wünschte, das wäre nicht so. Aber er konnte sich auch kein neues Album besorgen. Das wäre nicht dasselbe.

Er schlug das Buch auf.

Auf der ersten Seite klebte das Foto einer jungen Frau, die auf einem Krankenhausbett saß, ein Baby in den Armen, und in die Kamera lächelte. Er fuhr sanft mit einem Finger über das Foto, über das Gesicht der Frau, er streichelte das kleine Babybündel, bevor er umblätterte.

Erinnerungen.

Der Führerschein der Frau. Ihr kleines Büchlein mit Adressen und Telefonnummern. Supermarkt-Abzüge von Fotos mit Leuten, die er nicht kannte, vor künstlichen Weihnachts-Hintergründen. Was damals rot gewesen war, schimmerte nun orange, was bewies, dass man im Supermarkt keine wirklich guten Angebote bekam.

Die Leute waren so dumm.

Sie stanken, und sie waren dumm.

Auf der nächsten Seite eine Polaroidaufnahme seines ersten Mordes, aufgenommen in dem Park, wo er sie zurückgelassen hatte. Sie war schon tot gewesen, als er sie für die Kamera hatte posieren lassen. Und da sie eine Hure war, hatte er ihr Kleid hoch- und ihren Schlüpfer heruntergezogen. Sie hatte eine Hand in die Hüfte gestemmt, so hatte er sie hindrapiert, die andere strich in einer lasziven Geste durch ihr Haar.

Er hatte versucht, sie zum Lächeln zu bringen, hatte versucht, ihre Lippen von den Zähnen wegzuziehen, aber ihr Ausdruck verrutschte immer wieder zu einer Art Grimasse.

Bei seinem nächsten Mord brachte er Klebeband mit, um den Mund so zu fixieren, wie er ihn wollte.

Um ihren Hals hing die Opal-Kette, die er seiner Mutter geschenkt hatte. Sie trug sie immer. Das machte ihn glücklich und ließ es in seiner Lendengegend kribbeln. Er drückte den Rücken des Buches an sich.

Er blätterte weiter, las die vergilbten Ausschnitte aus den Zeitungen. Der Madonna-Mörder.

Madonna. Mutter und Kind.

Diese Frauen waren keine Jungfrauen, sie waren Huren. Huren! *Er* war die unberührte Jungfrau. *Er* war die unbefleckte Geburt.

Die Kuh oben hatte ihn nicht geboren. Er konnte nicht aus ihrer Gebärmutter gekommen sein. Nicht bei ihrer Blödheit, ihren TV-Gameshows, ihrer ekelhaften Dämlichkeit.

Er blätterte weiter, bis er ein Foto fand, das er aus einer Zeitung ausgeschnitten hatte. Ein Foto, das die Zeitung aus ihrem Schuljahrbuch entnommen hatte.

Ihr Haar war lang, blond und glatt, ihr Lächeln allumfassend wie das einer Cheerleaderin.

Das war kein befriedigender Mord gewesen. Sie hatte ihn seines Vergnügens beraubt, und dadurch hatte sie ihn in Verwirrung gestürzt, hatte ihn in den dunklen Strudel der Psychopharmaka getrieben.

Die Psychoklinik: eine Zeit, in der in seinem Hirn Nebel herrschte und ein Vorhang vor seinen Augen hing. Normalerweise war er ein schneller Denker, doch damals waren seine Gedanken wie zähes Motoröl gewesen, sie flogen davon wie Luftballons. Aber jetzt war er wieder klar im Kopf.

Wenn er sie anschaute, konnte er beinahe ihr Frauenblut riechen, ihr Mutterblut, ihr Geburtsblut.

Er drückte den Buchrücken fester an sich, fester, fester, er stöhnte vor Schmerz und Vergnügen.

Seine Mutter hatte ihn beim Masturbieren erwischt, als er dreizehn gewesen war.

»Du Drecksjunge«, flüsterte er jetzt mit hoher Stimme. »Du dreckiger, dreckiger Drecksjunge. Fass dich nie wieder so an, du Drecksjunge. Dreckiger Drecksjunge.«

Er hörte ihre unsicheren Schritte im Zimmer über sich. Sein Gesicht lief rot an vor Scham. Seine Hände zitterten, als er das Album zuklappte, er presste es aber weiter an sich.

Es war zehn Uhr morgens, und sie war schon halb besoffen. Sie war fast immer besoffen. Er mochte sie lieber, wenn sie besoffen war, denn nüchtern bekam sie zu viel mit. Sie starrte ihn mit ihrem wilden Blick an, und er fragte sich gleichzeitig, warum sie ihn so hasste und wie es sich anfühlen würde, sie umzubringen.

1

Vor Ivy Dunlaps Schlafzimmerfenster ratterte ein Specht an den Holzfensterläden des Steinhauses.

Verfluchtes Biest. Verfluchtes, nervtötendes Biest.

Ihre Nachbarin Mrs Gafney hatte ihr gesagt, wenn sie eine Plastikeule in einer Gartenecke aufstellte, würde das die Spechte vertreiben. Aber Mrs Gafney streute auch Salz auf die Risse im Bürgersteig, um das Unkraut auszurotten, und korrodierte so den Zement, bis er sich in Staub verwandelte. Und sie aß ganze Kekspäckchen nach Mitternacht, obwohl die Krümel sie beim Schlafen störten, bloß weil im *Enquirer* stand, dass der Körper im Schlaf mehr Kalorien verbrannte.

Mrs Gafney lebte eine halbe Meile weit weg. Im Winter konnte Ivy manchmal sehen, wie sich die Sonne auf dem Metalldach des Gafney-Hauses und des Schuppens brach, und in klaren Nächten schimmerte die Gartenleuchte wie ein freundlicher Gruß. Manchmal konnte sie sogar Mr Gafney nach seinen Milchkühen rufen hören, und ihre Glocken antworteten sanft, wenn die Tiere langsam in Richtung des frischen Heus und der Melkmaschinen trotteten. Aber im Sommer, wenn die Blätter an den Bäumen hingen und die Luft schwer vom Tau war, konnte Ivy beinahe vergessen, dass die Gafneys überhaupt existierten.

St. Sebastian war ein freundlicher Landstrich mit reichlich Küstenlinien. Vierzig Meilen im Norden lag die Georgian Bay, im Süden der Eriesee. Im Westen Toronto und der Huronsee, im Osten der Ontariosee. Die Leute aus Toronto hatten Sommerhäuschen in St. Sebastian, aber nur wenige waren mutig genug, mitten im Winter herzukommen, wenn der Wind heulte und die Straßen manchmal tagelang unpassierbar waren. Nicht weit weg, in Bainwood, traf man angeblich Männer, deren Füße nach hinten zeigten. Ivy hatte sie nie gesehen, aber Mrs Gafney schwor, dass es sie gab.

In diesem Teil Ontarios war das Land geformt worden durch Gletscher, die geduldig über die Welt gekrochen waren und die Steine rund mahlten. Kinder verbrachten ihre Sommer damit, diese Eiszeit-Überreste aus den Feldern der Bauern zu sammeln, sie stapelten sie hoch auf, bis ihre Nägel abbrachen und die Fingerkuppen bluteten. Es hieß, dass es in St. Sebastian keine scharfkantigen Steine gab, und davon war selbst Ivy überzeugt.

Draußen ackerte der Specht immer weiter, er wechselte von einem Fensterladen zum anderen, suchte in allen nach Käferchen.

Ivy lag da und lauschte. Vielleicht veränderte sich der Klang ihres Atems und verriet Jinx, dass sie erwacht war, denn der Kater hopste auf das Bett. Er war ein höfliches Tier, wartete immer, bis sie die Augen aufschlug, bevor er sie störte, bevor er auf Katzenpfoten über das Bett schlich und sich schließlich quer auf ihren Bauch legte und schnurrte, während sie ihn streichelte.

Sie kraulte ihn unter dem Kinn, was er gern mochte, und redete dabei mit ihm. Sie sagte Sachen wie: »Du fauler Kerl, du magst die Aufmerksamkeit, nicht wahr?«

Sie hatte nicht gewusst, dass sie eine Katzenfrau war, bis Jinx eines Winterabends vor ihrer Tür stand, als der Schnee sechzig Zentimeter hoch lag und der Wind so heftig blies, dass der Ofen das Haus nicht mehr warm halten konnte. Er war halb wild, aber sein Hunger hatte ihn zeitweilig gezähmt. Sie ließ ihn herein und fütterte ihn, und er ließ sich in jener ersten Nacht von ihr streicheln. Aber am nächsten Morgen hatten die warme Milch und das Brot ihre Arbeit getan, und er verwandelte sich zurück in den Kater, der er gewesen war, bevor der Hunger ihn übermannte. Sie hatte versucht, ihn zu fangen, um ihn wieder hinauszuwerfen – die

12

Sonne schien, der Wind hatte nachgelassen –, aber er verwandelte sich in einen gelben Strich und verschwand unter dem Vitrinenschrank, wo er für drei volle Tage blieb. Sie versuchte, ihn mit warmer Milch herauszulocken, aber er rührte sich nicht. Sie bot ihm ein kleines Stückchen Schinken an, legte es knapp außerhalb seiner Reichweite. Eine steife, gelbe Pfote schoss unter dem antiken Schränkchen hervor, angelte nach dem Schinken, zog ihn in die Dunkelheit.

»Ich muss jetzt aufstehen«, sagte Ivy, schob den Kater zärtlich zur Seite und schlug die Bettdecke auf.

In der Küche gab sie Milch in sein Schälchen, bevor sie sich welche über ihre Frühstücksflocken goss. Nach dem Frühstück lief sie drei Meilen auf dem Laufband, duschte, ging hinaus in den Garten. Sie pflückte gerade Erdbeeren, als sie das leise Klingeln des Telefons durch das offene Küchenfenster vernahm.

Sie richtete sich auf und ging mit einer Schale voller Erdbeeren in der Hand in Richtung des Geräusches. Ihre Sandalen, feucht vom Morgentau, trugen sie über den steinernen Pfad, der vom Garten in die Küche führte. Drinnen klingelte das Telefon immer weiter. Sie griff nach dem Hörer und meldete sich zerstreut: »Hallo?«

Am anderen Ende war eine Stimme, die sie seit Jahren nicht gehört hatte. Eine Stimme, von der sie sich gefragt hatte, ob sie sie jemals wieder hören würde. Sie gehörte Abraham Sinclair vom Chicago Police Department: dem Mann, der ihr geholfen hatte, unterzutauchen.

»Es geht wieder los«, war alles, was er sagte. Und mehr musste er auch nicht sagen.

Die Keramikschale, die sie auf einem Flohmarkt gefunden hatte, glitt aus ihren tauben Fingern, krachte auf die Steinfliesen, zerbarst. Erdbeeren rollten über den Boden, fanden Dunkelheit zwischen Spinnweben und Staub unter dem antiken Küchenschrank.

Atmen, nahm Ivy sich vor. Atmen.

Der Augenblick, den sie gefürchtet und zugleich herbeigesehnt hatte, ließ sie in die Knie gehen.

»Claudia? Bist du da?«

Claudia. Ein Name aus einem anderen Leben.

»Ja«, sagte sie, und ihre Stimme klang erstaunlich kräftig dafür, dass sie zitternd auf dem Küchenfußboden kniete. »Ich … ich bin hier.«

»Es ist lange her.«

»Ja.«

»Wir brauchen deine Hilfe, aber ich kann verstehen, wenn du nichts damit zu tun haben willst.«

Er wäre erleichtert gewesen, wenn sie gesagt hätte, dass sie alles hinter sich gelassen hätte, dass sie jetzt ein neues Leben lebte, dass sie verheiratet war und zwei wundervolle Kinder hatte. Mit einem derartigen Fantasieleben hätte sie ihm von ihrer sicheren, langweiligen und doch wundervollen Existenz erzählen können, wo sie sich das Schuljahr über mit anderen Müttern abwechselte, die Kinder zur Schule zu bringen, und im Sommer Gänseblümchenkronen flocht.

Auf ihre Art war sie tatsächlich eine andere geworden, aber nicht so sehr, wie ihr lieb gewesen wäre. Denn sie hatte herausgefunden, egal wie gut die eigenen Absichten waren, man konnte keine tiefer gehenden Beziehungen eingehen, wenn man Geheimnisse hatte, die niemals ans Licht kommen durften.

Plötzlich sah sie mit großer Klarheit, dass alles, was sie bisher getan hatte, nur die Vorbereitung für diesen Augenblick gewesen war. Unbewusst hatte sie all die Jahre auf einen Anruf gewartet, von dem sie hoffte, dass er nie kommen würde. Und all ihre Freunde, all die Jinxes und Vögel und Gärten und Schalen voll Erdbeeren in der Welt würden nie genug sein. Auf diesen Anruf zu warten – das hatte sie getrieben.

Über die Jahre hatte sie angefangen zu glauben, dass ihr neues Leben wahrhaftig war, ihr altes Leben vorüber. Aber schon jetzt, während sie den Hörer noch in der Hand hielt, verblasste das Leben, das sie so mühsam für sich in St. Sebastian aufgebaut hatte. Sie konnte die Freunde, die sie gewonnen hatte, die Menschen, die sie getroffen hatte, plötzlich nicht mehr genau vor sich sehen.

Sie würde sich etwas ausdenken müssen, sie würde erklären, dass sie eine Weile weg musste, vielleicht weil sie sich um eine kranke Verwandte zu kümmern hatte. Ja, das konnte funktionieren. Die Gafneys konnten ihre Erdbeeren und ihren Spargel haben, und später, wenn es so lange dauerte, ihre Concord-Trauben. Sie sollte zwei Sommerseminare in Kriminalpsychologie an der University of Guelph geben. Die musste sie absagen.

Und Jinx? Was sollte sie mit Jinx machen? Mrs Gafney wäre sicher bereit, ihn zu füttern, aber er würde so einsam sein.

Sie stemmte sich hoch. Richtete sich auf. In letzter Zeit hatte sie sich älter als ihre neununddreißig Jahre gefühlt, aber jetzt schüttelte sie, wie ein Soldat, der sich auf die Schlacht vorbereitete, im Geiste alles Körperliche ab. »Ich komme.«

2

Detective Max Irving, Leiter der Mordkommission, nahm einen Schluck kalten Kaffee, schnitt eine Grimasse und stellte die fleckige Tasse zurück auf seinen Schreibtisch. Er schaute auf die Uhr an der Wand, sah, dass er die Mittagszeit verpasst hatte, und schlug dann den Bericht des Leichenbeschauers auf. Er las ihn zum dritten Mal in zwei Stunden.

Tia Sheppard und männliches Baby, Timothy Sheppard. Die Leiche der Mutter wies Würgemale am Hals auf, außerdem zweiundzwanzig Stichwunden, hauptsächlich in Brust und Bauch – den Bereichen, die symbolhaft für Mutterschaft standen.

Das Baby, Timothy Sheppard, war erstickt worden. Es gab keine Spuren oder Male irgendwelcher Art an der Leiche.

Abgesehen von der Anzahl der Stichwunden war der Bericht fast identisch mit denen des Madonna-Mörders von vor Jahren. Max durfte es sich nicht erlauben, den offensichtlichen Weg zu gehen, und zugleich musste er alle Möglichkeiten in Betracht ziehen, egal wie unwahrscheinlich.

Die Madonna-Morde. Den Namen hatte sich ein Reporter des *Chicago Herald* ausgedacht, und er war kleben geblieben, obwohl er nicht ganz passte – die Opfer waren unverheiratete Mütter und ihre kleinen Söhne. Bezeichnungen wie die mit dem Madonna-Mörder waren nicht mehr erlaubt; dennoch tauchten sie immer wieder auf.

Vor sechzehn Jahren hatte die Serie aufgehört, und schließlich landeten die Akten bei CHESS, der »Chicago Central Homicide Evaluation Support Squad«, einer Abteilung, die sich ausschließlich mit älteren, ungelösten Fällen beschäftigte. Bis der Mord an Mutter und Sohn in der letz-

16

ten Woche die Leute vor Angst hatte Vermutungen flüstern lassen. Sein Bauchgefühl war, dass der Mord das Werk eines Nachahmers war. Er fand es ausgesprochen unwahrscheinlich, dass ein Serienmörder nach fast zwei Jahrzehnten wieder zuschlug. Wenn der Mörder damals vielleicht vierundzwanzig gewesen war, wäre er jetzt einundvierzig, viel älter, als die CPD-Profiler annahmen. Aber die Profiler waren ja auch nicht unfehlbar.

Er rief im Labor an, obwohl er wusste, dass man dort noch keine Informationen haben würde. Aber es schadete nie, sie daran zu erinnern, wie wichtig ihr Bericht war.

»Haben Sie eine Ahnung, wie viel wir hier zu tun haben?«, fragte der gereizte Techniker.

»Prioritäten.«

»Haben wir.«

»Muss ich Ihnen wirklich erklären, dass es sich um einen Serienmörder handeln könnte?« Max konnte kaum glauben, dass er sich jetzt desselben Medien-Wahnsinns bediente, über den er geflucht hatte.

»Willkommen im Club. Im Serienmörder-Club.«

Schwarzer Humor. Hatten sie alle. Sonst hielt man es nicht aus. Aber was der Labortechniker als nächstes sagte, meinte er ernst: »Wir haben in zwei Bereichen Chicagos Detectives, die nach Serienmördern suchen. In Bereich Eins und in Bereich Drei, und jetzt noch diese Mutter-Baby-Sache im Bereich Fünf. Wie soll ich da Prioritäten setzen?«

Vor zehn Jahren hatte man vermutet, dass zu jedem beliebigem Zeitpunkt etwa fünfzig Serienmörder in den Vereinten Staaten aktiv waren. Jetzt schienen, obwohl die Gewaltverbrechen insgesamt landesweit abgenommen hatten, Serienmorde, abartige Gemetzel, sinnlose, zufällige Brutalitäten und Gewalttätigkeiten täglich zuzunehmen. »Wie lange braucht ihr?«, fragte Max und versuchte, die Ungeduld aus seinem Ton herauszuhalten.

»Drei, vielleicht vier Tage.«

Kaum hatte Max aufgelegt, da klingelte das Telefon. Superintendent Abraham Sinclair bestellte ihn in sein Büro im Hauptquartier im Bereich Eins.

Max hielt mit seinem blauen Chevrolet Caprice vor dem Wachhäuschen und zeigte seinen Ausweis und seine Marke. Der Wachmann nickte. Die Holzschranke öffnete sich, und Max schoss hindurch, er parkte auf einem Parkplatz, der so flach und riesig war wie der eines Supermarktes – der Beitrag der CPD zur Ausdehnung der Stadt.

Die Sohlen von Max' schwarzen Lederschuhen klackten auf dem Marmorboden, als er durch die Drehtür trat und an einer Wand voller Sterne vorbeiging, Erinnerungen an all jene Chicagoer Polizisten, die seit 1872 im Dienst getötet worden waren. Max meldete sich bei dem Officer am Empfangstresen, dann ging er einen Flur entlang, fuhr mit einem leisen Fahrstuhl in den vierten Stock und begab sich in Superintendent Sinclairs Büro.

Es war selten, dass Abraham Sinclair Max in die Zentrale bat. Ihre Meetings fanden normalerweise am Telefon statt, oder noch lieber bei einem eiligen Mittag- oder Abendessen.

Gedankenverloren ging Max den Korridor entlang. Er murmelte eine Entschuldigung, als er versehentlich eine Beamtin mit der Schulter anstieß. Sie lächelte ihm freundlich zu, aber er war schon an ihr vorbei, den Blick auf die geschlossene Tür des Superintendent gerichtet.

Max verschwendete kein Lächeln an Fremde. Er verschwendete es nicht einmal an Kollegen. Manchmal verschwendete er es an Freunde, aber auch nur manchmal.

Max klopfte. Ohne auf eine Antwort zu warten, öffnete er die Tür und ging hinein.

Obwohl das Büro noch gar nicht so lange besetzt war, wenn man die Gesamtdauer der Karriere eines Polizisten in Betracht zieht, und obwohl die neu gebaute Zentrale eine weite Luftigkeit ausstrahlen sollte, war es dem Superintendent irgendwie gelungen, die muffige Düsternis seiner alten Bude in der South State Street hierher zu verpflanzen. In der Luft lag ein Hauch von Erschöpfung, wie er letztendlich allen Menschen zu eigen war, die jeden Tag mit Verbrechen und Perversionen zu tun hatten.

An den Wänden prangten die Plaketten und Auszeichnungen vieler Jahre. Abrahams dunkelblaues Jackett, das über der Lehne seines Sessels hing, war voller Medaillen, sein Schreibtisch voll mit Familienfotos. Es gab viel, worauf er stolz sein konnte. Superintendent Sinclair war ein Schwarzer, der hart daran gearbeitet hatte, die unsichtbaren Grenzen zwischen den Rassen abzutragen. Er hatte eine Abteilung gegen häusliche Gewalt eingerichtet und war der entscheidende Faktor hinter dem drastischen Sinken der Mordrate in Chicago. Er hatte sich intensiv dafür engagiert, die Kommunikation zwischen Polizisten und Bürgern zu verbessern, zwischen Schwarz und Weiß, Reich und Arm. Er war ein Vorbild für alle, und andere Städte betrachteten ihn als leuchtendes Beispiel.

Sinclair schaute von seinem Telefongespräch auf und deutete auf einen Sessel, in dem Max Platz nehmen sollte, was dieser ignorierte. Es war kein Befehl, nur ein Vorschlag. Max blieb lieber stehen. Wollte lieber in der Lage sein, zu gehen.

Sinclair drehte sich in seinem Stuhl, wandte Max den Rücken zu. »Ich muss dich später zurückrufen«, sagte er und beendete das Gespräch eilig. Er legte auf, dann drehte er sich zurück und sah Max in die Augen, die Finger über einer dicken Akte verschränkt. Max fiel auf, was auf ihrem Rücken stand: »Madonna-Morde«.

»Meine Enkelin hat Geburtstag«, verkündete Abraham. Abraham hatte schon immer seine beiden Lebenswelten vermischt – etwas, das Max überhaupt nicht tat. Max plauderte nicht über seinen Sohn, wenn er bei der Arbeit war, und er redete mit seinem Sohn nicht über seine Arbeit. So hoffte er – vielleicht vergeblich – zu verhindern, dass Ethan etwas Schlimmes zustieß.

Max kam zur Sache. »Sie wollten mit mir über den Mord an der Mutter und ihrem Sohn reden?«

»Ich wollte Sie darüber informieren, dass ich jemanden gebeten habe, uns bei dem Fall zu unterstützen.«

»FBI?« Es war ungewöhnlich, dass jemand von außen kam, es sei denn vom FBI.

»Nein. Sie heißt Ivy Dunlap.«

»Dunlap? Was ist ihre Qualifikation?«

»Sie hat einen Abschluss in Kriminalpsychologie. Unterrichtet an der Universität Guelph …«

»Guelph?«

»Ontario.«

Wenn Max angestrengt nachdachte, schaute er niemanden an, bis ein Gedanke sich irgendwo im Raum herausbildete. Dann, bäng, sah er Abraham in die Augen – das Äquivalent dazu, mit den Fingern zu schnippen.

»Hat sie nicht diese Theorie entwickelt, die sie symbolhafte Morde nennt? Dieser Mist, dass Serienmorde Metaphern des Unbewussten sind?«

»Ich würde es nicht ›Mist‹ nennen.« Abraham schien enttäuscht, dass Max sich erinnern konnte.

Max vermutete, dass die Frau an einem weiteren Buch arbeitete und »einen Blick hinter die Kulissen« werfen wollte. Aber was für Menschen lasen eigentlich diese schöngefärbten Versionen der scheußlichsten Verbrechen, die heutzutage in der Welt begangen wurden? Max wollte damit nichts zu tun haben. »Ich will nicht, dass irgendein Grünschnabel meine Beweise versaubeutelt und an Tatorten ohnmächtig wird«, sagte Max. Man konnte ehrlich sein mit Abraham. Das machte ihn zu einem so guten Superintendent. Außerdem waren sie seit Jahren Freunde.

»Gib ihr eine Chance. Sie ist ein Profi. Ich glaube, sie wird uns weiterhelfen.«

»Warum jemand aus Kanada?« In Kanada gab es natürlich auch psychotische Knallkopf-Mörder, beispielsweise den Scarborough-Killer, der seine Opfer an Zäunen aufknüpfte, aber die Gesamtzahl im Land kam nicht einmal auf die Menge Chicagos allein. »Dafür gibt es doch keinen Grund.«

Vor Jahren hätte Max wahrscheinlich eine lange Tirade zu hören bekommen, dass die Welt sowieso keinen Sinn ergab und er einfach tun sollte, was man ihm sagte. Jetzt stand Abraham Sinclair, ein Mann des neuen Millenniums, stattdessen auf und sagte: »Ich muss los. Ich brauche ein Geburtstagsgeschenk.«

Je näher Abrahams Ruhestand rückte, desto weniger interessierte er sich für die Arbeit. Ausgebrannt, vermutete Max, und er bewegte sich auch im Geiste weiter davon weg, auf eine Zeit zu, in der er mehr Zeit mit seiner Enkelin verbringen konnte und im Winter in Florida Urlaub machte.

Max starrte ihn an und fragte sich plötzlich, ob Abraham und diese Dunlap-Tante etwas miteinander hatten. Und wenn ja, warum hatte er sie noch nie zuvor erwähnt? Max kannte Abraham schon lange. Er hatte seine Scheidung miterlebt und seinen Kampf gegen die Alkoholsucht, die so eng mit der Polizeiarbeit verbunden war. Genauso wie kaputte Beziehungen. Es war schwierig, jeden Tag diese Schrecken zu sehen und dann nach Hause zu gehen und mit seiner Frau Fernsehkomödien anzuschauen oder darüber zu reden, welche Tapete im Badezimmer am besten aussehen könnte. Selbst ein krankes Kind wirkte trivial im Vergleich zu dem, womit sie jeden Tag zu tun hatten.

»Sie fliegt morgen her. Ich hole sie ab und bringe sie zum Grand Central«, sagte Abraham. »Ich möchte, dass du sie über alles informierst, was mit dem Fall zu tun hat.« Er griff nach der Akte und reichte sie Max. »Und gib ihr das.«

»Mehr als die Hälfte der Informationen in dieser Akte ist vertraulich.«

»Sie hat Zugriff darauf.«

»Wir können nicht riskieren, dass sie irgendetwas davon an die Presse weitergibt.«

»Das wird auch nicht passieren. Und du weißt ganz genau, dass es dabei nicht um dich geht. Ich habe dir den Fall übertragen, weil du der Beste bist und weil ich wusste, dass keiner dir das Händchen halten muss.«

Dunlap dazuzuholen war Abraham offensichtlich wichtig. Er würde sonst nicht so viel riskieren. Aber manchmal taten Männer, wenn es um Frauen ging, eigenartige Dinge. Er hatte das immer und immer wieder gesehen. Er hätte bei einem harten Kerl wie Abraham nicht erwartet, dass er so biegsam würde, aber Max wusste, dass niemand immun war, vor allem wenn auch noch Sex im Spiel war.

Also fragte er direkt. »Schläfst du mit ihr?«

Abraham seufzte, seine Reaktion war Antwort genug. »Lass es gut sein, Max. Wenn ich dir mehr sagen könnte, würde ich es tun, aber ich habe dir schon zu viel gesagt.«

Das reichte Max. Er ließ es auf sich beruhen. Wenn Abraham fand, Dunlap sollte mit dem Fall zu tun haben, dann sollte sie mit dem Fall zu tun haben. Max konnte nichts dagegen tun, dass er weder die Zeit noch die Geduld hatte, sich um sie zu kümmern.

Abraham schaltete den Ventilator aus, schnappte sich sein Jackett und ging zur Tür. »Was soll ich ihr kaufen?«

»Ihr kaufen?« Wollte er der Frau ein Willkommensgeschenk besorgen?

»Meiner Enkelin. Sie ist sechs. Was mögen Sechsjährige?«

»Woher soll ich das wissen? Ich habe einen *Sechzehn*jährigen, und ich hab keine Ahnung, was der mag.«

»Dann finde es mal lieber raus, sonst wird dir die Zeit knapp.« Max versuchte gerade, mit dieser unangenehmen Wahrheit klarzukommen, als Abraham ihm schon die nächste Frage stellte, eine harmlosere.

»Bist du schon fertig mit deiner Website?«

Nicht das schon wieder. »Ich brauche keine Website.«

»Du musst eine Website haben. Es ist eine der einfachsten Möglichkeiten, die Kommunikation zu erleichtern. Auf meiner ist eine rauchende Pistole drauf.«

Gemeinsam verließen sie das Gebäude, sie plauderten auf dem Weg zum Parkplatz, wo Max sich von dem älteren Mann verabschiedete, in seinen Wagen stieg und die Mordakte auf den Beifahrersitz legte.

Er überprüfte seinen Handy-Anrufbeantworter und stellte enttäuscht, aber nicht überrascht fest, dass Ethan nicht, wie vereinbart, angerufen hatte. Sie waren gestern Abend wieder aneinandergeraten, und nach einem Streit war Ethan niemals kooperativ.

Statt zum Grand Central und in sein Büro zu fahren, wie er es eigentlich vorgehabt hatte, steuerte Max nun nach Hause.

Ethan war auf Bewährung, nachdem er mit Bier erwischt worden war. Das letzte Jahr war nicht einfach gewesen, und Max fürchtete, das wäre bloß der Anfang.

Max hatte gehofft, Ethans Sommerjob würde die Antwort auf ihre Probleme darstellen. Zwanzig Stunden Arbeit die Woche, dazu Hockeytraining und die Turniere der Sommerliga sollten einen Jungen doch vor den größten Problemen bewahren.

Aber in letzter Zeit schien Ethan befähigt zu sein, Probleme an den einfachsten Orten zu finden.

Max' Eltern in Florida hatten angeboten, Ethan den Sommer über zu nehmen, genauso wie sein Bruder in Virginia, aber Max fürchtete, drei Monate woanders würden alles nur noch schlimmer machen. Sie mussten mehr Zeit miteinander verbringen, nicht weniger.

Als kleiner Junge hatte Ethan die Vorstellung toll gefunden, dass sein Vater Polizist war. An Halloween wollte er immer eine blaue Uniform und eine Marke tragen. Und selbst wenn nicht Halloween war, lief er in seinem kleinen Polizistenoutfit durch das Haus, gab Sirenengeräusche von sich, stoppte Fantasiegestalten und schrieb ihnen mit gewichtiger Miene teure Strafzettel.

Aber mittlerweile war alles anders, und plötzlich war ein Cop das Uncoolste, was man überhaupt sein konnte. Für Ethan schien der Job alles zu repräsentieren, was er an Max hasste und ablehnte. Max sagte sich, dass es bloß Ethans Alter war, dass es ihnen in ein paar Jahren wieder besser gehen würde, dass ihre Beziehung sich normalisieren würde. Aber was, wenn nicht?

Wenn man jung ist, glaubt man immer, dass sich alles ändern wird, dass alles besser werden wird. Aber wenn man vierzig ist, weiß man ziemlich genau, dass das nicht stimmt.

Als Ethan kaum mehr als ein Baby gewesen war, hatten sie mitten in Chicago gelebt, aber Max hatte geglaubt, das wäre kein guter Ort, um ein Kind groß werden zu lassen, deswegen waren sie in einen Vorort gezogen, in eine Neubausiedlung nordwestlich der Stadt, die über Nacht auf irgendjemandes Maisfeld errichtet worden war. Max' Arbeitsweg war jetzt viel länger, aber er fand, das war es wert.

Bloß hatte der Neubau-Vorort irgendetwas Unvollständiges an sich, als stimmte etwas nicht ganz, wäre nicht ganz *wirklich,* wie eine Filmkulisse. Wenn Menschen ihre Sprösslinge in einer derart sterilen Umgebung aufzogen, wurden sie richtungslose Kinder, die zu richtungslosen Teenagern heranwuchsen, und dann zu richtungslosen Erwachsenen. Ohne Wurzeln, ohne Vergangenheit, Hohlraummenschen.

Die Vereinigten Staaten waren voll von entwurzelten, leeren Kindern, die den ganzen Tag Videospiele spielten. Zwischendurch fuhren sie mit dem Skateboard über makellose Bürgersteige, vorbei an Vorgärten, in denen noch nie Unkraut gewachsen war. Und wenn man ihnen in die Augen schaute, sah man keinen Zukunftstraum, sondern bloß eine eigenartige Leere. Max wusste nicht, wie die Antwort lautete, er wusste nur, dass sie irgendwo auf dem Weg allesamt falsch abgebogen waren.

Max hatte schon überlegt, zurück in die Stadt zu ziehen, aber erst vor ein paar Tagen war er hindurchgefahren und hatte festgestellt, dass sein ganzer Block verschwunden war. Dort standen nun ein Parkhaus, ein Laden, in dem man Videospiele leihen konnte, und ein Starbucks. Irgendwo, U.S.A. Wollten die Leute das wirklich? Wer entschied sich für diese Gleichmacherei? Wie war das passiert? Als Thomas Wolfe gesagt hatte, man könnte niemals heimkehren, hatte er doch nicht gemeint, weil die Hütte einfach *weg* war. Auf so etwas war nicht einmal Wolfe gekommen.

Manchmal wollte Max in einen dieser riesigen Baumärkte fahren, ein paar Liter Farbe kaufen und sein Haus lila streichen.

Nicht, dass er Lila besonders toll fand, aber irgendjemand musste irgendetwas Aufregendes tun.

Als Max nach Hause kam, war Ethan nicht da und hatte auch keinen Zettel hinterlassen.

Mist.

Max hoffte nur, dass er keine Wiederholung der Verspätung von gestern erleben durfte.

Um 1:30 nachts hatte Max die Haustür gehört. Er war aufgestanden und hatte das Licht im Flur eingeschaltet, gerade als Ethan in sein Zimmer schleichen wollte. Im Schein der Deckenbeleuchtung hatte Max gesehen, dass Ethans Augen rot gerändert waren. Er hatte wieder gekifft.

»Du hast Hausarrest«, hatte Max gesagt. Es war das Einzige, was ihm einfiel, obwohl er ziemlich sicher war, dass die Worte gar nichts brachten, genauso wie Ethans Bewährung.

Und dann hatte Ethan einen Satz gesagt, der in den letzten fünfzig Jahren in Häusern im ganzen Land viel zu oft gesagt worden war. »Du hast mir gar nichts zu sagen. Du bist nicht mein richtiger Vater.« Es war ein Klischee, das trotzdem weh tat. Es schien unmöglich, aber so war es.

Er liebte den Jungen bei Gott mehr als das Leben selbst – aber, Teufel, er konnte so eine Nervensäge sein.

»Ich will meinen richtigen Vater finden«, hatte Ethan gesagt. Und jetzt ging auch noch dieser ganze Madonna-Mordfall wieder los, und Max glaubte, wahnsinnig zu werden – er musste sich ganz auf den Fall konzentrieren.

Max hatte gewusst, dass der Tag kommen würde, an dem Ethan mehr über seinen tatsächlichen Vater wissen wollte. Aber warum jetzt, wenn alles schon so wahnsinnig war? Es gab Dinge, die Max ihm nicht gesagt hatte, Dinge, von denen er nicht wusste, *wie* er sie ihm sagen sollte – aber jetzt war auf keinen Fall der richtige Zeitpunkt dafür.

Es war einfach so über ihn gekommen, das Vatersein. Eine merkwürdige Ereigniskette, in deren Mittelpunkt er sich plötzlich gefunden hatte. Max hatte Ethans Mutter kennengelernt, als Ethan drei Jahre alt gewesen war. Sie waren ein paar Mal miteinander ausgegangen. Okay, vielleicht zehn-, zwölfmal. Max war schon ziemlich sicher, dass sie nicht zueinander passten, aber er wollte der Sache noch eine Chance geben. Eines Nachts hatte er sich entschieden, ihr zu sagen, dass es nicht funktionierte, als sie ihm erklärte, dass sie sterben würde. Und dass sie nach jemandem suchte, der sich um ihren Sohn kümmerte.

Max wünschte, er könnte von sich sagen, dass er sofort zugestimmt und ihr geholfen hätte, sie unterstützt hätte, aber in Wahrheit war er davongelaufen. Drei Wochen später kehrte er zurück.

Er kannte sich aus mit dem Tod, hatte schon reichlich Leichen gesehen, als er Cecilia kennenlernte, aber nichts davon hatte ihn auf ihren langsamen, grausamen Krebstod vorbereitet. Wenn man zusieht, wie jemand an Krebs stirbt, wird man ein anderer Mensch. Die Frage nach der Menschlichkeit, die Frage danach, was es heißt, ein Mensch auf diesem Planeten Erde zu sein, ist für immer offen und wird nie beantwortet. Diese intime Kenntnis des Todes drohte Max auf eine Art zu schwächen, in der er nicht geschwächt werden wollte.

Cecilia war so tapfer, dass er sich in diesen letzten paar Wochen Schritt für Schritt in sie verliebte. Er kümmerte sich um sie, bis sie starb, dann adoptierte er Ethan. Die Adoption veränderte Max' Leben in einer Weise, die er sich nie vorgestellt hatte, aber inzwischen war die umfassende Liebe, die er für seinen Sohn empfand, gemischt mit Konfusion und Frustration.

Und so lebten die beiden einander feindselig gegenüber tretenden Männer in einem schimmernden Vorort am Rande des Nirgendwo und versuchten, sich nicht gegenseitig umzubringen. Und nun musste Ersatzvater Max auch noch eine Newcomerin babysitten, die Polizistin spielen wollte, und einen Verrückten ausfindig machen, der Frauen und ihre neugeborenen Söhne umbrachte.

3

Ivy Dunlaps Flug sollte um 11:48 in Chicago landen. Das Wissen darum ließ Abraham schwitzend in seinem uralten BMW mit den zerschlissenen Ledersitzen durch den dichten Verkehr Chicagos brausen, da er rechtzeitig am Flughafen sein wollte, um zu sehen, wie sie ankam, denn er musste wissen, ob man sie erkennen konnte. Wenn ja, würde er sie sofort in das nächste Flugzeug zurück nach Hause setzen.

Abraham selbst sah überhaupt nicht mehr so aus wie vor all den Jahren, aber manche Menschen verändern sich stark, andere nicht. Er hatte längst aufgehört, zu den Highschool-Klassentreffen zu gehen, denn beim fünfundzwanzigsten Jahrestag konnte er sich schon nicht einmal mehr an die Hälfte der Leute dort erinnern. Es war, als plauderte man mit einem Haufen Fremder über alte Zeiten. Manche sahen so anders als früher aus, dass man sie nur noch mit Hilfe ihrer Fingerabdrücke oder Gebisse hätte identifizieren können. Es hatte ihn deprimiert, als er seine alten Freunde nicht erkannte, aber jetzt hoffte er, dass die sechzehn Jahre, die Ivy Dunlap in Kanada verbracht hatte, ihr Äußeres drastisch verändert hatten. Um ihretwillen hoffte er, dass sie dick, grau und hässlich geworden war.

Er war spät dran, weil er noch ein Geburtstagsgeschenk für seine Enkeltochter besorgt hatte. Seine Wahl war auf eine Taekwondo-Barbie gefallen, was seiner Tochter Marie nicht gefallen würde, da sie generell gegen Barbies war. Aber Abraham fand, eine Taekwondo-Barbie wäre ein gutes Vorbild. Jede Frau musste lernen, sich zu wehren. Darum ging es. Um seine Enkeltochter. Nicht um Maries unsinnige Feministinnenvorstellungen.

Da draußen waren Mörder unterwegs. Die Leute mussten ihre Kinder warnen. Sie mussten aufpassen. Die Öffentlichkeit glaubte, Serienmörder gab es nur, wenn die Medien darüber berichteten. Aber das stimmte nicht. Und die meisten Leute glaubten, einem dieser Monster zu begegnen, sei so unwahrscheinlich, dass es sich nicht lohnte, darüber nachzudenken oder sich zu sorgen. Aber auch das stimmte nicht. Die Monster waren überall.

Der Flug war pünktlich, eine Boeing 747. Die Leute stiegen aus dem Flugzeug, manche in Grüppchen, manche allein, sie sahen sich um, dann fanden sie diejenigen, die sie abholten.

Abraham erkannte sie sofort. Es lag nicht an ihrer Größe – sie war kleiner, als er sie in Erinnerung hatte. Es war auch nicht ihr Körperbau, denn sie hatte die fast jungenhafte Straffheit verloren, oder an der Frisur – sie war blond gewesen, jetzt hatte sie rotes Haar. Es war eigentlich gar nichts, außer der ruhigen Art, auf die sie nach ihm gesucht hatte, an der Art, wie sie ihn anschaute, die so direkt, so geradezu *intim* war, dass es ihn erschütterte.

Ihr Blick verriet ein Erkennen, das über das rein Körperliche hinausging. Ein Erkennen, das auf Abrahams Wissen über sie basierte; er war der einzige lebende Mensch, der die ganze, wahre Geschichte der Ivy Dunlap kannte.

Er hatte sich offenbar doch nicht so sehr verändert, denn sie bemerkte ihn sofort. »Abraham!«

Ihre Stimme war tiefer, älter, und schien sich an seinem Namen festzuhaken. Seine eigenen Gefühle überraschten ihn, als er sie zur Begrüßung in die Arme nahm, und für einen Moment fühlte es sich an, als umarmte er einen schlanken Vogel mit zarten, zerbrechlichen Schwingen.

»Es ist schön, dich zu sehen«, sagte sie und trat gerade eben weit genug zurück, um ihn zuversichtlich mit beiden Händen zu packen. Sie sahen einander einen Augenblick lang an, und er wusste, dass sie beide an einen anderen Moment zurückdachten, vor sechzehn Jahren, auch auf diesem Flughafen. Er hatte ihr eine neue Identität verschafft, eine neue Vergangenheit.

Es gab Claudia Reynolds nicht mehr. Jetzt war sie Ivy Dunlap, geboren in Ottawa, Ontario, einziges Kind des Kanadiers Thomas Dunlap und der Frankokanadierin Jennifer Roy. Abraham hatte ihr einen Flugschein und Geld gegeben, hatte gesagt, ein enger Freund würde sie in Toronto in Empfang nehmen.

»Ich mag die roten Haare«, sagte er.

»Natur pur«, scherzte sie.

Ivy griff nach dem grünen Leinenrucksack, den sie auf den Boden gestellt hatte. Er nahm ihn ihr ab. »Gepäck?«, fragte er.

»Ja.« Sie sah sich unsicher um.

»Das ist unten.«

Sie ging neben ihm her, sie ließ ihn unbewusst vorangehen. Er fragte nach ihrem Flug. Keine Probleme. Ob sie gegessen habe. Ja.

Ivy hatte erwartet, dass die Erinnerungen von dem Moment an, in dem sie das Flugzeug verließ, auf sie einstürzten. Als der Pilot angesagt hatte, dass sie in zehn Minuten in Chicago landen würden, war ihr das Herz in die Hose gesackt, dann hatte es wahnsinnig schnell zu schlagen begonnen, als die Panik sie erfüllte. Aber es war ihr gelungen, sich zu beruhigen. Der Flughafen war zu erfüllt mit der Energie geschäftiger Reisender, um bedrohlich zu erscheinen.

Mit einem leichten Druck am Arm bedeutete Abraham ihr, dass sie die Rolltreppe nehmen mussten. Sie wandte sich um, trat auf die Rolltreppe und griff zugleich nach dem ewig kreisenden Gummigeländer.

Abraham.

Das erste, was sie gedacht hatte, als sie ihn gesehen hatte, war: Er ist alt geworden. Sein Haar wurde grau. Aber ihr eigenes Haar war schon vor Jahren ergraut, fast über Nacht.

Er hatte zugenommen. Aber sie hatte ihn sofort erkannt. Seine Haltung. Sein Selbstbewusstsein. Obwohl er einen dunklen Anzug und eine Krawatte trug, statt des Blaus des Chicago Police Department, war leicht zu erkennen, dass er Polizist war. Superintendent mittlerweile, Chef der CPD. Als sie ihn kennengelernt hatte, war er Detective Sinclair gewesen.

Sechzehn Jahre waren eine lange Zeit, aber nicht lang genug, einen Mann so sehr altern zu lassen, wie Abraham gealtert war. Er wirkte so verbraucht, so verletzt.

Die Madonna-Morde waren schlimm für ihn gewesen, hatte er ihr einmal gestanden. Schlimmer als jeder andere Mordfall, mit dem er zu tun gehabt hatte. Sie waren der Anfang einer Abwärtsspirale gewesen, die schließlich in Alkoholismus und Scheidung endete. Sie war zwei Jahre aus der Psychiatrie draußen gewesen, als ihr Telefon mitten in der Nacht geklingelt hatte. Anrufe mitten in der Nacht waren meist etwas Ernstes. Als sie seine Stimme erkannte, hatte sie beinahe den Hörer fallen lassen, weil sie dachte, der Madonna-Mörder wäre wieder aufgetaucht. Aber nein, Abraham hatte nur mit jemand reden müssen – mit jemand, der verstand, was er durchmachte. Er musste mit jemand reden, der ebenfalls mit einem Serienmörder in Kontakt gekommen war.

Er war betrunken. Er nuschelte nicht, sondern war einfach nur traurig und vom Leben bedrückt und betrunken. Es war eines ihrer wenigen Gespräche in den Exiljahren gewesen, aber sie hatte nur ein paar kaputte Sätze gebraucht, um zu begreifen, wie weit der Wahnsinn des Menschenjägers reichte, welchen Schaden er anrichtete.

Das Gepäck ihres Fluges war noch nicht auf dem Karussell. Sie warteten mit den anderen. Sie warteten mit einer Mutter und ihren beiden müden, jammernden Kindern, mit Geschäftsmännern und -frauen, mit Cowboys in engen Levi's, spitzen Stiefeln und glänzenden Gürtelschnallen.

Ivy schaute auf den Schacht, aus dem das Gepäck bald kommen musste. Sie sah Abraham bewusst nicht an, als sie sagte: »Ich will der Köder sein.«

Sie hörte, wie er abrupt den Atem einsog, spürte, wie sich seine Finger um ihren Arm schlossen und er sie von den anderen wegzog. Wie Sand füllten Menschen sofort ihren Beobachtungsposten.

Als sie für sich standen, beugte Abraham sich nah an sie heran und flüsterte: »Wir wissen nicht einmal, ob es der Madonna-Mörder ist.«

»Wenn du mich als Köder nimmst, kriegen wir es heraus.«

»Auf keinen Fall.«

»Ich habe keine Angst.«

»Ich weiß. Das ist es ja, was mir Sorgen macht.«

»Nimm mich. Deswegen bin ich gekommen.«

»Das ist Selbstmord.«

Sie zuckte mit den Achseln und lächelte. »Kamikaze.«

»Du hast dich verändert.«

Sie wusste, dass er damit meinte: dass sie nicht mehr ohne zu fragen tat, was er ihr sagte. »Ich habe meine Aufgabe gefunden, das ist alles.«

»Ich fange an, mir zu wünschen, dass ich dich nie angerufen hätte.«

»Hattest du eine Wahl? Du hast es versprochen.«

»Aber ich wusste nicht, dass du sterben willst.«

Sie war ihm nah genug, um die feinen Schweißperlen an seinem Haaransatz zu sehen, und die stählerne Entschlossenheit in seinem Blick. Sie wusste, es lohnte sich nicht, zu streiten. Jedenfalls nicht in dieser Sache.

Ihr Freund war verschwunden. Der traurige, einsame Mann, der sie betrunken mitten in der Nacht angerufen hatte, war verschwunden. Jetzt sprach Superintendent Abraham Sinclair mit ihr, ein harter, ausdauernder Verarsch-mich-nicht-Cop.

»Du bist viel frecher, als ich dachte. Wenn du glaubst, du

könntest die Sache in die Hand nehmen«, sagte er geradeheraus, »dann kannst du genauso gut dein Gepäck nehmen und gleich wieder zurück nach Kanada fliegen.«

Sie ignorierte seine Drohung und legte ihre Hände auf seine Oberarme. »Ich war nie frech genug.«

Er überging das Argument. »Ich habe veranlasst, dass du bei einer Frau wohnst, die für die CPD gearbeitet hat. Ihre Kinder sind im College, sie hat ein Zimmer frei und stellt keine Fragen.«

»Ich weiß das zu schätzen, aber ich wäre lieber allein. Ich hoffe, heute noch etwas zu finden.«

»Bist du sicher? Ich dachte, es wäre vielleicht besser, wenn jemand in deiner Nähe ist.«

»Danke, aber ich habe lieber meinen eigenen Raum.«

»Okay, aber ich gebe dir trotzdem ihre Nummer, falls du nichts findest oder es dir anders überlegst.« Er zog ein Handy aus der Tasche und wählte. »Max? Abraham. Ich bin in deiner Richtung unterwegs und wollte nur wissen, ob du da bist. In fünfundvierzig Minuten habe ich ein Meeting mit dem Bürgermeister. Auf dem Weg in die Stadt werde ich Ivy Dunlap bei dir im Büro absetzen.«

Ivy hörte eine gedämpfte Antwort, konnte aber nichts verstehen. Abraham legte auf und schob das Telefon zurück in seine Tasche. »Max Irving«, erklärte er. »Ich erzähle dir unterwegs von ihm.«

4

Die Frau, die auf der Holzbank vor Max' Büro saß, war nicht das, was er erwartet hatte. Er dachte, dass sie jemand anders sein musste, bis sie sich erhob und vorstellte.

»Hi, ich bin Ivy Dunlap.« Sie streckte ihm die Hand hin.

Jetzt konnte er sehen, dass sie von mittlerer Größe war, und kompakt gebaut wie eine Balletttänzerin. Sie trug einen hellen Rock, der über geschwungene Hüften und einen flachen Bauch fiel und auf Höhe ihrer Knie in einem Farbausbruch aus Rot, Schwarz und Weinrot endete. Dazu kombinierte sie ein schwarzes, leicht tailliertes T-Shirt und Turnschuhe. Auf der Schulter einen grünen Leinenrucksack.

Er wusste nicht warum, aber aus irgendeinem Grunde hatte er erwartet, dass sie weit älter wäre, fast schon in Rente. Aber sie war vermutlich etwa in seinem Alter. Na ja, glaubte man manchen – Ethan zum Beispiel – konnte man auch das als alt ansehen. Eigenartig, wie die Wahrnehmung des Alters sich im Laufe des Lebens wandelte.

Er schüttelte ihre Hand und betrachtete sie. Ihr Haar war rot und glatt, und sie hatte diese kurzen Audrey-Hepburn-Ponyfransen. Ihre Wangenknochen waren vom selben Rosa wie ihre Nase, sodass sie aussah, als hätte sie den ganzen Tag im Garten gearbeitet. Sie erinnerte ihn an irgendjemand … an wen? Dann fiel es ihm ein. Ethan. Die Farbe. Die blauen Augen. Die Wangenknochen, die Gesichtsform.

Er schüttelte ihre Hand, behielt die Kontrolle. Das tat er immer so. Wenn er einen Mann traf, packte er energisch zu, gerade lange genug, um höflich zu wirken, nicht unterkühlt. Bei einer Frau war sein Griff fest, aber nicht bedrohlich.

Er ließ ihre Hand los.

Als er ihr in die Augen schaute, verspürte er ein eigenartiges Gefühl der Überraschung, vielleicht des Wiedererkennens, obwohl er sicher war, sie noch nie zuvor gesehen zu haben. Ihre Augen ... waren alt. Nicht alt wie in dem Alter, das er erwartet hatte, sondern *traurig*. Wenn sie ihn ansah, wich sie nicht zurück, sie schloss auch nicht langsam die Lider, gab nichts vor. Da war bloß diese starke, geradlinige Trauer. Und zugleich war es mehr als Trauer, als hätte sie den Schmerz überstanden und könnte jetzt alles ertragen. In seinem Job als Detective hatte er solche Augen schon gesehen. Es war der Blick von KZ-Überlebenden, er gehörte immer jemandem, der etwas Furchtbares durchlebt hatte.

Aus irgendeinem Grunde, den er nicht erklären konnte, machte ihr Anblick ihn noch wütender. Teufel, er würde babysitten müssen. Für so einen Scheiß hatte er keine Zeit.

Er wollte sie packen und schütteln und fragen, was zum Teufel sie hier zu suchen hatte. Stattdessen gelang es ihm, diese Reaktion zu unterlassen, seine aufsteigende Wut zu unterdrücken. Statt sie direkt anzugreifen, sagte er: »Wissen Sie, da draußen werden Leute ermordet.« Er wollte, dass sie verstand, dass es kein Spiel war.

Er erwartete, dass sie seiner Direktheit auswich, der Feindseligkeit in seiner Stimme.

Sie hob die Augenbrauen ein wenig. »Ich weiß«, war alles, was sie sagte.

Ich weiß! Kapierte sie es denn nicht? Sie war im Weg! Sie war verdammt noch mal im Weg!

Sie zog eine Akte aus ihrem Rucksack und reichte sie ihm.

»Was ist das?«

»Ein Profil.«

»Das habe ich schon gesehen.«

»Nicht dieses hier.«

Er hob die Akte und musste sich noch mehr bemühen, seine Wut im Zaum zu halten. »Das ist Ihr Profil?«, fragte er ungläubig. Die Frau war unglaublich dreist. Dass sie ein Profil zusammenstellte und erwartete, dass er sich ernsthaft damit beschäftigte, war, als erklärte sie ihm, dass sie als Gehirnchirurgin arbeiten wollte, obwohl sie keine Ausbildung darin hatte und noch nie in einem OP-Saal gewesen war.

»Und was, wenn wir es mit einem Nachahmer zu tun haben? Dann ist Ihr Profil einen Dreck wert.«

»Glauben Sie, es ist ein Nachahmer?«

»Vielleicht.« Er verspürte kein Bedürfnis, seine Theorien mit ihr zu teilen.

»Sie sollten mein Profil lesen. Ich bin gespannt, was Sie dazu sagen.«

Er hielt ihr die Akte hin, bis sie gezwungen war, sie zurückzunehmen. Er musste das alles sofort unterbinden, bevor es noch weiter führte. Und er musste sie wissen lassen, wer der Chef war. »Ich will ganz ehrlich mit Ihnen sein«, sagte er. »Denn ich habe keine Zeit für Blödsinn. Sie können mitkommen. Es nervt, aber ich habe meine Anweisungen. Sie können mir Kaffee holen, Zeitungen, was zu essen. Sie können Nachforschungen durchführen, wenn ich Sie darum bitte. Aber niemand hat gesagt, dass ich Sie den Bullen spielen lassen muss.«

»Sie werden es nicht lesen?«

»Teufel, nein, ich werde es nicht lesen.«

»Dann erzähle ich Ihnen, was drin steht.«

Sie begann, ihr Profil vorzutragen. Sie konnte das verdammte Ding auswendig.

»Der Mörder ist männlich, höchstwahrscheinlich europäischer Abstammung, Anfang bis Mitte vierzig. Hat einen Highschoolabschluss. War an der Uni, hatte wahrscheinlich vor, einen Abschluss in Mathematik zu absolvieren, brach dann aber ab, weil er sich nicht konzentrieren konnte und zu viel Zeit mit seinen Fantasien verbrachte. Er lebt zusammen mit einem Verwandten, höchstwahrscheinlich seiner Mutter. Als Kind fehlte ihm ein männliches Vorbild, und er zeigte die üblichen drei Anzeichen zukünftiger Mörder: Bettnässen über das normale Alter hinaus, zündeln und Grausamkeit Tieren gegenüber. Wie Sie wissen, sind die häufigsten Motive für Serienmörder Dominanz, Manipulation und Kontrolle. Dieser Mann ist ein Versager, der das Gefühl hat, die Gesellschaft hätte ihn verarscht. Er wirkt extrem selbstbewusst, empfindet sich aber in Wahrheit als unzureichend. Die Ermordung von Frauen ist umgeleiteter Hass auf seine Mutter. Die Babys sind unschuldige Opfer. Dadurch, dass er sie tötet, hat er das Gefühl, sich nicht nur an seiner Mutter zu rächen, sondern sich zugleich zu retten. Kurz gefasst, seine allumfassende Fantasie besteht darin, sich von seiner dominanten, missbräuchlichen Mutter zu befreien.« Sie hielt inne. »Ich habe noch mehr, aber das reicht wahrscheinlich für jetzt. Ich scheine Sie zu langweilen.«

Langweilen? »Wohl kaum.«

Was zum Teufel hatte Abraham sich gedacht? Und die seltsame Art, in der sie »ihr Profil« vortrug, hatte seine Vermutung nur noch verstärkt, dass er es hier mit einer Irren zu tun hatte.

Aber er konnte auch nicht die Tatsache bestreiten, dass sie eindeutige Übereinstimmungen zu dem Profil aufwies, das ihr eigener Polizeipsychologe zusammengestellt hatte. Konnte sie sich irgendwie eine Kopie beschafft haben? Das würde es erklären. Das und die Tatsache, dass, seit der pensionierte FBI-Mitarbeiter John Douglas angefangen hatte, seine Profiler-Bücher zu schreiben, alle mitspielen wollten und alle glaubten, sie wären, wie Dunlap, Experten. Aber wenn Ms Dunlap erst mal einen ordentlichen Blick auf einen blutigen Tatort geworfen hatte, dann wäre er sie sicher los.

»Und ... woher wollen Sie das alles wissen?«

Während er mit ihr sprach, war sich Ivy seiner Anwesenheit in dem überfüllten Flur ganz genau bewusst, aber ebenso der Anwesenheit von Leuten, die sie nicht einmal sehen konnte. Sie erfüllten das Gebäude, saßen in Büros, fuhren mit den Fahrstühlen, fluteten durch die Doppelglastür hinaus, um mit Bussen durch die lärmenden Straßen Chicagos zu fahren.

Chicago beherbergte Millionen von Menschen. Sie konnte sie alle spüren. Sie konnte ihre pulsierende Präsenz spüren, die sie erdrückte, erstickte. Sie konnte nicht nur die Leute spüren, die gerade jetzt hier waren, sondern auch all die Menschen, die früher einmal hier gewesen waren.

»Ich habe einen Abschluss in Kriminalpsychologie und die letzten zehn Jahre über psychopathisches Verhalten geforscht.«

»Das macht Sie nicht unbedingt zu einer Expertin. Haben Sie tatsächliche Erfahrungen im Feld?«

Sie seufzte schwer. »Hören Sie, ich will mich nicht streiten. Ich bin müde, und ich muss mir noch eine Unterkunft suchen. Eine, wo Katzen erlaubt sind.«

Katzen?

Er schaute an ihr vorbei. Jetzt konnte er sehen, dass unter der Bank, auf der sie gesessen hatte, ein grauer Plastikkasten stand, wie Leute sie mit in Flugzeuge nahmen.

Sie hatte ihre verdammte Katze mitgebracht.

Ivy wusste, dass zurück nach Chicago zu fliegen mit das Schwerste würde, was sie im Leben je getan hatte. Sie hatte sich geistig darauf vorbereitet. Sie hatte sich in sich verkrochen, sich abgekapselt, hatte sich auf ihre unmittelbaren Probleme konzentriert – eine Unterkunft zu finden und sich mit dem Mann vor ihr auseinanderzusetzen.

Mit einem anderen Menschen zu tun zu haben, war das Letzte, wonach ihr im Moment war, vor allem mit einem so reizbaren Kerl wie diesem.

»Eine Katze?«, fragte er, und seine Stimme spiegelte ihren eigenen Unglauben. Ja, warum hatte sie eigentlich den armen Jinx mitgebracht? »Sie haben Ihre Katze mitgebracht?«

Detective Irving trug eine schwarze Stoffhose, ein zerknittertes weißes Anzughemd und eine Krawatte, die er gelockert hatte. Seine Hemdsärmel waren aufgekrempelt, und er schwitzte. Hinter ihr, in einer dunklen Ecke, wo das Wachs auf dem Linoleum ein gelbliches Braun angenommen hatte, blies ein Ventilator mit Drehkopf verbrauchte Luft in ihre Richtung.

Klick, Halbkreis, klick, zurück.

»Ich hatte niemanden, bei dem ich ihn lassen konnte«, sagte sie.

Eine Hand in die Hüfte gestemmt, den Ellenbogen zur Seite gestreckt, kratzte er sich mit der freien Hand am Kinn, vollkommen ratlos. In diesem Augenblick erlaubte sie es sich, dass er ihr ein wenig leidtat. Den Bruchteil einer Sekunde fragte sie sich, wie es bei ihm zu Hause zuging. Wahrscheinlich schlimm. Wirklich schlimm. Sie dachte an verschiedene Möglichkeiten von Schlimmheit, dann ließ sie es.

Abraham hatte ihr keine persönlichen Informationen über Max Irving gegeben, er hatte nur gesagt, dass er der Beste in seinem Job war, und er hatte sogar zugegeben, dass es einen Fall gegeben hatte, in dem Irving einen Hypnotiseur bei den Ermittlungen um Hilfe gebeten hatte.

Sie sah ihn jetzt an und war überrascht, festzustellen, dass manche Frauen ihn wahrscheinlich attraktiv finden würden, mit seinem kurzen dunklen Haar, das jungenhaft verstrubbelt war, mit seinem zerknitterten Hemd, seiner zerstreuten Art, dem stechenden braun-grünen Blick und einer Haut, die aussah, als wäre sie mit Gold bestäubt.

»Okay«, sagte er, nachdem er offenbar zu einer Entscheidung gelangt war. »Kommen Sie in mein Büro.«

Drinnen griff er nach einem Telefonbuch, das so groß war, dass sie es mit zwei Händen hätte halten müssen. Er ließ es auf seinen unordentlichen Schreibtisch fallen und begann, darin zu blättern.

»An was für einen Preis dachten Sie?«

Sie murmelte eine Zahl, die sie für angemessen hielt.

»Nicht in dieser Stadt«, sagte er, als müsste er noch deutlicher machen, wie wenig sie von der Wirklichkeit begriff.

Sie wusste, dass das Gebäude, in dem sie sich befanden, nicht sonderlich alt war, es war Anfang der Achtziger erbaut worden, als Jane Byrne Bürgermeisterin gewesen war. Aber aus irgendeinem Grunde strahlte sein überfülltes Büro die Aura aller alten Gebäude aus – ein bisschen schief, ein bisschen verschoben durch die Zeit, eine Ecke der Welt, in der Epochen aufeinanderprallten. Chicago hatte den Aufstieg und Fall Al Capones gesehen, der, wenn man ihn mit dem kranken, abartigen Madonna-Mörder verglich, beinahe ein netter Mann gewesen zu sein schien, der bloß seiner Arbeit nachging.

Während Ivy über Chicago nachdachte und darüber, was die Stadt alles gesehen hatte, bellte Max Irving ins Telefon, kritzelte Nummern und Adressen auf einen gelben Block. Er hängte auf, riss das oberste Blatt von dem Block und verkündete: »Ich hab Ihnen ein paar Möglichkeiten rausgesucht. Wochenweise. Sie können Tiere halten, aber es kostet extra.«

Sie streckte die Hand nach dem Zettel aus, aber er ignorierte sie. »Es ist nicht weit von hier. Ich fahre Sie.«

»Das ist vollkommen unnötig.«

Aber er wollte ihr dennoch das Blatt mit den Adressen nicht geben. Vor fünf Minuten war er ganz wild darauf gewesen, sie loszuwerden. Er hätte sich gefreut, wenn sie gesagt hätte, dass sie das Land verließ. Und jetzt wollte er ihr helfen, ein Apartment zu finden. Warum?

»Ich erzähle Ihnen unterwegs von dem Fall.«

Sie holte den armen Jinx, der immer noch ruhiggestellt war durch die Drogen, die der Tierarzt Ivy gegeben hatte.

»Ziemlich coole Katze«, sagte er und betrachtete Jinx, der in einer Ecke seines Käfigs lag.

»Sagt man das nicht immer?«, fragte sie. »Er schien so nett zu sein. Ruhig. In sich gekehrt.«

Sie bemerkte, dass er nicht begriff, dass sie scherzte. Aber dann lächelte er, obwohl ziemlich offensichtlich war, dass er das gar nicht wollte. »Ihr Kanadier haltet euch für ziemlich komisch, was?«

Sie zuckte mit den Achseln. »Die besten Komiker kommen aus Kanada.«

Er wollte widersprechen, aber dann konnte sie sehen, dass er ihr recht geben musste.

Sie lächelte zurück. Amerikaner gaben sich hart. Mit ihnen zu tun zu haben war, als müsste man sich daran erinnern, wie man Fahrrad fuhr. Erst war man ein wenig unsicher, aber man kam ziemlich schnell wieder drauf.

Max griff nach der Sheppard-Akte in ihrem brandneuen, steifen, glatten Umschlag, mitsamt 13x19-Farbfotos vom Tatort, dann nahm er noch die Madonna-Mörder-Akte in ihrem weichen Umschlag voll verschmierter Fingerabdrücke, schlang ein dickes Gummiband um beide, sodass sie zusammenhielten, und klemmte sich den ganzen Mist unter den Arm.

»Kein Koffer?«, fragte er Dunlap und sah sich im Flur um, wo keiner stand.

»Habe ich am Empfang gelassen.«

»Wie lange kennen Sie Superintendent Sinclair schon?«, fragte er, als sie durch den Korridor gingen. Er hätte anbieten sollen, den Tierkäfig zu tragen, aber er würde auf keinen Fall hier mit einem Kater rumlaufen.

»Lange«, sagte sie.

Eine ausweichende Antwort. »Jahre?«

»Ja.«

»Wo haben Sie sich kennengelernt?«

»Ich weiß nicht mehr. Ich habe das Gefühl, ihn schon immer gekannt zu haben. Hatten Sie das Gefühl auch schon mal bei jemand?«

Max antwortete nicht. Es war sowieso eine rhetorische Frage.

Sie erreichten den Empfang, wo Telefone klingelten, Leute redeten, Computer piepsten. Eine Prostituierte in Handschellen wurde vorbeigeführt. Ein Bettler weinte und bat darum, heimgehen und seine Katzen füttern zu dürfen.

»Nur einen Augenblick, Mr Van Horn.« Der Rezeptionist schaute hoch zu Max und seiner Begleiterin, dann sah er Max fragend an. Max zuckte die Achseln und verdrehte die Augen.

»Ist das Ihrer?«, fragte Max und deutete auf einen schwarzen Leinenkoffer mit einem Gepäckschein am Griff.

Sie nickte, und er nahm ihn.

Sein Ziel war, Dunlap aus dem Gebäude zu schaffen, bevor er sie irgendjemand vorstellen müsste. Sein Instinkt sagte ihm, dass sie zu fragil war, mit einer so schwierigen Ermittlung umzugehen, und insofern brachte es auch nichts, Zeit damit zu verschwenden, sie Leuten vorzustellen, die sie nie wiedersehen würde.

Tatortfotos waren früher schwarz-weiß, denn dann wirkten sie weniger schrecklich. Aber eine Menge Sachen waren in schwarz-weiß nicht zu sehen, deswegen machte man sie jetzt immer in Farbe. Farbe war gut. Farbe sortierte die aus, die es nicht packten.

In der Lobby wartete die Presse, die Journalisten hofften darauf, einen echten Scoop zu landen. Bisher war der Sheppard-Mord nicht öffentlich mit den früheren Morden in Verbindung gebracht worden. In Chicago gab es etwa vierhundert Mordfälle im Jahr, früher waren es achthundert gewesen. Wenn das Opfer nicht berühmt war, kümmerte sich keiner um den Mord, es erschienen bloß ein paar Zeilen im *Herald*. Aber wenn jemand erst einmal die Parallelen entdeckte, dann würde die Lobby voller Kamerateams sein.

Max entdeckte Alex Martin, einen recht neuen Polizeireporter. Neue hatten es nicht leicht. Die meisten Polizisten vertrauten nur wenigen Journalisten, mit denen sie arbeiteten. Die anderen ignorierten sie, deswegen war es schwer für einen Neuen, an eine Story zu kommen.

Aber Alex war jung und ambitioniert, energiegeladen und

ausdauernd. Er verfügte über so viel Energie, dass man vollkommen erschöpft war, wenn man fünf Minuten mit ihm verbracht hatte. Er hatte da gesessen und sich Notizen gemacht, jetzt sprang er auf.

»Detective Irving!«

Er ließ sein Sandwich samt Einwickelpapier auf der Bank liegen, lief hinüber zu Max und sah aus, als wäre er direkt aus einer Gap-Anzeige gestiegen – Khaki-Hose, wilde Krawatte, Ledersandalen. »Detective Irving! Kann ich Sie einen Moment sprechen?« Er schaute in Dunlaps Richtung, eine kurze Frage ließ seine dunklen Augenbrauen zusammenwandern, aber er machte sie schnell aus als niemand Besonderes, dann konzentrierte er sich wieder auf Max.

»Wegen dieses Mordes.« Mit der Geschicklichkeit eines Verzweifelten trat er Max in den Weg. »Der Fall Sheppard. Gibt es neue Erkenntnisse?«

Max unterbrach seine Flucht zur Tür. Er atmete tief und genervt aus und wünschte sich, der Mann vor ihm würde einfach verschwinden und die Frau und ihre Katze gleich mitnehmen.

»Stimmt es, dass auch ein Baby ermordet wurde?«

»Sie wissen ganz genau, dass ich jetzt nicht über den Fall sprechen kann. Wenn ich mehr weiß, bekommen Sie eine Kopie des Berichtes.«

»Was ist mit einer Pressekonferenz? Glauben Sie, es ist groß genug, um eine Pressekonferenz zu rechtfertigen?«

»Wir halten nicht wegen jedes Mordes in Chicago eine Pressekonferenz ab.«

»Ja, aber ich dachte, dies wäre eine Ausnahme.«

»Nur wenn Sie es dazu machen. Und das tun Sie nicht, oder?«

»Sie meinen, ich würde die Sache künstlich aufblasen?«

»Genau.«

»Teufel, nein. Ich meine, nein. Natürlich nicht.«

»Gut.«

Max schaute nach links, er wollte Dunlap bedeuten, dass es Zeit war, zu gehen. Aber sie war nicht da. Er entdeckte sie in der Nähe der Rezeption, sie sprach mit dem Obdachlosen, an dem sie eben vorbeigegangen waren. Sie hielt den Käfig hoch, damit er ihre Katze betrachten konnte. Der Mann nickte und lächelte jetzt – zwei Tierfreunde im Gespräch. Ivy drückte dem Mann etwas in die Hand – Geld, vermutete Max –, dann eilte sie wieder zu Max herüber.

»Wie schön, dass Sie zu allen so freundlich sind«, sagte sie honigsüß, als sie draußen auf dem Parkplatz waren, mitten im Lärm der Straßenauffahrt über ihnen, der Hitze, der Leute. »Ich dachte schon, es liegt an mir.«

»Sollte ich eher sein wie Sie und allen Obdachlosen in Chicago Geld geben?«

»Der Reporter hat bloß seine Arbeit gemacht.«

»Ich habe weder die Zeit noch den Drang, charmant zu sein.«

5

Langsam begriff sie, dass sie zurück in Chicago war. Ein Teil Ivys konnte immer noch nicht glauben, dass sie hier war, in der Stadt, in der so schreckliche Dinge geschehen waren, in der ihr Leben sich so dramatisch verändert hatte.

Sie konnte spüren, wie sie durchdrehte.

Nicht ausrasten. Nicht, so lange er da war. Nicht, so lange irgendjemand da war. *Nicht ausrasten.*

Es ist das, was ich wollte, sagte sie sich. Das stimmte, aber das hieß nicht, dass es ihr nicht eine Höllenangst machte.

Der Lärm. Das Chaos. War es immer schon so schlimm gewesen? Autos hupten, Sirenen jaulten, Busbremsen quietschten, und es stank nach Diesel, wenn die großen Gefährte von den Haltestellen losfuhren. Baustellen, mit Holzplanken überbrückte Löcher in den Bürgersteigen, Presslufthämmer. Wie hielten die Leute das aus? Wie konnten sie auch nur einen Gedanken fassen? Funktionieren?

Der Mann neben ihr schien nichts davon zu bemerken.

Es war zwei Uhr nachmittags. Sie fuhren durch den Stadtverkehr, Max Irving steuerte mit einer Hand. Autos vor ihnen, hinter ihnen, links und rechts. Sie versuchte, sich abzukapseln, den Verkehrslärm auszublenden, die Vergangenheit auszublenden, die plötzlich nicht mehr die Vergangenheit zu sein schien. Verwirrung. Große Verwirrung.

»Da.« Max erschreckte sie, indem er ihr eine Akte in den Schoß warf. Sie starrte die großen, schwarzen Buchstaben an: Fall Sheppard.

»Los. Machen Sie sie auf. Deswegen sind Sie hier, nicht wahr?«

Ivy schlug die Akte auf.

Das Erste, was sie sah, war ein Hochglanz-Farbabzug einer ermordeten Mutter. Eine Nahaufnahme des Gesichts. Glattes, kinnlanges blondes Haar, voller Blut, die blauen Augen weit aufgerissen. Leichenflecke auf der rechten Seite. Leichenflecke entstanden, wenn das Herz kein Plasma mehr erzeugte. Die roten Blutzellen sammelten sich wie der Satz im Wein und färbten die Haut irgendwo zwischen rot und lila. Auf dem Foto konnte jeder, der auch nur ein wenig über Kriminaltechnik wusste, sehen, dass das Opfer mehrere Stunden nach Eintritt des Todes bewegt worden war. Die Nahaufnahme des Kopfes war also, so entsetzlich sie erschien, nicht nur zum Schocken gemacht worden – obwohl Ivy recht sicher war, dass Irving sie ihr genau deshalb hingeworfen hatte, sie genau deshalb nach oben gelegt hatte. Nicht dumm. Aber sie weigerte sich, sein Spiel zu spielen. Sie klappte die Akte zu und schloss die Augen, legte den Kopf gegen die Kopfstütze.

»Sie werden doch jetzt nicht kotzen, oder?«

»Wenn doch, würde ich es sicher nicht vorher ansagen.«

Sie hatte zwar noch nie ein Profil in einem echten Fall erstellt, aber sie hatte die letzten zehn Jahre damit zugebracht, Profile über jeden anzufertigen, den sie traf, von ihrem Bankberater bis zum Obstverkäufer. Ivy hatte ihre Fähigkeiten derart entwickelt und war so gut darin geworden, Menschen nach ihrem Äußeren zu beurteilen, dass die Gefahr bestanden hatte, dass sie zur Hauptattraktion auf der alljährlichen Weihnachtsfeier der psychologischen Fakultät avancierte.

Irving war leicht. Ein heißblütiger Detective, der ausgebrannt war, sich das aber nicht eingestehen wollte. Er hatte Humor gehabt, aber jetzt hatte er keine Zeit mehr für solchen Unfug. Probleme zu Hause. Wenn man ihn ansah, hätte ein Laie vielleicht auf eine heißblütige Blondine getippt, die er ignorierte, es sei denn, sie stritten über seinen Job und mangelnde Aufmerksamkeit. Aber Ivy hatte seine zerknitterten Klamotten und seine Zerstreutheit bemerkt – typische

Anzeichen für Eltern, vor allem alleinerziehende Eltern, die zwei Welten verbanden: die Arbeitswelt und die Familie.

Was sie nicht verstand, war, was er gegen sie hatte. »Warum lehnen Sie mich derart ab?« Sie öffnete die Augen und hob den Kopf. »Weil ich eine Frau bin?«

»Das hat nichts damit zu tun.«

»Weil ich aus Kanada bin?«

»Ach, lassen Sie's, ich will nicht darüber reden.«

»Aber ich.« Alles nur, um sie von der Vergangenheit abzulenken. Vorhin war sie zu müde gewesen, sich mit ihm zu streiten. Jetzt war es ihr nur recht.

»Ich habe nichts gegen Kanadier. Ich glaube bloß, dass wir auch ohne Ihre Hilfe klarkommen.«

»Sie sind bisher nicht damit klargekommen.«

»Ich hatte den Fall ja auch nicht.«

Jemand schnitt ihn. Er stemmte sich auf die Hupe, dann übersah er eine Ampel. »Scheiße«, sagte er und schlug mit der Hand auf das Steuerrad. Offensichtlich war er nicht ganz so zerstreut, wie sie gedacht hatte.

Auf dem Rücksitz, direkt hinter ihm, entschied Jinx, dass es Zeit war, sich zu beschweren, indem er ein langes, eigenartiges, drogenschwangeres Miauen ausstieß.

»Wollen Sie wissen, was mich nervt?«, fragte Irving, und seine Stimme und Haltung zeigten zunehmende Gereiztheit. »Die Katze. Die verdammte Katze. Ich kann mir nicht vorstellen, dass jemand, der seine verdammte Katze mitschleppen muss, auch nur einen Dreck über Serienmörder weiß. Ich glaube nicht, dass jemand, der dauernd zusammenzuckt« – er schnipste mit den Fingern vor ihrem Gesicht, und sie zuckte zusammen und wollte sich in ihren Sitz verkriechen – »wenn auch nur jemand hupt, mit einem solchen Fall umgehen kann. Ich glaube nicht, zehn Jahre die Nase in Bücher zu stecken ist die richtige Vorbereitung für einen solchen Job. Ich habe mir den Arsch abgearbeitet, um hierher zu kommen. Ich war auf der George Mason University. Ich wurde in

47

Quantico ausgebildet. Wissen Sie, wie schwer es ist, nach Quantico zu kommen?«

Okay, das konnte sie verstehen, sie konnte begreifen, warum sie ihn ärgerte. Sie wünschte, sie könnte ihm die Wahrheit sagen, könnte ihm erklären, warum sie mindestens genauso qualifiziert war wie er, aber das ging nicht. Außerdem war es egal. Es ging nicht darum, was Max Irving von ihr hielt oder wie schlecht sie ihr Profil darbot. Es ging darum, den Mörder zu fassen.

Ivy war willens, das erste Apartment zu nehmen, das sie sich ansahen, nur um es hinter sich zu haben, nur um aus Irvings Wagen herauszukommen, aus dem Lärm, um Jinx einzugewöhnen, ein paar Aspirin zu nehmen und allein zu sein. Sie musste jetzt allein sein, damit all das sich setzen konnte. In Chicago sein, am Ort des unaussprechlichen Schreckens. Hier. Jetzt. Um sie herum.

Erinnerungen. Sie drängte sie zurück, hielt sie zurück … Aber sie sammelten sich. Sie wusste nicht, wie viel länger sie das noch durchstehen konnte, wie lange es noch dauerte, bis das alles sie überrollte.

»Das ist nichts«, sagte Irving, während sie das mögliche Apartment besichtigten.

Ivy öffnete den Mund, um zu widersprechen, aber Irving nahm sie am Arm und zog sie hinter sich her durch den dämmerigen Korridor, der nach Marihuana, Schweiß und Kohl roch, und nach dem verrotteten Muff, den Gebäude so an sich haben, wenn die Termiten mit ihnen fertig sind.

Sie stemmte sich auf den Boden und entzog ihm ihren Arm, ärgerte sich zum ersten Mal an diesem Tag, zum ersten Mal seit … Jahren.

»Was zum Teufel machen Sie da?«, fragte sie.

»Ich hindere Sie an einem blöden Fehler.«

Sie wollte ihm eine reinhauen. Stattdessen schubste sie ihn mit beiden Händen, während der Manager aus der Tür des

Apartments, das sie gerade verlassen hatten, zusah. »Sagen Sie mir nicht, was ich zu tun habe«, sagte sie. »Sind Sie immer so ein Arschloch?«

»Nur wenn ich muss.«

»Wie beruhigend.«

Er rasselte Gründe herunter, warum sie das Apartment nicht nehmen sollte. »Schlechtes Schloss. Schlechte Fenster. Kakerlaken. Und … im Flur wohnt ein Crackhead.«

Sie folgte seinem Blick in eine dunkle Ecke, in der sie gerade eben den Körper eines Menschen ausmachen konnte, der sich auf den Fliesen zusammengerollt hatte.

Es gab Zeiten, in denen man sich stark machen musste, und Zeiten, in denen man nachgeben sollte. Ihretwegen konnte Irving diesen Streit für sich reklamieren.

Sein Handy klingelte, und er ging schnell ran.

»Wann hast du Schluss?«, fragte Irving den Anrufer. Dann: »Ich hole dich ab. Verstanden? Du fährst nicht mit jemanden mit, du gehst auch nicht zu Ryan.« Eine Pause. »Keine Ausreden. Ich bin um neun da.«

Wenn Kinder klein waren, setzte man sie beim Babysitter ab und machte sich den Rest des Tages keine Sorgen. Wenn sie älter wurden, Teenager, war es ganz anders.

»Ein Teenager?«, fragte sie, nachdem Max aufgelegt hatte.

»Ja.« Großes Gewicht in dem kurzen Wort.

»Aha.« Sie nickte.

»Ein Sohn«, setzte er hinzu, als könnte er ihr damit sagen, wie viel schwieriger es wäre, einen Sohn als eine Tochter zu haben. Was ihr verriet, dass er keine Tochter hatte.

»Aha.«

»Haben Sie Kinder?«

Sie war das so oft im Leben gefragt worden, dass sie sofort und ohne Gefühlsausbruch antwortete. »Nein, aber meine Freundin Helen sagt, einen Teenager im Haus zu haben ist wie im Kriegsgebiet leben, man muss jederzeit kampfbereit sein.«

Er lachte und steckte sein Telefon weg. »Ethan ist ein guter Junge. Ein großartiges Kind. Wir haben bloß ein paar Schwierigkeiten. Das schaffen wir schon.«

Es waren nicht so sehr die Worte, sondern die Gefühle und die Betonung dahinter, die Ivy verrieten, dass er seinen Sohn sehr liebte.

Mit dem nächsten Apartment war er, wenn auch zögernd, einverstanden. Es war möbliert, was hieß, dass man Laken, Handtücher, Fernseher und Geschirr hatte. Außerdem gab es einen Block entfernt einen Lebensmittelladen.

Die Wohnung hatte praktisch kein Wohnzimmer. Wenn man eintrat, stand man sofort in der Küche. Das Erste, was man roch, war das Gas des Zündflämmchens im Ofen. Es gab einen kleinen Küchentisch mit zwei schwarzen Stühlen, zwei Schritte daneben eine weiße Emaillespüle. Links von der Kochzeile befand sich das Schlafzimmer, davon ab ging das Bad. Neben dem Doppelbett gab es ein Fenster, das so dick in Weiß lackiert war, dass man es schwer auf- und zubekommen würde. Ivy konnte sehen, dass das Gebäude einmal ganz schön gewesen war, vor vielen Jahren; es hatte immer noch eine Spur verblichener Eleganz, zum Beispiel die schönen Holzböden und die schmucken Deckenlampen.

Hier lebten Studenten. Und Geschäftsleute, die eigentlich woanders zu Hause waren. Bauarbeiter. Wurzellose Menschen in Übergangsphasen ihres Lebens. Ein paar Kinder. Mütter während der Scheidung. Oder vielleicht hatten die Männer sie einmal zu oft geschlagen, und sie waren ausgezogen.

Es war kein fröhliches Haus.

Aber ein ordentliches Haus.

»Bringen Sie noch einen Riegel an der Tür an«, bat Max den Vermieter.

Ivy holte Jinx aus Max' Auto. Max schien plötzlich ganz begierig, ihren großen schwarzen Koffer die zwei Treppen hochzutragen. Er stellte ihn hinter die Tür und legte die Akten – eine dicke, eine dünne – auf den schmalen Küchentresen.

»Es gibt keine direkte U-Bahn von hier zur Grand-Central-Polizeiwache«, erklärte ihr Max. »Sie müssen mit der Green Line zum Hauptbahnhof fahren und dann den Metrobus nehmen.«

»Das bekomme ich schon hin.« Sie kannte diese Gegend Chicagos nicht, hatte aber einen guten Orientierungssinn.

Nachdem Max gegangen war, lockte Ivy den immer noch benommenen Jinx, sie öffnete seinen Käfig, damit er herauskommen konnte, wenn ihm danach war. Sie stellte ihm Wasser hin, das zu trinken er sich weigerte, und schüttete Trockenfutter in eine Schale.

Solange er noch benommen war, ging sie zum Laden an der Ecke und kaufte ein paar Esssachen, zusammen mit Drogerieartikeln wie Zahnpasta, Toilettenpapier und Reinigungsmitteln.

Im Apartment zog sie gelbe Gummihandschuhe an und reinigte das Badezimmer – eine Badewanne mit Klauenfüßen, ein Waschbecken, ein Medizinschränkchen und eine Toilette – mit einem so starken Desinfektionsmittel, dass ihre Augen und ihr Hals brannten.

Als sie erledigt hatte, was notwendig war, damit ihr neues Heim bewohnbar erschien, und sie das Unausweichliche nicht mehr länger hinausschieben konnte, setzte sie sich an den Tisch und öffnete die dicke Akte, auf der stand: »Madonna-Morde«.

6

Ivy starrte das schwarz-weiße 13-x-19-Hochglanzfoto an. Eine ermordete Frau in einem Park in der Nachbarschaft vor sechzehn Jahren; ihre Leiche war in die Büsche gezerrt worden, ihr Baby war nicht weit entfernt gefunden worden, liebevoll eingewickelt in eine blaue Decke.

So wie man das Baby gefunden hatte, war es typisch für Morde durch Verwandte, oft durch Eltern. Jemand, der das Kind liebte. Aber der Madonna-Mörder kannte höchstwahrscheinlich keines seiner Opfer. Und wenn doch, dann wahrscheinlich nicht besonders gut. Doch in seinem wirren Hirn *glaubte* er, sie zu kennen. Auf seine Art glaubte er, dass alle Opfer ihm gehörten.

Die Mütter behandelte er nicht mit demselben – aus Mangel an einem besseren Wort – Respekt. Ihre Leichen hinterließ er wie Müll, mit Stichwunden in Brust und Bauch, mit Druckmalen und blauen Flecken von den Fingern des Mörders am Hals. Es war viel darüber diskutiert worden, was zuerst kam, die Stiche oder das Erwürgen. Die Todesursache war manchmal Ersticken, manchmal Verbluten.

In dem kleinen Apartment gab es keine Stühle, nur Barhocker. Nichts, um es unter den Türknauf zu klemmen. Jinx miaute, er erwachte aus seinem Drogenschlaf. Er wagte sich auf unsicheren Beinen aus seinem Käfig, trank ein bisschen Wasser, das Ivy ihm hingestellt hatte, dann tat er noch ein paar Schritte und stürzte, das Glöckchen an seinem Halsband bimmelte.

»Du armes Ding.«

Ivy nahm ihn hoch, und die schwere Schlaffheit seines Körpers war ein krasser Kontrast zu der angespannten Drahtigkeit, die sie normalerweise fühlte, wenn sie ihn hielt. Sie würde ihm auf dem Rückweg nicht ganz so viel von dem Tranquilizer geben.

Es war offensichtlich, dass er in Ruhe gelassen werden wollte. Sie nahm sein Stretch-Halsband ab, zog es über seinen Kopf. Dann zeigte sie ihm das Katzenklo, an dem er misstrauisch schnupperte, bevor er zurück in den Käfig stapfte – eine Unterkunft, die er normalerweise schreiend und kreischend mied.

Ivy hängte das kleine rote Halsband mit der winzigen Glocke und dem silbernen Tollwut-Schildchen an den Türknauf, dann setzte sie sich wieder an den Tisch und atmete tief durch.

Der Geruch der Innenstadt … alter Schweiß, Bratfett, schimmlige Tapeten, die auf vermodertem Holz klebten. Plastikmülltonnen voll mit dreckigen Windeln. Saure, ausgekotzte Milch, die an dreckigen Handtüchern klebte.

Die Geräusche der Stadt. Sirenen. Das Reifenquietschen auf heißem, sonnenweichem Asphalt. Das Weinen eines Babys. Der dumpfe Bass der Rapmusik aus dem aufgemotzten blauen Chevy, der langsam die schmale Straße auf und ab fuhr. Der fette Motor grummelte testosterontief.

Das Apartment mit seiner leichten Heruntergekommenheit …

Das alles ließ Ivy zurückdenken an einen Tag, von dem sie gehofft hatte, ihn aus großer Entfernung betrachten zu können. Aber Vergangenheit und Gegenwart mischten sich miteinander, und sie erkannte verärgert, dass ihr Leben sich nicht geradlinig vorwärts bewegt hatte, sondern rückwärts in sich selbst hineinspiralte, bis sie nur einen Atemzug von gestern entfernt war.

Es heißt, aller schlimmen Dinge sind drei. Das galt auf jeden Fall für Claudia Reynolds, die Frau, die Ivy einst gewesen war. In kurzer Zeit hatte sie alle, die ihr etwas bedeuteten, verloren: ihren Vater, ihre Mutter, ihren Freund.

Unter ihrem Foto in dem Highschool-Jahrbuch aus dem Vorort von Des Moines stand nur »Girl Most Likely«. Das konnte man so oder so lesen, aber in Claudias Fall hatte es bedeutet: »Girl Most Likely To Succeed« – sie wird bestimmt groß rauskommen! Sie hatte nach ihrem Abschluss so viele Stipendien angeboten bekommen, dass sie sich aussuchen konnte, wohin sie ging, und schließlich hatte sie sich für die University of Chicago entschieden. Damals ereigneten sich in keiner Stadt der Welt mehr Morde als in Chicago, aber das hinderte sie nicht daran, an die Uni zu gehen, die ihr Freund gewählt hatte.

Sie hatte vorgehabt, Modedesign zu studieren. Das schien ihr heute frivol, hohl – und dennoch wurde sie noch immer angezogen von Stoffen in reichhaltigen Farben und von faszinierender Textur. Aber sie hatte ohnehin nicht studiert, um einen Abschluss zu machen, sondern um Daniel nahe zu sein. Sie hatte sich vorgestellt, dass ihre Beziehung schnell den Punkt erreichen würde, an dem sie zusammenzogen. Ihre Träume teilten. Die Zukunft teilten.

Sie wurde schwanger.

Bis zu ihrer Schwangerschaft war ihr Leben geradezu peinlich perfekt gewesen. Claudia Reynolds widerfuhr nichts Schlimmes. Als sie klein war, war sie so ein Glückspilz gewesen, dass die Leute ihr über den Kopf streichelten, um etwas von dem Glück abzubekommen. An ihrem sechzehnten Geburtstag hatte sie einen Lottoschein gekauft und eine halbe Million Dollar gewonnen. Aber später zog man das Geld wieder ein, weil sie nicht alt genug gewesen war, um überhaupt Lotto zu spielen.

Eigenartig.

Bei einem Hockeyspiel der Schulmannschaft hatte der Torhüter sie seine stinkigen Handschuhe küssen lassen – und seine Mannschaft hatte gewonnen. Danach hielt er immer erst nach ihr Ausschau, bevor er aufs Eis ging. Einmal, als sie nicht da war, um seine Handschuhe zu küssen, brach er sich den Arm und musste den Rest der Saison aussetzen. Im nächsten Jahr kam er nicht wieder richtig in Schwung, und nach einem Monat Bankwärmen schmiss er hin und ging mit verletztem Stolz.

Es war keine gute Sache, der Glücksbringer von irgendwem zu sein. Der Druck war hoch, und es konnte so viel schief gehen.

Ihre unbeabsichtigte Schwangerschaft brachte alles aus dem Gleichgewicht, und plötzlich war ihr Leben nicht mehr glückserfüllt, sondern verflucht. Und als die schlimmen Dinge erst mal losgingen, hörten sie gar nicht wieder auf.

Ihre Regelblutung hatte sie immer unregelmäßig gehabt, und als Claudia klar wurde, dass sie schwanger war, konnte sie keine Abtreibung mehr vornehmen lassen – und sie hätte das wohl auch nicht gewollt. Doch bevor sie die Neuigkeit verbreiten konnte, verkündete ihr Freund weinend, dass er jemand anders kennengelernt hatte.

Eine Woche später erlitt ihr Vater, ein Grundschullehrer, einen Herzanfall und starb. Danach schien Claudias Mutter, die in allem von ihrem Mann abhängig gewesen war, ihren Lebenswillen zu verlieren.

Sie baute geistig ab. Der Arzt verschrieb ihr Antidepressiva und Beruhigungsmittel. Derart benommen trat sie vom Bürgersteig mitten in den Verkehr und wurde augenblicklich überfahren. Aber Claudia wusste, was sie in Wahrheit getötet hatte: die Trauer.

Und so veränderte sich etwas in der Welt, und Claudia wurde zu einem der Menschen, die sie immer nur aus der Ferne betrachtet hatte, bei denen sie nie überlegt hatte, wie ihr Leben wirklich war.

In den drei Jahren, die sie mit Daniel zusammengewesen war, hatte ihr Freundeskreis sich auf zwei Menschen reduziert – sie selbst und Daniel. Als es vorbei war und sie ohne die rosarote Brille zurückschaute, fragte sie sich, warum sie zugelassen hatte, dass sie sich in eines dieser Mädchen verwandelte, das für einen Menschen, und nur für diesen einen Menschen, atmete. Sie hatte zugelassen, dass jemand, den sie nicht mal richtig kannte, sie auffraß. Von diesem Augenblick an, schwor sie, würde sie nie wieder einen Mann das Wichtigste in ihrem Leben sein lassen.

Ihre Eltern hatten sehr wenig für die Rentenzeit zurückgelegt. Claudia blieb nichts anderes übrig, als das Haus zu verkaufen, das zehn Jahre lang noch nicht abbezahlt gewesen wäre. Mit dem Erlös beglich sie die Beerdigungskosten und die verbleibenden Rechnungen, dann zog sie nach Chicago, um ihre Ausbildung zu Ende zu führen. Wenn sie aufpasste, würde das Geld ein Jahr reichen, vielleicht länger. Und wenn das Baby auf der Welt wäre, würde sie sich eine Arbeit suchen.

Sie war im siebten Monat schwanger, als sie ein kleines Apartment im zweiten Stock eines fünfstöckigen Gebäudes mietete, das sich zwischen einem in sich zusammensackenden Art-Deco-Theater und der Mission Saint Cristobel befand, wo die Obdachlosen zwei warme Mahlzeiten täglich bekamen.

Claudia arbeitete drei Tage die Woche bei der Armenspeisung.

Sie war zwar schwanger, aber sie war noch kräftig, sie konnte noch arbeiten, also half sie, wo sie konnte. Im Gegenzug halfen ihr Fremde.

Später wollte die Polizei wissen, wen sie bei der Armenspeisung kennengelernt hatte, mit wem sie gesprochen hatte, was natürlich unmöglich war. Sie kannte viele der Gesichter, aber jeden Tag kamen neue. Manche Leute sah sie einmal, dann nie wieder. Und unglücklicherweise fielen einem manche Leute auch einfach nicht auf. Sie waren arm, sie waren schmutzig, sie waren hungrige, verlorene Seelen. Das vor allem blieb ihr in Erinnerung.

Sie versuchte, nicht weiter darüber nachzudenken, denn die Welt bestand aus lauter Fragen, auf die es keine Antworten gab, aber manchmal erwischte sie sich dabei, dass sie sich trotz allem fragte, wieso und warum ihr Glück sich in Pech verwandelt hatte. Ihr Glück hatte sie vielleicht nicht unbedingt oberflächlich werden lassen, aber sie hatte doch einen ganz speziellen Blick aus einem Fenster gehabt, das sie nicht verlassen wollte. Sie hatte schon gewusst, dass es arme Menschen gab, sie hatte auch für Obdachlose gespendet, aber sie hatte nie die Tragik der Armut verstanden. Sie hatte dieses ihr fremde Leben nie von innen kennengelernt.

Sie fürchtete sich vor dem Schmerz, deshalb ging sie zur Geburtsvorbereitung, drückte ein Kissen gegen ihren wachsenden Bauch. Sie war die Einzige ohne Partner in einer Klasse von vierzig Frauen. Jacob, ein freiwilliger Helfer bei der Mission, bot an, ihr Partner zu sein, aber sie lehnte ab. Er hatte schon genug für sie getan.

Jacob hatte ihr geholfen, die Wohnung zu finden. Seine Mutter war Sozialarbeiterin, und er wusste, was einer alleinstehenden, arbeitslosen Schwangeren zustand. Er erzählte ihr von den kostenlosen Mahlzeiten in der Mission. Er brachte sie in ein Krankenhaus, wo man sich ihrer annahm.

Die Geburt war die Hölle.

Wie konnte so etwas natürlich sein? Da musste etwas schiefgelaufen sein. Sie wurde fast entzweigerissen. Und dann fiel ihr etwas ein: Wenn sie starb, würde niemand sie vermissen. Niemand würde auch nur wissen, dass sie je gelebt hatte.

Nein, erklärte die Hebamme ihr, alles war ganz in Ordnung. So sollte es sein.

Um 11:24 Uhr, fünf Monate nach dem Tod ihrer Mutter, gebar Claudia Reynolds einen Jungen von 51 Zentimetern und dreieinhalb Kilo. Sofort, als sie in sein süßes kleines Gesicht sah, in diese süßen Augen, mit denen er noch gar nichts sehen konnte, war sie verloren, sie spürte eine so machtvolle Liebe, dass sie sich geradezu fürchtete. Und sie dachte, für ihn könnte sie alles Pech der Welt ertragen.

»Seine Augen«, sagte sie erstaunt, als die Krankenschwester das in ein Handtuch gewickelte Baby in Claudias Arme legte, »sie sind so blau.«

»Die meisten Neugeborenen haben blaue Augen. Normalerweise ändert sich das nach ein paar Wochen.«

Aus irgendeinem unerklärlichen Grund hatte Claudia das Gefühl, die Augenfarbe ihres Babys würde sich nicht verändern.

Sie würde den Rest seines Lebens von einem tiefen Meeresblau bleiben.

Die Schmerzen, die sie neun Stunden lang ertragen hatte, waren vergessen, vertrieben durch eine neue Art Schmerz, den Schmerz einer derart strahlenden Liebe, dass sie weh tat. Sie konnte sie im Hals fühlen, im Kopf, hinter ihren Augen.

Erstaunt berührte sie die kleine, rote, zerknitterte Hand mit den Miniatur-Fingernägeln. Und später, als er weinte und weinte, weinte auch sie. Und weil die Liebe, die sie empfand, so monumental war, so riesengroß, so mächtig, wusste sie, dass sie verdammt noch mal die beste Mutter der ganzen Welt sein würde.

Zu behaupten, dass sie auf das Muttersein nicht vorbereitet gewesen war, wäre eine Untertreibung. Sie hatte nie irgendetwas mit Babys zu tun gehabt, und es gab auch keine ältere, erfahrenere Frau, die ihr helfen konnte. Das allein war schon Rezept genug für eine Katastrophe, denn mit guten Vorsätzen allein konnte man kein Kind großziehen.

Eine Frau brauchte einen Plan.

Eine Frau brauchte Unterstützung.

Eine Frau brauchte Schlaf. Gott, wie sehr sie Schlaf brauchte.

Die Krankenschwestern im Krankenhaus hatten ihr gezeigt, wie sie ihren Sohn badete, wobei sie sorgfältig darauf achtete, den Nabel trockenzuhalten. Sie zeigten ihr, wie sie ihn dazu brachte, ihre Brustwarze in den Mund zu nehmen, und wie sie die Windeln wechselte. Sie zeigten ihr, wie sie ihn warm hielt, und was zu tun war, wenn ihm zu warm wurde.

Aber sie war unsicher in ihrer neuen Rolle und bettelte darum, noch einen Tag im Krankenhaus bleiben zu dürfen, bloß einen Tag länger.

Nein.

Fünfunddreißig Stunden nachdem ihr Baby geboren worden war, nahm Claudia ein Taxi nach Hause. Mit ihrem geliebten Bündel stieg sie die Treppe zu ihrer Wohnung hoch.

Sie fragte sich nie, was sie getan hatte. Sie bereute nie ihre Entscheidung, ihn behalten zu haben. Er war ein Plus, ein Riesengewinn.

Denn ihr Leben hatte jetzt einen Sinn, sie hatte jetzt einen Grund, auf der Welt zu sein, der über ihre eigenen Wünsche und Bedürfnisse hinausging und ein unschuldiges, hilfloses Kind einschloss. Ihr Kind. Wieder einmal war ein männliches Wesen der Mittelpunkt ihrer Welt – und sie erlaubte sich, von ihm gefressen zu werden.

Sie würde ihn Adrian nennen.

Claudia war nicht abergläubisch, und dennoch überlegte sie für einen kurzen Augenblick, ob sie ihm einen biblischen Namen geben sollte, nur um Gott gnädig zu stimmen. Aber sie hatte genug von Männern mit biblischen Namen.

Die Probleme begannen am zweiten Tag daheim. Er weinte die ganze Zeit, aber wenn sie in seine Windel schaute, war sie nicht feucht. Ihre Brüste fühlten sich mittlerweile an wie Steine und frustrierten ihn nur, wenn sie versuchte, ihn trinken zu lassen.

Mitten in der Nacht zog sie sich eine Jogginghose an, weil sie immer noch nicht in ihre Jeans passte. Ihre Augen brannten vom Schlafmangel, und sie zog ihr Baby an, den kleinen Adrian, und trug ihn die Treppe hinunter auf die Straße, in einen Supermarkt an der Ecke, der die ganze Nacht geöffnet war.

Im Laden kaufte sie eine Babyflasche, die geformt war wie

ein langgezogenes O, dazu zwei Dosen Fertigmilch, und ging wieder nach Hause.

Als sie ihre Wohnung erreichte, war die Tür nicht verschlossen. Diese Unachtsamkeit verängstigte sie. In ihrer Erschöpfung und Sorge hatte sie vergessen, die Tür zu verriegeln.

Sie holte es jetzt nach, schloss hinter ihnen ab. Sie legte Adrian in seine Wiege, wusch und sterilisierte die Babyflasche so schnell wie möglich, dann goss sie die satt riechende Fertigmilch hinein.

Als sie ihre Brustwarze über den Mund des Babys zog, reagierte er nicht. Er weinte einfach weiter, ein zahnloses, rotgesichtiges Jammern mit offenem Mund, das sie schmerzte wie ein Messerstich. Aber kaum tropfte die Fertigmilch in seinen Mund, beruhigte er sich. Atmete tief durch.

Und dann hörte er auf zu weinen und begann, wie verrückt an dem Sauger zu saugen, er machte dabei Geräusche wie ein kleines Tierchen.

Claudia atmete erleichtert auf. Ihre Schultern entspannten sich, sie sandte ein stummes Stoßgebet himmelwärts. Ich danke dir.

Sekunden später lief die Milch aus ihren schweren Brüsten, durchnässte ihr T-Shirt und das Baby, das sie in ihren Armen hielt; sie war einfach zu angespannt gewesen, um zu stillen.

Baby Adrian trank die ganzen hundert Milliliter Milch, die Claudia in die Flasche gefüllt hatte. Er wirkte danach immer noch hungrig, aber sie hatte Angst, ihm mehr zu geben, sie fürchtete, dann würde er spucken oder Bauchweh bekommen.

Sie wechselte seine feuchten, milchdurchtränkten Sachen, legte sich selbst eine Decke über das durchnässte Oberteil und kuschelte und summte mit ihm, bis er einschlief. Dann legte sie ihn, ganz vorsichtig, um ihn nicht zu wecken, in seine Wiege.

Sie wechselte gerade ihr eigenes Oberteil, als sie ein Geräusch hörte, als fiele etwas zu Boden. Als würde etwas heruntergestoßen und fiele auf den Boden.

Ihr schlafentwöhntes Hirn versuchte sofort, dieses Geräusch einzuordnen. Zuerst kümmerte sie sich nicht darum, dann vermutete sie, dass wahrscheinlich eine der Kisten, die sie in den Schrank gestapelt hatte, umgekippt wäre. Vielleicht hatten ihre eigenen Schritte, oder die des Bewohners der Wohnung über ihr, den Boden ein wenig erzittern lassen. Kaum dachte sie an die Wohnung über ihr, wähnte sie sich sicher, dass das Geräusch von dort gekommen sein musste. Gar nicht aus ihrer Wohnung. Von oben.

Sie war so überzeugt davon, dass sie nicht die Schranktür öffnete, um hineinzuschauen. So überzeugt, dass sie ins Bett kroch, denn sie wusste, sie musste schlafen, wenn sie konnte, sie war froh, dass sie die Milchkrise ruhig und gelassen gemeistert hatte. Sie würde es schaffen. Sie konnte eine Mutter sein. Sie konnte ihrem Baby bieten, was es brauchte.

Obwohl der Schlafmangel alle Muskeln in Claudias Körper schmerzen ließ und ihre Augen rot unterlaufen waren, hatte sie das Gefühl, immer noch bei Bewusstsein zu sein, selbst nachdem ihr Atem ruhiger geworden war, selbst nachdem das Bett sie verschluckt zu haben schien. Der tiefe, tiefe Schlaf schien für immer außer Reichweite. Sie war jetzt eine Mutter.

Irgendwie blieb ein Eckchen ihres Hirns immer aufmerksam, lauschte nach einem Schrei, einem Wimmern, das anzeigte, dass ihr Baby sie brauchte.

Während Claudia schlief, hörte dieses Wachzentrum ein Geräusch, das nicht zu den Geräuschen passte, die ein Baby machen würde. Das Wachzentrum lauschte weiter und fragte sich, ob Claudia geweckt werden musste.

Da war es wieder.

Etwas rutschte über einen Holzboden. War es ein vorsichtiger Schritt?

Das Wachzentrum ging die Möglichkeiten durch. Jemand im Hausflur, der in eine andere Wohnung wollte. Jemand über ihr. Jemand unter ihr.

Da.

Schon wieder.

In der Wohnung.

In der Wohnung.

Claudia erwachte abrupt. Sie schien das Geräusch im Geiste noch einmal zu hören. Ein Kratzen. Wie ein Schuh mit fester Sohle, der über den harten Holzboden schlurfte.

Hatte sie es geträumt?

Aber es war so wirklich gewesen, als hätte sie es tatsächlich gehört.

Sie lag in der Dunkelheit, die Augen weit aufgerissen, atmete flach, wagte nicht, sich zu rühren, lauschte, wartete, wartete, wartete auf ein Geräusch, das wirklich war, ein Geräusch, das nicht Teil eines Traums war.

Sie lag da und dachte an den Madonna-Mörder.

Und sie erinnerte sich, dass ihre Tür nicht abgeschlossen gewesen war, als sie mit der Babymilch nach Hause gekommen war.

Und plötzlich wusste sie, dass drei Menschen in ihrer Wohnung waren, nicht zwei.

Sie streckte den Arm aus und schaltete ihre Nachttischlampe an, sie hoffte, die Angst zum Schweigen zu bringen, sie hoffte, lachen zu können, wenn klar würde, wie albern sie war – sie hoffte, das Geräusch war nichts als ein lebhafter Traum gewesen.

Aber da, im Dämmerlicht der Fünfundzwanzig-Watt-Birne, beugte sich der Umriss eines Mannes mit einer dunklen Kapuze über das weiße Weidenkörbchen des Babys, ein Umriss, so erschreckend wie der Tod.

Sie schrie laut, schrill, ihre Lungen und ihr Hals brannten. Während sie schrie, stürzte sie sich auf das Wesen, das sich über ihr Baby gebeugt hatte.

Er ließ etwas fallen, und es knallte auf den Boden, zerbrach. Später stellte die Polizei fest, dass es die Schneekugel gewesen war, die sein Markenzeichen darstellte, sein Geschenk für die Babys.

Sie spürte nicht die Glasscherben, die sich in ihre nackten Fußsohlen bohrten, Claudia warf ihre gesamten sechzig Kilo gegen den dunklen Umriss und schrie dabei, so laut sie konnte. Schritte von oben waren zu hören.

Der Mann stieß sie zurück aufs Bett, mit einem Arm stieß er die weiße Lampe mit dem Keramikteddybär zu Boden, die Glühbirne zerbrach, das Zimmer versank in Dunkelheit.

Er hob eine Hand an ihren Hals, damit sie aufhörte zu schreien, damit sie aufhörte zu atmen.

Sie rang nach Luft, und er sprach zu ihr, seine Stimme hoch und erregt.

»Du darfst deine Hand nicht gegen mich heben. Hast du denn keinen Respekt? Du Hure. Hure, Hure, Hure! Sprichst von einer jungfräulichen Geburt. Aber ich kenne dich. Ich weiß, dass du eine Hure bist.«

Lichter blitzten vor ihren Augen, und sie realisierte, dass jemand gegen ihre Wohnungstür hämmerte.

»Was ist da los?«

Chicago, dachte sie flüchtig.

Wer hätte gedacht, dass jemand in Chicago einem Fremden zu Hilfe kommt?

Sie versuchte, die Finger von ihrem Hals zu lösen, aber der Mann war stark, seine Hände schlangen sich um ihren Hals wie Krallen, er schien nur aus Muskeln und zitternden Sehnen zu bestehen.

Noch einmal blitzten die Lichter in ihrem Kopf auf, dann wurde es dunkel, eine tiefe, schwarze Dunkelheit verschluckte sie, die jenseits der Träume lag, jenseits des tiefsten Schlafes. Bevor sie das Bewusstsein vollständig verlor, spürte sie etwas Heißes, Feuchtes, Klebriges auf ihrer Brust, und sie roch den metallischen Duft von Blut.

Ivy schloss die Madonna-Mörder-Akte. Sie hob eine Hand und merkte, dass sie zitterte. Ihre Haut war kalt und klamm, obwohl in der Wohnung über fünfundzwanzig Grad herrschen mussten.

Was tat sie hier?

Tat sie so, als wäre sie zurückgekommen, um dieses Schwein zu schnappen? Menschen verbrachten ihr ganzes Leben damit, sich zum Narren zu halten. Sie redeten darüber, was sie vorhatten, diskutierten ihre großen Pläne, während sie sich nur Tag für Tag durchschlugen. Denn in Wahrheit mussten Menschen etwas haben, wovon sie träumen konnten, was ihnen heilig war, selbst wenn sie es niemals schaffen würden.

7

Es war zwei Uhr nachts in Shady Oaks. Künstliche antike Straßenlaternen folgten der Kurve des Bürgersteigs in perfekter Symmetrie. Die Sprinkler waren an, und wenn Ethan Irving an der richtigen Stelle stand und im richtigen Winkel schaute, konnte er einen kleinen Regenbogen sehen, der es niemals bis zum Himmel schaffen würde. Hinter dem Rollrasen, der von einer Rasenfarm hundert Meilen weit weg stammte, begannen Maisfelder, die einstmals Wald gewesen waren, in dem Indianer lebten und jagten.

Die Menschen sprachen schlecht über die Vororte, aber Ethan mochte das beruhigende Gemurmel des Lebens knapp außerhalb seines Schlafzimmerfensters, ihm gefiel, wo er aufgewachsen war, vor allem weil es das Einzige war, was er je kennengelernt hatte, zumindest das Einzige, woran er sich erinnern konnte. Aber ab und zu hasste er die mangelnde Individualität. Alles war überall gleich. Manchmal hatte er das Gefühl, wenn er nur den Mut aufbrächte, abzuhauen, würde er nie zurückkommen. Nicht, wenn er den Rest der Welt zu Gesicht bekommen hätte. Aber die Gleichheit bot auch Sicherheit. Er hing schon sein ganzes Leben mit denselben Kids ab. Das Blöde daran war, dass man immer derjenige sein musste, den sie kannten und erwarteten. Und je älter man wurde, desto mehr passte man sich, wenn man beisammen war, den alten Rollen an. Ethan hatte schon lange vermutet, dass seine Freunde, wenn sie sich mit anderen Leuten trafen, anders waren. Sie wuchsen – sie wurden zu größeren, klügeren Ausgaben ihres ehemaligen Selbst.

Mit Kopfhörer auf und Walkman an, den Kopf voll mit dem Sound der Smiths, lief Ethan genau in der Mitte der

Straße, die Sohlen seiner Turnschuhe klatschten auf den Asphalt, der immer noch sonnenwarm war. Er wurde langsamer, als er das Carter-Haus erreichte. John und Lily Carter. Ein Paar Mitte zwanzig. Sie waren vor zwei Jahren hergezogen, und seitdem war Ethan heimlich in Lily verknallt. Manchmal redete er mit ihr. Sie musste einsam sein, denn sie schien sich immer zu freuen, ihn zu sehen. Sie unterstützte ihren Mann, der noch zur Uni ging und Frauen mit nach Hause brachte, wenn Lily bei der Arbeit war.

Lily wollte irgendwann ein Baby haben. Sie hatte für ihr Kind sogar schon einen Apfelbaum im Vorgarten gepflanzt.

»Jeder braucht doch einen Apfelbaum zum Klettern«, hatte sie verkündet.

Ethan hatte ihr geholfen, ihn zu pflanzen. Sie hatte tief gegraben, damit die Wurzeln es nicht so schwer hatten, festen Halt zu finden, und beim Graben fand sie eine alte Pfeilspitze. Sie hatte sie Ethan schenken wollen, aber er hatte sie nicht angenommen. Sie sollte sie für ihr Kind aufheben – falls sie irgendwann eins bekäme.

So plante sie also für die Zukunft, während ihr Mann sie hinter ihrem Rücken betrog und all ihre Pläne zerstörte. Sie wusste es nur noch nicht. War das der Mist, der allen drohte? Lily war nett. Hübsch. Warum war ihr Mann nicht glücklich? War überhaupt jemand glücklich? Wirklich glücklich?

Ethan dachte zu viel nach. Das war sein Problem. Worte, Ideen, fraßen ihn auf. Das gefiel ihm nicht, dieses Denken. Er beneidete seine Freunde, die überhaupt nicht zu denken schienen. Oder taten sie auch nur so, genau wie er?

Als er sich seinem Zuhause näherte, schaltete Ethan den Walkman aus und nahm ihn ab. Früher am Abend hatte er sein Schlafzimmerfenster einen Spalt offen gelassen. Jetzt schob er es auf, dann zog er sich, nachdem er den Walkman hatte hineinfallen lassen, hoch, sein Bauch drückte gegen den Fensterrahmen, er schob den Kopf in den pechschwarzen Raum. Mit dem Kopf voran bohrte er sich hinein, schließlich rollte er auf den Teppichboden. Dort lag er eine Minute und rang nach Luft, er lauschte und hoffte, dass Max, der hörte wie ein wildes Tier, nicht aufwachte. Er glaubte gerade, dass er davongekommen war, als eine Stimme aus der Dunkelheit drang.

»Vier Stunden zu spät«, sagte Max.

In seinem Ton lag keine Wut, seine Stimme war tief und ruhig und ließ Ethans Herz rasen und seinen Magen sich zusammenkrampfen.

»Aber andererseits sollte ich mich wahrscheinlich freuen, dass du überhaupt nach Hause kommst.«

Versuch nie, einen Bullen zu verarschen. Das hätte Ethan mittlerweile gelernt haben müssen.

Er hatte keine Ahnung, woher die Idee kam, aber Ethan sagte: »Ich bleib nicht.«

Er erhob sich und riss den Vorhang zur Seite. Das Licht von der Straße flutete ins Zimmer. Er schnappte sich Klamotten, irgendwas, stopfte sie in seinen Rucksack, dachte nicht wirklich nach, wollte bloß raus, weg von Max. Um alles Weitere würde er sich später kümmern. Er stopfte seinen Walkman zwischen ein paar Klamotten, dann machte er den Reißverschluss zu.

Es war hell genug, dass Ethan sehen konnte, wie Max in einer Zimmerecke auf dem Boden saß. Er streckte die Beine und erhob sich. »Du kannst nicht weg. Die bist auf Bewährung.«

Ethans Herz hämmerte immer weiter. Er konnte es in seinem Hals spüren, in seinem Kopf. Zum Teufel mit Max, versuchte Ethan sich einzureden. Ethan war doch scheißegal, was der dachte. Der Mann bedeutete ihm nichts. Überhaupt nichts.

Warum verspürte er dann dieses nagende Gefühl im Bauch?

Zum Teufel mit Max.

Das Fenster stand immer noch offen. Ethan dachte kurz

darüber nach, einfach wieder hinauszuhechten, fürchtete aber, dass Max seine Beine zu fassen bekam, bevor er es geschafft hatte. Und wenn er zum Fenster hinaussprang, wüsste Max auch, was für eine Panik er schob. Nein, es wäre besser, an ihm vorbei zur Haustür hinauszumarschieren, als wäre ihm alles vollkommen egal. Zum Fenster rauszuspringen war gar nicht cool.

Er schnappte sich seinen Rucksack und latschte los.

An Max vorbei.

Durch den Flur.

Schloss die Haustür auf.

Nichts wie raus.

Zum Bürgersteig.

Er hörte ein Geräusch hinter sich.

Ethan ließ seinen Rucksack fallen und rannte nach rechts, quer durch den Garten, durch die Sprinkler. Er war nicht schnell genug. Hände, Arme, schlangen sich um seine Hüfte, als Max ihn ansprang und zu Boden riss. Eine Sekunde lang sah Ethan schwarze Punkte. Er zwinkerte sie weg. Wasser spritzte ihm ins Gesicht. Sein Kopf wurde auf das nasse Gras gedrückt.

Das ärgerte ihn. Es ärgerte ihn richtig. Er machte sich schlaff. Max ließ los und erhob sich gerade, als Ethan sich umdrehte. Mit einem wilden Schrei sprang er auf und griff an, sein Schädel traf Max' Magen, ließ den Mann zu Boden gehen.

Sieg!

Oh, Scheiße, er hatte seinen alten Herrn umgelegt. Und jetzt rollten sie über den Rasen, das Wasser der Sprinkler spritzte Ethan ins Gesicht. Ethan ließ Max los und wollte sich verpissen.

»Ethan!« Max' Hand schoss vor, packte ihn am Knöchel, zerrte ihn zurück. Max hatte seinen Namen gerufen, aber Ethan bemerkte, dass er nicht wütend klang.

Max ließ Ethans Knöchel los. Ethan rappelte sich auf,

während Max sich auf den Rücken rollte, einen Fuß auf dem Gras, das Bein gebeugt, die Arme ausgebreitet. Der Kerl lachte! Er versuchte, zu Atem zu kommen, aber er lachte ganz eindeutig. Er lag auf dem Gras, das Wasser durchnässte ihn, und er lachte. Und da realisierte Ethan, wie er aussah, klatschnass, ihm war kalt, seine Sachen waren schwer vom Wasser, und ein Sprinkler spritzte ihm ins Gesicht, und er begann auch zu lachen. Er wollte nicht. Wollte diesen Witz nicht mit Max teilen, aber verdammt noch mal, er konnte nicht anders. Und als er erst einmal angefangen hatte zu lachen, konnte er nicht wieder aufhören. Er lachte, bis seine Knie nachgaben und er zu Boden ging. Er lachte, bis sein Magen schmerzte, bis ihm zusammen mit dem Wasser der Sprinkleranlage auch Tränen über die Wangen rannten.

Jemand hatte die Polizei gerufen. Aber die Bullen kamen erst, nachdem Max Ethan die Hand hingestreckt und ihm aufgeholfen hatte. Sie kamen erst, nachdem die beiden Männer klatschnass ins Haus geschlappt waren, nachdem Ethan sich eine graue Jogginghose und Max eine karierte Boxershorts angezogen hatte.

Zwei Bullen standen in der Tür. Aus seinem Zimmer konnte Ethan hören, wie Max mit gedämpfter Stimme mit ihnen redete. Dann gingen sie.

Diese Runde war okay gelaufen, aber das hieß nicht, dass Ethan Max irgendetwas durchgehen lassen würde. Und er wusste, dass es auch nicht hieß, dass ihre Probleme erledigt wären. Ein oder zwei Tage würde es besser funktionieren, dann würden sie wieder aneinandergeraten. So war es immer.

Max klopfte an der Zimmertür und reichte Ethan wortlos seinen Rucksack.

Als er weg war, zündete Ethan ein paar Kerzen an, schaltete das Licht aus und warf sich aufs Bett. Dann holte er seinen Walkman aus dem Rucksack, setzte die Kopfhörer auf und drehte die Musik voll auf, so laut, dass ihm fast die Trommelfelle platzten. Aber das war ihm egal. Die Musik.

Er wusste nicht, was er tun würde, wenn er die Musik nicht hätte. Wahrscheinlich verrückt werden. Aber er hatte sie. Nicht den Dreck, den seine Freunde hörten, sondern gutes Zeug, Sachen, die tief gingen, zu bedeutungsvoll fürs Radio, Songs, die einem ein Loch in die Seele rissen und einen um mehr betteln ließen.

Ethan war sechzehn Jahre alt und hatte keine Ahnung, was er mit seinem Leben anfangen wollte. Scheiße. In zwei Jahren wäre er fertig mit der Highschool. Was dann? *Was dann?* Er konnte nicht über den letzten Schultag hinausdenken. Er konnte sich nicht vorstellen, irgendetwas anderes zu tun, als rumzuhängen, Videospiele zu spielen, Skateboard zu fahren, Musik zu hören.

Vor nicht allzu langer Zeit hatte Max ihm gesagt, er sollte besser mal anfangen, über seine Zukunft nachzudenken, Pläne zu schmieden. Wusste der Kerl nicht, dass man so nicht mit einem Sechzehnjährigen reden sollte? Richtige Eltern würden solchen Mist nicht sagen. Sie würden Sachen sagen wie: »Als ich in deinem Alter war, hatte ich auch keine Ahnung, was ich machen wollte. Keine Sorge. Das findet sich schon. Und wenn es so weit ist, wirst du es merken.« Aber nein, so etwas sagte Max nicht. Stattdessen fing er an, ihn zu verhören, er fragte ihn, wofür er sich interessierte. Und Ethan antwortete: »Teufel, nein, ich will kein Bulle werden!« Oder: »Teufel, nein, ich will nicht Soldat werden!« Und dann fing Max an, über die Uni zu reden, und dass Ethan besser anfangen solle, für seine Aufnahmeprüfung zu lernen. Und Ethans Herz schlug immer schneller. Er war doch bloß ein Kind. Er hatte sein ganzes Leben damit verbracht, nichts zu tun, und jetzt plötzlich sollte er genau wissen, was er wollte.

Was er wirklich wollte, war, seinen Vater zu finden. Die ganze Zeit hatte er dieses Gefühl gehabt, wenn er seinen Vater kennenlernte, würde sich alles klären. Denn sein echter Vater würde wissen, was zu sagen war. Er und sein echter Vater würden sich in den Garten setzen, Bier trinken und miteinander quatschen. Sein echter Vater würde ihm zeigen, wie man einen Vergaser sauber kriegte und wie man den Motor tunte, so wie es der Vater seines Freundes Tyler gemacht hatte. Sein echter Vater würde ihm nicht erzählen, wie wichtig es wäre, sich alle Einzelheiten einzuprägen, falls man einmal Zeuge eines Verbrechens würde – was genau das war, was Ethan vor ein paar Jahren zugestoßen war. Er war in einem Quick Stop gewesen und hatte Süßigkeiten gekauft, als der Laden überfallen wurde.

»Wie haben sie ausgesehen?«, hatte sein Vater gefragt. »Wie groß? Was für Sachen hatten sie an?« Er sagte nicht: »Ich bin froh, dass dir nichts passiert ist.« Und als Ethan ihm erklärte, dass er es nicht wusste, hatte Max ihn so komisch angeguckt, erst verwirrt, dann mitleidig. Als hätte er von Ethan sowieso nichts anderes erwarten dürfen.

Sein echter Vater hätte das nicht getan. Sein echter Vater wäre einfach froh gewesen, dass ihm nichts zugestoßen war.

Seine Mutter …

Manchmal glaubte er, sich an sie zu erinnern, aber wie war das möglich? Er war drei Jahre alt gewesen, als sie starb. Der Tod – die Vorstellung des Todes – jagte ihm eine Heidenangst ein. Erst ist man hier, dann ist man weg.

Er konnte sich beinahe an ihre Stimme erinnern, und wie er sich fühlte, wenn sie mit ihm sprach. Geliebt. Das war das, was ihre Stimme mit ihm tat. Aber wie konnte er sich daran erinnern? Nein, er füllte bloß die Lücken mit Fantasiegespinsten.

Max. Max war der erste Mensch, an den Ethan sich erinnerte. Es war Weihnachten, und Max und er hatten einen Baum. Max hatte ihn hochgehoben, damit er Lametta obendrauf tun konnte. Wenn Ethan sich daran erinnerte, hasste er Max nicht. Aber dieser Max erschien ihm auch nicht so angespannt wie der Max, mit dem er jetzt zusammenlebte.

Man konnte beinahe glauben, dass Max keinerlei Gefühle hatte, aber Ethan wusste es besser. Er würde niemals diese

71

Nacht vergessen, vor Jahren, als Max ihn beim Babysitter abgeholt hatte. Die ganze Fahrt nach Hause sagte er kein Wort. Ethan hatte ihn schließlich nach dem Geruch gefragt – ein fauliger, süßer, schrecklicher Geruch, der von seinem Vater auszugehen schien.

Max hatte lange nichts gesagt, und dann fragte er: »Du kannst es auch riechen?«

»Ja«, hatte Ethan gesagt.

»Faulige Honigmelone«, hatte sein Vater ihm schließlich erklärt.

Und als sie nach Hause kamen, hatte Max lange, lange geduscht. Und als er aus dem Bad kam, trug er eine saubere Jeans, und sein nasses Haar roch nach Zitrone. Mitten in der Nacht wachte Ethan auf. Erst konnte er das Geräusch nicht einordnen, und dann wurde ihm, mit einer eigenartigen Peinlichkeit, klar, dass sein Vater weinte.

Als er älter wurde, begriff er, dass Zitronen-Shampoo die beste Möglichkeit war, den Geruch des Todes aus dem Haar herauszuwaschen.

8

Abraham hielt sich an dem hölzernen Pult fest und versuchte, sich zu konzentrieren, während der stets zuverlässige, aufrichtige Detective Irving rechts von ihm stand. Bei der Pressekonferenz ebenfalls anwesend waren der Staatsanwalt von Cook County, Roger Jacobs, Cook County Board President Jane O'Riley, und Grace Simms, Deputy Chief von Bereich Fünf.

Abraham hatte den ganzen Morgen am Telefon verbracht. Der Bürgermeister hatte zweimal in drei Stunden angerufen, und Abraham hatte ihm versichert, dass dieser neue Mord in keiner Weise in Verbindung gebracht werden konnte mit den Morden von vor sechzehn Jahren.

Er hatte außerdem mehrere Gespräche mit Krankenhausleitern geführt, die befürchteten, dass auf ihren Entbindungsstationen Panik ausbräche.

Er hätte seinem Assistenten einige der einfacheren Anrufe übergeben können, aber so war Abraham nicht. Während seiner gesamten Karriere hatte er darauf geachtet, erreichbar zu sein, selbst ganz oben. Er wollte, dass die Öffentlichkeit erfuhr, dass die Morde mit höchster Priorität behandelt wurden, insbesondere vom Superintendent. Als es Zeit für die Pressekonferenz war, hatte Abraham bereits zwei Kannen Kaffee und ein Röllchen Magentabletten hinter sich, und er brauchte etwas Stärkeres als Aspirin gegen seine Kopfschmerzen.

Er schaute ins Publikum und stellte erleichtert fest, dass der Großteil der Plätze frei war. Bisher waren die Mutter-Kind-Morde keine große Sache, und so würde es bleiben, bis jemand eine Verbindung zum Madonna-Mörder herstellte.

Viele Gesichter kannte er. Chris Humes von der *Sun*. Victoria Price-Rand von der *Trib*.

Abraham verkündete zügig die Fakten.

»Was ist mit dem Madonna-Mörder?«

Die Frage, die Abraham zu vermeiden gehofft hatte, stellte ein junger Mann mit engagiertem Gesichtsausdruck, den Abraham noch nie zuvor gesehen hatte.

Die guten Reporter, die nicht Mist bauten, indem sie Informationen durchsickern ließen, wurden im Gegenzug von der Polizei respektiert. Im Austausch für ihre Kooperation erhielten sie manchmal Hauptrollen bei der Ermittlung. Bekamen manchmal exklusive Informationen, die letztendlich zu einer großartigen Karriere im Zeitungsgeschäft führen konnten.

Abraham wollte Zeit schinden und fragte: »Wie ist Ihr Name?«

Der Reporter deutete auf den Plastik-Presseausweis, der an seinem Hemd hing, als könnte Abraham den aus zehn Meter Entfernung lesen.

»Alex Martin, Sir.«

Genervt und erschöpft gab Abraham seine Antwort. »Im Moment gibt es keine Beweise für irgendeine Verbindung zwischen diesem Mord und den Morden von vor sechzehn Jahren. Nächste Frage.« Er löste seinen Blick von dem neuen Reporter.

»A-aber, Sir«, stammelte Alex und hob die Hand.

Superintendent Sinclair ignorierte ihn, stattdessen wandte er sich an einen der älteren Reporter.

Die Behandlung verärgerte Alex so sehr, dass er auf seinem Stuhl saß, an den Nägeln kaute, sich ärgerte und nicht weiter zuhörte. Zehn Minuten später riss er sich zusammen, als Detectiv Irving ans Podium trat.

Alex machte sich bereit auf noch mehr blödes, lästiges Gequatsche.

»Was ist mit dem FBI?«, fragte jemand.

»Die Außenstelle des FBIs in Chicago beschäftigt sich mit dem Fall«, entgegnete Max Irving.

»Besteht die Absicht, weitere Agenten hinzuziehen?«

»Im Moment nicht. Wir haben einen eigenen ausgezeichneten Profiler, Special Agent David Scott, der in den letzten vier Jahren geholfen hat, mehrere Verbrecher zu fassen«, erklärte ihnen Irving. »Er ist erstaunlich erfolgreich.«

»Aber er ist ganz allein. Hat er nicht zu viel zu tun?«

Die Reporterin, Victoria Price-Rand, hatte ein bekanntes Problem angesprochen. Alle Mitarbeiter der Polizei und des FBIs waren überlastet. Das Letzte, was Max gehört hatte, war, dass Agent Scott hundertfünfzig verschiedene Mordfälle bearbeiten sollte. Max selbst hatte etwa dieselbe Anzahl auf dem Schreibtisch. Zu viele Verbrechen, nicht genug Polizisten, nicht genug Laborplätze, nicht genug Leute. Und es würde schlimmer werden. DNA-Labore konnten mittlerweile innerhalb von zwei Wochen Ergebnisse liefern, das war viel schneller als früher, aber die Techniker waren so überlastet, dass es immer noch Monate dauern konnte, bis man seine Berichte bekam.

Und dass ein FBI-Agent aus Quantico hergeschickt wurde – nun, das würde allerhöchstens passieren, wenn dieser neue Fall doch noch mit den Madonna-Morden in Verbindung gebracht werden konnte.

Zwei Stunden später saß Alex Martin mitten im Newsroom, und seine Finger flogen über die Tastatur, er tippte eine wütende Tirade gegen Superintendent Sinclair und regte sich dabei immer mehr auf.

Um ihn herum saßen Reporterkollegen vor ihren Computern, die Tasten klickten, Telefone klingelten, Drucker spuckten Geschichten von den Agenturen aus.

Journalisten, die von der Uni kamen, stellten sich immer vor, dass sie große Reportagen schreiben würden. Oder Kommentare. Oder eine Kolumne, die sich um das Leben drehte, die Vereinigten Staaten, die Welt an sich. Eine Kolumne, mit der man berühmt werden konnte, und dann würden die Leser gespannt auf den nächsten geistreichen Artikel warten.

Davon träumten Journalisten, und natürlich von einem Milliardenvertrag für den großen amerikanischen Roman. Kein Mensch sagte jemals: Ich werde über Highschool-Basketball schreiben. Ich werde Nachrufe schreiben – die verteufelt schwer hinzukriegen waren. Das wusste Alex, denn so hatte er angefangen. Und keiner sagte, ich geh an die Uni und mach einen Abschluss in Journalismus, damit ich auf Polizeiwachen rumsitzen, die Tagesberichte voller häuslicher Streitigkeiten, öffentlicher Trunkenheit und banaler Verkehrsverstöße durchsehen und dann darüber schreiben kann.

Tag für Tag für Tag.

So bekam man keinen Pulitzer. Nein, um einen Pulitzer zu kriegen, musste man graben, immer weiter graben, man musste alles enthüllen, was zu enthüllen war, man musste Licht in jede Ecke bringen.

Er arbeitete sich hoch, das wusste er, aber er wollte eine Story. Eine richtige, gottverdammte Story. Er wusste auch, dass das nicht passieren würde, denn die Bullen hatten ihre Lieblingsreporter, mit denen sie schon seit Jahren arbeiteten. Die bekamen die Storys, die bekamen sie exklusiv. Nicht jemand wie er. Das war auch wieder klar geworden, als Sinclair ihn vor seinen ganzen Kollegen ignoriert hatte. Es war schwierig genug, sich den Respekt der Kollegen zu erarbeiten, ohne dass man auch noch derartig bloßgestellt wurde.

Und deshalb schrieb er jetzt, er schlug wütend und kraftvoll auf die Tasten und fragte sich, ob er jemals eine anständige Story zu fassen bekäme, ob er den richtigen Beruf gewählt hatte. Aber mit vier Jahren Studentendarlehen im Rücken musste er dabeibleiben. Selbst wenn es falsch war. Selbst wenn er einen Fehler gemacht hatte. Das war das

Schreckliche an der Uni. Man musste sich entscheiden – eigentlich musste man *erraten –*, was man mit dem Rest seines Lebens anfangen wollte. Es war wie ein Würfelspiel, denn die Chance war groß, dass man es falsch machte, sehr groß. Und wenn man nicht unermesslich reich war, dann gab es danach kein Zurück mehr.

Immer öfter dachte Alex, dass er einen Fehler gemacht hatte. Und es fiel ihm schwer, damit klarzukommen. Dieses Gefühl, dass man nirgendwo hingehörte, dieses Was-zum-Teufel-treibe-ich-eigentlich-hier-Gefühl zunehmender Verzweiflung.

Alex gab seiner Story einen Namen in der Datenbank: Abraham Sinclair.

Er starrte den Artikel immer noch an, als sein Desk Advisor vorbeikam.

Vor Jahren hatte der *Herald* einen neuen Geschäftsführer engagiert und tiefgreifende Strukturveränderungen vorgenommen. In dieser Zeit war irgendein Idiot auf die Idee gekommen, alle Berufsbezeichnungen zu ändern. Also verschwanden die militärisch klingenden Titel wie »Chef« und »Leiter«.

Jetzt waren alle »Director« und »Advisor« und »Overseer«.

Sie hatten die Redakteure aus der Redaktion herausredigiert.

Der Name seiner »Beraterin« war Maude Cunningham. Maude hatte, als sie jünger gewesen war, wahrscheinlich scharf ausgesehen. Sie konnte alles zwischen sechzig und siebzig sein. Sie hatte hier angefangen, als die Zeitung ein von Männern dominiertes Schiff war und Reporterinnen knallhart und gnadenlos sein mussten. Sie rauchte, und Alex vermutete, dass sie auch soff, denn sie sah aus wie eine Backpflaume, und das taten Leute, die jahrzehntelang tranken. Ihre Stimme war ein raues Raspeln, und die Luft, die aus ihren Lungen drang, roch muffig und verbraucht wie die eines

Mausoleums. Alex vermutete, dass sie nur eine Röntgenaufnahme von der Diagnose Lungenkrebs entfernt war.

»Das können wir nicht drucken.« Sie hockte sich auf die Ecke seines Schreibtisches und klopfte mit einem langen roten Fingernagel gegen ihren vergilbten Schneidezahn.

Alex las den Artikel noch einmal.

Es war eine zügellose Schimpftirade, voller Adjektive und Wertungen, die Sinclairs bösartiges Benehmen Alex gegenüber beschrieben. In dem ganzen Artikel steckte nicht ein berichtenswertes Fitzelchen Information.

»War bloß ein Versuch.«

Er drückte den Löschknopf, dann versuchte er, das Programm zu beenden, aber die Software ließ ihn nicht so leicht vom Haken.

Möchten Sie die Datei Abraham Sinclair speichern?

Die Frage blinkte ihn an.

Er drückte auf den »Nein«-Knopf und löschte seinen Artikel.

»Ich würde gern mehr über Sinclair herausfinden, zum Beispiel, was er mit den Madonna-Morden zu tun hatte«, sagte er.

»Soll das ein Rachestück werden? So was drucken wir nicht. Ich möchte nicht, dass Sie die Zeitung für Ihre persönliche Vendetta benutzen. Sie müssen sich eine dickere Haut zulegen, wenn Sie in diesem Geschäft bleiben wollen. Jeden Tag werden Sie Leute treffen, die Sie nicht kennen, Sie aber von vornherein hassen, weil Sie Zeitungsreporter sind. Denn Schreiber haben Macht. Missbrauchen Sie diese Macht nicht. Gehen Sie ruhig ins Archiv, aber lassen Sie Sinclair in Ruhe. Ich kann Ihnen schon sagen, dass er damals die Madonna-Ermittlungen geleitet hat. Hat ihn seine Ehe gekostet, und am Ende musste er in ein Reha-Zentrum in Minneapolis, um trocken zu werden. Versuchen Sie mal einen Augenblick, die Sache aus seiner Warte zu sehen. Dann hassen Sie ihn vielleicht nicht mehr ganz so sehr.«

»Ich habe also Ihre Genehmigung, herauszukriegen, was ich finden kann?«

»Ich möchte, dass Sie etwas haben, falls wir es brauchen. Wenn noch mehr Morde geschehen, oder wenn die Polizei eine solide Verbindung zwischen diesen neuen Fällen und den Madonna-Morden etabliert. In der Zwischenzeit kümmern Sie sich um die Sache, ohne sich die ganze Polizei zum Feind zu machen.« Sie lächelte ihn in ihrer toughen Ich-mag-dich-Art an. »Ich weiß, beides zusammen ist für Sie ein bisschen schwierig, aber geben Sie sich Mühe.«

9

Die Dame, die Ethan zu bedienen versuchte, konnte sich nicht entscheiden, was sie wollte. Sie stand da und starrte auf die Speisekarte an der Wand, sie wartete darauf, dass sie eine Eingebung hatte, als könnte die Karte sich noch ändern oder anfangen zu blinken oder so. Wer weiß?

Ethan wünschte sich, ein Blitz würde sie alle erschlagen.

Es war ein Bagel-Laden, um Gottes willen, keine Fünf-Sterne-Klitsche in der Innenstadt, wo Ethan als Nächstes einen Hundert-Dollar-Wein anbieten würde. Warum nur konnten die Leute sich nicht entscheiden?

Er wartete ungeduldig, während die Schlange hinter ihr bis zur Tür wuchs.

Schließlich sagte sie: »Ich nehme einen normalen Bagel mit Frischkäse.«

So war das mit den Leuten, die sich nicht entscheiden konnten. Sie bestellten immer das Langweiligste auf der Karte.

»Frischkäse light oder normal?«

»Mhm?«

»Frischkäse light oder normal?« Er hätte nicht fragen sollen, aber Kunden wie sie waren auch immer diejenigen, die den Bagel zurückbrachten, weil sie einen anderen Frischkäse wollten.

In ein paar Stunden hatte er Schluss, aber er freute sich nicht darauf. Sein Vater würde ihn abholen, und dann gingen sie ins Kino. Begriff Max es denn nicht? Konnte er nicht erkennen, dass Ethan nicht mehr mit ihm rumhängen wollte? Diese Künstlichkeit – er konnte sie nicht mehr ertragen. Dass Max sich so große Mühe mit diesen Vater-Sohn-Ausflügen gab, empörte ihn. Wenn Ethan, als er klein war, im Fernsehen etwas gesehen hatte, was ihm Angst machte, summte er vor sich hin: »Das stimmt gar nicht. Das stimmt gar nicht.« Genau das machte er jetzt mit Max.

Die Frau, die sich so schlecht entscheiden konnte, ging am Tresen entlang, wo sie wahrscheinlich eine weitere Stunde damit verbringen würde, sich zu entscheiden, ob sie einen Latte oder einen Espresso wollte, und Himbeer- oder Schoko-Mandel-Geschmack.

»Kann ich Ihnen helfen?«, fragte er den nächsten Kunden.

Sein Vater und er hatten einander immer nahe gestanden – deswegen lag ihm die Wahrheit schwer im Bauch wie ein Haufen mit Schimmel überzogener Steine. Vor nicht allzu langer Zeit hatte Ethan sich mit einem Nachbarsjungen gestritten. Um ihn zu verletzen, hatte der Junge ihm gesagt, dass Max Ethan nur adoptiert hatte, weil seine Mutter krepiert war und darum gebettelt hatte, dass er ihn nahm und für ihn Vater spielte.

Das machte aus Ethan ein armes Würstchen.

Es war schlimm genug, zu erfahren, dass man adoptiert war, aber man konnte sich immer noch sagen, dass der Vater einen wollte, ein Kind wollte, sonst hätte er es ja nicht getan.

Jetzt konnte er nicht einmal mehr das glauben …

Zuerst hatte Ethan versucht, sich nicht weiter damit zu beschäftigen, aber am Ende konnte er den Gedanken doch nicht verdrängen und musste ihn als Wahrheit anerkennen. Das ergab Sinn. Er kam sich blöd vor, dass er nicht schon lange darauf gekommen war. Er wusste, dass Max seine Mutter nicht lange gekannt hatte, weshalb sonst hätte er ihn adoptieren sollen? Max war einer von den Leuten, die immer das Richtige tun wollten. »Pflichtbewusst«, war das Wort, das Ethan dafür benutzte.

Aber es war schrecklich und deprimierend, anzuerkennen, dass die eigene Kindheit Lug und Trug gewesen war. Dass seine Vergangenheit einen Teppich darstellte, den man ihm jetzt unter den Füßen wegzog. Dass all die Zeit, die sie zusammen verbracht hatten, bloß Pflichterfüllung gewesen war.

Max sagte Ethan immer, dass man sich um diejenigen kümmern musste, die weniger Glück hatten. So lange er zurückdenken konnte, hatte Max Geld an ein Mädchen und einen Jungen in Bolivien geschickt. Diese Kinder waren jetzt erwachsen und schrieben ihnen immer noch Weihnachtskarten und Briefe, und Max unterstützte mittlerweile zwei neue Kinder.

Ethan hatte das immer cool von Max gefunden, bis er herausgekriegt hatte, dass er selbst auch so ein Kind war. Zumindest wussten sie, dass sie arme Würstchen waren. Zumindest log man ihnen nichts vor.

Er wollte mit jemand darüber reden, aber seine Kumpel redeten nicht über so etwas. Denen wäre das peinlich, es wäre komisch, und sie hätten sowieso keine Antworten. Das kapierte man, wenn man älter wurde. Wenn man klein war, dachte man, man wäre bloß zu jung, um die Antworten zu verstehen, und wenn man älter würde, dann würde sich alles klären.

Aber schließlich musste man sich der Wahrheit stellen: Es gab keine Antworten.

Ethan drehte sich gerade um, als sein Kollege auf den normalen Bagel mit dem Frischkäse light spuckte.

»Was zum Teufel machst du da?«, flüsterte er.

»Wie sieht's denn aus? Ich geb ihr meine Spezialität. Ich hasse es, wenn diese Tussen alle so aufhalten. Als wären sie die Einzigen, die was essen wollen.«

Jarod arbeitete erst seit drei Tagen hier und war eine furchtbare Nervensäge, einer dieser reichen Jungs, deren Eltern sie zwangen, im Sommer zu jobben, damit sie nicht den ganzen Tag im Bett lagen und MTV guckten und Videospiele spielten. Er war störrisch und unhöflich, und das Einzige, was ihm Spaß machte, war, wenn er irgendeine Scheiße baute – was ungefähr alle zwei Minuten passierte.

Ethan nahm den Bagel und warf ihn in den Müll. »Mach noch einen, und diesmal ordentlich.«

»Redest du mit mir? Du laberst mich an?« Er gehörte außerdem auch noch zu den weißen Jungs, die gerne redeten wie Schwarze.

»Ja, das tue ich.«

Jarod ließ die Arme hängen, die Hände zu Fäusten geballt, sein Gesicht lief rot an. Alles an ihm war auf Krawall gebürstet.

»Komm schon, Mann.« Ethan deutete auf den Behälter mit den Bagels. »Mach einfach einen neuen.« Er konnte nicht glauben, dass sie sich über einen verfluchten Bagel stritten. »Ist doch keine große Sache.«

Jarod riss sein grünes Bagel-Käppi vom Kopf und warf es auf den Boden.

»Scheiße! Scheiße, Mann.«

Er rannte davon.

Genervt machte Ethan einen neuen Bagel und brachte ihn zur Kasse, wo die Frau darauf wartete, zu bezahlen.

Sie schob ihm den Bagel zurück. »Ich will ihn nicht mehr«, sagte sie, das Kinn empört gehoben. Sie konnte nicht mitbekommen haben, was Jarod mit dem ersten Bagel angestellt hatte, aber sie konnte seinen Anfall auch nicht übersehen haben. »Ich habe nicht vor, in einer so feindseligen Atmosphäre zu essen. Wie heißt Ihr Manager? Ich möchte diesen Zwischenfall melden.« Sie hatte einen Stift gezückt, und jetzt konnte Ethan sehen, dass sie bereits seine Mitarbeiternummer und seinen Namen auf eine Serviette gekritzelt hatte.

Er starrte sie an und fragte sich, ob er einfach den Mund hätte halten sollen, als Jarod auf ihren Bagel rotzte.

Zwei Stunden später räumte Ethan gerade den letzten Frischkäse weg, als er Lärm an der Tür hörte. Warum zum Teufel kamen die Leute, wenn man zumachte? Er schaute auf und sah ein paar seiner Freunde hereinkommen, sie lachten und schubsten einander bis zum Tresen. Ryan Harrison, ein Nachbar, Hockey-Mannschaftskollege und langjähriger Freund, hängte sich quer über den Tresen.

»Ihr müsst was kaufen«, sagte Ethan. »Der Manager ist hinten.«

Das letzte Mal, als seine Freunde aufgetaucht waren, hatte der Manager sie rausgeworfen, denn sie hatten zwei Tische besetzt und verdreckt, hatten sich Eiswasser, Strohhalme und Servietten geholt und einen matschigen Mist hinterlassen, den Ethan saubermachen musste, und nichts gekauft.

»Gib mir einen Pizza-Bagel und ein mittleres Getränk«, sagte Ryan, und Heather Green zog an seinem Arm, weil sie auch einen Bagel haben wollte. Er verdrehte die Augen und bestellte einen zweiten.

Heather strahlte und zwinkerte Ethan zu. Heather war immer fröhlich und lachte. Obwohl sie ganz in der Nähe wohnte und er sie schon ewig kannte, kam sich Ethan in ihrer Gegenwart immer ein bisschen tollpatschig vor, denn er hatte gehört, dass sie schon Sex hatte, während er immer noch Jungfrau war.

»Hast du von der Schallplatten-Messe beim Navy Pier gehört?«, fragte sie.

»Nein«, sagte Ethan. Sie war außerdem eines der wenigen Mädchen – überhaupt einer der wenigen Menschen – die irgendwas von Musik verstanden. Nicht viel, aber mehr als seine Kumpels.

»Nächsten Monat. Die Tickets kosten zehn Mäuse für drei Tage.«

»Gehst du?«, fragte er.

»Kann nicht. Familienurlaub. Wir fahren campen in Colorado.«

»Cool.« Er gab ihnen ihre Bagel und einen mittelgroßen Becher, dann tippte er die Bestellung ein. »Was ist mit dir?«, fragte er Ryan.

»Eine Schallplatten-Show? Ich weiß nicht.« Er zuckte mit den Achseln. »Vielleicht. Lässt dein Alter dich gehen?«

»Wenn nicht, dann hau ich ab.« Er würde sich von seinem Vater auf keinen Fall daran hindern lassen, zu so etwas Wichtigem zu gehen.

»Diese Sachen sind so intensiv«, sagte Ryan. »Das nervt irgendwie.«

»Toll.« Keiner kapierte es. Keiner kapierte Ethans Begeisterung für die Musik. Nicht für den Dreck im Radio, sondern für Musik. Gute Musik.

Er hing in ein paar ausgewählten Chat-Rooms rum – es war toll, mit Leuten zu »reden«, die dieselben Dinge liebten wie er – aber warum kannte er niemanden, der so war?

Wie konnte er jemanden respektieren, der mit guter Musik nichts anfangen konnte? Was sollte er machen, wenn er ein Mädchen traf und sich verliebte … aber sie hörte Dreck? Könnte er sie heiraten? Könnte er den Rest seines Lebens mit ihr verbringen?

»Jetzt wollen wir gerade zu einer Aufführung im Quest-Theater«, sagte einer von den anderen, Brent. »Willst du mit?«

»Wer spielt?«

»Ich weiß nicht. Wir dachten einfach, es wäre was zu tun. Wir wollen von Pasqual oder Donnie Issak ein bisschen Wodka. Wir haben genug Asche für eine kleine Flasche.«

»Ich kann nicht.«

»Komm schon, Mann. Hast du nicht bald Schluss? Wir sind extra vorbeigekommen, um dich zu fragen.«

»Ja, aber mein Alter holt mich ab.«

Brent lachte. »Ach ja, stimmt. Du hast Hausarrest. Hab ich vergessen. Wie doof.«

»Wenn das so doof ist, warum lachst du dann?«

»Ich hab bloß dran gedacht, wie besoffen du warst. Du warst echt komisch. Ich hab mich fast bepisst. Ich wusste nicht, dass du so verflucht komisch sein kannst.«

Ethan konnte sich unscharf daran erinnern, dass er auf irgendein Auto geklettert war. Er hatte seine Hose ausgezogen und die Beine um seinen Hals geknotet wie ein Cape und Sachen gebrüllt wie: »Ich bin der König der Welt!« Als er daran zurückdachte, errötete er. Die Sache mit dem Cape war schlimm genug, er hoffte, dass er nicht noch peinlichere Sachen gemacht hatte.

Scheinwerfer erhellten plötzlich das Innere des kleinen Ladens. Als sie erloschen, konnte Ethan den Wagen erkennen. »Ruhe jetzt«, sagte er zu Brent. »Mein Vater ist da.«

»Hey, ihr«, rief Brent zu den anderen. »Ethans Papa holt ihn ab.«

10

Früher war dreizehn seine Glückszahl gewesen. Aber in letzter Zeit tauchte immer wieder die zweiundzwanzig auf. Immer wenn er auf die Uhr schaute, war es irgendwas-zweiundzwanzig. 14:22, 17:22, 19:22. In der Art. Neulich hatte er ein Sandwich und eine Cola gekauft, und die kosteten 6,22. Dann holte er sich eine Zeitung, und vorne drauf war ein Foto eines Unfall-Busses. Und welche Nummer hatte der? Zweiundzwanzig. Und dann kam er darauf, dass seine Hausnummer 7852 war. Die Quersumme davon war zweiundzwanzig ...

Ein dumpfer Schlag von oben ließ ihn zusammenzucken. Sie war wach. Bald würde sie anfangen, nach ihm zu rufen, was von ihm zu wollen.

Er konnte sie durch die Bodendielen riechen. Ihr Gestank erfüllte das ganze Haus. Duschte sie denn gar nicht mehr? Er glaubte nicht. Andererseits war das auch wieder gut, denn so war er der Einzige, der die Dusche benutzte. Die Vorstellung, dass jemand anders dort gewesen war, dass ihre Haare an der Seife und dem Fiberglas klebten, ekelte ihn. Er konnte es nicht ertragen, zu wissen, dass sie unsichtbare Hautreste zurückließ, zusammen mit ihrem Gestank. Da war es viel besser, wenn nur er duschte.

Warum hatte sie ihn immer gehasst?

Drecksjunge.

Dreckiger Drecksjunge.

Er erinnerte sich an das erste Mal, wo ihm klar geworden war, dass sie anders war als die anderen Mütter ... und dass er anders war als die anderen Kinder.

Vorschule.

Das Wort allein jagte ihm einen kalten Schauer über die Haut.

Sie hatte ihn zu dem großen Ziegelschulhaus gebracht, ihre schweißige Hand schluckte seine, sie zerrte ihn hinter sich her, er versuchte mit seinen kleinen Beinchen aufzuholen, die Angst erzeugte einen sauren Geschmack an seinem Gaumen.

Seine Beine waren fast zu kurz, um die Treppe hochzugehen, aber sie wurde nicht langsamer. »Komm jetzt. Bringen wir's hinter uns«, sagte sie und zog an ihm, riss ihm den Arm fast aus der Schulter. Kaum waren sie eingetreten, empfand er sich als Fremdling. Und dieses Gefühl verließ ihn nie mehr.

Frauen – andere Mütter – sahen sie an, schauten schnell weg. Manche hoben die Hände vor ihr Gesicht, bedeckten Mund und Nase. Manche traten zurück, um sie durchzulassen, als fürchteten sie, er oder seine Mutter könnten sie berühren.

Er trug eine kurze rote Hose und ein rot-weiß gestreiftes T-Shirt, das nicht einmal seinen Bauch bedeckte. An seiner kurzen Hose klebte »Scheiß«, wie seine Mutter es genannt hatte, und seine Füße in den verblassten, halb zerfetzten Flip-Flops waren dreckverkrustet.

Seine Mutter trug das, was sie immer anzog, wenn sie überhaupt etwas anzog, eine enge Frotteeshorts und ein ärmelloses Top. Schwarze, borstige Haare ragten unter ihren Achseln heraus. Sie war ihm immer groß erschienen – sie war seine Mutter –, aber jetzt bemerkte er, dass sie dreimal so groß war wie die anderen Frauen, die im Flur standen und versuchten, sie nicht anzustarren.

»Komm schon«, sagte sie und zerrte an seiner Hand, zerrte ihn in einen Raum, in dem eine bezaubernde Frau an einem Schreibtisch saß. Sie hatte schwarzes Haar und rote Lippen und ein warmes Lächeln, das alles in Ordnung scheinen ließ.

Andere Frauen saßen an anderen Tischen und füllten Formulare aus. Ein paar Kinder spielten in einer Ecke mit Spielsachen.

Seine Mutter ließ seine Hand los. Die Frau hinter dem Schreibtisch sagte Hallo zu ihm und fragte ihn, ob er mit den anderen spielen wollte.

Er sah auf zu seiner Mutter.

Würde sie ihn lassen?

»Geh schon«, sagte sie mit ihrem ärgerlichen Gesicht, der ärgerlichen Stimme.

Also ging er langsam rüber zu den anderen Kindern. Ein Junge hatte ein Plastikauto, das er über einen grünen Teppich schob, auf den Straßen gemalt waren. Ein Mädchen mit blonden Haaren spielte mit farbigen Bauklötzen, stapelte sie höher und höher.

Er fand sie hübsch.

Das Mädchen sah ihn an und sagte: »Du stinkst.«

Der Junge sah auf, dann zeigte er mit dem Finger auf ihn. »Du hast dir in die Hose gemacht.« Aber das reichte nicht, er musste es allen im Zimmer sagen. »Er hat in die Hose gemacht«, sagte er mit Singsangstimme und zeigte immer noch auf ihn. »Frau Lehrerin, er hat in die Hose gemacht.«

Er konnte es heiß und feucht an seinem Bein herunterrinnen spüren, an seinem Fuß, es sammelte sich auf dem Teppich. Der Geruch des Urins stach in seine Nase. Verwirrt fragte er sich, was er falsch gemacht hatte.

Die hübsche Frau hinter dem Schreibtisch stand auf. Sie lächelte jetzt nicht mehr. Ihr roter Mund war eine gerade Linie, sie hatte die dunklen Brauen zusammengezogen, und tiefe Falten bildeten sich zwischen ihren Augen. »Ist er noch nicht sauber?« In ihrer Stimme lag Ungläubigkeit und Erschrecken.

»Dachte, darum kümmert ihr euch«, sagte seine Mutter. Sie watschelte durch das Zimmer, packte seine Hand, zog ihn hinter sich her, sein nasser Fuß quietschte in dem Flip-Flop.

Aber jetzt trug sie die Opal-Kette, die er ihr gegeben hatte. Und sie hatte etwas von jeder Mutter, die er getötet hatte.

Wenn er sah, wie sie seine Geschenke trug, fühlte er sich wunderbar, denn das waren die wahrsten Symbole seiner tiefsten, ehrlichsten Gefühle für sie.

Von oben kam ein Scheppern, dann ein heftiges Donnern, das das Haus erzittern ließ.

Was ist jetzt wieder? fragte er sich. Was ist jetzt nur wieder?

Und dann begann sie zu schreien und zu stöhnen.

»Mein Bein! Mein Bein! Ich habe mir das Bein gebrochen!«

11

Auf japanisch heißt *Sachi* »Kind der Glückseligkeit«. La-Donna Anderson war keine Japanerin, aber sie hatte an einem Schüleraustausch nach Japan teilgenommen. Das war eine Ewigkeit her. Und obwohl sie oft an ihre japanischen Gasteltern dachte und gehofft hatte, sie eines Tages zu besuchen, kam es nie soweit. Sie hatte einen freundlichen, geduldigen Mann geheiratet, der von der Arbeit in einer Kohlenmine ein Emphysem entwickelt hatte. Sie hatten nur ein Kind, und LaDonna nannte ihre Tochter Sachi, Kind der Glückseligkeit.

Sachi war ein hübsches Mädchen, das zu einer hübschen Frau heranwuchs. Als ihr Vater starb und LaDonna zu überwältigt war, um auf der Beerdigung zu sprechen, hielt Sachi eine wundervolle Grabrede. So ein Mensch war sie. Jemand, der alles schaffte.

Und als sie versehentlich schwanger wurde und erklärte, dass sie das Baby behalten und ohne Hilfe des Vaters aufziehen würde, hatte LaDonna gedacht: Ja, das schaffst du. Und sie dachte: Es gibt keine Zufälle. Nur Wunder.

Im Verlauf von Sachis Schwangerschaft sprachen sie und ihre Tochter oft darüber, dass sie eines Tages nach Japan fahren würden. Es war ein Traum, den sie über die Jahre oft unterhalten hatten, und jetzt beinhaltete dieser Traum ein Kind. Sie würden Sachis Baby mitnehmen ...

Das Baby wurde ein Junge. Sachi nannte ihn Taro. Japanisch für »Erstgeborener Sohn«.

Es war nicht billig gewesen, die Geburtsanzeige in der Zeitung zu schalten. Obwohl LaDonna sich die vierzig Dollar dafür eigentlich nicht leisten konnte, hatte sie es trotzdem getan. Sie wollte, dass all ihre Freunde erfuhren, wie stolz sie auf ihren neugeborenen Enkel war, stolz auf ihre wunderschöne Tochter.

LaDonna arbeitete nachts in einem Laden nur drei Blocks von ihrer und Sachis Wohnung entfernt. Sie konnte am Abend, wenn sie zur Arbeit ging, eine Zeitung kaufen, aber so lange wollte sie nicht warten. Und manchmal waren abends auch keine Zeitungen mehr übrig.

Sie stand früh auf und ging zum Supermarkt, sie kaufte eine Zeitung und einen Becher aromatisierten entkoffeinierten Kaffee für Sachi und einen Becher mit Koffein für sich. Sachi verzichtete im Moment auf Koffein und Schokolade, weil sie stillte. Manche Leute sagten, es sei egal, was eine Mutter äße, es hätte keine Auswirkungen auf die Muttermilch, aber LaDonna wusste es besser. Bohnen und Rosenkohl verursachten beim Baby Koliken, Koffein hielt es wach, und Gott wusste, dass eine Mutter darauf angewiesen war, dass ihr Baby so viel schlief wie nur möglich.

LaDonna eilte mit der Zeitung nach Hause.

Sie wohnten seit über drei Jahren in der Wohnung an der Mulberry. Lange genug, dass sie nicht mehr die Namen wahrnahm, die in die Flurwände geritzt waren, oder bemerkte, dass das Geländer im zweiten Stock lose war. Alles außerhalb ihrer Wohnung war unwichtig. Denn dort drinnen war ihre Welt, ihre sichere, wunderbare Welt.

In der Küche schnitt LaDonna die Geburtsanzeige aus und klebte sie mit einem Magneten an die Vorderseite des Kühlschranks. Später würde sie Taros Krankenhausfoto und die Geburtsanzeige rahmen lassen. Als Überraschung für Sachi. Sie konnte es mit all ihren anderen Schätzen aufbewahren.

In der Wohnung war es noch ruhig, also ließ sie den weißen Plastikdeckel auf Sachis Kaffee, öffnete ihren eigenen Becher und setzte sich an den kleinen runden Tisch vor dem großen Fenster, um die Zeitung zu lesen. Wenig später hörte sie das Baby und dann Sachis verschlafene Stimme. Danach war es still, und LaDonna vermutete, dass Sachi ihr kleines, rotgesichtiges Baby stillte, sein glattes schwarzes Haar streichelte.

Später kam Sachi in ihrem Bademantel heraus und legte das eingemummelte Baby in LaDonnas ausgestreckte Arme.

»Ich habe dir Kaffee mitgebracht«, sagte LaDonna, die den Blick nicht von dem Baby lösen konnte, das in ihre Richtung schielte. »Himbeer, entkoffeiniert.«

»Du warst schon unterwegs?« Sachi hob den Deckel und schnupperte. »Ah, riecht fast so gut wie der mit Koffein.«

»Ich wollte eine Zeitung holen.«

Dampf stieg aus ihrem Becher auf, als Sachi ihn an den Mund hob. Sie nahm vorsichtig einen Schluck. »Warum hast du nicht bis heute Abend gewartet?«

»Da. Guck mal an den Kühlschrank.«

Sachi tat vier Schritte und beugte sich vor. »Eine Geburtsanzeige?«, fragte sie erstaunt. »Mom, niemand schaltet mehr Geburtsanzeigen. Außer man lebt in einer Kleinstadt, wo jeder jeden kennt und in der Wochenzeitung steht, dass Cousine Myrtle aus dem Dörfchen vier Meilen weiter auf Besuch kommt. Oder die ein Foto mit jemand mit einem blöden Hut und einer Brille bringen, und der Bildunterschrift: ›Witzig, witzig, guck mal, du bist vierzig.‹«

LaDonna war enttäuscht. Sie hatte gedacht, Sachi würde sich über die Geburtsanzeige freuen. »Ich wollte es aber in der Zeitung haben«, sagte sie störrisch, frustriert darüber, dass sie es erklären musste. Sie hatte nicht damit gerechnet, dass Sachi die Dinge so anders sehen würde.

»Warum?«

»Weil ich so stolz auf euch beide bin. Auf meine Sachi und meinen Taro.«

Sachi setzte sich ihrer Mutter gegenüber und lächelte dieses süße, weise Madonna-artige Lächeln, das sie so viel älter als zweiundzwanzig erscheinen ließ. Sie roch nach Babypuder und Himbeerkaffee, und das gedämpfte Sonnenlicht, das

zum Fenster hereinfiel, verlieh ihr eine zarte goldene Patina.
»Das weiß ich doch, Mom.«

LaDonna wollte diesen Augenblick für immer bewahren, die Zeit anhalten, umarmen, absorbieren, den Moment begreifen. Der perfekte Kreis der Liebe. Mutter und Kind, Mutter und Kind.

Am Abend ging LaDonna zur Arbeit, Sachi blieb auf einer Sofaecke sitzen, sie füllte Geburtsanzeigen für Freunde und Familie aus, während Taro friedlich neben ihr schlief. Später wechselte Sachi seine Windel, stillte ihn, legte ihn dann hin für, wie sie hoffte, wenigstens ein paar Stunden, damit sie auch ein wenig schlafen konnte.

Sie träumte davon, in einem Auto umherzufahren und verzweifelt nach ihrem verschwundenen Baby zu suchen, als sie ein Klopfen hörte. Sie dachte, es wäre früh am Morgen und ihre Mutter hätte den Schlüssel vergessen, daher schlurfte sie verschlafen zur Tür und öffnete sie.

Ein Mann mit einer dunklen Kapuze stand ihr gegenüber.

Adrenalin.

Sie versuchte, die Tür zuzuschlagen. Er drückte sie auf, griff sofort nach ihrem Hals, unterband ihren Schrei, bevor er aus ihrem Mund dringen konnte.

12

Die Stadt der breiten Schultern. So hatte jemand namens Carl Sandburg Chicago genannt, zumindest hatte Ronny Ramirez das gehört.

Es war zwei Uhr nachts, und Ronny Ramirez war unterwegs als Teil eines der schnellen Einsatzteams, die Bürgermeister Daley Ende der Neunziger eingeführt hatte. Ramirez liebte Chicago.

Und er liebte seinen Job – meistens jedenfalls.

Er war der Sohn von Einwanderern, Arbeitern, und hatte sein ganzes Leben in den Vereinigten Staaten verbracht. Vor seiner Geburt waren seine Eltern jeden Herbst aus Mexiko nach Missouri gepilgert, um Tomaten zu pflücken, später Birnen. Wenn die Saison vorüber war, kehrten sie zurück auf das kleine Fleckchen Land, das seinem Großvater gehörte, wo sie Gemüse anbauten und es in Mexico City verkauften. Aber als Ramirez' Mutter mit ihm schwanger wurde, entschieden sie sich, dort zu bleiben, wo sie kostenlos im Krankenhaus behandelt wurden, wenn sie nur erlaubten, dass Studenten sie zwei Wochen vor, während und nach der Geburt eingehend studierten. Zwölf Studenten wurden ausgewählt, um bei der Geburt dabei zu sein. Einer hatte den Dammschnitt durchgeführt, ein anderer die Nachgeburt aufgefangen.

»Noch nie haben mir so viele Fremde zwischen die Beine geguckt, Baby«, hatte seine Mutter ihm berichtet. Aber die ganze entwürdigende Prozedur war es wert gewesen, denn ihr Sohn, Ronny Ramirez, wurde auf diese Weise als Bürger der Vereinigten Staaten geboren.

Jetzt, wo einer von ihnen ein legaler Amerikaner war, blieb

die Familie in einem kleinen Bauerndorf, wo die meisten Leute Tabak kauten, Trucks mit riesigen Reifen fuhren und redeten, als befänden sie sich unter Wasser. Dort wechselten Ronnys Eltern von der Feldarbeit zu Fabrikjobs, und bald konnten sie sich all die Sachen kaufen, ohne die sie in Mexiko gut gelebt hatten, von kleinen Geräten wie 35-Millimeter-Kameras und einem Videorekorder bis zu Großgeräten wie Waschmaschine und Trockner. Aber was viel wichtiger war: Ronny konnte eine amerikanische Ausbildung erhalten.

In der Schule galt er als Kuriosum. Er war gut im Sport, also gehörte er zum inneren Zirkel, der ansonsten aus Kindern der Dorffamilien bestand.

Ramirez hasste dieses Dorfleben. Er konnte den Gedanken nicht abschütteln, dass es irgendwo dort draußen einen besseren Ort geben musste.

Es musste einen Ort geben, wo es nicht nur Maisfelder gab, so weit das Auge reichte.

Seine mexikanischen Wurzeln waren ihm so fremd, wie sie den Kindern waren, mit denen er zur Schule ging, aber er hatte auch nie das Gefühl, in das Bauerndorf zu gehören, in dem er aufwuchs. Er war ein Mann ohne Heimat.

Und dann entdeckte er Chicago.

Die Stadt umarmte ihn, hieß ihn willkommen. Und zum ersten Mal in seinem Leben hatte er das Gefühl, dazuzugehören. Er war noch nicht sicher, wozu – er war erst vier Jahre hier, aber das Gefühl war angenehm. Es war wie ein Zuhause.

Das Funkgerät erwachte zum Leben, der Dispatcher informierte über einen zehn-eins – höchste Dringlichkeitsstufe. Dann folgte der Code für einen möglichen Mord und eine Adresse. »Alle nahen Einheiten bitte melden.«

Ramirez' zögerliche Partnerin an diesem Abend, Regina Hastings, schaltete das Blaulicht ein, dann meldete sie dem Dispatcher, dass sie nur fünf Minuten entfernt waren.

Ramirez trat aufs Gas, bis sie fast durch die verlassenen

Straßen flogen. Hastings hielt sich an dem Griff über der Tür fest, als er eine Ecke zu schnell nahm.

»Ein bisschen langsamer, ja? Herrgott, Ramirez, warum hast du es so eilig?«

Aber sie wusste, warum er es so eilig hatte. Ramirez wollte immer der erste Polizist am Tatort sein. Es war wie ein Wettbewerb für ihn.

Ein Tatort konnte ganz am anderen Ende von Bereich Fünf liegen, und er raste los, als könnte nicht ermittelt werden, bis er sein Gesicht am Tatort gezeigt hatte.

Er schaute zu ihr herüber und seine weißen Zähne blitzten in seinem dunklen, gut geschnittenen Gesicht. Er nahm die nächste Kurve kein bisschen langsamer.

Reifen quietschten über trockenen Asphalt; einen Augenblick lang schien es, als würde der Streifenwagen hochkippen auf zwei Räder.

Wichser, dachte sie. Er war einer von diesen Wichsern, die Polizist wurden, weil sie schnell fahren und eine Knarre tragen wollten, ganz zu schweigen davon, Leuten Angst einzujagen. Er hatte einen Ruf als Typ für eine Nacht. Aber man musste fairerweise sagen, dass sie parteiisch war. Sie war einmal mit Ramirez ausgegangen – ein Vorfall, den sie versuchte, aus ihrem geistigen Tagebuch zu löschen. Aber egal, wie oft sie versuchte, ihn auszuradieren, er erschien immer wieder, wie die unsichtbare Tinte, mit der sie als Kind herumgespielt hatte, die man unter Wasser halten musste, um die Botschaft lesen zu können.

Sie war lange genug Polizistin, um zu wissen, dass sie am liebsten mit Polizisten ausging. Sie waren die einzigen, die verstanden, wie stressig der Tag einer Polizistin war. Ramirez allerdings wollte bewundert werden. Das war ihm offensichtlich ein dringendes Bedürfnis, das andere Polizisten nicht befriedigen konnten. Das einzige Mal, dass sie überhaupt ein vernünftiges Gespräch miteinander führten, hatte er ihr gestanden, dass er *gern* Streife ging, weil die Leute ihn dann in seiner Uniform bewundern konnten. Sie hatte gelacht, und das war es gewesen.

Niemand lachte über Ronny Ramirez.

Mit quietschenden Reifen hielt der Streifenwagen vor einem fünfstöckigen Ziegel-Wohnblock. In mehreren Fenstern leuchtete Licht; ein paar Leute standen auf den Zementstufen, die zur Haustür führten.

»Das muss es sein«, sagte Ramirez, schob den Schalthebel auf die Parkposition und schaltete den Motor aus.

»Ich hoffe, du kriegst einen Aufkleber, weil du als Erster hier warst«, bemerkte sie sarkastisch, als sie die Tür öffnete.

Hastings schätzte, dass etwa zehn Leute im Licht des Treppeneingangs standen. Sie hielten sich an dem eisernen Geländer fest und verschmierten alle Fingerabdrücke, die der Ermittlulng möglicherweise hätten weiterhelfen können. Zertrampelte Tatorte waren das größte Problem der Mordkommission. Aber die Polizisten konnte nicht beeinflussen, was geschah, bevor sie am Tatort waren, und unglücklicherweise konnten sie auch nicht wirklich beeinflussen, was geschah, nachdem sie am Tatort waren, denn sie hatten nicht genug Leute, um die Schaulustigen im Zaum zu halten.

Die Leute fingen sofort an zu reden. Die Worte hallten in Hastings Richtung, es reichte jedenfalls dafür, dass sie sich zusammenreimen konnte, dass eine junge Frau da oben war, und sie war tot.

»Sind Sie sicher, dass sie tot ist?«, fragte Hastings.

»Tot? Klar ist die tot«, sagte ein Schwarzer. »Überall ist Blut.«

Ramirez und Hastings wateten durch die Menschentraube, baten sie, zurückzutreten.

Hinter ihnen jaulten Sirenen, als ein Krankenwagen mitten auf der Straße hielt. Ihm folgten sofort zwei weitere Streifenwagen.

Hastings entspannte sich ein bisschen, sie war erleichtert,

dass sie nun die Schaulustigen unter Kontrolle bekommen konnten.

»Das Baby«, sagte eine Frau in einem rosa Nylon-Nachthemd. »Hast du ihnen von dem Baby erzählt?«

Hastings zögerte. Ramirez vor ihr blieb stehen und wandte sich um, ihre Blicke trafen sich in stiller Besorgnis. Aus dem tiefsten Inneren des dunklen Herzens einer Wohnung war ein Kreischen zu hören, ein hohes, schmerzhaftes Jaulen.

Die Frau beendete ihren Beitrag zu der Geschichte. »Das Baby ist auch tot.«

Das Baby ist auch tot.

Diese einfache Aussage war der Anstoß für eine Reihe von Telefonanrufen.

Die Anweisungen schrieben vor, dass im Fall eines ungewöhnlichen Mordes – Amokläufe, Serienmorde, Auftragsmorde – bestimmte Maßnahmen einzuhalten waren. In der Nacht, in der Ronny Ramirez und Regina Hastings den Funkspruch annahmen, der sie in die Mulberry Street rasen ließ, wurden noch mehrere Einheiten gerufen in der Hoffnung, dass der Mörder sich noch in der Nähe aufhielt. Wie eine gut geölte Maschine tat jeder seine oder ihre Arbeit, alles ging seinen Gang. Innerhalb von zehn Minuten waren sechs Polizisten strategisch um den Apartmentblock aufgestellt worden, weitere zwanzig hatten Überwachungsposten an Kreuzungen eingenommen. Als diese Maßnahmen durchgeführt waren, wurde ein Anruf beim Leiter der Mordkommission getätigt.

»Riegelt die ganze Gegend ab«, sagte Max Irving, das Handy zwischen Ohr und Schulter geklemmt, während er in seine Jeans schlüpfte. »Der Mörder könnte noch in der Nähe sein. Und sperrt den Tatort ab.«

Er knöpfte seine Hose zu und zog den Reißverschluss hoch, dann griff er nach seinem Schulterholster, zog es über sein weißes T-Shirt.

»Erledigt«, sagte der Anrufer, der seinen Namen als Ramirez angegeben hatte.

»Ich bin in einer halben Stunde da.«

Sofort nachdem er den Anruf beendet hatte, drückte Max die Kurzwahltaste Nummer neun: Chicagos mobiles Spurensicherungsteam.

Jeff Ellis hatte zum dritten Mal in dieser Nacht Sex mit der Blondine, die er im *Nightlife* getroffen hatte, einem Club in der Nähe der Michigan Avenue, in dem all die coolen Leute abhingen. Er ging dort gern in seinem dunklen Anzug hin, mit Trenchcoat und schwarzer Sonnenbrille, denn das gefiel den Frauen. Aus irgendeinem Grunde machten der Tod und ein Trenchcoat die Frauen an.

Wenn er ausging, ließ er die Leute raten, was für einen Job er hatte. Meistens tippten sie auf das FBI. Aber wenn er ihnen dann erklärte, dass er bei der mobilen Spurensicherung war, gefiel ihnen das meistens genauso gut.

Er hatte versucht, nach Quantico zu kommen, denn er fand es das Allercoolste, ein FBI-Agent zu sein, aber sie lehnten seine Bewerbungen immer ab. Das lag nicht an ihm, da war er verdammt sicher.

Die dritte Runde ging gerade erfolgreich ihrem Ende entgegen, als das Telefon neben seinem Ohr klingelte. Ohne eine Pause einzulegen, nahm er das schwarze Handy vom Nachttisch und hob es ans Ohr.

»Ja!«, rief er.

Die Frau unter ihm packte seine Hüften und zog sich an ihm hoch.

Fleisch klatschte auf Fleisch.

»Wir brauchen die mobile Spurensicherung in …«

»Augenblick.« Er drückte die Stumm-Taste, warf das Telefon aufs Bett und beendete, was er angefangen hatte. Dann zog er sich zurück und drückte die Stumm-Taste wieder. »Ja?« Schweigen. Ihm wurde klar, dass der Knopf beim ersten Mal nicht funktioniert hatte.»Scheiße.« Er drückte ihn noch einmal.»War noch nicht ganz fertig«, sagte er atemlos. »Wenn Sie wissen, was ich meine.«

»Schaffen Sie Ihren Arsch rüber zur 2315 Mulberry Street im Nordwesten.«

Detective Irving. Ein schlecht gelaunter Detective Irving, aber andererseits war Irving immer schlecht gelaunt über irgendwas.»Was haben wir?« Ellis konnte für alles gerufen werden, von einem Auftragsmord bis zu einem Tod unter rätselhaften Umständen.

»Werden Sie sehen, wenn Sie da sind.«

Was hieß, dass Irving nicht am Telefon darüber reden wollte, falls der Anruf abgehört wurde.»Mord?«, fragte Ellis, der sich absichtlich dumm stellte.

»Setzen Sie Ihren Arsch einfach in Bewegung.«

Ellis und Irving hatten sich nie leiden können. Irving war so verdammt ernsthaft, und sein Auftreten nervte Ellis. Außerdem war Irving in Quantico ausgebildet worden. Er war nicht vom FBI, aber er war auf der FBI Academy gewesen. Das war ein knallharter Elf-Wochen-Kurs für Bullen aus aller Welt.

Ellis hatte sich auch beworben, wurde aber Jahr um Jahr abgelehnt. Er hatte Irving gebeten, ein gutes Wort für ihn einzulegen, aber Irving hatte irgendeinen Scheiß davon erzählt, wie wichtig es war, das aus eigener Kraft zu schaffen. Seitdem hasste Ellis ihn.

Ellis zog sich an. Mitten in der Nacht wären die meisten Spurensicherer in den erstbesten Klamotten, die sie in die Hände bekamen, zum Tatort gefahren. Aber nicht Ellis. Der trug immer seinen Anzug und seinen Trenchcoat. Ganz egal. Ganz egal, wie heiß oder kalt es war, ganz egal, ob Tag oder Nacht.

Er überprüfte noch einmal die Sachen in seiner Ausrüstungstasche, als er sich an die Blondine erinnerte. Er schaute auf und sah sie auf dem Bett schmollen, sie hatte das Laken

101

bis zur Hüfte hochgezogen, ihre Brüste waren groß und unnatürlich rund und hoch.

»Du musst gehen.« Er zog einen Zwanziger aus seiner Geldklammer und warf ihn aufs Bett. »Ruf dir ein Taxi.«

Erst schien sie etwas sagen zu wollen, dann drückte sie die Lippen aufeinander und griff nach dem Geld.

Er machte eine hilflose Geste mit einer Hand, zuckte zugleich mit den Schultern.

»Tja, Baby, so ist das nun mal.«

Dass er sie an seine wichtige Tätigkeit erinnerte, stimmte sie milder. »Ist jemand gestorben?«, flüsterte sie.

Er schaute in seine Tasche, hakte im Geiste die Sachen ab. Puder: weiß und metallisch schwarz. Pinsel. Die kleine Magnatec. Formulare. Kamera. Film. Blitz. Schwarzer Marker. Papiertüten für Beweisstücke. Dann die Sachen, die nicht vorgeschrieben waren, die er selbst hinzugefügt hatte: Plastiktütchen. Taschenlampe. Maßband. Pinzette. Schere. Ein Extra-Anzughemd. Ein Stück schwarzer Stoff als Fotohintergrund. Chirurgen-Papierhemd und -hose und -schuhe.

Er wurde immer besser.

»Ein Mord«, sagte er und ließ die Tasche zuschnappen, es befriedigte ihn, Irvings vertrauliche Info einfach an eine Fremde weiterzugeben.

»O mein Gott«, sagte sie in einer Mischung aus Bewunderung und Entsetzen und zog das Laken hoch über ihre Brüste.

»Steh auf. Zieh dich an«, sagte er.

»Warum kann ich nicht hier warten, bis du wiederkommst?«

Jetzt, wo der Sex vorbei war, wollte er sie hier raus haben. »Du willst nicht hier sein, wenn ich zurückkomme«, sagte er. »Du willst mich nicht sehen, wenn ich zurückkomme.«

Sie schaute ihn mit großen Augen an, und ihre Collagen-Lippen bildeten einen Kreis. »Bist du dann blutig? Vom Blut des Opfers? Deine Schuhe oder so?«

»Vielleicht. Kann man nie wissen. Aber vor allem geht es

um meine Gedanken«, sagte er und sprach mit einem Hauch Pathos, wobei er sich zugleich fragte, warum er sich die Mühe gab, wo sie ihm doch scheißegal war. »Ich bin einfach richtig … fertig, nachdem ich ein paar Stunden am Tatort verbracht habe. Da muss ich allein sein. Das kannst du doch verstehen, oder?«

Die Wahrheit war: Er fühlte gar nichts. Hatte er noch nie. Nie. Nein, das stimmte nicht wirklich. Manchmal verspürte er Verachtung – nicht für die Mörder, sondern für die Opfer. Irgendwie schien es manchmal so, als hätten sie bekommen, was sie verdienten.

13

Ein Telefon klingelte in der Dunkelheit, und das Geräusch ließ Ivys Herz in Panik losrasen. Zuerst dachte sie, sie wäre zu Hause in St. Sebastian, und Abraham würde sie anrufen, um ihr zu berichten, dass sich ein weiterer Mord ereignet hätte. Aber dann fiel ihr wieder ein, wo sie war: Chicago. Im dunklen, düsteren Chicago. Und das Telefon klingelte immer noch.

Orientierungslos tastete sie sich durchs Dunkel, stieß sich den Zeh, fand schließlich das scheppernde Telefon.

»Hallo ...?«, murmelte sie vornüber gebeugt, um zu vermeiden, dass das Telefon zu Boden krachte. Der Hörer roch nach Fett und Plastik, und ihre eigene Stimme hallte ihr entgegen.

»Ein weiterer Mord«, sagte Max Irving ohne Vorrede.

Sie richtete sich auf, und das Telefon rutschte von dem kleinen Tischchen, knallte auf den Boden, während sie noch den Hörer ans Ohr hielt. Die gewundene, klebrige Schnur spannte sich.

Jinx, der in der Nähe ihres Kissens geschlafen hatte, verschwand eilig unter dem Bett.

»Ich dachte, das sollten Sie wissen«, fuhr Max fort.

Sie schaltete den Deckenventilator aus, damit es leiser war. »Wo?«

Sie hörte genau zu, ihre Brust hob und senkte sich, ihr Herz hämmerte, sie hörte das Geräusch von Sirenen in der Ferne. Näher, möglicherweise im selben Zimmer wie Irving, waren andere Stimmen zu vernehmen. Sie ging verschiedene Möglichkeiten durch, schließlich kam sie zu dem Schluss, dass er bereits am Tatort war.

»Sie müssen nicht mitten in der Nacht herkommen«, sagte Irving.

Bildete sie es sich ein, oder verbarg sich in der Geschmeidigkeit seines Satzes eine Herausforderung? Vielleicht wollte er Abraham berichten können, dass sie sich nicht einmal die Mühe machte, aus dem Bett zu steigen.

»Ich komme.«

Sie hob das Telefon vom Boden. Mit dem Hörer am Ohr griff sie nach ihrem Rucksack, der neben dem Bett auf dem Boden stand, schließlich angelte sie mit dem Zeh danach. Sie zog ihn zu sich herüber, ließ sich dann auf die Knie sinken und grub darin, bis sie ihren Steno-Block und ihren Stift gefunden hatte.

Sie zog die Kappe des Stifts mit den Zähnen ab. »Wie ist die Adresse?«

Überraschenderweise widersprach er ihr nicht, sondern gab ihr die Adresse und sagte dann: »Rufen Sie sich ein Taxi. Es ist nicht weit von Ihnen, nur ein paar Meilen.«

Mit einem Finger beendete sie den Anruf, dann bestellte sie schnell ein Yellow Cab. Sie hängte auf und schnappte sich die Klamotten, die sie erst vor ein paar Stunden ausgezogen hatte – Jeans und T-Shirt. Wahrscheinlich keine professionelle Tatort-Kleidung.

Sie steckte ihren Notizblock und ihren Stift zurück in den Leinenrucksack. Dann schob sie ihre nackten Füße in Leder-Slipper mit dicken Absätzen, griff nach ihren Wohnungsschlüsseln und lief zur Tür.

Unten wartete sie innen hinter der Doppeltür, die immer automatisch schloss, wenn jemand das Gebäude betrat oder verließ, und starrte durch einen schmalen Streifen Prismenglas hinaus auf die Straße.

In der Ferne entdeckte sie schließlich verzerrte Scheinwerfer.

Auf dem Dach das leuchtende Taxischild. Sie beobachtete, wie das Fahrzeug am Bürgersteig vor ihrem Haus hielt.

Die frische, kalte Nachtluft traf sie im Gesicht, als sie hinaustrat. Es war beinahe Vollmond, und ein paar der helleren Sterne waren trotz der Lichtverschmutzung zu sehen.

Sie setzte sich hinten ins Taxi und nannte dem Fahrer die Adresse.

Sie trieben durch die surreale Großstadtkulisse, hielten an Ampeln, die ihre Arbeit taten, obwohl die meisten Leute im Bett lagen und schliefen. Als sie sich dem Tatort näherten, mussten sie an einer Sperre stoppen, die aus einem einsamen Polizeiwagen mit einem rotierenden Rotlicht bestand. Ein uniformierter Polizist leuchtete mit einer grellen Taschenlampe in das Taxi, betrachtete erst den Fahrer, dann Ivy. Sie öffnete ihr Fenster und hielt die vorläufige Marke heraus, die Abraham ihr ausgestellt hatte. Der Polizist nahm sie, betrachtete sie im Schein seiner Taschenlampe, reichte sie zurück, ließ sie durch. Zwei Blocks später hatten sie den Tatort erreicht.

Sie bezahlte den Fahrer. Sie war zu abgelenkt, um das Trinkgeld zu berechnen, und gab ihm, was sie für angemessen hielt. Es musste zu viel gewesen sein, denn seine Tod-gelangweilt-Attitüde verschwand, und er grinste sie breit an, bevor sie davonging.

Es war eine arme Gegend, die dreistöckigen Häuser standen beinahe direkt an der Straße, sie sahen alle gleich aus, und zwischen ihnen war kaum genug Platz, um sich hindurchzuquetschen. Die meisten waren schindelverkleidet und trugen Dachpappendächer, aber der Wohnblock, nach dem Ivy suchte, war mit Ziegeln gemauert. Leute hatten sich auf der Treppe versammelt, starrten, flüsterten. Einige von ihnen mussten schon eine Weile hier sein, denn sie gähnten, und manche gingen zurück nach Hause.

Bloß ein Mord. Ab ins Bett.

Im Vorgarten eines nahe gelegenen Hauses bellte ein Pitbull tief in seiner tonnenförmigen Brust und warf sich gegen einen Maschendrahtzaun; die Pfoten und Krallen ließen den

Staub aufwirbeln, während er seine Aggression zur Schau stellte. Gelbes Polizei-Absperrband führte um den kleinen Vorgarten herum, über den Bürgersteig und einen Teil der Straße, auf dem noch mehr Streifenwagen standen, mit grellem Blaulicht, das sich in den Wohnungsfenstern spiegelte, sodass die Gegend noch eigenartiger, unwirklicher und krankhafter wirkte.

Ein uniformierter Polizist stand dort, wo sich das gelbe Absperrband um eine Straßenlaterne wand. Er kam einen Schritt auf sie zu und sagte mit strengem Blick: »Keine Presse.«

Wieder zog sie ihre vorläufige Marke heraus. »Ich bin nicht von der Presse.«

Er kniff die Augen zusammen, betrachtete den Ausweis, richtete sich auf, und seine Schultern entspannten sich. »O ja. Detective Irving sagte, dass Sie vielleicht kommen.«

Sie klemmte den Plastik-Fotoausweis an ihr T-Shirt, dann hob sie mit einer Hand das Absperrband und duckte sich darunter durch.

Eine Polizistin stand an der Tür. Andere Polizisten standen herum, Klemmbretter in Händen, und sprachen mit Leuten, da sie hofften, einen Augenzeugen zu finden.

»Zweiter Stock«, sagte die Polizistin.

»Danke.«

Obwohl das Gebäude aussah, als wäre es etwa zur selben Zeit wie Ivys errichtet worden, war es in viel schlechterem Zustand. Mit scharfen Messern waren Namen in die verputzten Wände geritzt worden. Hinter einer fleckigen Tür mit gelbem, ungleichmäßigem Anstrich weinte eine Frau, als würde sie nie wieder damit aufhören, während jemand mit leiser Stimme beruhigend auf sie einredete.

Ivys Herz hämmerte, als sie die Treppe hinaufging. Sie streckte die Hand aus, um sich zu halten, griff nach dem klebrigen Geländer; es wackelte gefährlich, und sie ließ wieder los.

107

Ihre Schritte hallten. Es war beängstigend still in dem Gebäude, abgesehen von dem leisen Klang gedämpften Weinens.

Die Wohnungstür stand offen, eine weitere Polizistin hielt davor Wache. Wieder nannte sie ihren Namen und zeigte ihren Ausweis. Die Polizistin nickte.

Direkt hinter der Tür befand sich eine Wohnküche. Der Holzboden war abgetreten. Er quietschte, als sie durchging. An der Wand über dem Sofa hing das Aquarell eines japanischen Gartens, in einer Ecke plätscherte ein Zimmerspringbrunnen vor sich hin. Daneben, auf dem Boden, lag ein kleiner Bonsai, umgestürzt, die Wurzeln nackt, die schwarze Erde ein kleines Häufchen direkt daneben. Von der Decke hing eine wundervolle Lampe aus Reispapier. Buchstaben waren hineingeschnitten worden. Sie bedeuteten wahrscheinlich so etwas wie »Glück« oder »Wohlstand«.

Sie konnte die Dinge im Wohnzimmer nicht ansehen; sie erzählten viel zu persönliche Geschichten über die Besitzer. Origami – noch mehr Aquarelle, diesmal Blumen – eine schwarze Lack-Schachtel – ein Seidenkissen.

Eine Welt für sich. Ein freundlicher, sicherer Hafen.

Verdammt.

Gott, gottverdammt.

Sie hätte den Bonsai gern wieder eingepflanzt, aber sie wusste, dass sie nichts anrühren durfte. Normalerweise blieb ein Tatort zwei oder drei Tage lang ein Tatort. Danach könnte man die Pflanze hochnehmen. Aber dann wäre es wahrscheinlich zu spät. Es war vermutlich jetzt schon zu spät. Wurzeln konnten nur kurze Zeit an der Luft sein, bevor die Pflanze starb.

In der Küche, am Kühlschrank, hing eine Geburtsanzeige.

Früher hatten die Zeitungen in Chicago standardmäßig alle Geburten in Cook County gemeldet. Das hatte mit dem Auftauchen des Madonna-Mörders geendet, und obwohl die Morde aufhörten, wurden die Geburtsanzeigen nicht wieder eingeführt. Die meisten Leute dachten nicht einmal darüber nach. Sie hätten nicht sagen können, warum in den Zeitungen keine Geburtsanzeigen mehr standen. Ivy wusste es.

Sie zwang sich, woanders hinzusehen, in Richtung Flur zu gehen. Leise Stimmen drangen aus dem Schlafzimmer. Außerdem war das Klicken und Surren einer Kamera zu hören. Ein weißer Blitz zuckte wieder und wieder und wieder durch den Flur.

Das Zimmer war voll, und plötzlich kam sie darauf, dass es Irving erst relativ spät eingefallen war, sie anzurufen. Die Experten kamen bereits zum Ende. Die Gespräche hatten bereits stattgefunden.

Die Party war vorüber.

Eine Gruppe Profis tat ihre Arbeit. Der Untersuchungsarzt war offensichtlich schon da gewesen und wieder gegangen. Eine Frau machte Bilder, eine andere betätigte eine Videokamera. Zwei Männer, einer in einem Anzug, einer in einem schwarzen Trenchcoat – wahrscheinlich Mitarbeiter der mobilen Spurensicherung – tüteten Beweisstücke ein. Um ihre Hälse hingen weiße Masken, damit sie den Fingerabdruck-Puder nicht einatmeten. Zwei weitere Männer, wahrscheinlich der Gerichtsmediziner und sein Assistent, schienen noch zu warten. Und noch ein Mann, Max Irving, stand neben dem Bett. Er hielt ein Klemmbrett in seinen Handschuh-Händen und machte sich Notizen.

Er trug Jeans.

Nun, Gott sei Dank hatte sie sich angemessen angezogen, dachte sie und unterdrückte die Hysterie, die anstieg, seit sie das Haus betreten hatte. In solchen Fällen denkt man manchmal Unsinn.

Denn die Jeans kümmerten sie nicht wirklich. Es war das, was sich hinter den Jeans befand, in ihrem Blickfeld, aber unscharf. Es war, als schaute sie durch eine Kameralinse, ihre Bildtiefe wuchs, und der Hintergrund wurde langsam schärfer. Hinter den Jeans sah sie die nackten Beine einer Frau seitlich vom Bett hängen, ein Fuß berührte beinahe den Boden, der andere war etwas höher.

Sie dachte an den Bonsai. Sie dachte an die Frau, die hinter der dunklen Tür weinte.

Junge Beine. Hübsche Beine.

Blutbespritzte Beine.

Das Zimmer roch nach Baby, nach Puder und Badeseife. Es roch außerdem nach Blut, nach Urin, nach Kot.

Neben dem Bett stand ein weißer Weidenkorb mit einem Mobile darüber.

Ein weißer Weidenkorb.

Sie ging durch das Schlafzimmer zu der Wiege. Schaute hinein.

Das Baby schien friedlich zu schlafen. Es lag dort so süß, aber als sie genauer hinschaute, konnte sie den blauen Hauch um die Augen, die Lippen, die kleinen Fingernägel sehen.

»Ein Junge?«, fragte sie und wusste doch schon die Antwort.

Max schaute von seinem Notizbuch auf, offensichtlich überrascht, dass sie so schnell gekommen war. Dass sie überhaupt gekommen war.

»Ja. Vor einer Woche geboren. Die Mutter ist Sachi Anderson. Die Großmutter, Sachis Mutter, macht unten ihre Aussage.«

Die Großmutter. Aha. Die weinte also da unten.

Er griff in die hintere Tasche seiner Jeans, zog zwei weiße Latexhandschuhe heraus und reichte sie ihr. Wortlos nahm sie sie und zog sie an.

In dem Körbchen, am Fuß der Matratze, stand eine Schneekugel mit Spieluhr. Die Signatur des Mörders. Er hinterließ immer ein Geschenk für das Baby.

»Sie dürfen. Wir sind fertig mit dem Baby.«

Fertig mit dem Baby. Als wäre das Kind ein Nichts.

Sie nahm die Spieluhr heraus. In der billigen Glaskugel hielt eine Mutter ein Baby. Dummerweise war daran nichts

Besonderes. Das Ding würde ein Massenprodukt sein und konnte überall billig gekauft werden.

Sie fand den Mechanismus an der Unterseite und spannte ihn nur eine Umdrehung, ließ dann los. Sie kannte das Lied:

Hush little baby, don't say a word.
Mamma's gonna buy you a mockingbird ...

Die Kamera hörte endlich auf zu klicken. Lichtkreise schienen vor ihr zu schweben.

»Das war's«, sagte der Fotograf. »Drehen wir sie um.«

Sie drehten die Leiche um, dann klickte der Kameraauslöser erneut.

Ivy wartete, bis die Spieluhr abgelaufen war, und stellte sie zurück in das Körbchen.

Als sie sich umwandte, lag die tote Frau auf dem Rücken, und der Mann in dem Trenchcoat beugte sich über sie. Ivy beobachtete, wie er ein paar Strähnen des dunklen Haars vom Kopf der Frau abschnitt und in ein Beweistütchen steckte. Dasselbe tat er mit ihrem Schamhaar. Dann schnitt er ihre Fingernägel und füllte die Nagelreste in einen kleinen Umschlag, den er in einen größeren Umschlag steckte.

»Seien Sie gründlich, Ellis«, sagte Irving abrupt.

Der Mann im Trenchcoat schaute auf. Er wirkte auf eine aufwendige, teure Art sehr gepflegt. Ivy konnte sofort sagen, dass er es nicht gewohnt war, herumkommandiert zu werden.

»Wollen Sie damit sagen, dass ich nicht ordentlich arbeite?«, fragte Ellis.

»Ich will nur, dass Sie wissen, dass dieser Fall wichtig ist.«

»Haben Sie nicht die Vorschriften gelesen? Alle Fälle sind wichtig.«

Ellis lachte sarkastisch, und Ivy konnte ahnen, warum Irving ihn nicht mochte.

Das kleine Geplänkel war Ablenkung genug gewesen, dass

Ivy ihren Schutzschild sinken ließ, und jetzt konnte sie sehen, was sie zuvor verdrängt hatte. Die Frau war nackt, mit blauen Flecken auf den Handgelenken und an den Knöcheln, und um ihren Hals war etwas gelegt, das aussah wie eine Wäscheleine. Ihr Gesicht war so geschwollen, dass man unmöglich sagen konnte, ob sie hübsch gewesen war. Schlimmer noch, ihre starren Augen standen offen, und ihr Mund war mit Klebeband zu einem breiten Grinsen geformt worden.

Es gab mehrere Stichwunden; die Matratze unter der Leiche war voller Blut.

Der Madonna-Mörder hatte es immer auf die Gebärmutter abgesehen. Dafür hatte Ivy Beweise.

Sie wusste auch, dass er die Mütter aus Hass tötete, aber die Babys aus Liebe. Eine kranke, verdrehte Liebe, aber dennoch Liebe.

Als der Gerichtsmediziner ein Thermometer hervorzog, wandte sich Ivy ab. Das konnte sie nicht ertragen. Aber es war ohnehin alles in ihrem Kopf, wie ein Foto. Wie die Fotos in den Akten. Das Grinsen. Die glasigen Augen mit den riesigen Pupillen.

Der Todeszeitpunkt würde berechnet werden, indem man von der normalen Körpertemperatur von 37 Grad die rektale Temperatur der Leiche abzog und daraus die in etwa vergangene Anzahl an Stunden seit Eintreten des Todes berechnete.

»Todeszeitpunkt 23:15«, verkündete der Gerichtsmediziner.

Sie war weniger als drei Stunden tot.

»23:30 für das Baby.«

Was hieß, die Mutter hatte um das Leben ihres Babys gekämpft. Sie hatte den Mörder bekämpft, bis sie nicht mehr kämpfen konnte.

Irving musste dasselbe gedacht haben, denn er schaute hoch zu einem uniformierten Polizisten – einem jungen, dunkelhäutigen Mann, der in der Nähe der Schlafzimmertür stand. »Ich möchte, dass alle Einheiten Ausschau halten nach einem Mann, der möglicherweise frische Kratzspuren im Gesicht trägt«, sagte er zu ihm.

Die Leiche wurde auf eine Bahre mit einem geöffneten schwarzen Leichensack gehoben, sodass man sie zur Obduktion in die Gerichtsmedizin bringen konnte. Sie wurde hineingesteckt, dann wurde der Reißverschluss geschlossen.

»Was ist mit dem Baby? Können wir das nicht zur Mutter legen?«, fragte der Assistent.

»Es macht wahrscheinlich keinen Unterschied«, sagte der Mann, mit dem Irving aneinandergeraten war. Er sah hinüber zu Irving. »Aber um jede Möglichkeit der Kontamination auszuschließen, steckt es in einen eigenen Sack.«

Was sie taten, obwohl alle wussten, dass es lächerlich war und dass der arrogante Kerl im Trenchcoat es nur wegen Irving tat. Ivy konnte an nichts anderes denken, als dass er den Jungen »es« genannt hatte.

Dann waren sie weg.

Die Leichen.

Die Gerichtsmediziner.

Die Fotografen.

Die Einzigen, die noch verblieben waren, waren die zwei Typen von der Spurensicherung, Irving und Ivy.

Ivy wäre gerne auch gegangen, doch sie wollte nicht zusehen, wie die Leichen unten im Wagen verschwanden.

Sie wollte aber auch nicht mehr in diesem Schlafzimmer bleiben.

Die Spurensicherungs-Männer sahen sich weiter um, sammelten hier, tupften da.

»Die Abflüsse nicht vergessen«, sagte Ellis zu seinem Partner. »Und die Toilette.«

Sein Partner richtete sich auf. Er war jung und unauffällig. »Warum kümmerst du dich nicht um die Toilette? Ich hab es letztes Mal gemacht.«

Ellis starrte den jüngeren Mann an, der schließlich den

Blick abwandte und davonging, er verließ das Schlafzimmer, um nach der Toilette zu sehen. Manchmal versuchten Mörder, etwas wegzuspülen, und manchmal fand man diese Dinge in der Krümmung des Toilettenabflusses. Ivy empfand Mitleid, sie wusste, dass der junge Spurensicherungs-Mitarbeiter tief in die Toilette fassen musste, um nach möglichen Beweisen zu suchen.

Als er weg war, trat Ellis vor sie, sah ihr in die Augen und fragte: »Was machen Sie hier?« Über die Schulter fragte er Irving: »Was zum Teufel will sie hier? Jede unnötige Person ist ein Satz Fußstapfen näher an plattgetretenen Beweisen.«

»Sie muss hier sein«, sagte Irving müde, und sein Ton verriet, dass er mit dieser Entscheidung nichts zu tun hatte.

»Was wollen Sie hier?«, fragte Ellis.

Es gab wenige Menschen, die Ivy auf den ersten Blick hasste, aber diesen Mann hasste sie. Gegen ihn war Irving ein verdammter Heiliger und voller Mitgefühl.

Sie wandte den Blick nicht ab und sagte: »Ich bin hier, um Popcorn zu verkaufen.«

Aus Irvings Richtung kam ein amüsiertes Grunzen. Vielleicht war sie auch da, um alle zu erheitern.

Der Mann starrte sie weiter an, er fuhr sich mit einer rosa Zungenspitze über die Lippen. Dann lächelte er und wandte sich ab, um weiter nach Spuren zu suchen.

Ivy folgte ihm.

»Und er ist kein ›es‹«, sagte sie.

Der Mann schaute auf.

»Der Junge«, erklärte sie entschlossen. »Der neugeborene Junge ist kein ›es‹.«

»Was zum Teufel ist denn Ihr Problem?« In einer Handschuh-Hand hielt er eine Tüte für Beweisstücke, in der anderen einen blutgesättigten Wattebausch. Er schaute ernsthaft verwundert, konnte nicht verstehen, was sie wollte.

»Das sind echte Menschen«, sagte sie und biss die Zähne aufeinander, damit ihre Lippen nicht zitterten. Die Worte hallten von den Seitenwänden ihres Hirns wider, während sie versuchte, ihre Emotionen in Schach zu halten, um etwas zu finden, was ihn verstehen lassen konnte, was sie meinte, obwohl sie wusste, dass es nutzlos war. »Sie entmenschlichen sie«, erklärte sie langsam. »Genau wie der Mörder.«

Er starrte sie weiter irritiert an, sein Mund schlaff, der Kopf zur Seite gelegt, seine Schultern fragend ein wenig hochgezogen.

Sie begriff, wie nutzlos es war, zu versuchen, ihm das klarzumachen, marschierte an ihm vorbei und verließ das Schlafzimmer.

Als sie das Wohnzimmer durchquerte, erlaubte sie es sich nicht, in Richtung des Bonsais zu sehen.

Raus.

Sie musste hier raus.

Draußen rang sie nach Luft, ihr Herz klopfte, sie konnte den Gedanken an die grinsende Mutter und das blau angelaufene Baby nicht verdrängen.

Eine Kamera blitzte ihr ins Gesicht, einen Augenblick war sie blind. Jemand packte sie am Arm. »Können Sie mir etwas über den Mord sagen?«, fragte eine Männerstimme.

Ivy zwinkerte; jetzt konnte sie den jungen Reporter erkennen, der Irving am ersten Tag im Foyer der Polizei in den Weg getreten war. »Da müssen Sie mit Detective Irving sprechen«, sagte sie und zog ihren Arm weg.

Plötzlich brach Durcheinander aus, als ein Polizist bemerkte, dass der Reporter sich innerhalb des Absperrbandes befand.

»Scheren Sie sich hier raus«, rief eine Polizistin und kam in ihre Richtung.

Der Reporter duckte sich unter dem Absperrband hindurch und verschwand in der Dunkelheit.

Ivy duckte sich ebenfalls unter dem Band durch, ging ein paar Meter, und da war er schon wieder, er redete schnell. Direkt vor ihr, Klemmbrett in der Hand, Stift schreibbereit.

115

»Eine Frau. Das weiß ich«, sagte er. »Ein Baby«, sagte er drängend. »Ich muss wissen, ob da ein Baby war.«

»Ich kann nicht darüber sprechen.«

»Was ist mit Ihnen? Was haben Sie mit dem Fall zu tun?«

Sie blieb stehen und seufzte gereizt. »Auch das kann ich Ihnen nicht sagen.« Eine kleine Warnlampe ging an. *Kann ich nicht sagen.* Unglückliche Wortwahl. Sehr unglückliche Wortwahl.

»Hören Sie …« Sie hob eine Hand an die Stirn, dann berührte sie ihr Haar – und erinnerte sich, dass sie sich nicht einmal gekämmt hatte, bevor sie ins Taxi gesprungen war. Nicht, dass es wichtig war. Eine Frau war tot. Ein Baby war tot. Ihr Haar war egal. Wenn sie katholisch gewesen wäre, hätte sie sich jetzt hundert Ave Maria aufgebrummt.

»Ach, vergessen Sie's.« Sie stieß ihn aus dem Weg, ging an ihm vorbei. »Reden Sie mit Irving.«

Wurde man so, wenn man zu lange allein lebte? Fand man dann alle eigenartig? Erst Irving, dann Ellis, jetzt diesen Reporter. Urteilte sie noch richtig? Oder sah sie die Leute nur, wie sie wirklich waren? Auf alle Fälle war es störend und unangenehm. In der letzten Stunde hatte sie genug Wirklichkeit für die nächsten sechzehn Jahre mitbekommen.

Sie ging immer weiter, und Gott sei Dank folgte er ihr nicht.

Sie hatte nicht darüber nachgedacht, wie sie nach Hause käme, sonst hätte sie das Taxi vorhin gebeten, sie wieder abzuholen. Es waren keine Taxis zu sehen, und sie würde es ohne nicht zurück zu ihrer Wohnung schaffen. Sie ging immer weiter; sie wusste, dass das gefährlich war, aber sie wusste auch, dass in der Gegend genug los war, es gab genügend Polizisten und Schaulustige. Es war nicht gefährlicher als mittags, wenn sie jetzt in dieser Gegend der Stadt herumlief.

Sie hatte etwa zwei Blocks geschafft, als eine Sirene einmal quakte. Sie wandte sich um, und ein Polizeiwagen hielt neben ihr. Das Beifahrerfenster glitt leise nach unten, und der junge Polizist, den sie vorhin mit Irving hatte sprechen sehen, beugte sich über den Sitz, um sie anzusehen.

»Detective Irving hat gesagt, ich soll Sie fahren.«

»Ich finde schon jemand, der mich fährt.« Sie konnte Lichter in der Ferne erkennen – hoffentlich eine Nachttankstelle, von der aus sie telefonieren konnte.

»Ich habe meine Anweisungen«, sagte er halb spöttisch, halb ernsthaft.

Was machte es für einen Unterschied?

Sie öffnete die Tür und stieg ein, nannte ihm ihre Adresse.

14

Es war fast hell, als Alex Martin das Loft verließ, das er mit zwei anderen Jungs in River North teilte, einer Gegend, die im Moment gerade als in galt, wo die Mieten hoch waren und eine Menge Leute seines Alters wohnten. Dort waren Lagerhäuser in Wohnhäuser mit riesigen, vorhanglosen Fenstern umgebaut worden, Holzböden, und Platz genug für Partys mit mehreren hundert Gästen.

Vor dem Eingang zur U-Bahn griff er sich eine Ausgabe des *Herald,* bevor er mit der roten Linie fuhr. Es war noch nicht viel los, es gab genügend Plätze. Er setzte sich und faltete die Zeitung auf, strich über den Mittelfalz. Man hatte darüber diskutiert, ob der *Herald* im leserfreundlicheren Tabloid-Format erscheinen sollte, sich aber dagegen entschieden. Egal wie akkurat und gut geschrieben die Artikel waren, dem Kleinformat haftete ein Stigma der Unzuverlässigkeit an, gegen das man nichts unternehmen könnte, und der *Herald* war stolz auf seine Glaubwürdigkeit.

Alex überflog die Titelseite, doch nichts davon erreichte sein Hirn, seine Gedanken wanderten in eine ganz andere Richtung.

Zu seinem Artikel auf der dritten Seite.

Er war überrascht gewesen, dass sie ihn überhaupt gewollt hatten, denn er hatte ihn nur ein paar Minuten bevor die Zeitung gedruckt wurde zusammengeschrieben. Aber sie hatten einen Agenturtext rausgenommen und brauchten noch Füllmaterial.

Eine Menge Leser hätten ihn wahrscheinlich ignoriert, so wie sie auch seine Geschichte über das Mentor-Programm der Polizei ignoriert hatten, und seine Geschichte über Alkoholismus bei Polizisten – ein Artikel, der tief im Inneren der Zeitung verborgen geblieben war. Er konnte nicht gut mit einer Kamera umgehen. Er machte nur selten Fotos. Das überließ er der Bildredaktion, was bedeutete, dass er noch nie eine Geschichte mit Foto gehabt hatte. Die Fotografen waren immer mit größeren Storys beschäftigt. Aber letzte Nacht hatte er aus irgendeinem Grunde eine Kamera gegriffen. Es musste ein Fünf-Sterne-Tag gewesen sein, oder die Planeten standen einfach richtig, denn als er mit der Filmrolle, die er am Tatort verknipst hatte, ins Fotolabor zurückgekehrt war, stellte er fest, dass er eine ganze Reihe Elemente mit einem einzigen Klick festgehalten hatte.

Es war das Foto der Frau mit den kurzen roten Haaren, die sich geweigert hatte, mit ihm zu sprechen. Sie eilte aus dem Wohnhaus, er hatte sie mitten in der Bewegung erwischt, einen Fuß auf der obersten Stufe, den anderen in der Luft. Ihr Ausdruck zeigte, wahrscheinlich unentdeckbar für das menschliche Auge, aber festgehalten in einer flüchtigen sechzehntel Sekunde, alles, was sie gesehen hatte, und alles, was sie fühlte.

Schreck.

Wut.

Trauer.

Alles da, in einem machtvollen Bild.

Die Überschrift war auch nicht schlecht: »Düsternis im Treppenhaus.«

In den frühen Morgenstunden verließ eine unbekannte Frau einen Tatort in einem Wohnblock im Nordwesten der Stadt, in der eine Mutter und ihr neugeborener Sohn tot aufgefunden worden waren.

Der Artikel gehörte zu seinen besten, fand er, damit konnte er vielleicht die Aufmerksamkeit seiner Chefs erregen. Er war nicht so gut wie die Romane, die er gerade nicht schreiben konnte, weil er Geld verdienen musste, aber es war möglicherweise eine der besten seiner jounalistischen Arbeiten.

Die Überschrift wurde eingelöst durch den ersten Satz des Artikels.

Der Mörder ist unter uns. Er labt sich an der größten Angst jeder Mutter – dem Verlust ihres Kindes. Und als wäre das noch nicht schlimm genug, dem Verlust dieses Kindes unter den furchtbarsten Umständen.

Dieser neueste Doppelmord ist der zweite im Bereich der Stadt Chicago in zwei Wochen. Es gibt viele Fragen, aber bislang keine Antworten. Fragen wie: Warum gibt die Polizei der Öffentlichkeit keine Informationen? Wenn die Menschen informiert gewesen wären, würde das neueste Opfer vielleicht noch leben? Das Einzige, was wir sicher wissen, ist: Die Düsternis im Treppenhaus ist echt.

Bei der Zeitung kam er sich vor wie ein Star. Als er zu seinem Tisch ging, lobten ihn die Kollegen.

»Tolle Geschichte, Alex.«

»Gut gemacht.«

Maude kam zu ihm, bevor er sich auch nur setzen konnte. »Klasse gemacht, Alex.«

»Du findest es nicht zu …« Er unterbrach sich, suchte nach dem richtigen Wort, schließlich fiel es ihm ein. »… dramatisch?«

»Machst du Witze? Es war wahrhaftig. Das ist es, was wir wollen. Wahrhaftigkeit.«

Superintendent Abraham Sinclair starrte das Schwarz-Weiß-Foto im *Herald* an. Ivy Dunlap. Auf ihrem Gesicht lag ein angstvoller Ausdruck, als wäre sie auf der Flucht, so wie man es auf den Umschlägen alter Taschenbücher hatte sehen können.

»Das ist nichts als ein Haufen angeberischer, sensationslüsterner Mist«, sagte Abraham zu Max, der in seinem Büro vorbeigeschaut hatte, um mit ihm über den Artikel zu sprechen. Er warf die Zeitung auf seinen Schreibtisch. »Weißt du, wie das aussieht? Wie eine Anzeige für einen Horrorfilm, so sieht das aus.«

Max griff nach der Zeitung. »Wenigstens steht es auf Seite drei, nicht Seite eins.«

Abraham ging zum Fenster und starrte hinunter auf den Verkehr auf der Straße. War es richtig gewesen, Ivy herzuholen? Normalerweise bezweifelte er seine Entscheidungen nicht, aber wenn es um den Madonna-Mörder ging, zweifelte er an allem, was er tat.

Er war müde.

Die Leute fragten ihn immer, was er tun würde, wenn er in Rente ginge, sie sagten, er würde sich doch zu Tode langweilen. Aber er war sicher, so würde es nicht kommen.

Was, wenn er sich nicht langweilen konnte? Wenn er zum Fischen nach Florida fuhr und bloß ermordete Babys und ermordete Mütter knapp unterhalb der Wasseroberfläche vorbeitreiben sah?

Die Schuld. Abraham konnte die Schuld nicht hinter sich lassen. Vor achtzehn Jahren, als die Morde begonnen hatten, war er ein Detective in Bereich Fünf gewesen, genau wie Max jetzt. Er war zuversichtlich gewesen, und er hatte wirklich geglaubt, diesen Wahnsinnigen fassen zu können. Aber er hatte ihn nicht gekriegt, er hatte ihn nie gekriegt, und zwölf Mütter und ihre Babys waren gestorben.

Deswegen hatte er sich so viel Mühe gegeben, Claudia Reynolds zu helfen. Hatte ihr eine neue Identität verschafft, ein neues Leben in einem neuen Land.

Er hatte ihr die kanadische Staatsbürgerschaft besorgen können. Aus Gründen, die genauso unerklärlich waren wie alles andere, was sie taten, überquerten Serienmörder selten Staatsgrenzen. Das galt natürlich nicht für alle. Da war Christopher Wilder, der mehrere Leute in Australien umgebracht hatte, und als es dort zu heiß für ihn wurde, in die USA gezogen war, wo er weitermachte, bevor er sich mit seiner eigenen Waffe das Licht ausblies, als er mit zwei Polizisten aneinandergeriet.

Abraham hatte Ivy über die Jahre im Blick behalten. Er wusste, dass sie in Kanada in der Psychiatrie gewesen war, aber sie hatte die Dunkelheit hinter sich gelassen und einen Abschluss in Kriminalpsychologie absolviert. Sie hatte sogar ein Buch über die Gedankenwelt von Serienmördern veröffentlicht.

Aber den Madonna-Mörder hatte man nie gefunden.

Als die Morde endeten, war Abraham zutiefst verzweifelt. Er hatte angefangen zu trinken. Dann hatte er angefangen, Tabletten zu nehmen. Dann kombinierte er beides, bis er beinahe daran verreckte. Seine Frau konnte es nicht mehr ertragen und verließ ihn.

Und jetzt war der Mörder wieder da.

Gab es einen Gott? Das wollte er gern wissen. Denn manchmal schien es wirklich nicht so.

»Was ist mit dem FBI?«, fragte Abraham. »Gibt es schon was Neues von denen?«

»Die haben irre viel zu tun, aber sie ziehen zwei Leute von anderen Fällen ab und schicken sie uns«, sagte Max. »Sie müssten heute Nachmittag oder heute Abend eintreffen.«

15

Max und Ivy standen nebeneinander im Obduktionssaal vier der Cook County Morgue; sie trugen einen Gesichtsschutz, gelbe Einweg-Schürzen und weiße Einweg-Gummihandschuhe. Sie mussten mit Blut rechnen, mit Spritzern, und in der Zeit von AIDS war es das Beste, vorsichtig zu sein.

Eine halbe Stunde zuvor war Max bei Ivy vorbeigekommen, vielleicht um sie zu Boden gehen zu sehen, vielleicht um herauszubekommen, ob sie nach der Initiation in die schreckliche, furchtbare Welt sinnloser Gewalt in der letzten Nacht überhaupt noch in der Stadt war. Er hatte bei ihr geklingelt und gesagt, sie könnte runterkommen, wenn sie bei der Obduktion dabei sein wollte. Er musste weniger als fünf Minuten warten.

Er war gegen seinen Willen beeindruckt.

Die Leichenstarre setzt normalerweise drei Stunden nach dem Tod ein. Sie beginnt bei den Gesichtsmuskeln und Augenlidern, breitet sich dann langsam auf Arme und Beine aus, und nach etwa zwölf Stunden ist der ganze Körper betroffen. In den meisten Fällen, wenn das Opfer nicht verbrannt oder vergiftet war, kehrt sich der Prozess nach sechsunddreißig Stunden um, dann wird der Körper wieder weich und biegsam.

Manchmal warteten die Gerichtsmediziner, bis die Leichenstarre sich gelöst hatte und der Körper wieder flexibel war. Aber bei so einem schrecklichen Mord war es das Beste, so schnell wie möglich vorzugehen.

Die Leiche der Frau lag unter einem Laken auf einem Untersuchungstisch aus Stahl, der konkav geformt war und über einen Abfluss verfügte. Der Boden war aus Beton, die

123

Wände waren weiß gekachelt. Fast alle Gegenstände waren aus Edelstahl und konnten jahrelang immer wieder sterilisiert werden. Eine Abzugshaube hing von der Decke, der Untersuchungstisch selbst verfügte über einen eigenen Abzug nach unten.

Die oberste Leichenbeschauerin Eileen Bernard klemmte mit Händen, die mit ihren bevorzugten lilafarbenen Chirurgenhandschuhen bedeckt waren, die besser schützten als die helleren, ein kleines Mikrofon an ihren flüssigkeitsundurchlässigen Kittel. Unter dem linken Handschuh trug sie einen weiteren aus Drahtgeflecht.

Eileen Bernard war seit neun Jahren oberste Leichenbeschauerin in Cook County. Davor war sie Assistentin gewesen, und davor Professor für kriminalistische Pathologie an der Universität Minnesota. Max schätzte, dass sie mehr Leichen aufgeschnitten hatte, als beinahe jeder andere Mensch auf der Welt.

Merkwürdiger noch: Es gefiel ihr sogar, und sie tat auch nicht so, als wäre das nicht der Fall. Was Max auf eine Frage brachte, die ihn schon seit ein paar Jahren ein ganz klein wenig beunruhigte: Hatte Eileen Bernard irgendetwas gemein mit den Serienmördern? Verspürte auch sie diesen besessenen Drang, Menschen aufzuschneiden, um zu sehen, wie es drinnen aussah? Bloß tat sie es legal und kassierte dafür noch ein ordentliches Gehalt.

Sie schaltete das Aufnahmegerät ein; sie bediente es mit einem Fußhebel, sodass sie die Hände frei hatte. »Dies ist Dr. Eileen Bernard«, sagte sie ins Mikrofon. Es folgten das Aktenzeichen, der Name des Opfers, das Alter, das Gewicht. Die Größe.

Obwohl Max die Leiche bereits am Tatort gesehen hatte, war er doch wiederum entsetzt, als Bernard sie komplett abdeckte und der grellen Helligkeit der Deckenlampen aussetzte.

Der Geruch war nicht schlimm, ganz sicher nicht wie bei

anderen Obduktionen, die er erlebt hatte, wenn man das Opfer erst nach Tagen gefunden hatte. Aber es war erstaunlich, wie schnell der menschliche Körper sich zu zersetzen begann – schon Minuten nach dem Tod ging es los, selbst jetzt hing der süßlich faulige Duft im Raum, obwohl es die Abluft gab, um den Gestank verschwinden zu lassen. Bald würde er sich in seinen Nasennebenhöhlen festsetzen, in seinem Haar. In der Zentrale würde er duschen und sich umziehen, aber der Geruch würde bleiben, egal wie viel Seife er benutzte und wie intensiv er schrubbte.

Er hatte sich früher Wick in die Nase gesteckt, aber nach vier oder fünf Mal begann er, den Geruch des Menthols mit Tod zu assoziieren, und jetzt war es genauso schlimm wie der Geruch selbst. Wenn jemand in seine Nähe kam, der einen Hustenbonbon lutschte, zuckte Max zurück, und der Duft eines halb verrotteten Körpers strich ihm über das Gesicht. Er hatte es auch bei Ethan nicht anwenden können, als der klein gewesen war. Stattdessen stellte er die Dusche heiß und wartete, bis das Badezimmer voller Dampf war. Dann saß er auf dem Toilettendeckel und hielt Ethan in den Armen, bis er aufhörte zu husten und schließlich friedlich einschlief.

Bernard zog das Tablett mit ihren Werkzeugen heran – Skalpelle, Zangen, Stechbeitel und Gummihämmer. Sie war systematisch und ging stets genau so vor, wie sie es auch ihren Studenten beibrachte. Halte dich an die Routine und check alles beim ersten Mal. Soweit Max wusste, hatte es in keinem ihrer Fälle jemals den Bedarf einer Exhumierung gegeben – ein Beweis für ihre Gründlichkeit.

Sie begann, den Körper von oben bis unten zu untersuchen, von vorn und hinten, und ihr Assistent, ein großer, ernst dreinschauender Mann, half still und schnell, wenn es nötig war. Normalerweise hatte ein Leichenbeschauer zwei Assistenten, aber es war klar, dass dieser Mann gut alleine klarkam.

Nach der ersten Übersicht nummerierte Bernard die Stichwunden mit einem schwarzen Marker, und ihr Assistent half ihr, die Leiche umzudrehen. »Die Wunden sind beschränkt auf Brust und Unterleib.« Sie zählte noch einmal nach. »Zweiundzwanzig insgesamt.« Sie trat zurück, während ihr Assistent auf eine kleine Leiter stieg, um von oben Fotos zu machen.

Sie katalogisierte mündlich jede Wunde, ihre Position und Tiefe. »Sie wurden alle mit derselben Waffe beigebracht, einem langen, breiten Messer.« Sie zog einen Gelenkarm mit einer Lampe und einer Lupe heran. »Sehen Sie das?« Mit einem lilafarbenen, blutverschmierten Handschuhfinger deutete sie auf zerfetztes Fleisch. »Gezahnt.«

»Wie bei dem anderen Opfer«, sagte Max.

»Ja.«

»Aber größer als, sagen wir, ein Steakmesser.«

»Ja.«

»Ein schweres Brotmesser?«, fragte Ivy.

Ihre Stimme klang hohl durch den Saal, vielleicht lauter, als sie erwartet hatte, wie es viele Stimmen taten, wenn die Besitzer versuchten, sich zusammenzureißen.

Max warf ihr einen schnellen Blick zu; er fragte sich, ob sie jetzt genug hatte. Sie starrte das Opfer an. Statt der Angst und des Ekels, die er zu sehen erwartet hatte, entdeckte er etwas, das ihn an Trauer erinnerte.

»Schärfer«, sagte Dr. Bernard. »Eher wie die Messer, die die Fleischer haben, um die Knochen zu durchtrennen.«

Sie untersuchte die Leiche weiter, wies auf die rot-violetten Würgemale am Hals hin. Der Mund des Opfers war immer noch zu einem breiten Grinsen geklebt. Sie zog das Klebeband ab, aber die Leichenstarre hinderte den Kiefer daran, herunterzusacken. »Schwer zu sagen, aber ich möchte vermuten, dass sie eine schöne Frau war.« Sie bog den Mund auf und sah hinein, dann steckte sie zwei Handschuhfinger hinein. »Die Luftröhre ist zerquetscht.«

»Ist sie erstickt?«, fragte Max.

»Ich glaube nicht«, sagte sie langsam, nachdenklich. »Sieht so aus, als wäre sie schon tot gewesen. Das war nur, um sicher zu gehen, dass sie tot ist. Als würden zweiundzwanzig Stichwunden dafür nicht reichen.«

Mithilfe ihres Assistenten schob Dr. Bernard ein Gummikissen unter den Hals des Opfers, streckte den Hals und das Gewebe oberhalb der Brust. Dann griff sie nach einem Skalpell. Sie setzte am Brustbein an und schaute auf.

Max Irvings Gesicht hinter dem durchsichtigen Acrylschild war so wenig zu deuten wie immer. Neben ihm starrte die Frau, die er als Ivy Dunlap vorgestellt hatte, die Leiche an, das Frauengesicht, ihre Lippen waren geteilt, ihr Atem bildete kleine Kondenswölkchen hinter ihrem Gesichtsschild.

Bernie hoffte, dass sie nicht umkippte. Irving hatte nichts über sie gesagt, hatte nicht erklärt, warum die Frau hier war. Es war ungewöhnlich, dass Zivilisten bei einer Obduktion dabei waren, aber manchmal kam es vor. Vor Jahren hatte sie ein paar Reporter gehabt, als die Regeln noch nicht so streng gewesen waren. Keiner von ihnen hatte den ersten Schnitt überstanden, ganz zu schweigen davon, mit der Knochensäge den Schädel zu öffnen, um das Gehirn zu wiegen.

Es gab unterschiedliche Meinungen darüber, was das Schlimmste war: der Geruch verbrannten Knochens, das schrille Jaulen von Metall auf Schädelkapsel oder der Anblick eines menschlichen Kopfes, der geknackt wurde wie eine Nuss.

Nichts davon störte sie. Sie konnte sich auch nicht daran erinnern, dass es sie je gestört hätte, nicht einmal als sie klein war und ein totes Tier auf dem Highway in Oklahoma fand, der bloß dreißig Meter von ihrem Zuhause entfernt verlief. Sie hatte den Tieren das Fell abgezogen, um die Muskeln zu sehen, die Innereien, sie bohrte mit neugierigen Fingern in ihnen herum. Die Anatomie von Lebewesen faszinierte sie. Ihr ganzes Leben lang hatte sie versucht, den Ekel anderer Menschen den Toten gegenüber zu verstehen, aber es gelang ihr nicht. Für sie war der Blick in einen menschlichen Körper nicht anders, als eine Blume zu zerlegen, um herauszufinden, wie sie aufgebaut war.

Ihre Eltern hatten diesen Drang nie verstanden, und bis heute fragte ihre Mutter sie, warum sie nicht als richtige Ärztin arbeitete, um Menschen zu helfen, statt sie aufzuschneiden, wenn sie schon tot waren. Das war für Eltern wahrscheinlich schwer zu verstehen, vermutete Bernie.

Sie begann an einer Schulter, knapp unterhalb des Schlüsselbeins, mit dem Einschnitt, zog eine Gerade bis zum Brustbein. Der Schnitt war tief, in einem Zug durchtrennte sie Haut, Fettgewebe und Muskeln. Auf der anderen Seite vollführte sie denselben Einschnitt. Dort, wo die beiden sich am Sternum trafen, schnitt sie senkrecht den gesamten Oberkörper hinunter, um den Nabel herum, bis zum Schambein. Mit einer Schere arbeitete sie sich dann durch die Rippenknorpel, bis sie den Brustkorb herausnehmen und beiseite legen konnte, um die darunterliegenden Organe zu betrachten.

Sie nahm Haut- und Gewebeproben, tat sie in kleine Gläschen mit Formaldehyd. Nachdem sie alle Proben hatte, goss sie aus einem Stahlkrug Wasser über die verbliebenen Organe.

»Absaugen.«

Der Assistent schälte eine Düse aus einer Plastikverpackung, schloss sie an den Schlauch eines Sauggerätes an, und stellte die Maschine auf mittlere Stärke. Er tupfte mit der durchsichtigen Plastikspitze, saugte um das Herz herum. Rosafarbene, blutdurchsetzte Flüssigkeit sauste durch den Schlauch und landete in einem mittelgroßen Behälter.

»Herz intakt. Platzwunden an Leber und Milz.«

Dr. Bernard drückte auf verschiedene Venen und Arterien, die flach wie Bandwürmer herumlagen. »Sie ist vollständig ausgeblutet. Haben Sie bemerkt, dass es kaum Leichenflecken gab? Sie hatte einfach kein Blut mehr im Körper, das gerinnen konnte.«

»Ist sie verblutet?«, fragte Max.

»Ja.«

»Hätte man sie retten können?«, fragte die Frau, Ivy, flüsternd. Ihre Stimme zitterte leicht.

Bald kippt sie um, dachte Bernie ohne Missachtung oder Kritik. So war es einfach. Das Wesen der Welt, so wie der Mörder auch nicht anders gekonnt hatte, als diese Frau zu töten.

»Sie meinen, hätte sie gerettet werden können, wenn man sie rechtzeitig gefunden hätte?«

»Ja.«

»Na ja, mit der verletzten Leber und Milz, all den Wunden, ist das zu bezweifeln.« Was wollte sie hören? Wozu war das gut? Bernie stellte nie etwas in Frage, was schon geschehen war. Das war sinnlose Zeitverschwendung. Sie las auch keine Romane. Sie ging nicht mehr ins Kino. Kunst und Musik brachten ihr nichts. Sie lebte in der Wirklichkeit, einem Ort, der ihr gefiel. Sie hatte viel Zeit damit verschwendet, Filme und Fernsehsendungen durch die Augen anderer zu sehen und zu versuchen, ihre Mitmenschen zu verstehen.

Falsch. All das war falsch. Vor allem, wie sie den Tod darstellten. Der Tod war die völlige Abwesenheit der Seele – etwas, was man nicht spielen konnte, egal wie gut man als Schauspieler war.

»Es ist zu bezweifeln«, sagte sie und dachte weiter über die Frage nach. »Aber vielleicht schon«, entgegnete sie wahrheitsgetreu. »Wenn er ihr nicht die Luftröhre zerdrückt hätte. Er hat sichergestellt, dass sie nicht noch zum Telefon kriecht und 911 wählt.« Sie griff nach der Knochensäge, die an einem Flaschenzug über ihrem Kopf hing. »Die folgende Prozedur hat meinen Studenten nie besonders gut gefallen.« Neun von zehn wurden ohnmächtig, wenn sie das erste Mal sahen, wie man einen Hals auseinandernahm.

Sie würde nett sein und Dunlap warnen. Und sie musste anerkennen, dass sie es immerhin bis hierher geschafft hatte. Das gelang nicht vielen. Sie konnte sich sogar noch an einen ganz bestimmten Detective erinnern, der ihr vor nicht allzu vielen Jahren auch fast ohnmächtig geworden wäre. »Ich wollte Sie nur warnen.«

Manchmal sagte sie nichts. Manchmal fing sie einfach an zu sägen. Aber heute war ihr nicht danach, gemein zu sein, also sagte sie Bescheid. Und Dunlap schaute tatsächlich schon ein bisschen geschafft. Bernie sah Max an, zog eine Augenbraue hoch. Aber vielleicht wollte er ja auch, dass sie umkippte, um sie auffangen zu können. Vielleicht ging es nur darum.

Er sah sie durch seinen Schutzschild an, und seine steinerne Miene blieb unverändert.

Vielleicht auch nicht.

Ivy schüttelte den Kopf, sagte »Alles in Ordnung«, obwohl sie fürchtete, dass nicht alles in Ordnung wäre. Sie zwang sich, zuzuschauen, wie Luftröhre, Speiseröhre und schließlich die Zunge entnommen wurden. Die Zunge gab ihr den Rest.

Ivy wirbelte herum und rannte, sie riss sich den Schutzschild vom Gesicht und warf ihn auf einen Rollwagen. In den erstbesten Mülleimer flogen Schürze und Handschuhe. Dann lief sie durch eine Tür, über der in roten Buchstaben das Wort EXIT leuchtete. Draußen rang sie nach Luft, aber statt Frische zu riechen, nahm sie nur den süßlich-verdorbenen Geruch des Todes und des Formaldehyds wahr. Er füllte ihre Nebenhöhlen, ihre Lunge, ihren Hals. Magensaft stieg auf, verbrannte ihre Speiseröhre, der Schwindel konzentrierte sich hinter ihren Augäpfeln.

Sie konnte das Sonnenlicht auf ihrem kalten, klammen Gesicht spüren. Sie tat ein paar Schritte in die Richtung von Max Irvings verblasstem blauem Wagen mit der Delle in der Tür, den er im Schatten eines mickrigen Bäumchens geparkt hatte, in dem Vögel zwitscherten, ihr Ermunterungen zuriefen. Sie ging in Richtung des Schattens und der fröhlich piepsenden Vögel und fragte sich benommen, warum sie beschlossen hatten, in Chicago zu landen, wenn sie doch auch überall sonst hinfliegen konnten. Wenn sie einer von ihnen wäre, würde sie nach St. Sebastian fliegen, wo die Sonne nicht so harsch herunterbrannte. An einen Ort, der nicht nach Tod roch.

Sie brauchte Schatten. Nicht den Schatten eines Zementgebäudes, eines Leichenschauhauses, sondern kühlen Baumschatten. Bevor sie ihn erreichte, holte der Schwindel sie ein, der kalte Schweiß ließ sie auf die Knie sinken, kleine Kiesel drückten durch ihre Khakihose.

»Nehmen Sie den Kopf runter.«

Im Geiste wehrte sie sich gegen ihn, denn sie wollte nicht als Häufchen Elend mitten auf dem Parkplatz zusammensinken. Aber körperlich verfügte sie über nicht mehr Kraft als eine Puppe, während seine Hand auf ihren Hinterkopf drückte und ihre Stirn auf ihren Oberschenkel zwang.

Selbst kurz vor der Ohnmacht begriff sie, dass ein anderer Mann, ein Mann der ihr zumindest körperlich seinen Willen aufgezwungen hatte, sich jetzt auf die Jagd nach anderen unschuldigen Frauen machte.

Sie verfluchte ihre eigene Schwäche.

Sie hatte seit Jahren nicht gebetet, aber jetzt brachte sie so etwas wie ein Gebet zusammen, während die Dunkelheit hinter ihren Augen tanzte und die heiße, gnadenlose Oberfläche des Parkplatzes in ihre Knie stach, und ein Mann, dem sie sich nicht besonders nahe fühlte, sie zu Boden drückte.

Ihre frühen Kindergebete hatte sie auf Wunsch ihrer Mutter himmelwärts geschickt, und Ivy hatte schon deshalb mitgemacht, weil sie nicht in die Hölle fahren wollte. Sie hatte aufgehört zu beten, als sie festgestellt hatte, dass sie schon dort angekommen war.

Gib mir Kraft, bettelte sie, nicht bei Gott, sondern bei sich selbst. Sie war der einzige Mensch, der sie hier durchbringen konnte, der einzige Mensch, dem sie trauen konnte. Was ein beängstigender Gedanke war; sie hatte so viele Schwächen, so viele Zweifel.

Feigling, schimpfte sie.

Sie streckte ihren Hals, sie kämpfte gegen die Hand, die ihr nicht nur helfen wollte, sondern sie herunterdrückte, sie daran hinderte, das zu tun, was zu tun sie gekommen war.

Sie stieß ihn weg und richtete sich auf, sie taumelte in den Schatten des Baumes, prallte mit der Hüfte gegen einen Kotflügel des Wagens.

Irving folgte ihr, ließ sich zu Boden sinken, lehnte seinen Rücken gegen den schmalen Baumstamm. Er ließ die Arme über seine gebeugten Knie hängen und sagte: »Ich habe mir bei meiner ersten Obduktion die Seele aus dem Leib gekotzt.«

Sie schaute zu ihm auf, überrascht von dem Geständnis.

Zuvor hatte er sein Jackett und seine Krawatte abgelegt und die Ärmel seines weißen Anzughemdes bis knapp unter die Ellenbogen aufgekrempelt.

Ivy rieb sich das Gesicht und versuchte, den metallenen Geschmack im Mund herunterzuschlucken. Sie wünschte, sie hätte ein Glas Wasser. »Ich habe schon gekotzt, als ich einen Regenwurm aufschneiden musste«, berichtete sie ihm, wo sie schon bei Geständnissen waren.

Er lachte und nahm einen Kiesel hoch, warf ihn weg.

»Das ist allerdings peinlich.«

»Ich weiß.«

Sie bereute ihr Geständnis schon, diesen kleinen Einblick, den sie ihm in ihre Vergangenheit gewährt hatte, ein anderes Leben. Sie durfte nicht über sich selbst sprechen, nicht einmal über Regenwürmer.

»Also, was treibt Sie her, Ivy Dunlap?«, fragte er – ein Gedankengang, den sie mit ihren sorglos unschuldigen Worten angestoßen hatte. »Welcher Weg hat sie hierher geführt?«

Sie wurde einer Antwort enthoben, weil der Lieferanteneingang sich öffnete. Dr. Bernards Assistent steckte den Kopf heraus. »Wir fangen gleich mit dem Baby an.« Es waren die ersten Worte, die der Mann sagte.

»Warten Sie hier«, sagte Irving und richtete sich auf. »Das wird nicht lange dauern.«

»Ich komme mit.«

»Die Übelkeit nimmt zu. Das passiert wieder.«

»Mir nicht.«

Er schüttelte den Kopf, widersprach aber nicht.

Fünf Minuten später waren sie zurück im Obduktionssaal, sie trugen wieder Schürzen und Schilde. Wieder standen sie neben dem Edelstahl-Untersuchungstisch, statt der Leiche der Mutter lag nun die ihres neugeborenen Sohnes dort. Der Tisch wirkte riesig im Vergleich zum winzigen Körper des Babys, einem Körper, der entsetzlich klein und einsam aussah.

Dr. Bernard begann die Voruntersuchung genauso wie die erste, sie betrachtete das Baby, aber diesmal sprach sie mit sanfterer, zärtlicherer Stimme. Doch die ehrfürchtige Stimmung endete, als sie etwas entdeckte, das aussah wie eine Injektionsverletzung am Kopf des Babys.

»Vielleicht hat er im Krankenhaus am Tropf gehangen?«, fragte Irving.

»Das ist frischer. Kaum eine Schwellung, und sie ist auch nicht blau gefärbt.«

»Was glauben Sie ist das?«, fragte Ivy.

Dr. Bernard schaute ungeduldig zu ihr auf. »Ich verschwende meine Zeit nicht mit Vermutungen«, sagte sie streng, dann setzte sie freundlicher hinzu, »was einer der Gründe ist, warum ich ein verdammt schlechter Detective wäre.«

»Wenn Sie Bernie nach der Farbe eines Wagens fragen«, sagte Irving im Plauderton, »sagt sie Ihnen, welche Farbe er auf der Seite hatte, die sie sehen konnte, aber mehr kriegt man nicht aus ihr heraus, es sei denn, sie ist um das ganze verdammte Ding rumgegangen.«

Dr. Bernard grunzte. »Wir werden das Blut untersuchen lassen.«

»Er geht ganz sicher, dass die Opfer nicht überleben«, sagte Ivy überzeugt. »Erst hat er der Mutter die Luftröhre zerdrückt, und danach hat er dem Baby irgendetwas gespritzt.«

»Er verändert seine Vorgehensweise«, stellte Max fest.

»Eskalation«, entgegnete Ivy. »Nicht ungewöhnlich.«

»Nein, er perfektioniert seine Fähigkeiten.«

Sie sah ihn durch ihre Plastikmaske an. »Er wird mit jedem Opfer klüger und gerissener.«

Er nickte unzufrieden.

Sah so aus, als wären sie sich doch noch bei etwas einig.

16

Das Klingeln des Telefons riss Ivy aus dem Halbschlaf – der einzigen Art Schlaf, die sie in letzter Zeit überhaupt kannte.

Max Irving rief an, um sie darüber zu informieren, dass die Einsatzgruppe sich um zehn Uhr vormittags zu einem Meeting traf. Er wollte wissen, ob sie auch käme.

Im Hintergrund hörte sie Musik, laute Musik. Plötzlich brach sie ab, und eine jugendliche, männliche Stimme sagte: »Ich bin fertig, Dad.«

Die Richtung, in die Max sprach, veränderte sich, er redete jetzt nicht mehr in Richtung des Telefons, sondern in die Welt hinein, in der er lebte, eine Welt, die Ivy unbewusst versuchte, in ihrem Kopf zusammenzusetzen. »Ich telefoniere gerade«, sagte er zu dem Besitzer der jugendlichen, männlichen Stimme.

Dad. Sein Sohn. Max Irvings Sohn.

»Ich hätte noch fünfzehn Minuten pennen können«, beklagte sich die Jungenstimme im Hintergrund.

Pennen … Sie erinnerte sich an diese Art des Schlafes, die jungen Menschen so leicht fiel.

»Du wirst es überleben«, sagte Max amüsiert. Dann wieder ins Telefon, offenbar fiel ihm ein, dass Ivy noch in der Leitung war: »Einsatzgruppen-Meeting«, wiederholte er. »Kommen Sie?«

Warum sagte er nicht einfach, was er dachte? Sie hatte keine Geduld für diese Spielchen. »Meinen Sie damit: Ob ich genug habe nach gestern?«

»Habe ich das gesagt?«

»Indirekt. Behandeln Sie mich am besten einfach nicht, als wäre ich blöd.«

»Ich habe Sie nicht angerufen, um mich zu streiten.« Er klang genervt, ungeduldig.

»Mit wem telefonierst du?«, hörte sie seinen Sohn fragen, er war offensichtlich neugierig, wem es gelungen war, seinen Vater schon so früh am Morgen zu verärgern.

»Mit niemand.«

»Danke«, sagte Ivy trocken.

»Verdammt. Ich meine …«

»Entschuldigen Sie sich nicht dafür, endlich zu sagen, was Sie denken.«

»Sie lesen da mehr rein, als drinsteckt. Ich habe bloß angerufen, um Sie über das Meeting zu informieren. Also, kommen Sie?«

Während Jinx um ihre Beine strich und bei jeder Umrundung den Rücken hochreckte, versicherte Ivy Irving, dass sie kommen würde, dann legte sie auf, während Jinx immer weiter im Kreis lief, die gelben Haare auf seinem Rücken glatt unter ihrer streichelnden Hand. Sie lächelte ein wenig. Man mochte es krank finden, abartig, aber sie genoss es tatsächlich, Irving auf die Nerven zu gehen.

Mit der Schere mit den orangefarbenen Grifflöchern schnitt er den Zeitungsartikel aus; seine Hände bewegten sich präzise, während er das Blatt erst in die eine Richtung drehte, dann in die andere, die Schere verursachte ein knirschendes Rascheln, das ihm gefiel. Als er fertig war, tat er dasselbe mit dem zugehörigen Foto, das jemand von einer unbekannten Frau gemacht hatte, die den Tatort verließ. Ihm gefiel die Überschrift, »Düsternis im Treppenhaus«, und er merkte sich den Namen des Reporters.

Doch irgendetwas beunruhigte ihn. Obwohl er wusste, warum er sich fürchtete, ließ diese Erkenntnis die Beunruhigung nicht verschwinden.

Jeder hatte einen Namen. Jeder musste einen Namen haben – und er wusste nicht, ob er das Foto seiner Sammlung hinzufügen könnte, ohne den Namen der unbekannten Frau zu kennen.

Er zog ein Album unter seinem Bett hervor. Dieses Buch war anders als das andere. In diesem steckten alle Zeitungsartikel, die über den Madonna-Mörder geschrieben worden waren. Zusammen mit Fotos der Leute, die an dem Fall gearbeitet hatten.

Der Großteil waren vergilbte Ausschnitte. Da war Abraham Sinclair, der dreißig Jahre jünger und fünfzig Pfund leichter aussah als jetzt. Sein Gesicht war mit einem Marker umringelt, sein Name in fetten Großbuchstaben auf den Rand geschrieben. Damals war Sinclair nur ein Detective gewesen. Jetzt war er Superintendent. Der große Chef. Er fühlte sich sehr clever, weil er wusste, dass er klüger war als der Superintendent des gesamten Chicago Police Departments.

»Armer Abraham«, sagte er und starrte beinahe mitleidig auf das Foto. Sie hatten eine lange Geschichte, sie beide.

Mehrere Albumseiten handelten von Abraham. Kleine Artikelchen über seine Frau und seine Kinder. Die Kinder waren sehr engagiert im Schulsport und im Theater, deswegen war es leicht gewesen, etwas über sie herauszubekommen. Viel später, nachdem er aus der Klapsmühle raus war, hatte er Abrahams Tochter verfolgt – er hoffte darauf, dass sie schwanger wurde und selbst Kinder bekam. Aber die Tochter hatte ein Mädchen bekommen, keinen Jungen. Es hätte ihn begeistert, ausgerechnet diese Mutter samt Sohn umzubringen. Er stellte sich vor, wie Abraham an den Tatort kam und seine tote Tochter und seinen toten Enkel auffand. Er stellte sich vor, wie er davon in der Zeitung las, stellte sich das Leid auf dem Gesicht des armen Abraham vor.

Er hatte so lange davon geträumt, Abrahams Tochter und Enkelsohn zu töten, dass er beinahe aus schierer Enttäuschung Mutter und Tochter umgebracht hätte. Aber die Medikamente, die er damals nahm, waren wirkungsvoll, sie behielten sein Hirn im Griff und hatten es ihm nicht erlaubt, dem Drang nachzugeben. Ein Baby-Mädchen zu töten, wäre Mord um des Mordes willen gewesen, Mord ohne Sinn. Darüber war er erhaben. Das hatte er nicht nötig. Abrahams Enkeltochter zu töten, das hätte ihn gleichgestellt mit allen anderen mörderischen Idioten da draußen, und das Letzte, was er wollte, war wie alle anderen zu sein. Aber die Zahlen hatten sowieso nicht gestimmt. Damals nicht. Und die Tochter war verheiratet. Unglücklicherweise.

Das Mädchen – es hieß Kiki – war gerade sechs geworden und würde zu einer Hure heranwachsen wie alle anderen. Aber sie war beinahe wie eine Nichte für ihn, und er hatte ihr eine Geburtstagskarte mit dem Bild eines Hündchens darauf geschickt.

Er schlug eine neue Seite hinten im Album auf. Hob die Transparentfolie an und legte Foto und Artikel auf die dicke weiße Seite. Auf den Rand schrieb er vorsichtig mit schwarzem, wasserfestem Marker den Namen des Reporters: ALEX MARTIN. Großbuchstaben. Dann malte er neben das Foto der Frau ein Fragezeichen. Das tat er mit Bleistift, damit er später ihren Namen mit einem dauerhaften Stift hinzufügen konnte.

Auf der gegenüberliegenden Seite befand sich ein Foto von Detective Max Irving zusammen mit der Kopie eines Artikels, der vor einer Woche in der Zeitung gestanden hatte, nach der Pressekonferenz zu dem ersten neuen Mord.

»*Detective Irving ermittelt in dem Fall*«, war Sinclair zitiert worden. »*Und ich bin sehr zuversichtlich, dass er den Mörder fassen wird.*«

Es hatte kein Foto von Irving gegeben. Aber das bekam man leicht von der Website der Polizei. Irving selbst hatte keine eigene Seite, aber prinzipielle Informationen gab es in einer Übersicht.

Zu jedem Namen ein Gesicht. Zu jedem Gesicht einen Namen.

Unter dem Foto von Detective Irving befand sich noch eines – das eines verschwitzten, blonden Jungen in einem Hockey-T-Shirt. Nummer zweiunddreißig. Eine gute Zahl. Eine schöne, runde Zahl, die einem von der Zunge rollte.

ETHAN IRVING.

Der Junge war ein aufsteigender Star in der Hockeymannschaft seiner Highschool.

Hockey. Ein harter Sport. Für den man sehr geschickt sein musste.

Die Highschool, an der Ethan spielte, hieß Cascade Hills.

Obwohl er Hockey nicht mochte, Sport sowieso nicht, überlegte er, sich einmal ein Spiel anzusehen.

Dort würden eine Menge Leute sein, und er hatte keine Lust darauf, sozial zu tun, um sich unter die Menschen zu mischen. Aber wenn Ethan spielte, konnte es das wert sein. Wenn Detective Irving zusah, wäre es interessant.

Das wäre ein Spaß.

Von oben hörte er, wie seine Mutter mit ihrem Holzstock auf den Boden schlug – ihr Signal dafür, dass er seinen Arsch hochhieven sollte.

Sein Herz setzte kurz aus, dann begann es so laut zu schlagen, dass das Pochen seinen Kopf erfüllte.

Beruhige dich. Alles in Ordnung. Es ist bloß die Alte oben. Bloß deine Mutter.

»Ich komme!«, rief er.

Jetzt, wo sie sich das Bein gebrochen hatte, war sie bettlägerig – was hieß, dass er sich persönlich um jeden Mist kümmern musste. Gott sei Dank hatte sie starke Schmerzmittel und Schlaftabletten verschrieben bekommen, und er hatte festgestellt, wenn er die Dosis erhöhte, schlief sie sechs oder sieben Stunden durch. Wenn er sie nur für immer schlafen lassen könnte …

17

Sachi Anderson und ihr Sohn waren zwei Tage tot, als die Einsatzgruppe zum ersten Mal zusammentraf.

Ein Raum im zweiten Stock des Hauptquartiers war die neue Zentrale für alle, die mit dem Fall zu tun hatten, und würde es bleiben, bis der Mörder gefasst war oder die Kosten gedrückt werden mussten, je nachdem, was zuerst eintrat.

Die Wache »Grand Central Station«, so benannt von Schulkindern, weil sie an der Kreuzung Grand und Central lag, ersetzte das alte Shakespeare Building, das so alt war, dass es hieß, im Erdgeschoss befänden sich noch Pferdeställe. Das neue Gebäude war in den Achtzigern erbaut worden. Zu jener Zeit war das Standard-Design eine Konstruktion mit schmalen, hohen Fenstern aus Plexiglas. Wenn man eine Flachdach-Grundschule und ein Fort kreuzte, bekam man Grand Central. Ivy hatte das Gefühl, ein Gebäude könnte gar nicht unauffälliger geraten.

Chicago konnte ein düsterer Ort sein, und selbst an einem sonnigen Tag halfen die beiden schmalen Fensterchen in dem zentralen Raum der Einsatzgruppe nicht, die Düsternis zu vertreiben. Dafür waren die Neonröhren an der Decke zuständig.

Ein Raum, der am Morgen noch leer gewesen war, beinhaltete jetzt vier Schreibtische samt Telefonen, Headsets und Computern. Stadtpläne von Chicago hingen an den Wänden. Man hatte Sofas und Sessel aufgestellt, außerdem einen kleinen Kühlschrank und eine Kaffeemaschine.

Ein Zuhause fern der Heimat.

Ivy sah sich in dem Raum mit einer Mischung aus Sorge

und Erleichterung um. Sorge, denn sie wusste, dass die Sofas für anstehende schlaflose Nächte und möglicherweise noch mehr Morde standen; Erleichterung, weil man die Ernsthaftigkeit der Mutter-Kind-Tötungen erkannt und die notwendigen Mittel locker gemacht hatte – in dieser Geschwindigkeit war das nicht immer leicht. Sie vermutete, dass Abraham in den letzten Tagen viele gute Worte eingelegt hatte.

Die Mitglieder zum ersten, vorläufigen Meeting der Einsatzgruppe begannen hereinzuströmen; auf ihren ernsthaften Gesichtern konnte man von der Brutalität der Verbrechen lesen, mit denen sie sich beschäftigen würden. Zwei Leute, ein Mann und eine Frau in Anzügen, stellten sich als FBI-Agenten aus dem National Center for Analysis of Violent Crime vor, NCAVC.

»Wir werden nur ein paar Tage hier sein«, erklärte die Frau, Mary Cantrell, und schüttelte Ivy die Hand. »Wir wollen Ihnen Starthilfe geben. Sie können sie nutzen oder verwerfen, wie Sie wollen.«

Sie sagte das auf eine Art, die andeutete, dass die »Starthilfe« von ihr und ihrem Partner nicht immer mit offenen Armen begrüßt wurde, oder, wichtiger noch, mit offenem Geist.

Begleitet wurden sie von dem FBI-Kontaktmann aus Chicago, David Scott. Er sah kaputt und formlos aus, wie jemand, der zu viele Jahre hinter einem Schreibtisch damit verbracht hatte, ungesundes Zeug zu essen und üblen Kaffee zu trinken.

Er warf Special Agent Anthony Spence, der noch kein Wort gesagt hatte, einen vorsichtigen Blick zu. Spences Verhalten war das eines typischen FBI-Agenten – diese eiskalten Typen in schwarzen Anzügen und mit schwarzen Sonnenbrillen –, bloß hatte dieser Agent keine Sonnenbrille und trug einen makellosen grauen Anzug, der das Stahlgrau seiner rot unterlaufenen Augen betonte. Ivy fand, dass der steife Spence Irving wie einen Komiker dastehen ließ.

Der Chicagoer Agent Scott sah ihn an, und es war offensichtlich, wie unterlegen er sich fühlte, daher spielte er mit seinem kurzen, breiten, gestreiften, zerknitterten und absolut unmodischen Schlips, und dann fuhr er mit der Hand an den Bund seiner beigefarbenen Hose, als müsste er prüfen, ob alles noch okay saß.

Zwei Polizisten gesellten sich zu der wachsenden Gruppe, der Geruch von Frittenfett drang aus der Tüte, die sie auf einem Plastiktablett bei sich führten. Einer der beiden Neuankömmlinge war Ronny Ramirez, der junge Polizist, der Ivy in der Nacht des Anderson-Mordes zurück zu ihrer Wohnung gefahren hatte. Die andere Polizistin erkannte sie als diejenige, die in derselben Nacht vor der Tür der Wohnung gestanden hatte.

Die Polizistin begrüßte alle und deutete auf ihre Marke. »Regina Hastings«, sagte sie, zog einen Stuhl heraus, setzte sich und stürzte sich auf ihre Frühstückstüte.

»Ich hab noch nie eine Frau gesehen, die so viel wegstecken kann«, sagte Ramirez halb erstaunt, halb bewundernd.

Hastings wischte sich den Mund mit einer großen Serviette. »Ja, aber ich mag mein Fleisch gekocht und auf Brot.« Sie nahm noch einen Bissen ihres Sandwiches, ihre großen weißen Zähne gruben sich in den English Muffin, dieweil Ramirez so tat, als würde er ersticken. Wenn er nicht so dunkelhäutig gewesen wäre, hätten alle sehen können, wie er errötete.

Hastings lachte und nahm den Plastikdeckel von ihrem Styroporbecher. Der Kaffeeduft stieg hoch und ließ auch die anderen erwachen, ein paar marschierten hinüber zur Kaffeemaschine, in der eine volle, frisch gebrühte Kanne stand.

Anthony Spence nahm seinen schwarz, dazu eine Handvoll orange überzogener Tabletten.

»Kopfschmerzen?«, fragte Ivy und empfand genau jene Sympathie, die sie immer empfand, wenn eine Person menschliche Züge an den Tag legte.

»Migräne«, lautete das barsche, zögernde Eingeständnis.

Er schluckte die Tabletten, spülte sie mit kochendheißem Kaffee herunter. Fluchend hopste er auf und ab und schüttete dunkle Flüssigkeit auf seinen Anzug und den Boden vor Ivy.

Das ging ja gut los.

»Er ist die Stimulanz nicht gewöhnt«, sagte Mary Cantrell trocken, nahm eine Serviette vom Tisch und tupfte damit an den Flecken auf seinem Anzug herum. »Downer sind mehr sein Ding«, erklärte sie und sah Ivy mit einem Sie-wissen-ja-was-ich-meine-Blick an.

Nein, Ivy wusste nicht, was sie meinte. War er Alkoholiker? Er wäre nicht der erste FBI-Agent, der zur Selbstmedikation griff. Ivy hätte vermutet, dass fast jeder Mitarbeiter der Behavioral Science Unit und NCAVC früher oder später ein Alkoholproblem hatte.

Ivy spürte eine eigenartige Spannung zwischen den beiden Agenten, eine Art Feindseligkeit oder Rivalität. Die beiden mochten einander nicht, so viel war Ivy klar.

Warum mussten Menschen nur so verdammt … menschlich sein? Andauernd streiten. Sich in den Rücken fallen. Als Jane Goodall mit ihren Studien der Schimpansen begann, dachte sie, diese Tiere wären unsere sanfteren, mitfühlenderen Brüder und Schwestern. Nach jahrelanger Forschung entdeckte sie leider, dass sie genauso waren wie wir. Die Tiere wurden gequält von Eifersucht und Hass. Sie waren sanftmütig, ja, aber sie konnten auch schreckliche Gräueltaten begehen, brutale Morde und Kannibalismus. Auch sie begingen Verbrechen an ihrer eigenen Art.

Spence ließ eine Serviette zu Boden segeln und schob sie mit der Spitze seines schwarzen Schuhs hin und her, bis der verschüttete Kaffee aufgesogen war, dann beugte er sich vor und nahm angeekelt die dreckige Serviette auf.

Immerhin machte er hinter sich sauber.

Fünf Minuten später tauchte Detective Irving auf, zusammen mit Superintendent Sinclair und einem weiteren Mann in Abrahams Alter, den er als Toxikologen vorstellte.

Es war ungewöhnlich, dass der Superintendent sich persönlich um eine Ermittlung kümmerte, und Abraham erklärte, dass er nur bei dem ersten Meeting dabei sein würde. Einige im Raum wussten wahrscheinlich nicht, dass er als Detective für den Fall verantwortlich gewesen war, und es war merkwürdig, sich zu überlegen, dass Hastings und Ramirez noch Kinder gewesen waren, als der Madonna-Mörder Chicago zum ersten Mal in Angst und Schrecken versetzt hatte.

Zum ersten Meeting gehörte nicht die gesamte Einsatzgruppe. Wenn sie einen Plan entwickelt hatten, würden sie weitere Mitarbeiter anfordern und diese informieren, darunter Streifenpolizisten, Mitarbeiter der verschiedensten Abteilungen, Dokumentare, Informationssammler – Leute, die bis zum Hals in Unterlagen, Aufzeichnungen, Berichten und Statistiken steckten.

Irving verteilte Ordner an alle Anwesenden. Darin befanden sich Kurzversionen der ursprünglichen Madonna-Mörder-Akten, zusammen mit den beiden neuen Morden.

»Niemand sonst darf diese Akten sehen«, erklärte Irving. »Nicht eure Ehefrauen, nicht eure Männer und auch keine Polizisten außerhalb dieses Raums.«

Sie stellten sich noch einmal vor, dann setzten sich alle und machten sich an die Arbeit.

»Okay«, sagte Irving, »so sieht es aus. Es wurden keine Fingerabdrücke gefunden, außer denen der Familienmitglieder und der Opfer. Keine DNA außer der Familienmitglieder und der Opfer. Kein Speichel an Trinkgläsern, der zu jemand anderem gehört.«

»Die Bisswunde?«, fragte Abraham.

»Unser Killer verfügt offenbar nicht über großen Speichelfluss.«

Ivy wusste, dass achtzig Prozent der Bevölkerung Sekrete absonderten – was hieß, sie hinterließen DNA in irgendwelchen Körperflüssigkeiten. Manche Kriminelle tranken etwas und hinterließen Spuren an dem Glas. Sie gingen auf die Toilette und spülten nicht, oder sie spülten nicht gründlich genug. Und manche – viele – bissen ihre Opfer. Es hatte über die Jahre mehrere Fälle gegeben, in denen die Bissspuren genauso belastend gewesen waren wie Fingerabdrücke – zum Beispiel bei Ted Bundy. Aber häufiger noch – es sei denn, der Täter hatte eine ungewöhnliche Zahnstellung – brachte einen der Speichel weiter.

»Was ist mit DNA-Tests des alten Materials?«, fragte Agent Scott.

»Das Labor untersucht auch die Beweisstücke aus den alten Fällen – von den ursprünglichen Tatorten des Madonna-Mörders«, sagte Irving. »Die technischen Möglichkeiten haben sich in den letzten sechzehn Jahren verbessert, und wir hoffen, etwas zu finden, das wir bislang nicht einmal testen konnten. Unglücklicherweise braucht man für eine derartige Analyse viel Fingerspitzengefühl, und nur wenige Labortechniker haben eine entsprechende Ausbildung und das nötige Equipment. Sie haben wahnsinnig viel zu tun und mit unseren Proben noch nicht einmal angefangen.«

Sie fuhren fort.

»Wir haben überprüft, wer aus dem Gefängnis entlassen wurde, aber das muss noch einmal gecheckt werden«, erklärte Irving. »Wir hatten ein paar Verdächtige, haben sie einbestellt, aber die waren sauber, zumindest so sauber, wie es ehemalige Drogendealer und Sexualstraftäter eben sein können. Wir überprüfen noch einmal alle, die auf Bewährung draußen sind.«

Irving hatte eine gradlinige, offensive Art, die bei den Profis gut ankam. Er hatte das Sagen und war doch Gleicher unter Gleichen. In einer solchen Situation gab es keinen Raum für ein aufgeblasenes Ego.

»Es gibt normalerweise drei Gründe, warum solche Mordserien enden«, erklärte er. »Erstens Selbstmord. Zweitens, der Mörder verlässt die Gegend, um woanders zu morden. Drittens, er wird für ein anderes Vergehen verhaftet und sitzt im Knast. Es wurde viel spekuliert, dass die Madonna-Morde vor sechzehn Jahren stoppten, weil der Mörder für ein ganz anderes Verbrechen verhaftet und weggesperrt wurde.«

»Und jetzt könnte er wieder draußen sein«, sagte Ramirez.

»Genau. Aber das sind Spekulationen. Vergessen Sie nicht, alle Vorschläge sind willkommen, und es gibt keine dummen Fragen.«

»Was ist mit Psychokliniken?«, fragte Spence.

»Wir haben Informationen angefordert, aber noch haben wir nichts Interessantes bekommen.« Die Antwort kam schnell und entschlossen, ohne Irving von seinem Weg abzubringen. »Ramirez und Hastings sind dafür zuständig, alle in den ausgewählten Bereichen zu verhören, auch mehrmals, wenn es sein muss.«

Ramirez lehnte sich auf seinem Stuhl zurück, die Arme vor der Brust verschränkt. »Zwei Leute?«

»Ich habe gesagt: dafür zuständig. Wir werden Mitarbeiter aus anderen Bereichen anfordern, wenn wir sie brauchen. Vielleicht können wir in Rente gegangene Polizisten um Hilfe bitten. Wir werden im Fernsehen und in den Zeitungen die Bürger bitten, uns zu unterstützen. In diesen Veröffentlichungen wird die direkte Durchwahl zu diesem Raum veröffentlicht werden. Bislang bekommen wir etwa zwanzig Anrufe am Tag, aber wir dürfen davon ausgehen, dass es mehr werden. Leider bekommt man eine Menge Rache-Anrufe, wenn eine solche Sache passiert. Verwandte und Nachbarn schwärzen gern mal jemand an, den sie nicht mögen, selbst wenn der niemand umgebracht hat.«

»Aber wir nehmen da schon viel vorweg.« Diese Worte kamen von Abraham, der neben Ivy an dem langen Tisch saß. »Sie haben beide die Fotos und die Akten durchgesehen«, sagte er zu den Agenten Cantrell und Spence. »Zu welchem Schluss sind Sie gekommen?«

»Ich bin sicher, es ist derselbe Täter«, sagte Spence sofort und vollkommen überzeugt.

»Ich stimme dem zu«, fügte Cantrell hinzu. »Auf der Basis dieser Fotos.«

Sie breitete sechs Abzüge auf dem Tisch aus, zwei schwarzweiß, vier in Farbe. »Diese beiden«, erklärte sie und deutete mit dem abgekauten Ende ihres Stiftes auf die Schwarz-Weiß-Bilder, »waren Opfer des Madonna-Mörders. Diese«, sagte sie und deutete auf die leuchtendsten Farbbilder, »wurden an den letzten beiden Tatorten aufgenommen. Die Positionierung ist die gleiche. Beachten sie, wie die Hände auf den Hüften liegen, man könnte das für eine provokative Pose halten. Die Knie sind gebeugt und gespreizt, das kann man als pornografisch ansehen, aber so werden auch Kinder zur Welt gebracht. Der Kopf ist nach rechts geneigt, der Mund zu einem Lächeln geklebt. Selbst der Kamerawinkel ist der gleiche. Und dann ist da noch der rituelle Aspekt der Sache, von der entwürdigenden Pose der Mutter bis zu dem ›schlafenden‹ Baby mit der Spieluhr.« Das Wort *schlafend* setzte sie in der Luft in Anführungszeichen.

»Es ist mit Sicherheit derselbe Täter«, fuhr sie fort. »Superintendent Sinclair hat mir versichert, dass die Öffentlichkeit niemals Zugriff auf diese Bilder hatte. Deswegen bleibt uns nur ein Schluss: Der Madonna-Mörder von vor sechzehn Jahren, und der Mann, der Tia Sheppard, Sachi Anderson und ihre neugeborenen Söhne auf dem Gewissen hat, sind ohne Zweifel ein und dieselbe Person.«

Ein Augenblick verging, bevor Irving sagte: »Wir haben noch weitergehende Informationen. Deswegen habe ich Dr. Glaser heute hergebeten.«

Der Spezialist öffnete einen braunen Umschlag und zog Kopien der toxikologischen Berichte heraus. Schnell verteilte er an alle Anwesenden Kopien.

»Als die Leichenbeschauerin die Autopsie an den Andersons vorgenommen hat, entdeckte sie seitlich am Kopf des

Babys etwas, das aussah wie eine Injektion«, sagte Dr. Glaser. »Die toxikologischen Untersuchungen bestätigen, dass dem Kind eine tödliche Dosis Acepromazin gespritzt wurde, ein Betäubungsmittel für Tiere. Es wurde Acepromazin in Blut und Gewebeproben entdeckt, was bei weiteren Untersuchungen zur Feststellung größerer Mengen in der Leber und dem Gehirn führte. Die Todesursache war Atemstillstand.«

»Eingeschläfert«, sagte Ivy.

»Letztlich ja.«

»Das passt nicht zu seiner bisherigen Vorgehensweise«, stellte Abraham fest.

»Das Vorgehen kann sich ändern«, sagte Spence und nutzte die Gelegenheit, sich einzumischen, bevor Cantrell für ihn sprechen konnte. »So lange die Signatur die gleiche bleibt.«

Ivy klopfte mit ihrem Stift auf ihren Notizblock. »Ich glaube, er fühlt sich schuldig, weil er die Babys tötet. Bisher hat er sie immer erstickt. Jetzt schläfert er sie ein.«

»Was für ein gutherziger Mensch«, bemerkte Ramirez sarkastisch.

»Ich stimme Ivy zu«, sagte Cantrell. »Und für ihn ist das kein Spiel, wie für andere Serienmörder. Dieser Mann tut etwas, was er für richtig und wichtig hält. Er hat die Vorstellung, die Kinder zu retten.«

»Und woher bekommt er das Medikament?«, fragte Hastings.

»Nur ein Veterinär hat die Lizenz, diese Betäubungsmittel zu beziehen«, erklärte der Toxikologe. »Ich würde vermuten, es wurde gestohlen.«

»Oder der Mörder ist Tierarzt.«

»Oder arbeitet für einen.«

»Es hat einige Einbrüche bei Kliniken gegeben«, sagte Irving, »aber es waren immer nur Süchtige, die die gestohlenen Drogen selbst nehmen oder verkaufen wollten.«

»Die Frage ist, was will der Mörder mit seiner Tat erreichen?«, fragte Agent Spence. »Wenn wir das verstehen können, haben wir ein klareres Bild von diesem Kerl.«

»Seine überstrahlende Fantasie besteht darin, sich seiner missbräuchlichen Mutter zu entledigen«, sagte Ivy. »Daher schätze ich, dass seine Mutter immer noch am Leben ist. Vielleicht wohnt er sogar bei ihr.«

»Möglicherweise nimmt er von jedem Opfer ein Andenken mit und überreicht es seiner Mutter«, sagte Spence. »Eine Kette oder eine Haarspange beispielsweise. Etwas Kleines.«

»Der Kerl ist gerissen«, sagte Cantrell. »Höchstwahrscheinlich durchaus charmant. Die normalen Richtlinien, nach denen wir Menschen einschätzen, greifen nicht, wenn es um Soziopathen geht.«

»Ein Soziopath ist bereit, jemand aus egoistischen Gründen sterben zu lassen«, sagte Ivy. »Er schätzt menschliches Leben nicht.«

»Wissen Sie, was ich für wichtig halte?«, sagte Agent Scott. »In den meisten Fällen gab es keine Anzeichen eines Kampfes. Überrascht er sie so sehr, dass sie keine Chance haben? Oder ist ihre Angst zu groß, sich zu wehren?«

»In vielen Fällen wehren sich Opfer nicht, weil sie hoffen, dass sie überleben, wenn sie sich brav verhalten«, erklärte Cantrell der Gruppe. »Es ist tatsächlich selten, dass ein Opfer sich wehrt. Sehr selten. Beim Madonna-Mörder könnte das zudem durch den Überraschungsfaktor bedingt sein. Ich glaube, er greift seine Opfer an und tötet sie sofort. Die meisten Serienmörder spielen gern eine Weile mit ihren Opfern, manchmal tagelang. Und die wehren sich immer noch nicht, selbst wenn sie mit Sicherheit wissen, was ihnen bevorsteht. Die Tatsache, dass der Madonna-Mörder seine Opfer sofort umbringt, spricht für eine Art Gewissen, aus Mangel eines besseren Ausdrucks. Er will, dass sie tot sind. Es ist immer noch ein grausamer Akt – schließlich sticht er wiederholt auf sie ein –, aber sein Ziel besteht darin, zu töten, nicht zu quälen.«

»Was ist mit dieser Reynolds-Frau?«, fragte Ramirez und blätterte in den Unterlagen, er suchte nach etwas, das er zuvor gelesen hatte. »Die den Angriff noch eine Weile überlebt hat. Konnte sie der Polizei je etwas berichten?«

»Nichts Substanzielles«, sagte Agent Scott.

»Blöd.«

»Was haben wir noch?«, fragte Irving und drängte das Gespräch in eine produktivere Richtung.

Ivy bemerkte, dass sie den Atem angehalten hatte. Schweiß lief ihr den Rücken herunter. Sie begann eine Atemübung. *Ein, ein. Aus, aus.* Ihre Muskeln entspannten sich. Ihr Herzschlag verlangsamte sich.

»Wir haben alle Informationen in das Violent Criminal Apprehension Program des FBI eingegeben, aber bislang ist nichts dabei rausgekommen.« Agent Scott sprach von einer Computerdatenbank, die es Polizisten im ganzen Land erlaubte, Informationen miteinander zu teilen.

»Manchmal unternehmen Serienmörder Reisen und begehen ähnliche Verbrechen in anderen Ecken der Vereinigten Staaten«, fuhr Scott fort. »Wenn so etwas passiert, kann ein Fall als Einzelfall betrachtet werden, obwohl er das gar nicht ist. Es ist wichtig, Informationen nicht nur innerhalb Chicagos und der angrenzenden Gebiete zu teilen, sondern im ganzen Land.«

Der Toxikologe entschuldigte sich. Nach einer Reihe gemurmelter Verabschiedungsbekundungen ging das Gespräch praktisch ohne Pause weiter.

»Wurden irgendwelche Beweise am Tatort gefunden?«, fragte Cantrell.

»Blutspuren, Fingerabdrücke, Fasern, Haar, irgendetwas?«, fragte Spence.

»Nichts. Er hat nur wieder seine Visitenkarte hinterlassen – die verdammte Schneekugel mit der Spieluhr«, sagte

Abraham. »Die werden in irgendeiner Fabrik in Bangladesch zu Tausenden gefertigt, und es gibt sie in fast jedem Supermarkt des Landes.«

»Wir müssen noch versuchen, herauszukriegen, ob in einem Laden eine ungewöhnlich große Partie davon verkauft wurde«, sagte Irving.

»Spielt sie immer dasselbe Lied?«, fragte Spence.

»›Hush Little Baby‹«, murmelte Ivy.

»Als meine Enkelin geboren wurde, hat ihr jemand einen Teddybären geschenkt, der das verdammte Lied spielte«, sagte Abraham. »Den habe ich ihr weggenommen und verbrannt.«

Das Gespräch wandte sich nun einem anderen Aspekt der Angelegenheit zu: dem Eindringen. Wie gelangte er in die Gebäude hinein? Sie waren sich einig, dass jeder in ein Gebäude hineinkam, wenn er lange genug an der Tür wartete, bis ein Bewohner oder Besucher rein oder raus ging. Dann waren da die Stichwunden. Er hatte auf die Frauen früher dreizehn Mal eingestochen. Jetzt tat er es zweiundzwanzig Mal. Die Bedeutung dieser Tatsache war niemandem im Saal klar.

Über zwei Stunden versuchten sie, weiterzukommen.

Ivy schlug vor, dass sie die Verkäufe von Polaroidfilmen überprüften. Spence die Verkäufe von gebrauchten Polizeiautos. Manchmal kauften sich Verbrecher Polizeiwagen, um Polizist spielen zu können.

Das führte zu einer Diskussion darüber, wie er seine Opfer auswählte. Jemand wies darauf hin, dass Versicherungsmakler die persönlichen Verhältnisse der Kunden gut kannten.

Versicherungsmakler kamen auf die Liste.

Jemand anderer bemerkte, dass Krankenhäuser und sogar die Polizei oft ihre ehrenamtlichen Mitarbeiter nicht gründlich überprüften. So kamen die Ehrenamtlichen auf die Liste.

Sie würden eine Menge Polizisten in Zivil die Krankenhäuser überwachen lassen, vor allem die Entbindungsstationen.

Sie würden alle frisch entlassenen Gefängnisinsassen und Psychiatrieinsassen mit den Listen der Ehrenamtlichen bei Polizei und Krankenhäusern abgleichen.

Hastings verkündete, ihre Blase würde gleich platzen, und außerdem hätte sie Hunger.

Alle anderen stimmten ihr zu.

Als sie von der Toilette zurückkam, begannen die anderen, sie mit Essenswünschen zu bombardieren. »Ich bin doch nicht die Hausmagd«, sagte sie.

»Wir wechseln uns ab«, sagte Ramirez zu ihr und warf einen Zehnerschein in ihre Richtung.

Sie schnappte ihn sich. »Allerdings.« Sie lief die nächste Treppe herunter zu McDonald's.

Auf der Toilette wuschen sich Ivy und Mary Cantrell gleichzeitig die Hände, als Mary fragte: »Haben Sie *Symbolic Death* geschrieben?« Sie drehte das Wasser aus und riss ein Papierhandtuch ab. »Sind Sie *die* Ivy Dunlap?«

Ivy betätigte den kleinen verbogenen Metallhebel an der Maschine, die Papierhandtücher ausspuckte; sie kam sich vor wie an einem Spielautomaten. »Ja.«

»Das hab ich mir gedacht.«

Ivy war überrascht, dass man von dem Buch überhaupt gehört hatte. Sie hatte es als Katharsis geschrieben, ein Unterrichtsprojekt. Ihr Professor hatte sie gedrängt, es zu publizieren. »Das könnte etwas Großes werden«, hatte er ihr gesagt. Damals hatte ihr Geist vorgespult, eine anstrengende Zukunft lag vor ihr, als Bestsellerautorin mit wahnsinnigen Lesereisen und Auftritten in *Good Morning America* und *The Today Show.*

Da es sie schon gestresst hatte, sich das auch nur vorzustellen, hatte sie ihr Manuskript nie nach New York geschickt. Stattdessen hatte ein obskurer kleiner Uni-Verlag es akzeptiert und veröffentlichte es in Kleinstauflage. Es schien, als fehlte Ivy Dunlap ein Grund, um auf sich aufmerksam zu machen. Was für ein trauriger Kommentar über die Vereinigten Staaten. Dasselbe Buch, geschrieben von Claudia Reynolds, hätte eine Medienhysterie ausgelöst.

Mary warf ihr nasses Papierhandtuch in den Mülleimer, dann lehnte sie sich an die Kachelwand, die Arme unter den Brüsten verschränkt. Sie war mehrere Jahre jünger als Ivy, dunkelhaarig und hübsch, trug aber eine eigenartige Intensität vor sich her, die nicht nur darin begründet lag, dass sie sich bewusst ganz als professionelle Karrierefrau gab, nicht zuletzt auch in ihrem dunkelblauen Anzug und dem steifen weißen Hemd.

Frauen waren beim FBI noch nicht lange zugelassen, und noch viel kürzer in der Behavioral Science Unit. Die erste Frau war 1984 eingestellt worden, wenn Ivy sich recht erinnerte. In einer derart männerdominierten Welt mussten Frauen zweimal so schnell denken, zweimal so hart arbeiten.

»Als ich in der Highschool war«, sagte Mary, »wurde meine beste Freundin ermordet.«

Gott. Bald wäre es schon wie bei Brustkrebs – eine von soundsoviel Frauen war von einem Mord betroffen.

»Das tut mir leid.«

»Normalerweise erzähle ich das nicht. Ich erzähle es Ihnen, weil ich von Ihren Einsichten beeindruckt war. Und ich muss zugeben, während ich Ihr Buch las, habe ich die ganze Zeit erwartet, dass Sie erklären, dass auch Ihr Leben in irgendeiner Form mit einem dieser Wahnsinnigen in Kontakt kam. Aber das taten Sie nicht.«

»Nein.« Ivy konnte Mary plötzlich nicht mehr in die Augen sehen. »Nein, das habe ich nicht getan.« Sie fand es schlimm, dass ihre Antwort so ausweichend ausfallen musste.

»Deswegen habe ich diesen Beruf ergriffen.«

»Wegen des Mordes an Ihrer Freundin?«

Mary nickte.

»Wurde der Mörder gefasst?«

»Ja, aber er war noch nicht volljährig, und die Jury meinte

es gut mit ihm.« Mary wühlte in ihrer Handtasche, zog eine Zigarette heraus und entzündete sie mit einem rosafarbenen Bic. Rauchfreies Gebäude, aber zum Teufel ... »Ich habe dreimal aufgehört zu rauchen, aber ich fange immer wieder an.« Sie bot Ivy einen Zug von ihrer Zigarette an.

Ivy schüttelte den Kopf. »Nein, danke.« Im Geiste überschlug sie, vor wie viel Jahren Marys Freundin gestorben sein musste. »Ist er jetzt draußen? Der Mörder?«

»Er kommt bald raus.« Mary nahm ein paar tiefe Züge, glich die letzten paar Stunden aus. »Na, wenigstens ist er im Gefängnis nicht einsam«, sagte sie sarkastisch. »Seine Freundin schreibt ihm und besucht ihn andauernd.«

»Mörder ändern sich nicht. Das müssen die Menschen irgendwann verstehen. Denen wächst nicht plötzlich ein Gewissen.«

Mary drehte das Wasser an, löschte ihre Zigarette, warf sie in den Müll. »Wollen Sie was ganz Krankes hören? Seine Freundin ist meine Schwester.«

18

Drei Tage nach ihrer Ankunft verkündeten die Special Agents Anthony Spence und Mary Cantrell ihre Erkenntnisse einer Gruppe von etwa fünfzig Personen. Alle Mitglieder der Einsatzgruppe waren da, und außerdem etwa hundert Polizisten. Keine Presse. Keine Kameras.

»Alleinstehender weißer Mann mit schweren psychischen Problemen, die medizinischer Behandlung bedürfen«, erklärte Agent Mary Cantrell vom Pult vorn im Saal aus. »Lebt wahrscheinlich bei seiner Mutter oder einer anderen weiblichen Verwandten. Alter: Mitte vierzig.«

Spence unterbrach sie, er beugte sich hinüber zum Mikrofon. »Wir hätten gesagt, Ende zwanzig, aber wir wissen ja, dass es der Madonna-Mörder ist, und der muss jetzt in den Vierzigern sein.«

»Es ist ungewöhnlich, dass ein Serienmörder so alt ist«, sagte Cantrell, »aber er ist offenbar eine Ausnahme.«

Sie fuhr fort. »Verabredet sich vielleicht dann und wann, hat aber keine feste Freundin. Möglicherweise hat er einen Job, der Können am Computer voraussetzt. Vielleicht ist er Programmierer. Ein Job, bei dem man mit vielen Leuten zusammenarbeitet, mit ihnen aber nur kurz am Tag zu tun hat.«

»Oder er arbeitet im Telemarketing«, sagte Spence. »Jemand, der mit den Leuten aus der Ferne zu tun hat, der sie geschickt manipuliert. Er könnte auch Makler sein, vielleicht ein Versicherungsmakler. Ein Versicherungsmakler hat Zugriff auf die medizinischen Unterlagen seiner Kunden. Außerdem kann er ausgezeichnet organisieren. Das erkennt man schon daran, dass er nie Beweise zurücklässt.«

»Es könnte sein, dass er einen Viertürer fährt, etwa einen Caprice, mehrere Jahre alt«, sagte Cantrell. »Vielleicht sogar einen versteigerten ehemaligen Polizeiwagen – aber ich denke, dieser Mann ist zu klug dafür. Aber möglicherweise einen Caprice, oder einen ähnlichen Wagen, denn die fahren auch Polizisten. Er hat vielleicht sogar versucht, Polizist zu werden, ist aber bei einem Teil der Tests durchgefallen. Möglicherweise ist er jetzt Freiwilliger und regelt den Verkehr nach Konzerten oder Footballspielen.«

Als sie fertig war, trat Spence ans Pult, um mögliche Vorgehensweisen vorzuschlagen.

»Wir werden Ihnen einige Tipps geben, die uns in der Vergangenheit gute Dienste geleistet haben, und ein paar zusätzliche Ideen, die nur auf diesen Fall zutreffen. Der erste Vorschlag ist, dass Sie eine Gedenkveranstaltung mit Kerzen für das letzte Opfer veranstalten. Detectives sollten den Ort, an dem die Zusammenkunft stattfindet, beobachten, ob jemand Verdächtiges auftaucht. In neun von zehn Fällen wird so eine Zusammenkunft den Killer anlocken. Ein weiterer Vorschlag ist, die Gräber der früheren Opfer im Auge zu behalten. Wir wissen aus Erfahrung, dass die Mörder fast immer die Gräber ihrer Opfer besuchen. So wurde John Chapman gefasst. Und Vincent Thomas. Sie könnten auch Freiwillige bitten, bei der Ermittlung zu helfen. Wie Agent Cantrell schon sagte, viele Serienmörder haben versucht, Polizisten zu werden, und etliche haben auf ehrenamtlicher Basis mit der Polizei zusammengearbeitet. Denn diese Männer verspüren den Drang, zu dominieren, und müssen alles unter Kontrolle haben. Sie brauchen Autorität. Eine andere Möglichkeit bestünde darin, eine erfundene Geburtsanzeige in die Zeitung zu setzen, zusammen mit einer Adresse, wo Polizisten auf der Lauer liegen. Bevor ich zum Schluss komme, möchte ich Ihnen noch sagen, nach welchen Anzeichen Sie Ausschau halten sollten. Diese Täter, so einzigartig und individuell sie auch scheinen mögen, unterliegen bestimmten Mustern. Sie sollten wissen, dass Serienmörder an einer Art Burnout leiden können, der sie sorglos werden lässt. Manchmal empfinden sie auch eine Art Unverwundbarkeit, und dann werden sie unvorsichtig; es kann sogar so weit kommen, dass sie so tun, als wären sie Ermittler. Wenn der Stress ihres Alltags zu extrem wird, drehen sie vielleicht durch. Etwas, was nur wenige wissen: Leute, die kurz vor dem Durchdrehen sind, fangen manchmal an, gelb zu tragen. Je leuchtender die Farbe, desto näher sind sie am Durchdrehen. Und zuletzt noch: Wenn der Täter kein passendes Opfer finden kann, wird er nehmen, was immer gerade zur Hand ist.«

Die nächste halbe Stunde beantworteten Spence und Cantrell Fragen, dann löste sich das Meeting auf. »Ich wünschte, alle Polizisten wären so freundlich zu uns, wie Sie es waren«, sagte Mary.

Detective Irving schüttelte ihnen die Hände, bedankte sich für ihre Zeit und ihre Ratschläge. »Halten Sie uns auf dem Laufenden«, sagte Mary. »Auch wenn wir zurück nach Virginia gehen, bleiben wir doch weiter in den Fall involviert.«

Vier Stunden später im Einsatzraum warf Ivy ihren Notizblock zur Seite. »Ich brauche etwas Sonnenlicht«, sagte sie und rieb sich die Schläfen, als hätte sie Kopfschmerzen.

Max konnte es nachfühlen. Sein eigener Kopf begann auch schon zu pochen.

Es sah nicht aus, als hätte einer von ihnen in der Nacht zuvor viel geschlafen.

Jetzt fühlten sie sich beide schlapp.

»Es gibt einen Raucherbereich auf dem Dach«, schlug er vor.

»Sie könnten wahrscheinlich auch ein bisschen frische Luft gebrauchen«, entgegnete Ivy.

Max fand das einen eigenartigen Kommentar von ihr – eine offensichtliche Einladung, sich ihr anzuschließen. Neugierig angelte er eine Wasserflasche aus dem Kühlschrank und ging mit.

Draußen, auf einem kleinen Fleckchen Dachpappe mit Kieselsteinen und einem winzigen Picknicktisch, schloss Ivy die Augen und reckte ihr Gesicht zur Sonne. »Gott, tut das gut. Wie kann sich etwas, das so schlecht für einen ist, so gut anfühlen?«

Max fand nicht, dass es sich so gut anfühlte. Auf dem Dach herrschte eine Bullenhitze; in der Ferne konnte man die schimmernden Hitzewellen von einer vierspurigen Straße aufsteigen sehen. Ihm reichte es bereits.

»Ich glaube, die Sonne spielt eine viel größere Rolle bei allem, als uns in unserem Leben klar wird«, sagte Ivy.

Er nahm einen großen Schluck Wasser. »Wie meinen Sie das?«

»Ich glaube, sie könnte die Grundlage unserer geistigen und körperlichen Gesundheit sein. Schauen Sie sich doch einmal die deformierten Frösche an, die man in Minnesota gefunden hat. Wissenschaftler haben bewiesen, dass ihre Deformationen etwas mit der stetigen Abnahme des Ozons in der Atmosphäre zu tun haben.«

»Ich will nicht bezweifeln, dass wir die Krankheiten von Amphibien als ernsthafte Warnung ansehen sollten, aber deswegen einen Mangel an Sonnenlicht gleich mit kriminellem Verhalten in Verbindung bringen? Ihr Psychologen geht immer zu weit. Wenn ihr aufhören würdet, so lange es einen Sinn ergibt, würde man euch viel ernster nehmen.«

Sie lachte.

Schlafmangel stellte die merkwürdigsten Sachen mit Leuten an. Bei manchen Menschen verlangsamte es die Denkarbeit. Andere konnten sich besser als sonst konzentrieren. Einer der größten Verbrechensbekämpfer aller Zeiten, Eli Parker, hatte einige seiner größten Fälle geknackt, nachdem er über achtundvierzig Stunden nicht geschlafen hatte. Seine Theorie war, dass dann sein Unterbewusstsein sich einschal-

158

tete und er besseren Zugriff auf und größeres Verständnis für Dinge hatte, die ihm zuvor nicht aufgefallen waren.

»Man kann das Sonnenlicht nicht durch künstliches Licht ersetzen«, sagte Ivy. »Und jetzt, da das schwindende Ozon die schädlichen Strahlen nicht mehr herausfiltern kann, ist es dumm und gefährlich, die Sonne zu verehren – na ja, wir zerstören, was uns gesund erhält.«

»Legen Sie sich besser mal hin. Meine Großmutter hat immer gesagt, ein Mittagsschlaf von fünfzehn Minuten sorgt für den Unterschied zwischen Sinn und Unsinn.«

»Haben Sie jemals von den Griggs-Licht-Entzug-Experimenten gehört?«

Er schüttelte den Kopf.

»Vor etwa fünfzehn Jahren wurden höchst umstrittene Studien über das natürliche Licht durchgeführt. Bei einem dieser Versuche mussten drei Studenten sechs Monate lang unterirdisch leben. Sie hatten keine Uhren, kein Fernsehen, kein Radio. Keine äußerlichen Stimulationen irgendwelcher Art. Sie konnten schlafen, wann ihnen danach war, essen, wann ihnen danach war – und unter Kunstlicht konnten sie so viel lesen, wie sie wollten. Dafür bekamen sie ein kostenfreies Jahr an der Uni.«

»Gutes Geschäft.«

»Da wäre ich an Ihrer Stelle nicht so sicher. Kurz nach dem Ende des Versuchs hat die teilnehmende Frau sich umgebracht. Und die beiden Männer konnten niemals wieder zu ihren Studien zurückkehren, da sie unerklärlicherweise nicht mehr fähig waren, sich zu konzentrieren. Meine Frage ist: Welchen Effekt, wenn überhaupt, hat mangelndes Sonnenlicht auf den Geist eines Kriminellen? Ich behaupte, dass Lichtmangel selbst bei den unempfänglichsten Personen zu Depressionen und in manchen Fällen sogar Krämpfen führen kann. Bei empfänglichen Personen führt er zu neurotischem Verhalten, sogar Selbstmord. Ich wollte gerade einen Antrag auf Förderungsgelder stellen, um herauszufinden, ob

159

man da irgendwelche Zusammenhänge feststellen kann, als Abraham mich anrief.«

»Ich hoffe, Sie wollten keine Kinder unter die Erde schicken.«

»Ich möchte Vergleichsstudien mit den Noten von Jugendlichen vornehmen, die Schulen besuchen, in deren Gebäude natürliches Licht vorherrscht, und denen von Kindern, die unter Kunstlicht lernen. Ich hoffe, beweisen zu können, dass die Schüler im Sonnenlicht besser sind.«

»Das ist eine faszinierende Theorie. So faszinierend, dass ich mich wieder frage, was Sie eigentlich hier machen. Was an diesem Fall ist wichtig genug, dass Sie Ihr Heim und Ihre Arbeit im Stich lassen?«

Er erwartete keine Antwort, und aus dem schmerzvollen Blick, den sie ihm zuwarf, schloss er, dass er auch keine bekommen würde.

»Schon gut, vergessen Sie's.«

Er trank sein Wasser aus.

»Ich gehe wieder rein. Sie können ja hierbleiben und fertig backen.« Er hatte sich gerade abgewandt, als sie weitersprach.

»Max. Warten Sie.«

Sie hatte ihn noch nie zuvor Max genannt, was er als Hinweis darauf wertete, dass jetzt etwas Interessantes passieren könnte.

Als er sich wieder umdrehte, sah sie weg, in Richtung der Grand Avenue.

»Ich muss Ihnen etwas sagen.«

Sie sah ihn noch immer nicht an, und er begann die besorgniserregende Schwere zu fühlen, die ihn manchmal bei einem Streit mit Ethan überkam. Ihm fiel ein, dass das letzte Mal, als eine Frau, die er kaum kannte, ihm etwas Wichtiges zu sagen hatte, es darum gegangen war, dass sie bald sterben würde.

»Letzte Nacht ... konnte ich nicht schlafen.«

Obwohl die Worte an sich nicht bemerkenswert waren, verschwand das Gefühl der Schwere nicht.

»Ich glaube, das Problem haben wir alle«, sagte er.

»Nein, es ist etwas anderes.«

Sie wollte weg, vermutete er sofort. Gerade jetzt, da er begonnen hatte, sich an sie zu gewöhnen, wollte sie sich verdrücken.

Sie drehte sich um, und er konnte sehen, dass die helle Sonne ihre Pupillen in Stecknadeln umgeben von Blau verwandelt hatten.

»Ich bin Claudia Reynolds.«

Blau, blau, blau.

Sie sah ihn an, wartete auf eine Antwort, aber sein Hirn hatte dichtgemacht. Er fürchtete, sein Mund könnte offen stehen geblieben sein.

»Ich kann es nicht mehr länger geheim halten, wenn ich hier weitermachen will.«

»*Sie* sind Claudia Reynolds?« Er hatte Probleme, diese Information zu verarbeiten.

»Ja.«

Als Detective hatte er schon viel gesehen, was schwer zu glauben war, aber er war selten überrascht.

Sein Hirn weigerte sich, in die Richtung zu denken, die sie vorgab. Sie verarschte ihn. Aus irgendeinem Grunde verarschte sie ihn. Claudia Reynolds war tot. Eine Kopie ihres Totenscheins befand sich in der Originalakte.

»Sie glauben mir nicht?«

»Teufel, nein!«, rief er. »Also wirklich! Abraham hatte den Fall damals. Er hätte doch gewusst …« Er hielt mitten im Satz inne, mitten im Gedanken.

Jetzt passte es zusammen, so ergab es einen Sinn. Abraham. Ja. Abraham *hatte* es gewusst. Abraham hatte ja auch dafür gesorgt, dass Ivy nach Chicago kam.

Sie zog ihr weißes Top hoch bis zum unteren Ende ihres Brustkorbs. Auf ihrem Bauch zeichneten sich wulstige Narben ab, manche weiß, manche rosa, als seien sie nie wirklich geheilt. Sie begann, ihre Khakihose aufzuknöpfen.

»Nein. Das müssen Sie nicht tun.«

»Sie müssen mir glauben.«

Sie klemmte ihr Oberteil zwischen Kinn und Brust, öffnete den Reißverschluss ihrer Hose und zeigte einen Bauch mit demselben wilden Narbenmuster. Sie hob das Kinn und sah ihn an. »Glauben Sie mir jetzt, Detective?«

Er sah sie wie zum ersten Mal. Zum allerersten Mal ... und sein Blick war voller Mitgefühl und Wut und Zorn und Trauer. Hass auf den Mann, der ihr das angetan hatte, stieg in seinem Hals auf, ließ ihn beinahe ersticken. Obwohl sie ihr Top wieder heruntergezogen hatte, konnte er die Narben im Geiste noch vor sich sehen, sie waren für immer eingebrannt, kreuz und quer auf ihrem Bauch.

»Klar glaube ich Ihnen.« Zufrieden knöpfte sie ihre Hose zu und schloss den Reißverschluss. »Gut.«

»Abraham«, sagte Max hölzern, seine Gedanken taumelten vorwärts, stolperten, versuchten dieses ganz neue Puzzle zusammenzusetzen.

»Er hat es getan, um mir das Leben zu retten«, erklärte sie. »Es war die einzige Möglichkeit. Der Mörder hätte mich gefunden und umgebracht.«

»Warum sind Sie hier? Warum sind Sie zurückgekehrt?«

Sie starrte ihn einen Augenblick lang an, dann sagte sie mit stiller Überzeugung: »Ich werde dieses Schwein erwischen.«

Wenn der Madonna-Mörder wüsste, dass sie am Leben war ...

Er dachte darüber nach, wie es sein würde, irgendwo, irgendwann, ihren toten, leblosen Körper aufzufinden. Er dachte daran, wie verlockend sie für den Killer sein könnte. »Ist Ihnen klar, welcher Gefahr Sie sich ausgesetzt haben?«

»Ich habe keine Angst.«

Wie zum Teufel hatte Abraham das erlauben können? Nein, selbst in die Wege leiten können? »Wenn der Mörder

162

herauskriegt, wer Sie sind, werde ich Sie vielleicht nicht beschützen können.«

»Ich habe Ihnen nicht gesagt, wer ich bin, damit Sie mich *beschützen* können. Ich habe es Ihnen gesagt, damit Sie wissen, wie hilfreich ich sein kann. Wie wichtig ich für diese Ermittlungen sein kann.«

Sie wirkte erleichtert. Natürlich. Das Gewicht ihrer Last lag ja jetzt bei ihm. Und sie war verdammt schwer.

Sie schüttelte ihr Haar zurück, richtete sich auf. »Und ich hasse Lügen«, setzte sie hinzu.

War sie noch bei Trost?

»Was denken Sie?«, fragte sie.

»Abraham«, sagte er, schaltete schnell. »Wir müssen ihm sagen, dass wir dieses Gespräch hatten. Aber sonst darf es niemand erfahren. Nicht einmal die anderen in der Einsatzgruppe. Zu riskant. Wenn das irgendwie an die Presse gelangt, veröffentlichen sie es, und Sie sind das nächste Opfer des Madonna-Mörders.«

»Abraham könnte mich dem Fall entheben. Zurück nach Kanada schicken.«

»Das wäre vielleicht keine schlechte Idee.«

Sie öffnete die Manschetten ihrer Bluse, krempelte die Ärmel hoch.

Was jetzt?

Auf den Innenseiten ihrer Handgelenke befanden sich weitere Narben. »Die stammen nicht vom Madonna-Mörder«, erklärte sie ohne Gefühl in der Stimme. »Die stammen von mir.«

Sie krempelte ihre Ärmel wieder herunter; es sah aus, als hätte sie gerade ein ganzes Spülbecken dreckiger Teller hinter sich gebracht. »Ich war zwei Jahre in der Psychiatrie, in Kanada. Wissen Sie, was mich getrieben hat, was mich dazu brachte, zu entscheiden, dass ich leben will? Die Gewissheit, dass er noch irgendwo dort draußen war, im Winterschlaf, aber nach wie vor bereit, wieder zuzuschlagen. Ich habe mich weitergebildet. Ich habe gelernt, was ich lernen musste, um diesen Wahnsinnigen zu finden. Und ich bitte Sie, mir das nicht wegzunehmen.«

»Eigenartigerweise beeindruckt mich ihre verspätete Bewerbung nicht wirklich. Nichts von dem, was Sie mir gesagt haben, passt auf die Jobbeschreibung. Habe ich das richtig verstanden? Wollen Sie mir androhen, dass Sie sich umbringen, wenn ich Sie von dem Fall abziehe?«

»Seien Sie nicht albern. Wenn Sie mich rauswerfen, wende ich mich an die Presse, sage, wer ich bin, und dann sitze ich da und warte, bis der Madonna-Mörder kommt. Und wenn er das tut, bringe ich ihn um.«

19

»Haben Sie Lust auf einen Ausflug?«

Die Stimme am anderen Ende der Leitung gehörte Max Irving. Es war Sonntagmorgen, und Ivy, die die halbe Nacht wach gelegen und über den Fall nachgedacht hatte, lag noch im Bett.

»Einen Ausflug?«, fragte sie und versuchte, hellwach zu klingen, ihre Gedanken zu sammeln.

»Ethan und ich fahren raus aus der Stadt. Ich dachte, Sie haben vielleicht Lust, mitzukommen. Eine Weile aus ihrer Wohnung rauszukommen.«

Sie antwortete ohne Zögern.

»Sehr gern.«

Es war zwei Tage her, dass sie Max ihre wahre Identität gestanden hatte, und obwohl sich oberflächlich betrachtet nichts zwischen ihnen verändert hatte, war sie sich einer Unterströmung gegenseitigen Respekts bewusst, die es zuvor nicht gegeben hatte.

»Wir holen Sie in einer Stunde ab«, sagte Max.

»Ich warte draußen auf Sie.«

Nachdem sie aufgelegt hatte, schaltete Ivy den Fernseher ein, sie wählte den Weather-Channel. Eine Kaltfront war über Nacht herangezogen, und die Tagestemperaturen würden nicht über 25 Grad hinausgelangen.

Sie nahm ein Bad und zog sich an, sie wählte eine Jeans und ein schwarzes Top mit Dreiviertel-Ärmeln. Dazu trug sie Joggingschuhe.

Max kam pünktlich. Er stellte sie vor; Max' Sohn nahm Ivy den Atem. Er war wunderschön, mit blondem Haar und skandinavischen Zügen, hohen Wangenknochen und blauen

165

Augen. Er sah überhaupt nicht aus wie Max, der ganz dunkel war, während Ethan hell strahlte.

»Hi«, sagte er und erhob sich vom Beifahrersitz in Max' zweitürigem Wagen. Er war reserviert, aber höflich.

»Ich setze mich nach hinten«, erklärte sie.

Max, der neben der Fahrertür stand, warf seinem Sohn einen Blick zu, und Ivy konnte sehen, dass ihre Position im Wagen bereits besprochen worden war.

»Schon in Ordnung«, sagte Ethan zu ihr und stieg ein. »Ich sitze lieber hinten.«

Sie wollte keine große Geschichte daraus machen, wo sie sitzen sollte, also setzte sie sich auf den Beifahrersitz, griff nach ihrem Sicherheitsgurt und schnallte sich an.

Es war einer dieser perfekten Tage mit einem wolkenlosen Himmel, und die Luft war klar und praktisch smogfrei.

Sie fuhren auf der Sheridan Road nach Norden, folgten dem Ufer des Lake Michigan.

»Ist es zu windig?«, fragte Ivy und schaute über die Schulter zu Ethan. Sie hatte ihr Fenster ein paar Zentimeter geöffnet. Er nahm seine Kopfhörer heraus, und sie wiederholte die Frage. Er schüttelte den Kopf. Aus seinem Verhalten schloss sie, dass er sie nicht für eine Nervensäge hielt – er hielt sie für gar nichts.

»Was hörst du?«, fragte sie.

»Neil Young.«

»Ah, auch ein Kanadier. Kanada ist auch bekannt für seine guten Musiker«, sagte sie und warf Max einen Blick zu, eine spöttische Erinnerung an ihr erstes Treffen. Max wirkte entspannt, er trug Jeans und T-Shirt.

»Wissen Sie viel über Kanada?«, fragte Ethan und schien sich ein bisschen mehr für sie zu interessieren.

»Ich lebe in Ontario«, sagte sie. »In einem kleinen Nest namens St. Sebastian.« Sie erzählte ihm von der Universität, an der sie unterrichtete. »Es ist ein wundervoller Campus, viele Steingebäude.«

166

»Ich habe Neil Young im Konzert gesehen. Er war Vorgruppe von Pearl Jam.«

»Ich habe Neil Young auch im Konzert gesehen. Vor vielen, vielen Jahren.«

»Waren Sie jemals in Toronto?«, fragte er.

»Mehrmals. Es sind nur neunzig Meilen von mir. Eine schöne Stadt, aber ich hasse den Verkehr.«

»Ist es schlimmer als in Chicago?«

»Viel schlimmer.«

»Waren Sie mal in der Hockey Hall of Fame?«

Sie lächelte.

»Nein, aber ich habe davon gehört. Und in den Nachrichten etwas darüber gesehen.«

»Ethan und ich wollen irgendwann mal da hin«, sagte Max und sah weiter auf die Straße.

Ethan antwortete nicht. Stattdessen ließ er sich zurück in den Sitz sacken und steckte seine Ohrhörer wieder hinein.

Sie hielten und kauften Sandwiches und Getränke, nahmen sie mit in einen Park in der Nähe des Grosse-Point-Leuchtturms. Dort suchten sie sich einen Picknicktisch, von dem aus sie den See sehen konnten.

Nach dem Essen holte Max eine Frisbeescheibe aus dem Kofferraum und warf sie Ethan zu. Der fing sie, warf sie aber nicht zurück.

»Komm schon«, sagte Max. »Du hast doch immer gerne Frisbee gespielt.«

»Ich hab auch in die Windeln geschissen, und das mache ich jetzt auch nicht mehr.«

Max lachte. »Nun wirf schon.«

Ethan warf.

Max fing sie und warf sie zu Ivy, die darauf nicht vorbereitet gewesen war und sie verpasste.

Lachend sprang sie auf und rannte hinter der Frisbeescheibe her, nahm sie hoch und warf sie zu Ethan.

Sie spielten etwa fünfzehn Minuten.

Danach besichtigten sie den Leuchtturm, dann gingen sie am Strand spazieren.

»Weißt du noch, als wir mit Oma und Opa Irving hier waren?«, fragte Ethan seinen Vater.

In der letzten Stunde hatte er eine Veränderung durchlaufen. Er lächelte und lachte und hatte Spaß. »Oma watete hinaus ins Wasser, und dann sah sie das Schild SCHWIMMEN AUF EIGENE GEFAHR, auf dem stand, dass das Wasser voll mit irgendwelchen Bakterien war. Sie war in einer halben Sekunde draußen, sie lief ganz komisch. Sie rannte zum Wagen und rief Opa zu, schnell, ich brauche die Feuchttücher. Und die ganzen Leute hier – viel mehr als heute – guckten sie an, und es sah aus, weißt du noch, als hätte sie in die Hose geschissen.«

Max lachte ebenfalls, aber nun fühlte er sich doch bemüßigt, einzugreifen. Er hatte es Ethan durchgehen lassen, zu sagen, dass er in seine Windeln geschissen hatte, aber jetzt, wo Ethans Oma im Spiel war, hatte Max das Gefühl, Vater spielen zu müssen. »Du solltest nicht so über deine Großmutter sprechen.«

»Du weißt doch, dass es stimmt. Du weißt, dass alle es dachten. Oma fand es auch lustig. Weißt du noch? Sie erzählt wahrscheinlich immer noch ihren Freundinnen in Florida davon.«

»Sie ist deine Großmutter«, erinnerte ihn Max.

»Ich weiß …«

Plötzlich veränderte sich Ethans Ausdruck. »Meinst du nicht in Wirklichkeit, sie ist *deine* Mutter?« Sein Lächeln verschwand, das Strahlen in seinen Augen war erloschen. Er wandte sich ab und ging entschlossen hinunter zum Wasser, weg von Max und Ivy.

»Vater sein ist schwierig«, sagte Max, »aber ich fand, ich konnte ihm das nicht durchgehen lassen.«

»Er ist ein netter Junge«, sagte Ivy. »Und das sage ich nicht bloß so. Ich kenne Kinder, die höllische Nervensägen sind,

168

und ich muss lügen und ihren Eltern erzählen, wie reizend sie sind, denn wer will schon hören, dass sein Kind verwöhnt und ätzend ist? Sie haben's ja schon gesagt, Eltern haben es schwer. Es gibt keine endgültigen Antworten.«

»Wir kommen nicht so miteinander klar wie früher«, sagte Max mit Trauer in der Stimme. »Ich weiß, so ist das mit Teenagern, aber es ist schwer, damit umzugehen. Ich bin froh, wenn er da rauswächst.«

»Oft gibt es einen Grund für die Sorgen der Teenager. Sie haben die Tendenz, überzureagieren, und wenn etwas sie beschäftigt, sagen sie es nicht. Selbst untereinander sprechen Teenager selten darüber, was sie wirklich bewegt.«

»In letzter Zeit ist er empfindlich, wenn es darum geht, dass er adoptiert ist.«

Ethan war adoptiert? Das erklärte, warum Vater und Sohn sich überhaupt nicht ähnlich sahen.

Max erzählte ihr von Ethans Mutter und wie es dazu gekommen war, dass er Ethan adoptiert hatte. Es gehörte eine Menge Mut dazu, zu tun, was Max getan hatte.

»Ich frage mich, ob wir uns einen Hund kaufen sollten«, sagte Max und schaute hinüber zu Ethan. »Wir hatten einen, aber der ist letztes Jahr gestorben. Er war alt, bloß ein paar Jahre jünger als Ethan. Ich denke immer, wir sollten uns einen neuen Hund holen, ein Hund wäre gut für Ethan, aber keiner von uns ist genug zu Hause, um sich um einen Hund so zu kümmern, wie es nötig ist. Vielleicht, wenn dieser Fall vorüber ist. Aber dann denke ich, in zwei Jahren geht Ethan auf die Uni, vielleicht sollten wir uns doch keinen Hund holen.«

»Und was sagt Ethan?«

Max dachte einen Augenblick nach. »Keine Ahnung.«

»Sind Sie sicher, dass Sie beide im selben Haus leben?«

»Ich hab nicht gefragt, ob Sie mitkommen, damit Sie meine Beziehung zu meinem Sohn analysieren können.« Jetzt klang er noch genervter mit ihr als mit Ethan.

»Es hat Sie doch nicht gestört, dass Ethan und ich miteinander geredet haben, oder?«

»Ich muss zugeben, Sie haben eine ausgesprochen faszinierende Fähigkeit, seine Leidenschaft zu erkennen. Das war fast beängstigend.«

»Meinen Sie jetzt die Musik?«

»Halten Sie ihm Musik vor die Nase, und er kommt überall hin mit. Einen Augenblick lang dachte ich, es würde eines dieser Und-ich-war-auch-auf-dem-Konzert-Gespräche werden.«

»Mögen Sie Musik?«

»Früher schon. Als ich jünger war. Jetzt habe ich keine Zeit mehr dafür.«

»Sie betrachten Musik also als etwas Frivoles?«

Er dachte einen Moment darüber nach. »Vielleicht.«

»Musik ist Kunst, und Kunst ist ein wichtiger Teil der menschlichen Lebenserfahrung.«

Er blieb stehen und starrte sie drohend an. »Muss bei Ihnen alles immer so tief gehen? Kann es nicht einfach sein, dass ich Musik nicht mag?«

»Erscheint es Ihnen nicht merkwürdig, dass ausgerechnet das, was Sie so trivialisieren, das ist, wonach Ethan verrückt ist?«

»Sie lesen da zu viel rein.«

Auf dem Weg zurück nach Chicago schwieg Ethan. Ivy sah sich nach ihm um und bemerkte, dass er schlief – oder zumindest sah es so aus; sein Kopf war zurückgelehnt, seine Augen waren geschlossen.

Eine halbe Stunde später sagte er: »Halt an. Ich muss kotzen.«

»Hier ist kein Standstreifen«, sagte Max und klang dabei überraschend ruhig.

»Ich muss kotzen!«

Es gab kein Fenster neben dem Rücksitz, also kurbelte Ivy

schnell das Beifahrerfenster herunter. Ethan beugte sich vor, steckte den Kopf zum Fenster hinaus und erbrach sich. Ein Wagen raste vorbei, die Scheibenwischer angeschaltet, das Hupen verklang schließlich in der Ferne.

Die Straße wurde breiter, und Max konnte endlich anhalten. Kaum stand der Wagen, hechtete Ethan hinaus, gefolgt von Max und Ivy.

»Haut ab«, sagte Ethan und wedelte mit seinem Arm hinter sich rum. »Es muss keiner zugucken.«

Max und Ivy sahen einander an, dann stiegen sie wieder in den Wagen.

Ein paar Minuten später kam Ethan zurück zum Wagen und stieg ein, er sackte auf dem Rücksitz zusammen, das Gesicht bleich, er hatte sein Hemd ausgezogen und hielt es zerknäult zwischen den Händen.

»Alles okay?«, fragte Max.

»Ja. Fahr weiter.«

»Glaubst du, es war das Sandwich?«, fragte Ivy. »Mir ist nicht übel. Ihnen?« Sie richtete die Frage an Max.

»Nein, es kommt vom Autofahren«, sagte Ethan und klang, als wäre es ihm peinlich. »Wir können weiter. Ich will nach Hause.«

»Warum hast du mir nicht gesagt, dass dir im Auto übel wird?«, fragte sie, während Max gleichzeitig sagte: »Ich dachte, das hätte sich gelegt.«

»Offensichtlich nicht«, war Ethans trockene Entgegnung. »Du musst vorne sitzen«, sagte Ivy und öffnete ihre Tür.

»Es geht mir wieder gut.«

»Bitte.« Dann sagte sie zu Max: »Max, er muss vorne sitzen.«

»Gott«, sagte Ethan. »Wenn Sie's glücklich macht.«

Schnell wechselten sie die Plätze, Ivy rutschte nach hinten, hinter Max.

Als sie ihre Wohnung erreichten, war es fast zehn.

»Tut mir leid, dass dir übel geworden ist«, sagte Ivy, als sie aus dem Wagen stieg. Ethan grinste. »Aber eins war ziemlich lustig«, sagte er und überraschte sie mit direktem Blickkontakt. »Ich hab dem anderen Auto auf die Windschutzscheibe gekotzt.«

Ivy nickte und lächelte, als sie zurückdachte. »Ziemlich lustig.«

»Magst du sie?«, fragte Ethan seinen Vater, als sie davonfuhren.

»Ich arbeite mit ihr zusammen«, entgegnete Max, weil er es nicht besser beschreiben konnte.

»Ist das alles?«

»Das ist alles.«

Max hatte sich über die Jahre nicht oft verabredet. Vor allem war er vor Frauen geflohen, die sich mit ihm verabreden wollten. Er hatte sich zwei Jahre lang mit einer Verteidigerin getroffen. Und mit Ethans Kinderärztin, die so gnadenlos hinter ihm her gewesen war, dass er schließlich aufgegeben hatte und mit ihr ausgegangen war. Beide Frauen waren klug und charmant – aber ausgesprochen gestresst. Es hatte einfach nicht gepasst. In beiden Fällen waren zwei sehr gestresste Wesen aufeinandergetroffen, und die Auslöser für den Stress waren dermaßen unterschiedlich, dass die Beziehungen nie auch nur den Hauch einer Chance gehabt hatten.

»Warum hast du sie gefragt, ob sie heute mitkommen wollte?«, fragte Ethan.

»Sie kennt niemanden in Chicago und hat kein Auto, also dachte ich, vielleicht will sie mal rauskommen.«

»Okay«, sagte Ethan, klang aber nicht überzeugt.

»Ich versichere dir, das einzige, was sie mit mir anstellen will, ist Zielschießen. Und im Übrigen: Ich bin dein Vater, und daher ist meine Mutter auch deine Großmutter.«

Ethan legte die Arme vor der Brust über Kreuz. »Meinetwegen.«

Max' Strategie hatte immer darin bestanden, schwierigen Themen auszuweichen, aber Ivys Bemerkungen von vorher fielen ihm wieder ein, und plötzlich sagte er: »Was hast du eigentlich für ein Problem mit mir? Warum versucht du so sehr, dich abzukapseln?«

»Darüber will ich nicht reden.«

»Ich aber.«

»Willst du damit sagen, ich muss mit dir darüber sprechen? Ist das ein Befehl? Eine Anweisung? Krieg ich noch länger Hausarrest und darf immer noch nicht Auto fahren, wenn ich nicht mit dir rede?«

So viel zu Ivys Ratschlägen, dachte Max und wünschte, er hätte nichts über Ethans Verhalten gesagt. Kaltblütige Mörder zu verhören war leichter, als ein Gespräch mit seinem Sohn zu führen.

Am Abend ging Ivy den Tag noch einmal im Kopf durch. Es war eigenartig. Wenn sie an ihr Baby dachte, dann immer als Baby – für immer jung. Über die Jahre hatte sie sich immer wieder vergegenwärtigen müssen, nein, jetzt wäre er sechs, jetzt wäre er neun. Aber wie oft auch immer sie sich das vergegenwärtigte, sie sah ihn immer nur als Baby vor sich, das Gesicht verschwommen. Er schien immer so weit weg zu sein.

Sechzehn ... Wäre er am Leben, dann wäre ihr Baby jetzt kein Baby mehr, sondern ein junger Mann. Er wäre in Ethans Alter.

Sie zog ihren schwarzen Koffer unter dem Bett hervor und öffnete ihn. Darin lag eine kleine Geschenkschachtel. Sie war nicht sicher, warum sie sie mitgebracht hatte, vor allem, weil sie sie nicht hatte öffnen können, seit sie sie vor sechzehn Jahren weggesteckt hatte.

Als sie ihre neue Identität annahm, sollte sie alles aus ihrem alten Leben zurücklassen. Nicht nur, damit man sie nicht verfolgen konnte, sondern auch, damit sie zu einem neuen Menschen werden konnte. Aber es gab ein Ding, von dem zu trennen sie sich weigerte.

Sie setzte sich aufs Bett und öffnete das blaue Band. Mit zitternden Händen versuchte sie, sich dazu zu bringen, die Schachtel zu öffnen.

Konnte es aber nicht.

Es würde zu sehr wehtun.

Man sagte, die Zeit heilt alle Wunden. Bei Ivy aber nicht. Als Psychologin wusste sie um die Stadien der Trauer, und sie wusste auch, dass sie sich noch nicht endgültig damit auseinandergesetzt hatte, was vor all den Jahren geschehen war. Und als Mutter eines ermordeten Kindes fürchtete sie, das auch nie zu schaffen.

20

Max und Ivy saßen in einem Zivilauto auf Chicagos Graceland-Friedhof. In einem anderen Wagen auf der anderen Seite der Versammlung saßen zwei Polizisten in Zivil. Es war dunkel, und konische weiße Kerzen wurden entzündet. Vor zwei Tagen war ein Artikel in der Mittwochsausgabe des *Herald* erschienen, der die Gedenkveranstaltung angekündigt hatte, sodass die Presse und das Chicago Police Department für den Augenblick Verbündete waren.

Der Friedhof Graceland befand sich in Bereich Drei, nur einen Block nördlich von Wrigley Field. Auf dem berühmten Friedhof lagen unter anderem die sterblichen Überreste von Marshall Field und George Pullman. Außerdem hieß es, dass es hier spukte.

Damit die Geister hier und die Gaffer draußen blieben, war das Gelände von einer hohen roten Ziegelmauer umgeben, auf der sich dann noch drei Lagen Stacheldraht befanden. Die schweren Eisentore wurden jeden Abend um genau fünf Uhr geschlossen, und die Polizei hatte eine Sondergenehmigung beantragen müssen, um die Gedenkveranstaltung durchführen zu dürfen.

»Es heißt, dass es hier spukt«, sagte Ivy, deren Hals wie zugeschnürt schien, und sie versuchte, ihren Magen zu beruhigen, sich abzulenken, indem sie über Geister redete, denn nicht die Geister beunruhigten sie, sondern die Möglichkeit, dem Madonna-Mörder zu begegnen.

»Habe ich auch gehört«, sagte Max. »Wie heißt noch das Denkmal, das angeblich nachts rumläuft?«

»›Ewige Stille‹.«

»Auch bekannt als ›Statue des Todes‹. Totaler Blödsinn.«

»Ist das Ding an?«, fragte sie und bezog sich auf die handtellergroße Videokamera, die er hielt.

Er spielte an der Schärfeneinstellung herum. »Einsatzbereit.«

Er drückte einen Knopf, und die Kamera begann, leise zu summen, während sie unbemerkt aufnahm, was sich vor ihnen abspielte. »Neun Uhr zweiunddreißig abends«, sagte er mit monotoner Stimme, um es zu dokumentieren. Dann folgten das Datum, das Aktenzeichen, die beiden Anwesenden. »Viele Leute«, fuhr er fort.

»Sie glauben also nicht an Geister?«, fragte sie.

»Nein, Sie etwa?« Seine Stimme klang leicht abgelenkt, wie die von jemand, der sich auf etwas anderes konzentrierte, während er trotzdem noch ein Gespräch weiterführte.

»Ich habe nie wirklich etwas gesehen, was mich dazu bringen könnte, an Geister zu glauben, aber ich muss zugeben, ich habe ein paar sehr überzeugende Geschichten gehört.«

»Massenhysterie. Das ist alles. Wie diese Schule in Tennessee. Hunderte von Kindern wurden in die umliegenden Krankenhäuser gebracht. Sie fielen einfach um. Sie mussten nur jemanden berühren, und die fielen auch um. Sie dachten, sie wären Opfer biologischer Kampfstoffe. Aber die Untersuchungen zeigten nichts. Die Luft war in Ordnung. Man konnte nichts feststellen.«

»Daran kann ich mich erinnern«, sagte Ivy und begann, sich zu entspannen.

»Das Hirn kann einem ganz schön komische Streiche spielen.«

»Man nennt das psychogene Krankheiten«, sagte Ivy.

»Um Gottes willen, bitte keine Psychologiestunde.«

»Können Sie den Ton ausschalten?«

»Warum? Wollen Sie nicht, dass die gesamte Einsatzgruppe den reinen Wahnsinn dieses Gespräches mitbekommt?«

»Allerdings.«

»Die stehen aber auf sowas.«

»Und genau das fürchte ich. Was denken Sie, wie viel Leute sind da?«, fragte Ivy. »Fünfzig? Sechzig?«

»Eher hundert.«

Aber fünf von diesen hundert waren Polizisten. Und weitere zwanzig wahrscheinlich bloß Schaulustige.

»Ich glaube, er ist zu klug, um darauf hereinzufallen«, bemerkte Max.

»Egal. Er muss nicht darauf hereinfallen. Er weiß, dass die ganze Sache nur stattfindet, um ihn herzulocken. Aber mit Glück kann er nicht anders, als die Aufmerksamkeit zu genießen. Und da man ihn bisher nicht mit den Morden in Verbindung bringt, dürfte er sich einigermaßen sicher fühlen.«

»Er genießt seinen Ruhm.«

»Genau.«

»Sehen Sie jemand, der Ihnen auffällt?«

»Vielleicht den großen Typen da drüben, neben dem Baum, rechts von der Menge?«

Max kniff die Augen zusammen. »Scheiße. Das ist Carpenter. Ich hab ihm gesagt, er soll sich unter die Leute mischen, nicht dumm rumstehen. Er könnte genauso gut eine verfluchte Uniform tragen.«

»Zeit für mich, auf die Party zu gehen«, sagte Ivy, nahm den Blumenstrauß aus ihrem Schoß und streckte die Hand nach dem Türgriff aus.

»Warten Sie.«

Max fummelte am Wagenlicht herum, sodass es nicht anging, wenn sie die Tür öffnete.

Vorher schon hatten sie entschieden, dass Max im Auto bleiben sollte, da der Mörder sein Gesicht aus den Medien kennen dürfte. Und obwohl auch Ivys Bild in der Zeitung gewesen war, hatte man sie nicht mit Namen genannt: Sie konnte genauso gut eine Freundin oder Verwandte sein.

Ohne dass das Licht anging, stieg Ivy aus dem Auto. Sie fürchtete nicht, die Aufmerksamkeit auf sich zu ziehen, und warf die Tür schwungvoll hinter sich zu.

Die Nachtluft war feucht und schwer. Grillen zirpten, Glühwürmchen schwirrten um die Grabsteine herum. Als sie klein gewesen war, hatte Ivy in heißen Nächten im Bett gelegen und das Zirpen der Grillen draußen vor ihrem offenen Fenster gezählt, um zu erfahren, wie viele Jahre sie noch leben würde. Eigenartig, dass Kinder solche düsteren Spiele spielten. Wie viele ihrer Lieder und Spiele mit Tod und Gewalt zu tun hatten. Ob andere das wohl auch merkwürdig fanden?

Stick a needle in my eye.
If I die before I wake.
Blackbirds baked in a pie.
Pray to God my Soul to take.
Ashes, ashes, all fall down.
Three blind mice.

Am Morgen hatte es geregnet, und der Boden unter ihren quadratischen Absätzen gab nach, als sie über das Gras ging, in Richtung der weißen Flämmchen und geneigten Köpfe, in Richtung der gemurmelten Gebete.

Am Rande der Menge reichte ihr jemand eine brennende Kerze. Sie nahm sie und flüsterte ein Dankeschön, als sie einem Mann mittleren Alters ins Gesicht sah.

Bist du es?, fragte sie stumm und versuchte, sich das Gesicht einzuprägen, das sie im flackernden Kerzenlicht kaum erkennen konnte, das zudem schwarze Schatten über die Wangen, die Stirn tanzen ließ. Fingerspitzen berührten ihre, und sie sah hinunter, sie erwartete beinahe, Krallen statt Fingernägeln zu erblicken.

Zu dunkel.

Er lächelte traurig. Als sie sich abwandte, um zu gehen, löschte das Licht der Flamme plötzlich die Schatten aus und enthüllte Tränen in seinen Augen.

Nicht du, dachte sie.

Aber er wird nicht wie ein Monster aussehen, musste sie

sich vergegenwärtigen. *Er sieht aus wie alle anderen.* Er wäre fähig, zu weinen. Das war ja das, was die Leute nicht verstanden. Was man der Öffentlichkeit klarmachen musste.

Sie mischte sich tiefer unter die singende Menge, ihre Lippen begannen, sich zu bewegen, ihre Stimme erinnerte sich an die Worte eines lang vergessenen Liedes, aus einer Zeit, in der sie in die Kirche gegangen war und gebetet hatte wie alle anderen.

Diese Narren, dachte sie mit traurigem Mitgefühl. Mit euren Christopherus-Anhängern und euren Rosenkränzen und dem Weihwasser. Wie viele von ihnen beteten nicht für Sachi und ihr Baby, sondern für sich selbst? Glaubten, wenn sie nur gut genug wären, oft genug beteten, lächelten, der Kirche den Zehnten spendeten, wären sie sicher vor dem Schrecken, der Sachi Anderson widerfahren war? Begriffen sie nicht, dass derselbe Gott, der sie erschaffen hatte, auch den Madonna-Mörder erschaffen hatte? Hatte nicht Jeffrey Dahmer genau so sein Töten gerechtfertigt? Indem er erklärte, Gott habe ihn eben zum Mörder gemacht? Er führe einfach nur Gottes Willen aus?

Der Duft der Erde aus den frischen Gräbern traf sie. Sie waren gekennzeichnet durch Fotos und Stofftiere und Körbe voll Blumen. Sie dachte an ein anderes kleines Grab auf einem anderen Friedhof in einem anderen Teil der Stadt, ein Grab, das sie nie besucht hatte …

Ivy beugte sich herunter und legte ihre Blumen zu den anderen, dann richtete sie sich auf, als die letzten Noten des Liedes verklangen. Jemand begann zu beten. Jemand anders begann, mit einer wilden, hohen Stimme zu klagen.

Ivy hob den Kopf und versuchte herauszufinden, woher das klagende Jammern kam, aber die Stimmen hoben sich und sanken, als der Laut von Mensch zu Mensch getragen wurde, von Seele zu Seele.

Ein Gefühl des Bösen durchflutete sie, ein schwarzes Loch ohne Reue, ohne Schuld. Auf ihren Armen kribbelte es, die

Haare auf ihrem Kopf standen zu Berge, und die kalte Luft strich ihr über Wangen und Hals. Sie wollte sich bewegen, wollte fortlaufen und zurück in den Wagen steigen, in dem Max Irving mit seiner Videokamera saß. Aber ihre Füße fühlten sich an wie Blei, ihre Muskeln waren kraftlos.

Und sie wusste mit überwältigender Sicherheit, dass der Mann, der ihr Baby getötet hatte, der Mann, der Sachi Anderson getötet hatte, irgendwo hier in dieser Menschenmenge war und sie beobachtete.

Er hatte sie ausgetrickst, und plötzlich hatte sich etwas, das sie erdacht hatten, um ihn herzulocken, verwandelt in etwas, was er benutzte, um sich in aller Offenheit zu verbergen.

Sie zwang sich, noch zehn Minuten zu bleiben, dann ging sie zurück zu den geparkten Wagen.

Er sah sie davongehen.

Ein bekanntes Gesicht. Das Gesicht aus der Zeitung. Das Gesicht, das jetzt in seinem Album steckte. Das Gesicht ohne Namen.

Er achtete darauf, wohin sie ging, auf den Wagen, in den sie stieg, auf das Nummernschild. CR 427. Alle Zahlen waren wichtig.

Als sie die Tür öffnete, ging das Deckenlicht nicht an. Was hieß, dass sie ein Bulle war. Sie stieg auf der Beifahrerseite ein. Was hieß, dass da drin noch ein Bulle saß. Detective Irving?

Er informierte sich gern über die Ermittler und ihre Familien. Er wusste gern, was in ihrem Leben los war, er blieb auf dem Laufenden darüber, was sie mochten und nicht mochten. So könnte er mit ihnen ein Gespräch beginnen, wenn ihm je danach wäre.

Er war zur Erstkommunion von Sinclairs Tochter gegangen, und er hatte Sinclairs Enkeltochter Kiki einen Teddybär geschickt.

Er war von Natur aus neugierig, und er musste herausbekommen, wer diese Frau war.

Er wandte sich wieder der Gedenkfeier zu. Sie war für ihn. Das wusste er.

Dumme Leute. Dumme, dumme Leute.

Sie waren alle seinetwegen hier. Die Bullen. Die Kerzen. Die Leute. Die traurigen, traurigen Leute. Seinetwegen. Wer sagte, dass ein einzelner Mensch keine Bedeutung hatte? Er hatte sie alle berührt. Jeden Einzelnen von ihnen.

Huren, Huren, Huren. Sehr aufregend.

Drecksjunge. Dreckiger Drecksjunge.

Etwas beschäftigte ihn. Das Baby. Das Foto des Babys, das jemand auf das Grab gelegt hatte.

Du hast ihn gerettet, sagte er sich. *Gerettet!* Beruhigt stimmte er in den Gesang ein.

Ivy betrat den Raum der Einsatzgruppe, in dem die Mitglieder des Teams um einen Computerbildschirm herumstanden. Irving saß auf der Ecke eines Tisches, den er als seinen reklamiert hatte, einen Fuß auf dem Boden, den anderen frei in der Luft schwebend, sodass seine zerknitterte graue Hose weit genug hochgerutscht war, um eine braune Socke zu zeigen, auf die wohl jemand Bleiche geschüttet hatte.

Ihr war, als wäre sie in die Einsatzgruppen-Variante interpretativen Theaters marschiert. Der Ton war aus, und Ramirez kommentierte die Videoaufnahme, die in der vergangenen Nacht entstanden war. Die Perspektive war ganz offensichtlich aus einem Auto heraus. Am unteren Rand des Bildschirms sah man die obere Rundung des Steuers.

»O ja«, sagte Ramirez mit hoher, femininer Stimme. »Leg deine Hand da hin. Genau da.«

Alle lachten, dann sagte jemand anders: »Friedhöfe machen mich an.«

Wieder Gelächter.

»Friedhöfe finde ich scharf.«

Noch mehr Gelächter. Dann entdeckte Hastings Ivy in der Tür. Ihr Lächeln verschwand. Einer nach dem anderen schauten die Polizisten hinter sich, um herauszufinden, wieso Hastings Gesichtsausdruck sich so verändert hatte.

Sie behandelten sie wie eine alte Schulmeisterin. War sie wirklich *so* steif?

So ernst?

Vielleicht. Wahrscheinlich. Tatsächlich konnte Ivy sich kaum daran erinnern, dass sie gelacht hatte, ohne zugleich eine gewisse Trauer dabei zu empfinden. Diese jungen Polizisten konnten immer noch schallend lachen, denn obwohl sie ständig mit dem Bösen konfrontiert waren, hatte es sie noch nicht persönlich betroffen.

»Hört meinetwegen nicht auf«, sagte sie.

»Wir hatten bloß ein bisschen Spaß«, sagte Hastings; sie versuchte, die Stille zu füllen, die sie umgab.

Ivy legte ihren Rucksack auf einen der langen, kantinenartigen Tische.

»Wir haben auf Sie gewartet«, sagte Max und spulte das Band an den Anfang zurück.

»Der Zug war voll, ich musste auf den nächsten warten.«

Sie fing langsam an, zu begreifen, wie man sich in Chicago bewegte, nach so vielen Jahren weg von hier, hatte aber immer noch nicht raus, wann jetzt Rushhour war. Und da die städtische Universität immer mehr Lagerhäuser in der Innenstadt in Studentenwohnheime verwandelte, waren die Züge am Morgen oft zu gleichen Teilen voll mit Studenten des Sommersemesters und Leuten, die in Büros arbeiteten.

Jetzt, nachdem die Spielzeit vorbei war, kam das Team schnell zur Sache. Es stellte sich heraus, dass alle, die bei der Gedenkfeier gewesen waren, den Mann bemerkt hatten, der Ivy die Kerze gegeben hatte.

»Komischer Kerl«, sagte Hastings.

Ein Techniker am Computer stoppte das Video in dem Augenblick, in dem das Licht auf das Gesicht des Mannes fiel.

Ein paar Tastenklicks, und sein Gesicht erfüllte den ganzen Bildschirm. Noch ein Klick, und es wurde ausgedruckt.

»Ich glaube nicht, dass er es ist«, sagte Ivy.

Max sah zu ihr auf.

Sie zuckte mit den Schultern.

»Nur so ein Gefühl«, sagte sie und erinnerte sich an die schwarze Verzweiflung, die sie übermannt hatte, nachdem sie sich von dem Mann auf dem Bildschirm entfernt hatte.

»Wir jagen sein Bild durch die Datenbank«, sagte Max. »Zusammen mit allen anderen.«

21

Sie konnte nicht sagen, wie oft sie geträumt hatte, wieder in ihrer alten Wohnung in Chicago zu sein. Hunderte von Malen. Vielleicht Tausende von Malen. Und jedes Mal erlebte Ivy alles so, wie es stattgefunden hatte – bloß wusste sie im Traum immer, dass es ein Traum war –, und sie sah immer das Gesicht des Mörders, ein Gesicht, an das sie sich nach dem Aufwachen jedoch nie erinnern konnte. Traumtherapeuten sagen gern, dass jeder Mensch in einem Traum einen Aspekt des Träumenden darstellt. Und dass der Traum eine Metapher ist.

Aber Ivy war sicher, dass der Traum eine Reise zurück zu dem undenkbaren Ereignis war, das ihr ganzes Leben verändert hatte.

Man sagte auch, dass man Träume immer wieder träumt, bis man sie »kapiert«, bis man die Lektion lernt, die das Unterbewusste einem beibringen will.

Sie hatte geglaubt, dass sie vielleicht das Gesicht des Mannes sehen sollte, sich an das Gesicht *erinnern* sollte. Aber wie konnte sie sich an etwas erinnern, was sie nie gesehen hatte?

»Ist es hier?«, fragte Irving und setzte an zum Einparken.

Ivy schaute quer über die Straße auf das fünfstöckige Ziegelgebäude, das einen halben Block einnahm. Anders. Ganz anders. Vielleicht war das gut.

Die abblätternde weiße Farbe war mit einem Sandstrahler entfernt worden, um zu enthüllen, was sie verborgen hatte: wunderbare rote Ziegel. Auch der grüne Leinenbaldachin, unter dem man jetzt zur Eingangstür gelangte, war neu. Auf beiden Seiten befanden sich Blumenbeete voller Farben und immergrüner Gewächse.

»Es sieht tatsächlich einladend aus«, sagte Ivy erstaunt, den Blick immer noch auf das Gebäude gerichtet, während sie sich auf ihrem Sitz seitwärts drehte und den Hals reckte, um durch Irvings Fenster zu schauen.

Er setzte den Wagen elegant in eine Lücke, an die Ivy sich nie herangewagt hätte. Mit einer Effizienz, an die sie sich zu gewöhnen begann, schaltete er den Motor ab, und sie stiegen aus.

Max wollte gerade die vier Spuren überqueren, die von alten Laternen erhellt und durch gelb leuchtende Doppelstreifen voneinander getrennt waren, als er bemerkte, dass Ivy zögerte; mit beiden Händen klammerte sie sich an ihre kleine Geldbörse.

Sie trug einen roten Rock, der sich elegant an ihre runden Hüften schmiegte und über ihre Knie reichte. Ihre Beine waren nackt. An den Füßen trug sie die schweren Schuhe, die sie beinahe immer anhatte. Ihr Top war aus schwarzem Strick und leicht tailliert.

Er starrte sie an.

Starrte etwas länger.

»Vergessen Sie die Parkuhr«, sagte er.

»Nein … Ich werfe besser Geld ein.« Sie grub in ihrem Portemonnaie, und da begriff er, dass sie bloß Zeit schinden wollte.

Er quetschte sich zwischen den Stoßstangen hindurch zu ihr auf den Gehweg. Er fasste ihren Ellenbogen, und sie schaute auf zu ihm mit ihren kurzen roten Fransen in der Stirn und Lippen in der Farbe ihres Rocks. War irgendetwas anders? Trug sie mehr Make-up oder so?

»Wir müssen das nicht machen«, sagte er zu ihr.

Sie warf fünfundzwanzig Cent in die Parkuhr. »Ich will nur, dass Sie keinen Strafzettel bekommen.«

»Ich meine nicht die Parkuhr – und im Übrigen müsste ich den Strafzettel nicht zahlen. Ich meine *das*.« Er deutete in Richtung des drohenden Wohnblocks.

Sie schaute hinüber, dann zu ihm, und er konnte erkennen, dass die erneute Erkenntnis dessen, was sie vorhatte, sie erschütterte. Sie lächelte unsicher, lachte leise, dann ließ sie ihre kleine Geldbörse zuklicken und steckte sie in eine kleine schwarze Ledertasche, die sie als eine Art tiefsitzenden Gürtel trug.

Sie wandte sich ein wenig ab und hob eine Hand an die Stirn, als wollte sie ihre Augen vor etwas schützen. Dann fuhr sie sich mit den Fingern durch die Haare und stieß den Atem aus. »Die Mission ist weg. Sie war dort drüben.« Sie zeigte in die angegebene Richtung.

»Chicago hat sich in den letzten sechzehn Jahren mächtig verändert.«

»Und das Haus. Es sieht ganz anders aus.«

»Vielleicht ist das gut.«

»Aber warum schließen sie eine Mission?«

»Sie haben eine neue gebaut. Drüben an der Lurdes. Da können hundert Leute schlafen.«

»Oh. Ja. Das ist gut.«

»Wir müssen das nicht machen«, sagte er wieder.

Sie sah nach rechts und links, dann trat sie vom Gehweg und überquerte die Straße. Max folgte ihr eilig, er ging neben ihr, als sie den Weg zum Haus begann.

»Ich *muss* das machen.« Sie hielt inne. »Keine Sorge, ich werde Ihnen nicht zusammenbrechen.«

Er hob beide Hände. »Das hab ich auch nie gesagt. Nicht mal gedacht.« Aber er hatte es natürlich gedacht. Tatort. Der Ort, an dem ein Serienmörder sie mit einem Messer angegriffen und ihren neugeborenen Sohn ermordet hatte. Da war ein Zusammenbruch schon fast zwingend.

In der Lobby klingelten sie beim Hausmeister. Eine Männerstimme meldete sich.

»CPD«, sagte Max in den Lautsprecher.

»Was?«

»Polizei. Mordkommission.«

Der Summer ging, sodass sie eintreten konnten. Das Büro befand sich direkt rechts hinter der Sicherheitstür. Ein kleiner, besorgt aussehender Mann erhob sich hinter seinem Schreibtisch, als sie hereinkamen.

»Mordkommission?«, fragte er mit weit aufgerissenen Augen und wedelte wie wild mit den Händen. »Wer ist tot? Wer wurde ermordet?«

Max zeigte ihm seine Marke, dann steckte er sie zurück in die Tasche.

»Niemand. Jedenfalls nicht jetzt. Wir wollen uns nur eine der Wohnungen ansehen.«

»283«, setzte Ivy hinzu.

»283?«, fragte der Mann. »Warum ausgerechnet diese eine Wohnung, wenn ich fragen darf?«

»Polizeiangelegenheit.«

»Wohnt jemand da drin?«, fragte Ivy.

»Wir benutzen es als Lager. Es wurde seit Jahren nicht mehr vermietet.«

Er unterbrach sich abrupt, dann wedelte er mit einem Finger in Max' Richtung.

»Diese Morde. Darum geht es. Diese Frauen. Die Babys. Ich soll es den Mietern nicht sagen, aber 283 ist das Apartment, in dem vor Jahren eine Frau und ihr Baby ermordet wurden. Danach wollte niemand mehr dort einziehen, deswegen wurde es zum Lager. Selbst nach dem Umbau vor fünf Jahren, als alle den Madonna-Mörder vergessen hatten, haben wir entschieden, es so zu lassen.«

»Wie lange arbeiten Sie schon hier?«, fragte Max.

»Ich habe nach dem Umbau angefangen.«

»Wollte jemals jemand ausgerechnet dieses Zimmer mieten?«

»Mieten?«

Der Mann hatte die nervtötende Angewohnheit, jede Frage mit einer Gegenfrage zu beantworten. »Ich glaube nicht. Warten Sie. Der Hausmeister vor mir hat mir erzählt, dass irgendein Typ die 283 mieten wollte. Ihm war es egal, ob noch Blut an den Wänden war.«

»Haben Sie den Namen dieses Mannes?«

»Vielleicht. Wenn er einen Antrag ausgefüllt hat.«

»Überprüfen Sie das doch bitte, ja? Und den Namen des ehemaligen Hausmeisters. Den brauche ich auch.«

»Der ist alt. Echt alt. Altersheim-alt. Der drehte schon durch, als ich hier anfing.«

»Ich möchte trotzdem mit ihm reden.«

»Ja, okay. Ich werde sehen, was ich tun kann.«

»Danke.«

»Wollen Sie jetzt die Wohnung sehen? Warten Sie. Ich hole den Schlüssel.«

Eine Minute später fuhren sie in einem quietschenden Fahrstuhl hoch in den zweiten Stock, dann ging der Mann mit ihnen durch den Flur Richtung 283.

Alles war neu. Neue Farbe, neue Tapeten, neuer roter Teppich, neue Lampen. Aber der Boden unter Ivys Füßen war immer noch uneben, gebeugt von vielen, vielen Jahren Durchgangsverkehr. Und der Flur, der ewig lang schien, wirkte immer noch ein wenig schief, als wäre die Perspektive nicht ganz richtig.

Zu schnell standen sie vor Nummer 283. Die Tür war immer noch dieselbe, jetzt aber grün statt klebrig braun gestrichen. Aber mit neuer Türklinke, neuem Schloss, neuen Discounter-Metallziffern.

Der Hausmeister schloss auf und öffnete die Tür. Sie standen alle drei da und schauten hinein.

Ivys Herz sank.

Der Umbau hatte nicht bis Zimmer 283 gereicht.

Irvings Stimme schien aus einer anderen Dimension in ihre Richtung zu hallen, gedämpft, undeutlich. »Dürfen wir uns allein umsehen?«

Eine andere Stimme antwortete.

»Was? Oh. Oh, sicher.«

Dann einige schnelle Schritte, gefolgt von der sich schließenden Fahrstuhltür.

Ivys Füße schienen im Schlamm zu stecken, aber sie trat vor in das Zimmer. Ihr Herz schlug so schnell, dass sie sich fragte, ob sie gleich einen Herzschlag bekäme.

Wäre das nicht eigenartig?

Hier zu sterben?

Auf diese Art den Kreis zu schließen?

Das Erste, was sie traf, war der Geruch. Dieser abscheuliche Geruch nach altem Haus, gemischt mit dem Geruch all der Menschen, die jemals auf den zahlreichen fleckigen Matratzen geschlafen hatten, die an einer Wand lehnten, und all den Leuten, die jemals auf den vier Porzellantoiletten gesessen hatten, die alle ziemlich heruntergekommen wirkten. Es roch nach altem Schweiß und Urin, und nach Stoff, in dem der Staub, die Hautabschilferungen und Milben von hundert Jahren steckten.

Ivy drückte sich an einer der Toilettenschüsseln vorbei, die auf der Seite lag wie ein verwundeter Soldat.

»Erstaunlich«, bemerkte Irving und ging an einem Stapel Leinen- und Chenille-Bettbezügen vorbei, die aussahen, als wären sie noch aus den Fünfzigern.

Es war ein Studio, sehr ähnlich Ivys derzeitiger Wohnung. Direkt hinter der Eingangstür befanden sich eine Küche und ein Schlafbereich, in der rostigen Spüle lagen Klempner- und Elektrikerutensilien, daneben lange, schmale Schachteln, in denen Neonröhren steckten. Es gab kein Wohnzimmer. Das Bett stand immer noch da. Neben dem Fenster, durch das der Madonna-Mörder entkommen war. Keine Laken. Keine Bettdecke. Bloß eine fleckige, nackte Matratze. *Dieselbe Matratze?*

Sie konnte nicht nähertreten.

Ihr Blick zuckte nach links, wo die Wiege gestanden hatte. Sie war verschwunden, Gott sei Dank. Die kaputte Lampe war weg, die zersplitterte Schneekugel. Aber die Matratze.

Die fleckige Matratze. *War* es dieselbe? Und wenn ja, warum um Himmels willen hatte man sie nicht entsorgt?

Obwohl sie sich Hunderte von Malen im Traum und in der Wirklichkeit vorgestellt hatte, an genau dieser Stelle zu stehen, hatte sie nichts wirklich darauf vorbereiten können.

Warum hatten sie das Zimmer nicht entkernt? So wie es war, wirkte es beinahe wie ein Monument der Schrecken, die sich hier zugetragen hatten. Für immer erstarrt in der Zeit.

»Glauben Sie, er war derjenige, der das Zimmer mieten wollte?«, fragte sie. Sie musste nicht erklären, wer »er« war.

»Vielleicht. Vielleicht auch nicht. Könnte auch nur jemand gewesen sein, der sagen wollte, dass er hier gewohnt hat. So wie die Leute auch immer in dem Zimmer schlafen wollen, in dem John Belushi gestorben ist.«

»Ich bin nicht berühmt.«

»Menschen sind teuflisch neugierig, solange es nichts mit ihnen zu tun hat.«

Sie begann, sich zu beruhigen. Ihr Herz schlug nicht mehr so schnell.

Irving schien zu spüren, dass sie langsam ihre Gefühle im Griff hatte, und fragte: »Löst das irgendwelche neuen Erinnerungen aus? Die Sie vielleicht vergessen haben?«

Bilder huschten durch ihren Geist.

Ein fremder Mann mit einer dunklen Kapuze beugte sich über ihr Baby.

»Kein Weinen«, sagte sie. »Mein Baby hat nicht geweint.«

Sie fuhr sich mit einer Zunge über die trockenen Lippen. »Der Mörder, er hat da gestanden. Über die Wiege gebeugt. Ich habe das Licht angeschaltet und ihn gesehen.«

»Hat er aufgeschaut, als sie das Licht eingeschaltet haben? Erinnern Sie sich an sein Gesicht?«

Sie atmete tief ein und konzentrierte sich intensiv, dann schüttelte sie den Kopf. »Er muss doch aufgeschaut haben, oder?«

Irving zuckte auf eine Art und Weise mit den Schultern, die

verriet, dass er derselben Meinung war. »Möchte man meinen.«

Er wirkte so fremd in dem Todeszimmer. Er war Teil ihres neuen Lebens, nicht des alten. »Hypnotisieren Sie mich«, sagte sie.

»Was?«

Sie konnte sehen, dass er glaubte, sie missverstanden zu haben.

»Ich weiß, dass Sie ausgebildeter Hypnotiseur sind. Ich weiß, dass Sie einmal einen Vergewaltiger gefangen haben, indem Sie sein Opfer hypnotisierten.«

»Das habe ich aber nicht da getan, wo das Verbrechen stattgefunden hat. Und es ist lange her.«

»Ich würde denken, der Tatort ist doch das Allerbeste.« Sie legte den Kopf zur Seite und sah ihn an. »Machen Sie sich Sorgen, dass ich durchdrehe? Wahnsinnig werde?«

»Hatten Sie das die ganze Zeit vor? Und wussten, dass ich nicht mitmachen würde, wenn Sie es mir in der Zentrale sagen?«

Da hatte er hundert Prozent recht. »Sehen Sie.« Sie streckte ihm ihre Hände hin, um zu zeigen, dass sie nicht zitterten. »Ich fürchte mich nicht.«

»Damit sind Sie aber allein.«

»Wow. Ein Mann, der zugibt, sich zu fürchten. Ich bin beeindruckt.«

»Ich habe seit Jahren niemand mehr hypnotisiert.«

»Ich vertraue Ihnen.«

»Ich will nicht, dass Sie den Tod Ihres Babys noch einmal durchleben müssen.«

Ivy kaute auf ihrer Lippe und sah weg; sie sah nicht die Wände mit den Blutflecken, die aussahen wie Rost, sondern ihre Vergangenheit. Sie zog die Augenbrauen zusammen und rieb sich die Stirn mit Fingern, die sie so fest aufdrückte, dass sie weiß wurden.

»Alles in Ordnung?«

»Ja.« Sie atmete tief durch und drückte die Schultern durch. »Ja.« Sie vollführte eine wegwerfende Handbewegung, dann atmete sie noch einmal tief ein. »Ich muss es tun.«

Ohne auf seine Zustimmung zu warten, da sie fürchtete, dass die nie käme, ließ sie sich auf die fleckige Matratze fallen, streckte sich aus, die Hände auf dem Bauch, die Augen geschlossen, den Kopf dort, wo ein Kissen hätte liegen sollen.

Max hatte in seiner Zeit als Detective der Mordkommission schon viele merkwürdige Dinge gesehen, warum also jagte ihm der Anblick ihres bleichen Gesichts vor dieser abscheulichen Kulisse so eine Gänsehaut über den Rücken?

Und wie konnte er Nein sagen zu etwas, das dem Fall helfen konnte, das helfen konnte, den Madonna-Mörder zu fassen?

Aus dem Chaos im Zimmer suchte er einen plastikbezogenen Küchenstuhl heraus und stellte ihn neben das Bett. Dann setzte er sich und begann, Ivy auf die Hypnose vorzubereiten. Er ließ sie eine lange Treppe hinuntergehen, die tiefer und tiefer in ihr Unterbewusstsein führte. Sie hatten die halbe Treppe geschafft, als er plötzlich stoppte.

Mit geschlossenen Augen runzelte sie die Stirn, sie wartete darauf, dass er fortfuhr.

»Wissen Sie was?«, sagte er und legte seine Hände auf seine Knie. »Ich werde das nicht machen.«

Sie riss die Augen auf.

»Warum nicht?«

»Wir machen es ordentlich. In einer neutralen Umgebung. Mit Videokamera und Aufnahmegerät.« Er konnte nicht glauben, dass sie ihn beinahe überredet hatte. »Das hier ist falsch. Viel zu abartig.«

Sie setzte sich auf und schwang ihre nackten Beine über die Bettkante. »Sie sind doch bei der Mordkommission. Sie sollten inzwischen an ›abartig‹ gewöhnt sein.«

»An Abartigkeiten gewöhnt man sich nie.«

Sie legte ihre Hände auf seine und drückte sie fest, während sie ihm in die Augen sah. »Uns läuft die Zeit davon. Es ist fast zwei Wochen her, dass Sachi Anderson ermordet wurde. Was heißt, der Mörder kann jederzeit wieder zuschlagen. Es ist egal, dass wir keine Dokumentation haben. Es macht auch nichts, wenn ich ausraste. Es macht nicht einmal etwas, wenn ich durchdrehe. Was übrigens nicht passieren wird. Ich habe für diesen Moment gelebt. Ich habe die letzten sechzehn Jahre darauf gewartet, diesen Wahnsinnigen zu erwischen. Machen Sie es nicht schwerer. Bauen Sie keine Hindernisse auf. Denn Sie wissen genauso gut wie ich, dass heute Nacht schon die Nacht sein kann. Heute Nacht kann Sie jemand anrufen und Ihnen sagen, dass es ein neues Opfer gibt. Tun Sie's«, bat sie. »Sie müssen es tun.«

Und er tat es.

Sie war ein gutes Gegenüber und erreichte schnell eine Trance. Und als er sie zurückführte in jene Nacht vor sechzehn Jahren, geschah alles so, wie sie es gesagt hatte, angefangen mit einem Geräusch im Zimmer, und dann schaltete Ivy das Licht an.

»Was tun Sie jetzt?«, fragte Max und beugte sich vor.

»Ich schreie«, sagte sie mit beängstigend monotoner Stimme.

Er schluckte. »Warum? Warum schreien Sie?«

»Da ist ein Mann in meinem Zimmer, er beugt sich über mein Baby.«

»Vergessen Sie nicht, Sie beobachten nur, Sie sind nicht wirklich dort. Der Mann, den Sie sehen – schaut er auf?«

»Ja.«

»Können Sie sein Gesicht sehen?«

Sie runzelte konzentriert die Stirn.

»Ivy, können Sie sein Gesicht sehen?«

»Ich heiße Claudia.« Sie runzelte weiter die Stirn, als schaute sie tief hinein in ihren eigenen Geist. »Eine blasse Wange. Blasse Haut. Sehr blasse Haut.«

»Ein Albino?« – »Nicht so. Eher wie jemand, der nicht viel rausgeht.«

»Seine Augen. Können Sie seine Augen sehen?«

»Er trägt eine schwarze Kapuze. Sein Gesicht liegt im Schatten.«

»Was macht er jetzt?«

»Er lässt etwas fallen. Eine Schneekugel. Ich kann das Glas zerbrechen hören. Das Baby schreit nicht. Warum schreit mein Baby nicht? Ich schreie und stürze mich auf ihn. Aber er ist so stark. Seine Hände sind wie Klauen, wie Vogelklauen. Mit Krallen. Und er ist *so* stark. Er schleudert mich zurück aufs Bett. Die Lampe fällt zu Boden. Jetzt ist es dunkel im Zimmer. Und das Baby schreit nicht.« Ihre Stimme hob sich hysterisch. »Das Baby schreit nicht!«

»Haben Sie etwas gesehen? Bevor das Licht ausging?«

Ohne zu zögern sagte sie: »Mutter.«

»Mutter?«

»Ein MUTTER-Tattoo auf seinem Unterarm. Mit einer Rose. Einer roten Rose. Auf dem Tattoo sind Haare. Weiße Haut mit glatten schwarzen Haaren.«

Sie keuchte. »Er tut mir weh«, sagte sie. »Er tut mir weh!« All die Angst, all der Schrecken des Augenblicks zeigten sich in dem entsetzten Unglauben in ihrer Stimme.

»Kennen Sie ihn? Können Sie sein Gesicht sehen?«, drängte er.

»Nein ... Nein ...«

»Er kann Ihnen nicht wehtun. Niemand kann Ihnen wehtun«, versicherte ihr Max. Es würde nichts bringen, sie länger hypnotisiert zu lassen.

Sie schluchzte einmal.

Max packte sie vorsichtig, aber fest an beiden Armen, sprach nahe an ihrem Gesicht, vor ihren fest geschlossenen Augen. »Sie sind in Sicherheit, Ivy. Sie sind in Sicherheit. Es ist sechzehn Jahre später, und Sie sind in Sicherheit.«

Sie sog zitternd die Luft ein.

»Wir gehen jetzt die Treppenstufen eine nach der anderen hoch, bis wir oben sind. Wenn wir dort sind, werden Sie aufwachen. Wenn Sie aufwachen, werden Sie sich an nichts davon erinnern. Sie werden sich erholt und erfrischt fühlen. Sie werden sich an nichts erinnern. Die Treppe hoch. Eins, zwei, drei ... Sie haben die oberste Stufe erreicht, das volle Bewusstsein ... Jetzt öffnen Sie langsam Ihre Augen ...«

Max lehnte sich auf seinem Stuhl zurück, während Ivy langsam die Augen aufschlug. Ihr unscharfer Blick klärte sich, als sie begriff, wo sie war. Benommen setzte sie sich auf und schwang die Beine über den Rand des Bettes. Sie legte die Arme an der Hüfte über Kreuz und versuchte, sich zu wärmen, obwohl sie wusste, dass es mindestens 26 Grad in dem kleinen Zimmer hatte.

»Erinnern Sie sich an etwas?«

Sie berührte ihr Gesicht. »Habe ich geweint?« Mit dem Handrücken wischte sie die Tränen weg. »Das ist das Letzte, was ich tun wollte. Vor Ihnen weinen.« Sie schniefte und wischte sich noch einmal über die Wangen, dann sagte sie: »Ich erinnere mich, dass ich versucht habe, sein Gesicht zu sehen, und es war wie in den Träumen, die ich manchmal träume, wo er immer von einer schwarzen Kapuze verborgen wird.«

»Ist es eine Kapuze wie die eines Henkers? Oder vom Tod? Etwas, das er trägt, wenn er mordet?«

Sie dachte einen Augenblick nach, dann schüttelte sie den Kopf. »Es ist ein Sweatshirt. Ein schwarzes Sweatshirt. Er hat es wahrscheinlich getragen, als er das Gebäude betrat, nur falls ihn jemand sieht, damit sie ihn nicht identifizieren können. Verdammt«, sagte sie und schlug mit einer Faust auf ihren Oberschenkel. »Ich hatte gehofft, etwas Neues zu erfahren.«

»Seien Sie nicht so hart mit sich. Sie haben sich nicht an sein Gesicht erinnert, aber an etwas anderes. Ein Tattoo.«

»Eine Tätowierung?« Sie dachte darüber nach, dann erhellte sich ihr Gesicht. »Ein Tattoo mit dem Wort MUTTER. Auf einer Fahne, die sich um eine rote Rose wellt. Das ist gut. Das ist immerhin etwas«, sagte sie.

»Das ist sehr gut. Mehr, als wir jemals über ihn wussten.«

»Und jetzt?«

»Wir versuchen, im Internet einen Treffer zu finden. Wenn nicht, dann lassen wir von einem unserer Zeichner ein Bild anfertigen, und das prüfen wir in der Tattoo-Datenbank und geben es außerdem an die Medien.«

»Mein Gott. Können Sie sich vorstellen, wie viele Leute im Land ein solches Tattoo haben?«

»Wir werden jede Menge Kollegen brauchen, um allen falschen Spuren nachzugehen.«

»Wir hatten recht mit seiner Mutter-Fixierung«, sagte sie und erhob sich vom Bett.

»Ich hoffe, die gute alte Mami lebt noch und erkennt das Tattoo ihres Sohnes.«

»Ich bin nicht sicher, dass sie ihn anschwärzen würde. Sie würde sich möglicherweise selbst um ihn kümmern wollen.«

»Was die Morde noch beschleunigen könnte.«

Unten gaben sie den Schlüssel zurück und bekamen den Namen des vorigen Hausmeisters.

»Ich konnte den Namen des Mannes nicht finden, der das Zimmer mieten wollte«, sagte der Hausmeister. »Aber ich habe noch ein paar Kisten im Lager, die ich durchsehen kann.«

»Rufen Sie mich an, wenn Sie was finden«, sagte Max.

Sie gingen hinaus.

In der kurzen Zeit, die sie in dem Wohnhaus verbracht hatten, war das Wetter umgeschlagen, der Ostwind brachte einen der brutalen Sommerstürme mit sich, die Fenster scheppern ließen und den Himmel nachtdunkel schwärzten.

Der wütende Wind stemmte sich gegen das Kellerfenster, riss es mit einem lauten *Klack* auf, doch dann griff die metallene

Kette, sodass es sich nur ein paar Zentimeter öffnen konnte. Messerscharfe Regentropfen stachen in seinen Arm, als er sich bemühte, das Fenster wieder zu schließen. Endlich gelang es ihm.

Früher hatte er Angst vor Stürmen gehabt. Als er klein gewesen war, hatte er sich immer unter seinem Bett versteckt. Dort fand ihn seine Mutter und lachte ihn aus.

Aber jetzt gaben die Stürme ihm Macht. Sie machten ihn stark, machten ihn größer, als er gewesen war. Mit jedem Blitz wuchs seine Kraft. Er konnte das heiße Blut mit jedem donnernden Herzschlag durch seine Venen pumpen spüren, der Sauerstoff sättigte sein Hirn. Menschen waren so komplexe Wesen, waren ein missgebildeter, kranker Witz. Wenn Außerirdische auf der Erde landen würden, müssten sie die Menschen für beschämend scheußlich halten, mit all ihren Innereien und Flüssigkeiten und Zähnen.

Er war geil.

Er brauchte eine Frau.

Keine Hure, sondern eine richtige Frau.

Er stand im Keller, seine Hand tief in seiner Hose vergraben, um seine Kraft geschlungen. Jede Frau auf der Welt würde ihn wollen. Jede Frau auf der Welt würde nur zu gern sterben, um ihn zu haben. Selbst seine Mutter.

»Hast du einen Steifen?«, hatte sie ihn eines Morgens gefragt, da war er sechzehn. Sie hatte gelacht und ihm die Hand in die Unterhose gesteckt, und er war zu einer Rosine zusammengeschrumpft. »Glaubst du, du kriegst ein Mädchen, wenn du ihn nicht mal hochhalten kannst? Aber keine Sorge. Deine Mama wird dich immer lieben.«

So war sie. Mal züchtigte sie ihn und schimpfte, weil er masturbierte oder Mädchenmagazine hatte, dann wieder steckte sie ihm die Hand in die Hose, als gehörte er ihr ganz und gar.

Seine erste Verabredung hatte er mit einem Mädchen gehabt, das bei den Jungs beliebt war, weil sie sich von jedem befummeln ließ, jederzeit, überall. Aber des Nachts, als er ihn ihr hatte reinstecken wollen, war er zusammengeschrumpelt, wie als seine Mutter ihre Hände in seine Hose geschoben hatte. Und das Mädchen hatte über ihn gelacht. Genau wie seine Mutter.

Huren. Sie waren alle Huren. Das war der Grund. Männer bezahlten seine Mutter für Sex. Nicht mehr viel, aber manchmal kam noch ein alter Kunde. Und er fragte sich: *Bist du mein Vater? Du hässliches Arschgesicht.*

Er musste sich daran erinnern, musste sich vergegenwärtigen, dass er einfach nicht aus ihr gekrochen sein konnte.

Er brauchte jemand, der keine Hure war. Jemand, der sauber und rein und jungfräulich war.

Ivy Dunlap.

Der Name war plötzlich in seinen Gedanken.

Er hatte sie schon halb, denn sie interessierte sich bereits für ihn.

Es war leicht gewesen, ihren Namen herauszubekommen.

Er musste ihr nur von der Polizeizentrale aus nach Hause folgen. Er hatte beobachtet, wie sie in der Lobby ihres Wohnhauses ihre Post holte, merkte sich die Briefkastennummer, die zugleich ihre Wohnungsnummer war. Dann musste er nur noch ihren Namen auf dem Verzeichnis neben der verschlossenen Doppeltür suchen.

Ivy Dunlap.

Er war nach Hause gefahren und hatte auf seinem Computer nach ihr gesucht, er hatte nicht erwartet, etwas zu finden, er hatte gedacht, er müsste andere Wege beschreiten, andere Verbindungen nutzen, andere Quellen. Aber er hatte sofort herausbekommen, dass Ivy Dunlap ein Buch geschrieben hatte. *Symbolic Death: Inside the Mind of a Serial Killer.*

Er hatte das Buch im Internet bestellt, hatte sich gefragt, warum er nichts davon gehört hatte. Er dachte, er hätte jedes Serienmörderbuch gelesen, das herausgekommen war.

Mit ein wenig mehr Wühlarbeit bekam er heraus, dass das Buch in den USA nicht erschienen war, es wurde von einem Kleinstverlag in Kanada herausgebracht. Aha. Ivy Dunlap war aus Kanada. Sie hatten sie hergeholt, um ihn zu fangen.

Das fand er extrem lustig. Extrem zufriedenstellend.

Das Telefon klingelte. Er nahm ab, bevor das erste Klingeln zu Ende war.

Es war Dr. Mathias.

»Mir ist etwas dazwischengekommen«, sagte Dr. Mathias. »Ich muss unseren Termin diese Woche verschieben.«

»Da es mir so gut geht, können wir ihn vielleicht auch ausfallen lassen.«

»Nehmen Sie Ihre Tabletten? Sie wissen, wie wichtig das ist.«

»Klar, ich nehme sie.«

Eine Lüge. Er hatte sie seit zwei Monaten nicht mehr genommen. Witzig, aber Dr. Mathias hatte bei seinem letzten Besuch gar nichts bemerkt. Aber Mathias war auch immer mit sich selbst beschäftigt, er redete vom Golf und seiner teuren Freundin.

»Dann lassen wir diesen Monat einfach aus«, sagte Dr. Mathias, als hätte er ihm den Gedanken ins Hirn gepflanzt. Der Manipulator. Vielleicht würde er sich von jetzt an so nennen. Gott, wie er es immer gehasst hatte, Madonna-Mörder genannt zu werden. Der MANIPULATOR. In Großbuchstaben. Das gefiel ihm. Der MEISTER-MANIPULATOR. M.M.

»Hätten Sie etwas dagegen, wenn wir uns am zweiundzwanzigsten jeden Monat sehen, statt am dreizehnten?«, fragte der MANIPULATOR.

»Am zweiundzwanzigsten?«, fragte Dr. Mathias auf seine vage Art. »Ich wüsste nicht, was dagegen spräche. Ich lasse Sie von Irene eintragen.«

Der MANIPULATOR griff nach einer Schneekugel und schüttelte sie. »Super«, sagte er und schaute zu, wie die

Schneeflocken sanft auf die Mutter und ihr neugeborenes Kind herunterrieselten.

Gestern war er zu Max Irvings Haus gefahren. Er hatte seinen Wagen einen Block entfernt geparkt und einfach darin gesessen, er hatte etwas getrunken und abgewartet. Ethan Irving war schließlich rausgekommen, und er war ihm in einen Plattenladen in einer Einkaufszeile gefolgt. War ebenfalls hineingegangen und hatte beobachtet, welche CDs der Junge anschaute, was er kaufte. Jetzt wusste er, was Irvings Sohn mochte; mithilfe des Internets konnte er sich darüber informieren.

Ein interessanter Junge. Ein nett aussehendes Kind.

Er hoffte, der Regen würde bald aufhören. Er musste zu einem Hockeyspiel.

22

Ethans Tag hatte blöd angefangen und wurde immer schlimmer. Erst mal hatte ihn jemand bei der Auktion von *Plantations of Pale Pink* von Guided by Voices als Seven-Inch-Single bei Ebay überboten. So was kriegte man nicht alle Tage. Scheiße, es waren bloß ein paar Tausend davon gepresst worden. Dann hatte sein Vater ihn angerufen, um zu sagen, dass er ihn nicht zu seinem Hockeyspiel würde fahren können. Und obwohl Ethan alt genug war, um selbst zu fahren, musste er sich eine Mitfahrgelegenheit suchen, sodass er sich vorkam, als wäre er zwölf. Sein Dad und er waren in letzter Zeit ziemlich gut klargekommen, also warum ließ er ihn nicht den Wagen nehmen? Warum versteckte er immer die Schlüssel?

Ethan und seine Mannschaft spielten sich auf dem Eis warm, sie schossen Pucks hin und her. Ethan fing einen fliegenden Puck mit seiner behandschuhten Hand, ließ ihn dann neben seinem Fuß herunterfallen. Mit dem Stick spielte er ein bisschen damit, schob ihn vor sich hin und her, dann schoss er ihn zu seinem Kumpel Ryan.

Der andere Mist von heute war, dass er herausbekommen hatte, dass er nicht nur einmal adoptiert worden war, wie er immer gedacht hatte, sondern zweimal. Eine Seite im Internet hatte behauptet, sie könnten die biologischen Eltern von jedem finden, also hatte ihnen Ethan zweihundert Mäuse dafür gezahlt, herauszukriegen, dass seine Mutter – oder die Frau, die er immer für seine Mutter gehalten hatte – ihn *ebenfalls* adoptiert hatte.

Und wenn er noch mehr wissen wollte, müsste er weitere zweihundert Mäuse drauflegen.

Vielleicht war es Beschiss. Vielleicht war das alles eine Lüge. Vielleicht erzählten sie allen dieselbe Geschichte, um ihnen noch mehr Geld aus dem Kreuz zu leiern. Sein Freund Jake hatte versucht, sich einen gefälschten Führerschein im Internet zu bestellen. Er ließ ein Passfoto machen und gab dem Typen alle Infos, die er auf der Karte haben wollte, und hundert Mäuse.

Jake hatte den Ausweis nicht mal haben wollen, um zu saufen. Er wollte in ein Konzert, in das nur Leute über einundzwanzig durften. Warum machten die Bands das? Irgendwo spielen, wo die Hälfte ihrer Fans nicht hinkonnte? Vielleicht wollten sie keine Teenybopper, die sich blöd aufführten. Ja, das war es wahrscheinlich.

Aber jedenfalls hatte man Jake beschissen. Jake hatte dem Typen gesagt, dass er den Führerschein rechtzeitig vor dem Konzert brauchte, und der Typ hatte ihm gesagt, das wäre kein Problem. Jake hatte sich ein Ticket gekauft und gewartet und gewartet, aber der Ausweis kam nie.

Manche Leute waren solche Arschlöcher.

Ethan stellte sich vor, dass der Betrüger ein fetter Hillbilly war, der eine Südstaaten-Fahne im Rückfenster seines Pickups hängen hatte und glaubte, das geschähe den Kindern ganz recht, wenn sie versuchten, sich falsche Ausweise zu beschaffen.

Wahrscheinlich saß er irgendwo rum, kratzte sich die Plauze und lachte mit seinen verrotteten Zähnen über sie.

Ethan bedeutete Ryan, dass er mit dem Puck aufhören und einfach nur ein bisschen rumkurven wollte. Irgendwas war nicht in Ordnung mit seiner rechten Kufe, aber Casey, der einzige Typ hier, der wirklich wusste, wie man Hockey-Kufen schliff, war nicht am Ring.

Der Schiri pfiff, und alle sammelten die verstreuten Pucks ein und fuhren in die Mitte.

Ethan schaute auf die Bänke.

Kein Max.

Plötzlich war Ethan nicht nach Skaten. Nicht danach, zu spielen.

Er wusste, dass Max irgendeinen Kopfschmerz-Fall hatte, aber Max hatte immer irgendeinen Kopfschmerz-Fall. Dass er nicht kam, war bloß ein Zeichen mehr, dass Ethan ihm eigentlich egal war, dass er für ihn bloß eine Nervensäge war. Max war bloß zu nett, ihm das ins Gesicht zu sagen.

Egal wie man's betrachtete, das Leben war ein Scheiß.

Ethans Stimmung tat dem Spiel nicht gut. Er verschlug ein paar einfache Chancen, zerbrach seinen besten Schläger und endete zweimal auf der Bank für Hooking und High-sticking, bevor der Coach ihn ganz auswechselte. Das Spiel an diesem Abend gehörte zur Sommerliga, es war nicht so wichtig wie die Spiele im Schuljahr, aber trotzdem wichtig. Und der Coach nutzte die Sommerspiele, um die Aufstellung für die Schulzeit zu planen.

»Was ist mit dir?«, fragte Ryan, als Ethan sich auf die Bank fallen ließ und den Helm abnahm. Er wischte sich den Schweiß von der Stirn. »Bist du krank oder so?«

»Meine Kufen sind stumpf«, sagte Ethan. »Ich bin immer wieder weggerutscht.«

»Lass sie vor dem nächsten Spiel schleifen.«

»Ja, ich weiß.«

Er würde Max einfach direkt nach dieser Adoptionsgeschichte fragen.

Max würde sauer sein, dass er ihn hintergangen hatte, aber Ethan musste es wissen.

Er stand auf. »Ich zieh mich um.«

»Das wird dem Coach nicht passen, wenn du gehst.«

Ja, der Coach wollte, dass man auf der Bank blieb, ob man spielte oder nicht. Aber Ethan wollte was Trockenes anziehen.

»Ich muss pinkeln.«

»Okay, Alter.«

203

Ethan wich Ryans Schlag aus. »Hau mir nicht auf den Arsch. Du weißt, das hasse ich.«

Er ging in Richtung Umkleide, als eine Stimme, die er nicht kannte, sagte: »Schwieriges Spiel.«

Er schaute auf und sah einen dunkelhaarigen Mann von vielleicht vierzig Jahren in der Nähe des Umkleideeingangs stehen, die Arme vor der Brust über Kreuz gelegt. War das jemand, den Ethan kennen müsste?

Der Vater von irgendwem?

Oder jemand, der Max kannte oder mit ihm zusammen arbeitete?

»Ich weiß ehrlich gesagt auch nicht, was heute mit mir los war«, sagte Ethan.

»So ist das manchmal. Es kommen wieder andere Spiele, warte nur ab.«

»Na klar«, sagte Ethan abgelenkt und wünschte sich, der Typ würde die Klappe halten. Ihm war nicht danach, Smalltalk mit jemand zu machen, den er wahrscheinlich kennen sollte, aber nicht einordnen konnte.

»Selbst Gretzky hatte schlechte Tage. Er sagt, das gehört zum Spiel.«

»Sind Sie ein persönlicher Freund von Wayne Gretzky?«, fragte Ethan sarkastisch.

Wayne Gretzky war Ethans Held. Max hatte versprochen, mit Ethan in die Hockey Hall of Fame in Toronto zu fahren, der Stadt, in der Gretzky seine Karriere begonnen hatte. Ethan wollte immer noch hin, aber nicht mehr mit Max.

»Nein, ich kenne ihn nicht, aber ich habe ihn ein paar Mal spielen sehen«, sagte der Typ. »Bin ihm einmal nach einem Spiel begegnet, und er hat mit mir geplaudert, als wären wir Freunde.«

»Ja, klar.«

Was für ein Blödmann.

»Schade, dass dein Vater heute nicht zum Spiel kommen konnte.«

Also *war* er ein Kumpel von seinem Dad. »Aber seine Arbeit ist wichtig. Wirklich wichtig.«

»Es ist egal, ob er zu einem Spiel kommt oder nicht.«

»Wie kommst du nach Hause?«

»Ich fahr mit einem Freund, danke.«

»Ich wollt's bloß anbieten. Soll ich den für dich wegwerfen?«, fragte er und deutete auf den zerbrochenen Stick, den Ethan noch in der Hand hielt.

»Klar.« Ethan reichte ihm den Hockeyschläger und ging in die Umkleide, er verschwendete keinen weiteren Gedanken an den Mann.

23

Max schob die Maus über das Mauspad, er klickte auf eine Site namens Tattoos, Tattoos, Tattoos. Während er darauf wartete, dass die Seite lud, nahm er einen Bissen von seinem Käse-Schinken-Sandwich.

Ivy und er saßen in seinem Büro, der nasse schwarze Schirm, den sie sich geteilt hatten, lehnte an der Wand, und das Wasser tropfte auf den Boden. Ivy hatte einen Stuhl an die Schreibtischecke gezogen. Er konnte das Knistern ihres Sandwich-Einwickelpapiers hören und ihren Cappuccino mit Mandelaroma riechen.

»Wie ist Ihr Sandwich?«, fragte er geistesabwesend, während er auf ein Symbol mit der Aufschrift »Traditionelle Tattoos« klickte.

»Toll«, sagte sie mit vollem Mund. »Ich war am Verhungern.«

Sie hatte sich ein Vegetarisches mit Sprossen, Tomaten, schwarzen Oliven, Pilzen und Cranberries bestellt, ohne Zwiebeln.

Offensichtlich hatte seine Nach-Hypnose-Entspannungsanweisung funktioniert. Im Grunde genommen war er durch die Hypnose traumatisierter als sie.

Er tippte das Wort »Mutter« als Suchbegriff ein. »Okay, es geht los«, sagte er, als die Bilder erschienen.

Er schaute auf den Bildschirm. »Ich wusste nicht, dass es so viele MUTTER-Tätowierungen gibt.«

Ivy stand auf und kam näher, sie beugte sich vor, damit sie den Bildschirm sehen konnte. »Da«, sagte sie und zeigte mit einem Finger der Hand, in der sie den Cappuccino hielt, darauf. »Das ist es.«

Er klickte auf das kleine Foto; eine Vergrößerung erfüllte den Bildschirm.

»Sind Sie sicher?«

»Das ist es, eindeutig.« Keine Spur eines Zweifels.

Sicherer konnte man nicht sein. Er speicherte das Foto auf Diskette, dann druckte er eine Handvoll Kopien. »Wir werden im Fotolabor zusammenstellen lassen, was wir für die Medien brauchen, während ich versuche, eine Genehmigung dafür zu bekommen, es in den Zeitungen und im Fernsehen zu zeigen. Außerdem schicken wir eine Kopie an David Scott, damit er sie durch die FBI-Tattoo-Datenbank jagen kann.«

»Wie erklären wir, woher wir diese Information haben?«

Sie wirkte immer noch nicht besonders besorgt. Vielleicht sollte er mal versuchen, sich selbst zu hypnotisieren.

Er hatte nie großes Zutrauen in die Kraft der Hypnose gehabt, aber aus Neugier an der Uni einen Kurs belegt. Dort hatte er an ein paar Experimenten teilgenommen, die dazu führten, dass er zu glauben begann, unter den richtigen Umständen könnte es ein nützliches Werkzeug sein. Aber er hatte die Methode nie dazu benutzt, seinen eigenen Kopf daran zu hindern, zu explodieren.

»Wir sagen einfach, ein Augenzeuge hätte sich gemeldet, und aus Sicherheitsgründen könnten wir den Namen nicht nennen«, sagte Max.

»Ich denke, wir sollten den anderen Mitgliedern der Einsatzgruppe sagen, wer ich bin. Die Geheimnistuerei behindert die Ermittlungen.«

Abraham hatte die Nachricht von Ivys Beichte gut aufgenommen. Statt ärgerlich zu werden, wie Max erwartet hatte, wirkte er erleichtert, dass das Geheimnis offengelegt war.

»Das sind zu viele Leute. Und Leute reden. Das ist einfach so.« Er ließ sich auf dem Bildschirm sein Adressbuch anzeigen, dann rief er bei FBI-Agent Spence an. Als der sich nicht meldete, wählte Max Mary Cantrells Nummer und erklärte ihr zügig ihr Vorgehen.

»Ihnen muss klar sein, dass die Veröffentlichung dieses Fotos einen weiteren Mord auslösen könnte«, sagte Agent Cantrell. »Andererseits denke ich, Sie haben gar keine Wahl. Die Gedächtnisfeier hat ihn nicht ans Tageslicht gelockt. Die gestohlenen Arzneimittel haben uns auch nicht weitergebracht. Ich sehe das Tattoo als nächsten Schritt. Die Erkenntnis, dass wir so etwas über ihn wissen, könnte den Mörder dazu bringen, einen Fehler zu begehen. Darauf sind wir aus. Einen Fehler. Und bisher hat er keinen gemacht. Aber Sie müssen Ihre Quelle schützen. Sie dürfen auf keinen Fall den Namen dieses Zeugen preisgeben, sonst ist sein oder ihr Leben in größter Gefahr.«

Gespräch zu Ende.

Max legte auf und warf Ivy einen Blick zu.

Sie trank ihren Kaffee und starrte den Tattoo-Ausdruck in ihrer Hand an.

Zwei Tage später erschien das Foto der Tätowierung in den Zeitungen Chicagos und wurde landesweit im Fernsehen gezeigt. Zwei Treffer waren in der FBI-Tattoo-Datenbank aufgekommen, aber einer der Männer war tot, der andere saß im Gefängnis.

Polizisten begaben sich in jedes Tätowierstudio in den sechs Stadtbereichen.

»Haben Sie jemanden mit so einem Tattoo gesehen?« Ronny Ramirez hielt dem Tätowierer ein 9x13-Foto unter die Nase.

Der Typ war ein Biker, er hatte seine langen blonden Haare zu einem Pferdeschwanz zusammengebunden, und die Arme waren voller Tattoos, manche gut, manche nicht. Er schüttelte den Kopf.

»So was lässt sich kein Mensch mehr tätowieren, Mann. Ich hab so was noch nie selbst gemacht.«

Regina Hastings löste ihren Blick von einem Glaskasten mit Piercingschmuck. »Wir wollen nicht wissen, ob Sie so eins gestochen haben, wir wollen wissen, ob jemand mal hier war und sich das in etwas anderes umarbeiten lassen wollte. So was machen Sie doch, oder? Sie bearbeiten Tätowierungen, bis sie ganz anders aussehen?«

»Ja. Klar. Manchmal sogar kostenlos, bei Jugendlichen, die aus Gangs raus wollen. Aber so eins habe ich seit Jahren nicht gesehen.«

Er versuchte, das Foto zurückzugeben.

»Behalten Sie's«, sagte Ronny. »Und wenn jemand mit so einem Tattoo auftaucht, sagen Sie nichts zu ihm. Rufen Sie einfach diese Nummer an.« Er reichte ihm eine Karte mit der direkten Durchwahl der Einsatzzentrale.

»Mord, ja? Was hat dieser Typ getan? Jemand umgebracht?«

Es war offensichtlich, dass der Tätowierer keinen seiner eigenen Leute verraten wollte.

»Er hat eine Menge Leute umgebracht«, sagte Ramirez. »Sogar Babys.«

»Oh, Scheiße.« Der Mann steckte die Karte in die Tasche seiner schwarzen Lederweste, klopfte darauf. »Wenn er kommt, tätowier ich ihn mit einer HIV-infizierten Nadel.«

»Rufen Sie uns einfach an«, entgegnete Hastings trocken.

»Zehn geschafft, noch fünfzehn«, sagte Hastings vier Stunden später und strich »A Good Poke« von ihrer Liste. »Und das ist bloß Chicagos Innenstadt. Ich wusste nicht, dass es so viele Tattoo-Studios gibt.«

»Hast du eigentlich Tätowierungen?«, fragte Ronny und warf ihr einen Blick zu, als er vom Parkplatz losfuhr.

»Du wirst es nie erfahren. Da vorne rechts abbiegen.«

»Sag mal.« Er hielt an einer roten Ampel. »Warum sind wir eigentlich nur einmal ausgegangen? Ich hab's vergessen.«

»Weil ich rausgekriegt habe, dass du ein Arschloch bist.«

»Oh. Ach ja.«

»Gibst du es etwa zu?«, fragte sie erstaunt.

Er bog rechts ab, und sie fuhren eine Weile schweigend.

»Ich mag's nicht, wenn man über mich lacht«, sagte er schließlich.

»Wer mag das schon? Aber wenn was lustig ist, lache ich. So bin ich eben.«

»Das erklärt wohl, warum ich dich hab sitzen lassen, würde ich sagen.«

»*Ich* hab *dich* sitzen lassen.«

»Ich hab *dich* sitzen lassen.«

Sie lachte.

»Lach nicht über mich.«

»Arschloch.«

»Jetzt komm schon, Hastings. Ich hab gerade versucht, mich zu entschuldigen, und du beschimpfst mich.«

»Okay, okay.«

»Warum gehen wir nicht mal wieder aus?«

»Das wäre bloß Zeitverschwendung.«

»Wieso das?«

»Wie du weißt, mach ich's nicht beim ersten Date. Und auch nicht beim zweiten. Oder beim dritten.«

»Und was ist mit dem vierten?«

»Du bist so arrogant! Sex muss für mich etwas bedeuten. Ich muss was für den Mann empfinden. Es ist nicht bloß eine Freizeitbeschäftigung.«

»So sehe ich das auch.«

»Was für ein Blödsinn. Du hast einen Ruf, Ramirez. Und keinen guten.«

»Wie Donnerhall!«

»Es geht mir um die Sache. Und außerdem sollten wir jetzt nicht darüber reden. Nicht im Dienst.«

»Bist du etwa noch Jungfrau?«, fragte er, als wäre ihm plötzlich ein Licht aufgegangen.

»Nein.«

»Sicher?«

»Allerdings.«

»Hast du jung angefangen? Mit dem Sex, meine ich.«

»Mit vierzehn wurde ich vergewaltigt, zusammengeschlagen und liegen gelassen, weil sie mich für tot hielten. Ja, man könnte sagen, ich habe früh angefangen.«

Endlich hielt er die Klappe.

Manche sogenannten Musiker waren so dämlich, dass sie nicht mal Noten lesen konnten. Wegen ihrer Blödheit verbrachte er Stunden damit, sich Kassetten ihrer Songs anzuhören und die Noten aufzuschreiben, damit andere Doofköpfe den Dreck dann nachspielen konnten. Er hatte ein paar große Namen transkribiert, das Geld war nicht besonders, aber so hatte er mehr Zeit für sich, musste nicht so lange die Sozialmaske tragen.

Früher hatten die anderen Kinder ihn verspottet. Sie stahlen ihm sein Pausenbrot, sein Geld – wenn er welches hatte – und seine Klamotten. Nicht, weil sie sie wollten. Er hatte nichts, was irgendwer wollte; sie waren einfach bloß gemein. Seine Mutter hatte versucht, ihn dazu zu animieren, sich zu wehren, sie verhöhnte ihn mit denselben Worten wie die Kinder, Worten wie *Feigling, Baby, Weichei*. Später wuchsen diese Worte, wurden bösartiger. Dann nannten sie ihn Schwuli und Tunte.

Dabei mochte er keine Jungs.

Er hatte keine Ahnung, warum alle glaubten, dass er auf Jungs stand. Er mochte auch keine Mädchen. Er hasste alle gleichermaßen.

Über sich konnte er seine Mutter schnarchen hören. Sie schlief wie ein Baby.

Sie begann, sich an die Arzneien zu gewöhnen, aber sie sollte noch ein paar Stunden pennen. Gestern hatte sie ihm fast einen Herzanfall beschert, weil sie unerwartet aufgewacht war, also hatte er ihre Dosierung noch mal hochgesetzt.

Sie hatte mal jemand verklagt. So war sie zu dem Haus gekommen. Sie war betrunken gewesen, aus einer Bar gekommen, gestürzt und hatte sich das Bein gebrochen – viermal. Sie hatte operiert werden müssen und Metallnägel eingesetzt bekommen. Sie verklagte den Besitzer der Bar, und seitdem saß sie bloß den ganzen Tag da, glotzte TV und besoff sich.

Aber er hatte Wichtigeres im Kopf als seine Mutter.

Um genau sechs Uhr abends schaltete er den Kassettenrekorder aus und zog seine Kopfhörer herunter, so dass sie um seinen Hals hingen. Er schaltete die Regionalnachrichten ein. Er schaute immer sehr aufmerksam die Nachrichten.

Er hatte immer gehofft, die Hauptnachricht zu sein, aber leider war das nur selten der Fall. Normalerweise wurden die Berichte über ihn von den Medien begraben; was im Rest Welt geschah, war ihnen wichtiger als seine Bereinigungen. Gott, das war frustrierend.

Heute war es anders.

Heute war seine Nacht.

Die blonde Nachrichtensprecherin saß an ihrem riesigen Studiotisch, hinter sich eine nachgemachte Skyline Chicagos. Die Kamera zoomte so nah heran, dass ihr Gesicht den Bildschirm ausfüllte.

Sie erschien auf eine puppenartige Weise hübsch, Make-up und Haar waren perfekt, ihre Perlenkette wirkte gleichermaßen verführerisch und steril.

»Das Chicago Police Department bittet die Bürger um Mithilfe dabei, den Mörder von zwei Müttern und ihren Söhnen zu finden, die vor Kurzem im Großraum Chicago getötet wurden. Die Identität des Mörders ist noch unbekannt, doch man geht davon aus, dass er auf dem Unterarm ein Rosen-Tattoo trägt.«

Das Bild der Nachrichtensprecherin wurde ersetzt durch das eines Rosen-Tattoos, durch das sich der Schriftzug *Mutter* zog.

»Wenn Sie jemanden mit einer solchen Tätowierung kennen, oder jemanden kennen, der in der Vergangenheit ein derartiges Tattoo trug, wenden Sie sich bitte an das Chicago

Police Department. Die Polizei bittet ausdrücklich darum, dass Sie sich der Person nicht selbsttätig nähern. Bitte rufen Sie stattdessen die Nummer an, die eingeblendet wird.«

Adrenalin rauschte durch seine Venen. Eine Spur. Nach all den Jahren hatten sie eine Spur. Wie aufregend. Spannend. Er ließ sich auf die Knie fallen und bedeckte den Mund mit beiden Händen, erstickte den Klang seines Gelächters.

Sein Herz klopfte wie verrückt.

Seine Gedanken verknäuelten sich.

Woher wussten sie von dem Tattoo?

Woher wusste das jemand?

Denk nach. Denk nach.

Der einzige Mensch, der es überhaupt mit dem Madonna-Mörder in Verbindung hätte bringen können, war Claudia Reynolds, die Hure, die lange genug gelebt hatte, um mit der Polizei zu reden. Aber *falls* sie sein Tattoo gesehen hatte, warum war dieses Wissen nicht vor sechzehn Jahren öffentlich gemacht worden?

Nein. Es musste eine neuere Erkenntnis sein.

Denk. Denk nach.

Ivy Dunlap.

Er wusste nicht, warum ihm ihr Name in den Sinn kam, aber so war es. Was hatte sie mit dem Fall zu tun? Die Antwort war irgendwo. Er musste sie nur finden. Musste darauf kommen. Und das würde ihm gelingen. Er war klug. Sehr klug.

Er richtete sich auf und öffnete seinen Spind, entfernte schnell das Kombinationsschloss. Dann nahm er vorsichtig eine Schuhschachtel aus dem obersten Regal. Er setzte sich auf sein Bett und nahm den Deckel ab. Darin lag ein babyblaues Tuch.

Er nahm das Tuch hoch und wickelte das Ding aus, das sich darin befand, hob es ans Licht.

Er wusste gar nicht, warum er sich die Tätowierung überhaupt hatte machen lassen. Er vermutete, es war sein letzter

213

Versuch gewesen, die Kuh oben zufriedenzustellen. Aber es hatte ihr nicht gefallen. Gar nicht. Sie hatte einen Blick darauf geworfen, gegrunzt und gesagt, sie hoffte, er hätte dafür kein Geld bezahlt.

Es hatte sich gut angefühlt, es herauszuschneiden, es aus seinem Körper zu entfernen. Hinterher, als das Blut über seinen Arm lief, von seinen Fingerspitzen troff, hatte er überlegt, das Tattoo zu zerhacken. Er konnte Spaghettisoße damit kochen und sie dieser blöden Kuh zum Fraß vorsetzen. Aber das war ihm nicht richtig vorgekommen. Also hatte er es in ein Glas Formaldehyd geworfen. Er hatte keine Ahnung, was er damit anstellen sollte, war aber sicher, dass sich etwas ergeben würde.

24

Max fuhr in seine Auffahrt; er hoffte, dass Ethan zu Hause sein würde, so wie er sollte. Es gefiel ihm gar nicht, dass er ständig überlegte, was sein Sohn als Nächstes anstellen könnte, aber da Ethan schon so viel Mist gebaut hatte, war es schwer, nicht ins Negative zu verfallen.

Mit der Fernbedienung öffnete er das Garagentor, fuhr hinein, hielt, schloss das Tor hinter sich und schaltete den Motor aus.

Es war eine Woche her, seit die Tattoo-Story samt Foto in Zeitungen und Fernsehen veröffentlicht worden war. Nichts, bisher. Max hatte sogar schon angefangen, die Authentizität der Tätowierung zu bezweifeln. Nicht dass er glaubte, Ivy würde lügen. Aber vielleicht wollte sie sich so verzweifelt an irgendetwas erinnern, dass ihr Unterbewusstsein sich etwas hatte einfallen lassen. Wieso hatte sie die Tätowierung gesehen und nicht das Gesicht des Mörders? Und warum hätte er sein Gesicht verborgen, wenn er sie umbringen wollte?

Der Hausmeister von Ivys ehemaligem Wohnhaus hatte ihnen nicht den Namen desjenigen nennen können, der Zimmer 283 hatte mieten wollen, und die Ermittlungen in Sachen Arzneimitteldiebstahl hatten ihnen zwar ein paar Verhaftungen eingetragen, aber nichts anderes als ein paar Jugendliche, die auf ein Drogenhoch mit einem ziemlich gefährlichen Stoff aus waren.

Gestern hatte ein kleines Grüppchen eine Demo vor der Polizeizentrale abgehalten, mit Schildern, auf denen stand: SCHÜTZT UNSERE KINDER. SCHÜTZT UNSERE MÜTTER. Natürlich hatten sie es auf die Titelseite des *Herald* geschafft. Abraham war ganz begeistert gewesen.

Alle Mitglieder der Einsatzgruppe waren erschöpft, also hatte Max gesagt, sie sollten früh heimgehen und sich ausschlafen. Sich ausschlafen. Er konnte sich nicht mehr erinnern, wie das war. Er hatte seit Jahren nicht mehr gut geschlafen.

Die Tür zwischen Garage und Küche war nicht abgeschlossen. Eine der Regeln war, die Türen immer abzuschließen. Max warf seine Schlüssel auf den Küchentisch. Vielleicht sollten sie eine Pizza bestellen. Er holte ein Bier aus dem Kühlschrank, öffnete es, nahm einen großen Schluck.

Keine Musik.

Ihm fiel plötzlich auf, dass keine Musik lief. Wenn Ethan allein zu Hause war, drehte er seine Anlage so laut, dass die Bässe die Scheiben vibrieren ließen. Max stellte das Bier auf den Tisch, eilte durch den Flur zu Ethans Zimmer. Hämmerte an die geschlossene Tür. Als niemand antwortete, riss er sie auf.

Ethan lag im Bett.

Und er war nicht allein.

Ein Mädchen quiekte und zog die Decke hoch über ihr tiefschwarzes Haar.

Die Nadel des Plattenspielers hatte lange das Ende der Seite erreicht und erfüllte das Zimmer mit einem gleichmäßigen *Klick, Klick, Klick*.

»Was willst du denn hier?«, fragte Ethan vorwurfsvoll.

»Ich wohne hier, schon vergessen?«

Obwohl es noch hell draußen war, war es im Zimmer dunkel. Eine rote Lavalampe blubberte in einer Ecke, daneben brannte ein Räucherstäbchen, das den Duft des Joints nicht überdecken konnte.

Max' Gedanken rasten, er fragte sich, wie er mit der Situation am besten umgehen sollte. Es war einfacher, solange man bei Dr. Spock nachschlagen konnte, aber sobald ein Kind zwölf wurde, war man auf sich allein gestellt. *Kiffen* und *Sex* standen nicht neben *Windelpopo*.

Aber Ethan war ein guter Junge, ein kluger Junge, und Max musste sich zumindest einen Teil der Schuld für die Probleme, die sie hatten, selbst zuschreiben. Er war nicht oft genug da. Gerade in einer Zeit, in der Ethan bereits glaubte, erwachsen zu sein und niemandem gegenüber mehr verantwortlich, arbeitete Max an zu vielen zu schwierigen Fällen und blieb zu lange im Büro.

Seine Gedanken gingen einen bekannten Weg: Er müsste in der Mordkommission aufhören. Sich einen anderen Job suchen. Aber was? Ausbilder? Konnte er machen. Privatdetektiv? Dann hätte er vielleicht Zeit zwischen zwei Aufträgen, musste aber immer noch viel arbeiten, wenn er gerade einen Fall hätte.

»Ich gehe duschen«, sagte er. »Und wenn ich fertig bin, reden wir.« Max trat zurück und schloss die Tür.

Ethan entspannte sich. »Meine Fresse.«

Unter der Decke kam ein bekifftes Kichern hervor. Heather steckte ihren Kopf heraus. »Ich dachte, du hättest gesagt, dein Vater kommt nicht vor Mitternacht. Glaubst du, er hat mich erkannt? Sagt er es meinen Eltern?«

»Als er dich das letzte Mal gesehen hat, warst du blond. Und selbst wenn er dich erkannt hat, wird er wahrscheinlich nichts sagen.«

»Dein Dad ist so cool.«

»In zehn Minuten findest du ihn nicht mehr cool. Komm, zieh dir was an und verschwinde.«

Ethan wollte sie nicht gehen lassen, hatte keine Lust, Max' Zorn allein auszuhalten, aber das hier ging Heather nichts an. Das war seine Sache.

Familie.

Stubenarrest-bis-du-achtzehn-bist.

Ohne jede Scham erhob sich Heather und zog ihren BH und ihr Shirt an.

Sie war in letzter Zeit oft hier gewesen, und vorhin hatte

sie ihm gestanden, dass sie ihn mochte, und hatte ihn gefragt, ob er mit ihr kiffen und ein bisschen fummeln wollte – ein Vorschlag, der ihn zugleich erregte und erschreckte. Irgendwann in der letzten Stunde hatte sie freiwillig BH und Shirt ausgezogen. Er hatte sich gerade gefragt, ob sie von ihm erwartete, dass er es mit ihr machte, er hatte sich gefragt, ob er es mit ihr machen *wollte,* als sein Dad aufgetaucht war.

Ethan vermutete, dass Sex für Heather eine faszinierende Neuentdeckung war, wie wenn jemand anders zum ersten Mal die Pixies hörte und dann loszog und sich alle ihre CDs kaufte. Was nicht so einfach war, wie Ethan wusste, denn es gab so viele EPs und B-Seiten, ganz zu schweigen von den ganzen Bootlegs.

»Na dann bis bald«, sagte Heather.

Ihm wurde klar, wie bekloppt er war. Er hatte angefangen, über diesen Pixies-Schwachsinn nachzudenken, wo er doch überlegen musste, wie er sich am besten seinem Dad gegenüber verhielt. Er dachte reumütig daran, wie gut es sich angefühlt hatte, als ihre Haut an seiner lag, wie toll sie roch. »Ja, bis bald.«

»Ich hoffe, du kriegst nicht zu viel Ärger.«

Ethan glaubte, zu hören, wie die Dusche abgedreht wurde. Er bedeutete ihr, abzuhauen, wedelte mit der Hand in Richtung Tür. »Los! Los!«

Als sie weg war, zog er sein Hemd an und öffnete das Fenster. Er hoffte, sein Vater hätte nichts außer dem Räucherstäbchen bemerkt. Dann schnappte er sich das Visine und quetschte in beide Augen ein paar Tropfen, der Rest lief ihm übers Gesicht. Warum zum Teufel war Max heute so früh gekommen? Es war ja nicht so, als würde er jeden Abend mit Heather Green im Bett rumtollen.

Als er daran zurückdachte, wie sein alter Herr sie erwischt hatte, musste er kichern, dann hob er eine Hand vor den Mund. *Schluss jetzt.* Er musste nachdenken. *Abwehr ist die beste Offensive. Abwehr ist die beste Offensive …*

Max war nicht mal sicher, dass Ethan noch da sein würde, wenn er fertig geduscht hatte. Überraschenderweise war er das aber. Max traf ihn am Küchentisch. Barfuß. Er trug eine ausgebeulte Cargohose und ein schwarzes Stereolab-T-Shirt. Hatte die Arme verschränkt und guckte beleidigt.

»Ich möchte hoffen, du hast ein Kondom benutzt«, sagte Max.

Ethan antworte nicht.

»Hast du?«

Ethan wand sich ein wenig. »Hätte ich ... wenn wir so weit gekommen wären.«

»Erwartest du, dass ich glaube, das war das erste Mal, dass so was passiert ist?« Jetzt müsste er einen Satz sagen wie: »Ich bin ja nicht von gestern.«

Max wollte sich gerade über Ethans Kifferei äußern, als Ethan ihn abrupt unterbrach.

»Ich will was wissen über meine Mutter. Meine echte Mutter. Und meinen echten Vater.«

Max versuchte, Zeit zu schinden.

»Wie meinst du das?«

»Ich meine, ich habe rausgekriegt, dass Cecilia nicht meine echte Mutter war.« Ethan wurde leichenblass, und als er weitersprach, zitterten seine Lippen und seine Stimme. Aber er machte weiter, sprach unaufhaltsam. »Ich habe rausgekriegt, dass sie mich adoptiert hatte. Stimmt das?«

So oft hatte Max sich vorgestellt, Ethan von der Vergangenheit zu erzählen, seiner Mutter, aber der richtige Augenblick war nie gekommen. Zuerst war er zu jung gewesen. Dann plötzlich war er zu alt, die Lüge, die eigentlich keine Lüge war, war schon zu groß geworden.

Aber irgendwie hatte er es herausbekommen.

Ethan fummelte an den Klettverschlüssen seiner Hosentaschen herum. »Es gibt eine Seite im Internet, wo sie die richtigen Eltern von einem suchen.«

Max verspürte ein überwältigendes Gefühl des Verlustes.

Ethan. Er liebte seinen Sohn. Liebte ihn genauso sehr, wenn nicht mehr, wie sein biologischer Vater das gekonnt hätte. Oder nicht? Denn wie konnte das Herz sich voller anfühlen? Aber Max wusste auch, dass sie sich seit dreizehn Jahren auf diesen Moment zu bewegten. Max versuchte, sich festzuklammern, Ethan versuchte, sich loszureißen.

Als Ethan klein gewesen war, war eines seiner Lieblingsbücher *The Runaway Bunny* gewesen. Vor allem gefiel ihm der Teil, wo die Hasenmama ihr Baby findet, wo auch immer es sich versteckt, egal wie verloren es ist, wie weit weg es gelaufen ist.

Barfuß, in einem weißen T-Shirt und einer grauen Jogginghose, zog Max sich einen Stuhl heran und setzte sich.

»Warum hast du mich adoptiert?«, fragte Ethan und starrte ihn mutig mit zitternden Lippen an.

»Ich habe dich adoptiert, weil ich dich wollte.«

»Das glaube ich dir nicht. Du hast mich adoptiert, weil Cecilia dich darum gebeten hat, oder?«

Max' Herz schien aufzuhören zu schlagen. Mit wem hatte Ethan gesprochen? Wer hatte ihm eine so grausame Wahrheit eingeredet?

War es das, was Ethan umtrieb? Der Glaube, dass Max ihn nicht wollte? Nicht liebte?

»Ich wusste immer, dass du meine Mutter nicht lange kanntest. Und als ich älter wurde, habe ich mich gefragt, warum du mich überhaupt adoptiert hast. Dann hat Simon, die Straße runter, mir erzählt, seine Mutter hätte ihm erzählt, Cecilia hätte dich darum gebeten, sie wollte einen Vater für mich finden, bevor sie starb. Stimmt das? Ich kann dir ansehen, dass das stimmt.«

Simons Mutter, Isabelle, hatte auf Ethan aufgepasst, nachdem sie hierher gezogen waren. Es war ein perfektes Arrangement gewesen, denn sie wohnte so nahe und kümmerte sich auch noch um ein paar andere Kinder aus der Nachbarschaft. Isabelle lebte kein besonders aufregendes Leben und sorgte für Ärger, wo immer sie konnte. Sie hatte den Keim vieler Streitigkeiten zwischen Erwachsenen und Jugendlichen gesät.

»Als ich deine Mutter kennenlernte, war sie todkrank und wusste nicht, wohin«, sagte Max leise. »Ich kannte sie nur kurz, aber sie war eine der tapfersten Frauen, die ich je getroffen habe, und ich habe mich auf eine eigenartige Weise in sie verliebt. Sie war ehrlich zu mir und sagte mir gleich, dass sie nach jemand suchte, der sich um dich kümmern könnte. Sie war auf der Suche nach einem Vater für dich, und ich habe nie wirklich verstanden, warum, aber sie hat mich ausgesucht. Als sie mir von diesem Plan erzählte, bin ich davongelaufen, aber ich kam zurück. Sie hatte fast kein Geld mehr, und sie starb, sie wusste nicht wohin, also habe ich euch beide mit nach Hause genommen.«

»Wer ist meine wirkliche Mutter? Wo ist meine wirkliche Mutter?«

»Cecilia hatte eine Freundin, die schwanger wurde. Cecilia konnte selbst keine Kinder haben, deswegen adoptierte sie dich.«

»Weißt du irgendetwas über meine richtigen Eltern?«

Richtig, richtig, richtig. Max wünschte, er würde aufhören, das zu sagen.

»Cecilia sagte, deine Mutter wäre Uni-Studentin gewesen, als sie dich bekam – das ist alles, was ich weiß. Sie hat deinen Vater nie erwähnt.«

Max konnte an Ethans Blick sehen, dass er dabei war, ihn zu verlieren. Ethan stellte sich eine talentierte Mutter vor, einen fantastischen Vater. Wie konnte er zu ihm durchdringen? Wie konnte er ihn erkennen lassen, wie viel er ihm bedeutete? Wie konnte er es ihm glauben machen?

»Mein ganzes Leben ist eine Lüge.«

»Das stimmt nicht. Nichts daran ist gelogen. Ich bin dein Vater. Du bist mein Sohn.«

»Cecilia war nicht meine richtige Mutter. Was glaubst du,

221

wie ich mich fühle, seitdem ich das herausbekommen habe? Und was glaubst du, wie ich mich fühle, seitdem ich herausbekommen habe, dass ich bloß ein weiteres deiner guten Werke bin? Ein Waisenkind, das auf deiner Schwelle lag, und um das du dich gekümmert hast? Ich habe keine Brüder oder Schwestern, ich habe keine Mutter, und jetzt erfahre ich, dass ich auch keinen Vater habe. Als ich klein war und du mich auf den Schultern getragen hast – wen hast du da getragen? Deinen Sohn? Oder den Jungen, den dir eine sterbende Frau aufs Auge gedrückt hat? Als ich klein war und du mir das Polizistenkostüm gekauft hast und mit mir zu Halloween losgezogen bist – mit wem warst du da unterwegs? Mit deinem Sohn? Oder mit einem armen, vaterlosen Schwein? Und als du mir Rollschuhlaufen beigebracht hast – mit wem hast du da geübt? Mit deinem Sohn? Oder mit einem Jungen, dem du dich verpflichtet fühltest? Kannst du nicht verstehen, was ich meine? Mein ganzes gottverdammtes Leben ist eine Lüge!«

Er rannte aus dem Zimmer, in sein Schlafzimmer, knallte die Tür zu.

Max folgte ihm und fand ihn mit dem Gesicht nach unten auf dem Bett. Er weinte in sein Kissen. Ein Mann, ein Kind gleichermaßen.

Plötzlich dachte Max an einen Moment vor zehn Jahren, als Ethan weinend nach Hause gekommen war, weil ein älteres Kind ihm an seinem ersten Schultag seinen Scooby-Doo-Rucksack gestohlen hatte.

Zehn Jahre ...

So viel konnte sich in zehn Jahren verändern. Ethan war damals ein Kind gewesen, hatte Kindertränen geweint. Jetzt war er beinahe ein Mann. In zwei Jahren wäre er alt genug, zu wählen und in den Krieg zu ziehen. In zwei Jahren wäre er alt genug, auszuziehen, wenn er wollte.

Max wusste, dass Ethan nicht wollte, dass er ihn weinen sah, und Max wollte ihm gern die Privatsphäre gewähren, aber er konnte den Abend nicht so enden lassen, nicht ohne seinem Sohn noch etwas zu sagen, die ungeschminkte, ungetrübte Wahrheit.

»Ich habe dich adoptiert, weil Cecilia mich darum gebeten hat«, sagte Max von der Tür aus. »Aber manchmal erfährt man Glück, wo man es am wenigsten erwartet. Ich bin einer dieser Menschen. Du hast etwas in mein Leben gebracht, was mir fehlte. Du bist mein Sohn. Und ich liebe dich mehr, als ich jemals sagen kann. Und ich kann nicht einmal anfangen, mir vorzustellen, wie leer mein Leben ohne dich wäre.«

25

Ivy träumte oft von der Nacht, in der sie hatte ermordet werden sollen. Aber jetzt, nachdem sie in ihrer alten Wohnung gewesen waren, durchlebte sie den Angriff zwei-, oft sogar dreimal pro Nacht. Und jedes Mal war der Traum gleich. Jedes Mal anders. Immer schmerzhaft, immer brutal und erdrückend und so echt.

Jede Nacht sagte sie sich, dass es ein Traum war. Nur ein Traum.

Aber die Musik.

Sie klingt so echt.

Direkt vor der Tür.

Das sind nur die Leute von unten.

Und der Atem direkt neben meinem Ohr?

Nur Jinx.

Der Geruch.

Das Haus ist alt.

Aber die Musik. Sie klingt so echt. Direkt vor der Tür.

Öffne deine Augen. Öffne deine Augen, und der Traum wird enden.

Im Traum öffnete sie die Augen. Und stellte fest, dass sie noch immer träumte.

Öffne deine Augen, und du wirst sehen, es ist nur ein Traum.

Wie ein Taucher, der aus großer Tiefe hochschoss, strampelte sie mit den Füßen und schwamm, schwamm nach oben.

Sie öffnete die Augen.

Lichtstreifen von der Straßenlaterne schlüpften durch die Jalousie, warfen geometrische Muster auf Wände und Boden.

Noch halb im Traumland dachte sie: *Irgendetwas ist komisch. Irgendetwas ist nicht in Ordnung.*

Die Musik.

Die Musik war immer noch zu hören. Blechern. Nur die Melodie, es klang, als käme sie aus einer winzigen Spieluhr.

Hush little baby, don't say a word.
Mamma's gonna buy you a mockingbird,
If that mockingbird don't sing,
Mamma's gonna buy you a diamond ring.

Keuchend schoss Ivy hoch, jetzt war sie hellwach.

Gott.

Sie hob eine Hand an die Brust, tastete nach einem Kreuz, das sie nicht mehr trug.

Wer war das?

Wo kam das her?

Von draußen.

Sie schlug die Decke zur Seite und stand auf. Ohne das Licht anzuschalten, ihre Augen waren an die Dunkelheit gewöhnt, ging sie in Richtung der langsam verklingenden Töne. Durch die Küche, zur verschlossenen Tür.

Plötzlich endete die Musik.

Sie schaute hinunter zum Türknauf. Jinx' Halsband hing dort, wo sie es hingehängt hatte.

Sie legte ihre Hand auf das Glöckchen, damit es keinen Laut von sich gab. Vorsichtig, langsam, öffnete sie den Riegel, zog die Tür auf, bis die Kette sich spannte.

Nichts. Niemand.

Sie wartete.

Lauschte.

Dann löste sie leise die Kette ... und öffnete die Tür noch ein paar Zentimeter.

Niemand.

Kein Mensch.

Sie stieß den Atem aus, war sich des panischen Pochens ihres Herzens bewusst. Hinter ihr miaute Jinx fragend. Sie dachte schon, sie hätte sich das alles eingebildet, als ein letzter kristallklarer Ton erklang.

Sie sog den Atem ein, ihr Blick flog von der gewundenen Treppe zum Fußboden vor ihr.

Dort, direkt vor ihrer Tür, stand eine Schneekugel-Spieluhr.

Die verschiedenen Möglichkeiten rasten ihr durchs Hirn. War das ein kranker Scherz? Hatte der Madonna-Mörder dieses Ding zurückgelassen? Wenn ja, warum hatte er sie auserwählt? Wusste er, wer sie wirklich war? War er noch im Haus?

Erst bei diesem Gedanken knallte sie die Tür zu, schloss ab, ärgerte sich darüber, dass sie überhaupt geöffnet hatte. Dann lief sie zum Telefon und rief Max an.

Er meldete sich beim zweiten Klingeln, die Stimme verschlafen. »Irving«, murmelte er.

Ivy hielt den Hörer mit beiden Händen, ihre Worte purzelten aus dem Mund. »Max. Der Madonna-Mörder war vielleicht gerade hier. Sie müssen das Gebäude absperren lassen.«

»Sagen Sie mir, was passiert ist.« Er klang jetzt wach, aufmerksam. »Langsam.«

Sie erzählte ihm von der Schneekugel.

»Haben Sie jemand gesehen? Gehört?«

»Nein. Nur die Musik.«

»Rufen Sie jetzt aus Ihrer Wohnung an?« Eine vorsichtige Frage, sehr besorgt und gleichzeitig von dem Bedürfnis getrieben, sie zu beruhigen.

»Ja.«

»Und Sie sind sicher, dass er nicht dort ist?«

»In meiner Wohnung?«

Sie schaute hinüber zu Jinx, der sich das Gesicht putzte. Jinx würde sich anders verhalten, wenn noch jemand hier wäre. »Er ist nicht hier … aber ich weiß nicht, ob er noch im Haus ist.«

»Schließen Sie ab und bleiben Sie, wo Sie sind. Ich komme, so schnell ich kann.«

Er legte auf.

Ivy sah sich um.

Was, wenn derjenige, der die Schneekugel hinterlassen hatte, noch im Haus *war*? Wenn er zurückkam und sein »Geschenk« mitnahm? Dann gäbe es keine Beweise.

Du musst noch mal da raus. Du musst noch mal da raus und es holen.

Nein. Warte auf Max. Ich warte auf Max.

Dann ist es vielleicht weg. Vielleicht kommt er zurück und holt es, dann sind die Beweise weg.

Ivy schaltete das Licht in der Küche ein. Aus einer Schublade holte sie ein Päckchen mit gelben Reinigungshandschuhen.

Sie riss es auf und zog die Handschuhe an. Dann öffnete sie ihre Tür erneut.

Die Schneekugel war noch da.

Der Flur war noch leer.

Zitternd, während ihr Herz so laut in ihren Ohren donnerte, dass sie nichts anderes hören konnte, nahm sie die Schneekugel hoch. Sie achtete darauf, sie nur an zwei kleinen Stellen mit Fingerspitze und Daumen zu berühren. Von drinnen verschloss sie schnell wieder die Tür, dann lehnte sie sich erschöpft dagegen, ihre Brust hob und senkte sich. Schließlich, als sie sich beruhigt hatte, betrachtete sie das Ding in ihren Händen. Im Küchenlicht konnte sie jetzt das Innere der Schneekugel sehen.

Was zum …

Sie runzelte die Stirn und hob es näher ans Gesicht.

Mitten im umherwirbelnden Schnee schwamm ein dickes braunes Etwas.

Was zum …?

Es war aufgequollen, an den Rändern faserig. Sie konnte Löcher sehen.

Dann fiel ihr auf, dass lange, ein wenig borstige schwarze Haare aus den Löchern ragten, die in Wirklichkeit gar keine Löcher waren; es waren Poren.

Sie stieß einen leisen Schrei aus und ließ die Schneekugel beinahe fallen.

Poren.

Auf der Oberfläche befanden sich eine Rose und eine Flagge mit der Aufschrift MUTTER.

26

Als Max bei Ivy eintraf, war das Haus bereits abgesperrt worden; vor Ort waren zwei Streifenwagen und der Van der Spurensicherung. Vor dem Haus war alles ruhig, drinnen war die Hölle los. Menschen in allen möglichen Stadien des An- und Ausgezogenseins standen in den Fluren und wollten wissen, was passiert war, während die Polizei versuchte, sie zu beruhigen.

Der Hausmeister lief auf Max zu. »Was ist denn los?« Er trug Boxershorts und ein weißes Unterhemd, das sich über seinen Bauch dehnte. »Ich will doch meinen Job nicht verlieren. Sie haben für diese Frau gebürgt. Ich hätte ihr die Wohnung doch nicht gegeben, wenn ich gewusst hätte, dass sie Ärger macht. Meine Mieter erwarten, dass alles seine Ordnung hat.«

»Mr ...« Max fiel der Name nicht ein.

»Hoffman.«

»Mr Hoffman, können wir uns bitte erst einmal um wichtigere Dinge kümmern? Wer außer den Mietern hat Zugang zu dem Gebäude?«

»Niemand.«

»Was ist mit Zeitungsausträgern?«

»Die Zeitungen werden in die Lobby gelegt, und ein Mann aus dem ersten Stock verteilt sie.«

»Was ist mit Malern? Handwerkern? Kammerjägern?«

»Na ja. Also, manchmal gebe ich solchen Leuten einen Schlüssel.«

»Machen Sie mir eine Namensliste.« Dann sagte Max zu einem in der Nähe stehenden Kollegen: »Lassen Sie ein paar Leute das Gebäude durchkämmen, ich will sicher sein, dass niemand sich irgendwo versteckt.« Der Polizist nickte, dann drängte sich Max durch die Menge, eilte die Treppe zu Ivys Wohnung hoch.

Als er dort ankam, stand Ivy neben der Küchenspüle und hielt ihren Kater in den Armen. Zwei Techniker, mit weißen Masken um den Hals, starrten ein Ding auf dem Tisch an.

Eine Schneekugel.

»Das müssen Sie sehen«, sagte einer der Techniker.

»Allerdings«, stimmte sein Partner zu und nickte, ohne die Kugel aus den Augen zu lassen.

Max kam näher. Dann noch näher, um besser sehen zu können. Schließlich richtete er sich wieder auf. »Ist das echt?«

»Wissen wir noch nicht. Müssen wir untersuchen.«

»Ist das Formaldehyd, was ich rieche?«

»O ja.«

Max schüttelte den Kopf. »Wollen Sie mir sagen, dieser Wahnsinnige hat sich ein Stück aus seinem eigenen Arm gesäbelt?«

»Ein kleines Geschenk für mich«, sagte Ivy.

Er starrte sie einen Augenblick lang an. Sie wirkte, wenn man die Lage bedachte, nicht sonderlich erschüttert. Als sich ihre Blicke trafen, trafen sich irgendwo in der Mitte des Zimmers auch ihre Gedanken, und da war die Frage, die sie nicht laut aussprechen konnten.

Warum hat er mich ausgewählt?

Warum hat er Sie ausgewählt?

Max zwang sich, wegzuschauen. »Fingerabdrücke?«, fragte er.

»Nichts auf der Schneekugel. Wir prüfen noch die Tür und den Flur, aber da so viele Leute in dem Haus leben, wird es schwierig sein, etwas zu finden. Aber wenn das Tattoo echt ist, besteht eine kleine Chance, dass das Labor DNA sichern kann.«

»Ich schätze, wir haben seine Aufmerksamkeit«, sagte Ivy.

Ihr Kater miaute und wand sich, dann sprang er aus ihren Armen, seine Pfoten trafen auf den Boden, und er rannte und versteckte sich unter dem Bett. »Jetzt wissen wir wenigstens, dass er Zeitung liest oder Fernsehen schaut.«

Was sollten sie mit Ivy Dunlap machen, fragte er sich. Was hatte das alles zu bedeuten? Hatte der Mörder herausbekommen, wer sie war? Oder hatte er sie nur ausgewählt, weil sie mit den Ermittlungen zu tun hatte? Er hatte die alte Angewohnheit, den Leuten, die an dem Fall arbeiteten, kleine Geschenke zu hinterlassen.

Fünf Minuten später steckten die Leute von der Spurensicherung die Schneekugel in eine Papiertüte und verließen die Wohnung. Ivy schloss die Tür hinter ihnen.

Max fuhr sich mit den Fingern durchs Haar. »Das ist eine Entwicklung, die ich nicht erwartet hatte.«

»Ich weiß schon, was Sie denken«, sagte sie, verschränkte die Arme und lehnte sich mit der Hüfte gegen den Küchentresen. Sie trug ein langes T-Shirt – wahrscheinlich schlief sie darin – und hatte sich eine Jeans darunter angezogen. Ihre Füße waren nackt. Die Klimaanlage im Fenster pustete lauwarme, abgestandene Luft in seine Richtung. »Sie überlegen, wie schnell Sie mich mit dem Flieger hier rausschaffen können. Nein, wir wissen nicht, warum er mich ausgewählt hat. Vielleicht hat er mein Bild in der Zeitung gesehen. Mit ein wenig Geschick kann er herausbekommen haben, wo ich wohne.«

Max war am Ende. Ausgebrannt. Vollkommen erschöpft. Er ließ sich auf einen der Küchenhocker fallen. Stützte die Ellenbogen auf den Tisch und vergrub sein Gesicht in den Händen. »Scheiße. Ich kann nicht mehr denken.« Er begann zu verstehen, warum Abraham so schnell gealtert war, als er den Madonna-Mörder-Fall hatte. Max stand im Treibsand, und der Himmel fiel ihm auf den Kopf, alles gleichzeitig.

Er spürte ihre Hand auf seiner Schulter.

Schaute auf, überrascht durch die Berührung.

231

»Wollen Sie einen Kaffee?«, fragte sie und löste langsam ihre Hand von ihm; er begriff jetzt, dass es bloß Mitgefühl gewesen war. Waffenbrüder.

»Wie spät ist es?«

»Kurz nach vier.«

Er sollte Ethan anrufen.

Würde er gleich tun.

»Haben Sie eine Waffe?«

»Ich habe gefragt, ob Sie einen Kaffee wollen.«

Er schaute zu ihr auf. »Haben Sie eine Pistole?«

»Nein.«

»Wissen Sie, wie man mit einer umgeht?«

»Ich habe es vor ein paar Jahren gelernt.«

»Wir werden Ihnen eine besorgen. Was ist mit einem Handy? Haben Sie ein Handy?«

»Nein.«

»Dann besorge ich Ihnen auch ein Handy.«

Sie schenkte ihm eine Tasse Kaffee ein und stellte sie vor ihm auf den Tresen.

Er nahm einen Schluck. »Wir werden das Gebäude vierundzwanzig Stunden am Tag überwachen. Vielleicht jemanden in Ihre Wohnung setzen.«

»Es sollte nicht darum gehen, mich zu beschützen. Es muss darum gehen, ihn zu fassen.«

»Wir können beides gleichzeitig.«

»Danke.«

»Wofür?«

»Dass Sie nicht sofort gesagt haben, dass Sie mich nach Hause schicken wollen.«

»Darüber können Sie mit Abraham streiten. Und außerdem, was auch immer der Madonna-Mörder über Sie weiß – ob Sie für ihn Ivy Dunlap oder Claudia Reynolds sind – Sie sind immer noch unsere beste Chance, diesen Typen zu schnappen. Heute Nacht beweist das.« Er schwieg einen Moment. »Wie ist er ins Haus gelangt?«

232

»Jeder kann ins Haus kommen, wenn er nur lange genug an der Tür wartet. Mich lassen dauernd Leute rein.«

»Um drei Uhr morgens?«

»Könnte er hier Mieter sein? Das wäre ein eigenartiger Zufall.«

»Wir werden uns von Mr Hoffman unten die Mieterliste geben lassen.«

»Vielleicht ist er früher ins Haus eingedrungen und hat gewartet.«

»Sich im Treppenhaus versteckt.«

»Ja.«

»Das scheint mir wahrscheinlicher. Wir müssen alle im Haus verhören.«

»Es gibt hundert Wohnungen im Gebäude.«

»Haben Sie eine bessere Idee?«

»Nein.«

Max zog sein Handy heraus und rief Ethan an. »Ich komme bis heute Abend nicht mehr nach Hause«, sagte er ihm.

»Was ist mit meinem Spiel?«

»Du hast ein Spiel? Wo?«

»Heimspiel. Im Cascade.«

»Fahr mit jemand mit. Ich versuche, hinzukommen, aber ich kann dir nichts versprechen.« Max wusste, dass er es wahrscheinlich nicht schaffen würde, aber zumindest wusste er jetzt, wo Ethan war.

»Was ist damit, meine richtigen Eltern zu finden? Du hast gesagt, du würdest mir dabei helfen.«

Der Junge brach ihm das Herz und wusste es nicht einmal. »Mach ich auch.«

»Wann?«

»Bald.« Max verabschiedete sich und legte auf, steckte das Telefon zurück in seine Tasche. »Sie hatten recht damit, dass Ethans Probleme mehr als nur Teenagersorgen sind«, sagte er zu Ivy.

»Sie haben mit ihm geredet?«

»Ja.« Max seufzte. »Er hat plötzlich entschieden, dass ich ihn nicht liebe, und will seine richtigen Eltern finden.« Er erklärte ihr ein wenig mehr, als er ihr schon über Cecilia berichtet hatte, und dass Ethan nicht nur einmal, sondern sogar zweimal adoptiert worden war.

»Wissen Sie etwas über seine tatsächlichen Eltern?«

»Nur, dass seine Mutter eine Freundin von Cecilia war, die ungewollt schwanger wurde. Über den Vater weiß ich nichts.«

»Sie müssen doch über bessere Kontakte verfügen als normale Sterbliche.«

»Und was ist, wenn seine biologische Mutter gar nichts mit Ethan zu tun haben will? Ich möchte nicht, dass er verletzt wird. Andererseits – und ich weiß, dass ich hier selbstsüchtig bin –, was ist, wenn sie ihn kennenlernen will?«

»Manche Kinder verspüren den überwältigenden Drang, zu erfahren, wo sie herkommen. Ich kann Ihre Bedenken verstehen, aber seine biologische Mutter wird Sie niemals ersetzen können. Sie sind sein Vater. Sie sind derjenige, der die ganzen Jahre für ihn da war. *Sie* sind seine Vergangenheit. *Sie* sind seine Erinnerungen.«

»Was ist, wenn seine Mutter vergewaltigt wurde? Das passiert öfter, als man denkt. Ich möchte nicht, dass Ethan so etwas herausfindet.«

Sie verschränkte die Arme. »Meine Großmutter hätte jetzt gesagt: Das Scheinwerferlicht schwenkt schon zu stark zur Seite.«

Er sah zu ihr auf, und sie konnte plötzlich erkennen, dass er sie an ihren Sohn erinnert hatte, ihren ermordeten Sohn. »Meine Güte, Ivy. Tut mir leid. Ich sollte darüber nicht mit Ihnen reden.«

»Schon in Ordnung.«

»Ich weiß gar nicht, was ich mir gedacht habe.«

»Begreifen Sie eigentlich, wie schön es ist, dass Sie von meinem Sohn *wissen*? Ich habe die letzten sechzehn Jahre damit verbracht, Menschen über meine Vergangenheit zu belügen. Wissen Sie, wie wunderbar es ist, von Ethan zu hören und sagen zu können: Ich hatte auch einen Sohn? Und wenn er am Leben geblieben wäre, wäre er groß und stark geworden, mitfühlend und klug. Er hätte mich gebraucht, und er hätte mich zur Hölle gewünscht. Seit er gestorben ist, musste ich seine Existenz verbergen. Wenn Leute mich fragten, ob ich Kinder habe, konnte ich nicht sagen: Ich hatte einen Sohn. Ich musste ›Nein‹ sagen. Das hat so wehgetan, jedes Mal ›Nein‹ zu sagen. Und es hat eine Mauer errichtet zwischen mir und jedem einzelnen Menschen, den ich kennenlernte. Wenn ich jemanden mochte – ob Mann oder Frau –, wusste ich schon, dass sie nie mehr als lose Bekannte sein konnten, denn mein Geheimnis war zu groß. Es war zu sehr Teil all dessen, was ich bin, und ich wusste, sie würden niemals auch nur anfangen können, mich zu verstehen, ohne meine Vergangenheit zu kennen. Ich höre sehr gerne von Ethan. Denn wenn Sie mir von ihm erzählen, wenn Sie mir von den Schwierigkeiten des Elternseins erzählen, fühle ich mich dem Sohn näher, den ich verloren habe. Also hören Sie bitte niemals auf, von ihm zu erzählen.« Ihre Stimme brach, sie schwieg einen Moment, um sich zu sammeln. »Hören Sie nie auf, von ihm zu erzählen«, flüsterte sie.

Er stellte seinen Kaffee beiseite und stand auf. Sie dachte, er wollte gehen, als er sie in die Arme nahm und festhielt. Bloß hielt, hielt, hielt.

27

Darby Nichols schnürte ihre Laufschuhe zu und trat zur Tür hinaus. Sie ging gerne früh am Sonntagmorgen joggen, denn da waren alle anderen noch im Bett. Es war nicht viel Verkehr, es waren nicht viele Leute auf dem Bürgersteig im Weg, denen sie ausweichen musste, was sie verlangsamte. Im Herbst würde Darby ihr letztes Highschool-Jahr beginnen, und sie hoffte, gut genug Langstrecke zu laufen, um zumindest ein Teilstipendium zu erhalten. Ihre Stärke waren die wirklich langen Strecken, und heute hatte sie vor, zwölf Meilen zu laufen.

Der Weg, den sie sich überlegt hatte, führte sie durch mehrere Stadtteile Chicagos, einige Einkaufszeilen, einen kleinen Wald und zwei Parks. Eine halbe Meile von zu Hause entfernt erreichte sie Crocus Hill Park, eine ihrer Lieblingsstellen.

Die Tauben flogen vor ihr auf, ließen sich dann wieder auf den breiten Weg nieder und gurrten leicht empört. In der Luft hing noch der Morgentau, und die Sonne begann gerade erst, ihre Haut zu wärmen. Sie war jung, sie war gesund. Sie hatte das ganze Leben vor sich.

Der Weg gabelte sich. Sie nahm die linke Abzweigung, die zu einer Steinbrücke führte, die einen kleinen See überspannte, an dem Leute standen und die Enten fütterten. Als sie sich der Brücke näherte, trafen ihre Füße in einem stetigen Rhythmus auf den Boden, der zu ihrem Atem und ihrem Herzschlag passte, ein Geräusch, das sie in den leicht meditativen Zustand fallen ließ, den sie benötigte, um die ganzen zwölf Meilen zu schaffen.

Ohne es bewusst zu bemerken, richtete sich ihr Blick auf

etwas in der Ferne. Ein Farbfleck vor den gedämpfteren Tönen der Natur.

Schritt, Schritt, Schritt.

Ihr Hirn bemerkte bedruckten Stoff. Ein weggeworfenes Hemd? Ein Kleid? Die Leute konnten solche Dreckschweine sein.

Als sie näher kam, fragte sie sich: War das etwa ein Mensch? Der im Park schlief? Vielleicht ein Obdachloser?

In Chicago gab es viele Obdachlose. Sie hatte gelernt, sie nicht anzusehen, keinen Blickkontakt zu suchen. Denn obwohl sie ihr leidtaten und sie sich wünschte, dass etwas getan würde, damit sie nicht auf der Straße schlafen mussten, jagten sie ihr auch Angst ein. Mit ihrem herausfordernden Blick und den eigenartigen Dingen, die sie vor sich hin murmelten und bei denen sie das Gefühl hatte, aus schierer Höflichkeit antworten zu müssen. Da war es besser, gar nicht erst hinzusehen.

Schließlich erreichte sie den leuchtend bunten Stoff. Ihre Beine wurden langsamer … und langsamer … und langsamer, bis sie nur noch ging. Bis sie stehenblieb.

Sie hob eine Hand vor den Mund. »O mein Gott.«

Sie drehte sich um und rannte, ihre Füße donnerten auf den Bürgersteig, ihre Arme und Beine und ihr Herz pumpten wie verrückt. Der Park ein Flirren. Straßen rauschten vorbei, die Farben verschwammen wie Bilder im Zeitraffer.

Es schien Stunden zu dauern, aber schließlich war sie zu Hause. Sie riss die Haustür auf, sie war in Sicherheit, sie rief nach ihrer Mutter, ihre Stimme unsicher und beengt.

Augenblicke später erschien ihre Mutter oben an der Treppe, sie trug ein Nachthemd mit Aufdrucken von Teddybären, ihr Dauerwellenhaar ragte in alle Himmelsrichtungen, sie hatte den Mund besorgt geöffnet. Darby und sie hatten sich letzte Nacht gestritten, über irgendetwas Lächerliches. Das war vergessen.

»Mom«, keuchte Darby, ihre Brust hob und senkte sich.

Ihre Beine, die daran gewöhnt waren, zwölf Meilen zu laufen, konnten sie kaum tragen. »Du musst die Polizei rufen.«

Ihre Mutter kam auf sie zugeflogen, eine Hand auf dem Geländer, den Mund immer noch aufgerissen, im Gesicht die panische Mischung aus Wissen- und Nichtwissen-Wollen. »W… was ist? Bist du verletzt? Ist denn was passiert?«

»O mein Gott!« Darby begann zu weinen. »Ich glaube, ich habe eine Leiche gefunden!«

Sie hatte lila Schmetterlingsspangen im Haar.

Darauf konzentrierte sich Ivy. Die Schmetterlingsspangen, die das Morgenlicht reflektierten. Alle Morde waren schreckliche Akte grotesker Brutalität, aber warum schien es so viel schlimmer, wenn sie in so einer idyllischen Umgebung geschahen? Die direkt vorangegangenen Morde hatten nicht an einem so öffentlichen Ort stattgefunden. Noch ungewöhnlicher war die Tatsache, dass dieses Baby fast ein Jahr alt war.

Die Mutter begann schon, Fliegen anzuziehen.

Keine Hausfliegen. Das hier waren die dicken Fliegen, die ihre Eier in totes Fleisch legten. Schmeißfliegen. Maden. Eine der Fliegen lief über die Wange der Toten, bis zur Ecke eines hervorgequollenen Auges, und blieb dort eine Weile sitzen. Für die Fliege war die Leiche bloß eine Mahlzeit, eine Möglichkeit, Eier abzulegen, die sich in Larven verwandelten und die sich satt fraßen, bis nichts als Stoff und Knochen übrig waren, vielleicht noch Haar. Vielleicht noch Zähne. Alles hat einen Zweck.

Eine weitere Fliege ließ sich auf dem getrockneten Blut in der Nähe des Nasenlochs der Frau nieder, flog dann wieder los und begann, ihren Mund zu umkreisen, der zu einem Lächeln geklebt war, die geschwollene Zunge ragte hervor.

Ein Arm war gebeugt, eine Hand lag auf der Hüfte in dieser »Anmach-Pose«, die der Madonna-Mörder so mochte. Er verspottete seine Opfer. Ihr bedrucktes Kleid war fast vollständig abgeschnitten worden, ihr blutdurchtränkter BH bis auf ihre Hüfte heruntergezerrt. Ihr Höschen hing an einem Knöchel, ihre Beine waren gespreizt und an den Knien gebeugt, sichtbar für jeden, der es wagte, in ihre Richtung zu schauen. Und man sah den Griff eines abgebrochenen Hockeyschlägers. Auf ihrem Bauch fanden sich die üblichen, zahlreichen Messer-Stichwunden.

Die Polizei hatte die Gegend abgesperrt. Fünf Streifenwagen standen strategisch mit blinkendem Licht und quakenden Funkgeräten. Ein Krankenwagen hatte im rechten Winkel auf einem leichten Abhang gehalten, die Türen waren offen, und die beiden Sanitäter standen da und hielten eine Bahre; sie warteten darauf, dass der Leichenbeschauer und die Spurensicherung fertig wurden, damit sie die Leiche einpacken und ins Leichenschauhaus bringen konnten.

Jeder hatte seinen Zweck.

Vor dem gelben Tatort-Absperrband versammelte sich die Presse, Auslöser klickten und Videokameras surrten. Auf der Titelseite des *Herald* von morgen würde höchstwahrscheinlich der Leichensack zu sehen sein, der gerade in den Krankenwagen geladen wurde. Und die Schlagzeile wäre etwas wie: MADONNA-MÖRDER HAT ZWEI NEUE OPFER. Und die Leute würden sich noch mehr Waffen kaufen. Sie würden noch mehr Schlösser an ihren Türen anbringen und sie abends mehrfach überprüfen. Wenn sie es sich leisten konnten, würden sie eine Alarmanlage installieren lassen.

Und sie würden nicht mehr spazieren gehen. Sie würden Fremde nicht mehr anlächeln und ihnen zunicken. Denn sie wussten, einer von denen, die ihr Lächeln erwiderten, war der Mörder.

Die Leute würden überlegen, wegzuziehen, raus aus Chicago. Aber dann würden sie von einem Zufallsmord in einer Kleinstadt mit 350 Einwohnern lesen und begreifen, dass sie nirgendwo sicher waren. Und so würden sie in immer größerer innerer Abgeschiedenheit leben, isoliert, sie würden sich niemals sicher fühlen, nicht einmal in ihrem eigenen Heim. Und wenn sie irgendwo hingingen – ins Kino, zum Essen – würden sie immer über die Schulter schauen, sich immer fragen ...

Max musste in dieselbe Richtung gedacht haben, denn er sagte: »Selbst wenn wir den schnappen, kommt ein anderer. Und wieder einer.«

»So darf man nicht denken«, sagte Ivy.

Er hatte gerade Darby Nichols Aussage aufgenommen, und während des gesamten Verhörs war er ihr kalt und abweisend erschienen. Als er fertig war, reichte er dem Mädchen eine Karte und sagte: »Hier ist die Nummer eines Psychologen, mit dem Sie sprechen können, wenn Sie mit jemand reden wollen. Kostenlos.« Er grinste schief, amüsierte sich halbwegs über die Tatsache, dass Chicago eine Vollzeitstelle für einen Psychologen geschaffen hatte, dessen einzige Aufgabe darin bestand, unschuldigen Menschen Zuspruch zu spenden, die Leichen fanden.

Ivy hatte etwas zu dem armen Mädchen und ihrer Mutter sagen wollen, ihnen ihr Beileid aussprechen. Aber was sollte sie sagen? Am Ende bedankte sie sich für die Aussagen und sagte noch: »Tut mir leid, dass das passiert ist.«

Sie starrten sie mit entsetzten Gesichtern an, nickten entgeistert, und sie taten Ivy so unendlich leid, denn ihr war klar, dass die beiden noch nicht wussten, wie sehr dieses eine Ereignis den Rest ihrer Leben beeinflussen würde. Im Augenblick war es noch etwas, das gerade geschehen war und zu dem sie ein wenig Abstand brauchten, von dem sie glaubten, sie könnten es vergessen, zumindest hinter sich lassen. Sie wussten noch nicht, dass das nie geschehen würde. Sie würden diesen Abstand nie gewinnen, es nie vergessen oder hinter sich lassen können.

Das Baby war nur ein paar Meter weiter gefunden worden. Im Schutz der Steinbrücke, eingewickelt in eine Babydecke, die so blau war wie das kleine Gesicht. Auf der Decke waren

Bilder hüpfender Lämmchen. Kleines Lämmchen. Kleines unschuldiges Lämmchen. Keine Spur von Gewaltanwendung. Neben ihm auf dem Boden die Signatur, die Schneekugel.

Die Spurensicherung beendete ihre Sammelarbeit. Man holte die Bahre, steckte die Leichen in schwarze Leichensäcke. Bald würde man nicht mehr sehen, was hier vorgefallen war. Bald würden wieder Kinder lachend und schreiend den Hügel runterlaufen zum Teich, um die Enten zu füttern.

Max starrte die Sanitäter an, er beobachtete, wie einer von ihnen das Baby zum Krankenwagen trug, er brauchte keine Bahre dafür.

»Gehen wir«, sagte Ivy.

Zuerst schien er sie nicht gehört zu haben. Er starrte einfach weiter in die Richtung, in die sie das Baby getragen hatten.

»Max?«

Er schien wieder zu sich zu kommen, schüttelte seine Trance ab. »Ja, verschwinden wir von hier.«

Es war nicht so einfach. Kaum erreichten sie das Absperrband, stürzte sich die Presse auf sie. Kameras klickten. Mikrofone wurden ihnen vors Gesicht gehalten. Fünfzehn Fragen trommelten auf sie ein, wieder und wieder.

»Wer sind die Opfer?«

»War es der Madonna-Mörder?«

»Was tun Sie, um die Bürger Chicagos zu schützen?«

»Welche Spuren haben Sie?«

»Unterstützt das FBI die Ermittlungen?«

»Wenn nicht, warum nicht? Wäre das nicht besser?«

Ohne ein Wort zu sagen, drängte Max sich an ihnen vorbei, teilte das Meer aus Menschen, und Ivy folgte ihm, hinter ihnen schlossen sich die Wellen.

»Später wird es eine Pressemitteilung geben«, sagte Ivy.

Sofort hatte sie fünf Mikrofone vor dem Gesicht. »Wer sind Sie, und was ist Ihr offizieller Status bei den Ermittlungen?«

241

Chaos. Alle redeten gleichzeitig. Ivy wiederholte ihre Aussage, dann hechtete sie in Max' Wagen. Er saß bereits am Steuer.

»Sie hätten nichts sagen sollen«, sagte Max und hupte, als er langsam davonfuhr. Die Kameras klickten immer noch.

»Irgendwer musste etwas sagen. Natürlich hätten es besser Sie sein sollen … Das wird eine schöne Titelseite. Sie und ich fliehen vom Tatort.«

»Die wissen, dass Sie auf eine Pressekonferenz oder eine Pressemitteilung warten sollen. Ist denn nichts mehr heilig? Gott, das sind bloß blöde Schmierenschreiber.«

»Ist mit Ihnen alles in Ordnung?«

»Ich weiß nicht.« Er riss das Steuerrad nach rechts. »Wie fühlt sich ein Nervenzusammenbruch an?«

»Vielleicht sollten Sie sich mit jemand treffen, mit jemand reden.«

»Mir wird's wieder besser gehen, wenn wir dieses Arschloch geschnappt haben.«

Das Gewicht des Falls lastete auf seinen Schultern. Er hatte eine Einsatzgruppe, er hatte das FBI, aber er war der Leiter der Ermittlungen, er traf die Entscheidungen.

»Es geht alles zu langsam«, sagte er.

»Wir müssen so langsam vorgehen, sonst übersehen wir vielleicht etwas.«

Er fuhr plötzlich an den Straßenrand und hielt. Fuhr sich mit der Hand übers Gesicht, starrte geradeaus durch die Windschutzscheibe. »Es war der Hockeyschläger«, sagte er schließlich.

»Das hat er noch nie gemacht. Glauben Sie, das hat etwas zu bedeuten, oder war es einfach nur das richtige Werkzeug in seinen Augen?«

Er schwieg einen Moment, sein Atem ging ungleichmäßig, ein wenig angestrengt, als mühte er sich um Kontrolle. »Ethan spielt Hockey.«

Gott. »Okay, nehmen wir mal einen Augenblick an, es

gäbe eine Verbindung, welche Nachricht hat er dann hinterlassen?«

»Er führt uns an der Nase herum, das ist es.«

»Er kommuniziert auf seine eigene, verdrehte Art auch. Er lässt uns wissen, dass er uns im Auge hat. Der Hockeyschläger könnte Zufall sein, aber sagen wir mal, das ist er nicht. Dann sagt er uns, dass er gut genug über Sie und Ihre Familie informiert ist, um zu wissen, dass Ethan Hockey spielt.«

Max zog sein Handy heraus und wählte. Sekunden später sprach er mit seinem Sohn. »Ethan? Ja, ich weiß, es ist früh. Hast du heute Training? Ein Spiel? Nein, alles in Ordnung. Okay, ich hol dich ab, wenn du mit der Arbeit fertig bist. Neun Uhr.« Er legte auf. »Kein Training, kein Spiel«, sagte er und klang erleichtert.

»Ich glaube nicht, dass er es auf Ethan abgesehen hat. Darum geht es ihm nicht. Ethan ist praktisch erwachsen, und er ist sowieso auf die Mütter aus. Die Kinder sind sekundär.«

»Sachlich weiß ich das. Aber ich habe da diese Schmerzen in der Brust und im Hals, und mir ist gerade klar geworden, was das ist: Angst. In all den Jahren, die ich in diesem Job bin, habe ich nie Angst gehabt.«

Sie konnte ihm keinen Trost anbieten. Es gibt keine schlimmere Angst als die eines Elternteils um sein Kind.

28

»Sieht gut aus, findest du nicht?«

Alex Martin saß an seinem Schreibtisch und bewunderte seinen Namenszug auf Seite drei des *Chicago Herald.*

»Nicht schlecht«, stimmte Maude zu.

Stimmte sie ihm tatsächlich zu, fragte sich Alex. Oder spielte sie mit ihm? Wollte ihn vielleicht sogar ein bisschen herausfordern?

Bei Maude war das schwer zu sagen. Sie schien immer ein bisschen schief zu grinsen.

Es war Alex schwergefallen, sie zu überzeugen, den Text auch nur vorzuschlagen, aber schließlich hatte sie nachgegeben, und wenn sie sich erst mal entschieden hatte, dann war man so gut wie drin. Sie war so lange hier und ihre Erfolgsquote war so hoch, dass niemand sich mit ihr anlegte, wenn sie einen Text haben wollte, selbst einen so ungewöhnlichen wie Alex'.

Maude ging, und er konzentrierte sich wieder auf die Zeitung in seinen Händen, er las seinen Artikel zum dritten Mal ...

Die Zeitung flog Ivy beinahe aus den Händen, als der Zug der grünen Linie in den Untergrund-Bahnhof einfuhr, der Lärm war ohrenbetäubend, und der Luftzug versuchte, sie näher an den schmalen Spalt zwischen Zug und Bahnsteig heranzusaugen.

Die Doppeltüren öffneten sich, und sie trat hinein. Es erklangen zwei tonlose *Dings,* bevor eine monotone Männerstimme vom Band verkündete: »Türen schließen. Nächster Halt ist Pulaski. Bitte rechts aussteigen.«

Ivy ließ sich auf den ersten leeren Platz fallen und las eilig den Zeitungsartikel weiter.

MADONNA-MÖRDER SCHLÄGT WIEDER ZU
Früh am Sonntagmorgen wurden die Leichen von April und Joshua Rodrigez, einer jungen Mutter und ihres ein Jahr alten Sohnes im Crocus Hill Park gefunden. Befragt nach dem Stand der Ermittlungen, verweigerte die Polizei jeden Kommentar. Zu den mit dem Fall befassten Ermittlern gehören Ivy Dunlap, eine kanadische Akademikerin mit einem Abschluss in Kriminalpsychologie, und Detective Maxwell Irving, der die Ermittlungen leitet. Detective Irving hat bisher beeindruckend viele Fälle gelöst, darunter den Mord an der Familie Roth und die Sozialhilfe-Kindermorde.

Daneben stand ein Kasten mit dem Titel: DAS CHICAGO POLICE DEPARTMENT – WIE VIEL DÜRFEN DIE BÜRGER ERFAHREN?

Wenn die Polizei eine Warnung an junge Mütter ausgegeben hätte, wären April Rodrigez und ihr Baby noch am Leben?

Dann folgten Kommentare von Leuten auf der Straße.
»Ich habe solche Angst«, sagte eine junge Mutter von zwei Kindern. »Ich würde natürlich am liebsten zu Hause bleiben und die Türen abschließen und keinen mehr reinlassen, aber ich muss arbeiten gehen. Ich muss meine Kinder zur Kinderbetreuung bringen, verstehen Sie?«
»Ich glaube nicht, dass die Polizei genug tut. Warum haben sie den Täter noch nicht gefasst?«
»Ich habe gehört, der Polizei sei es egal, denn die Opfer sind unverheiratete Mütter.«
»Ich denke darüber nach, umzuziehen. Ich würde meinen

Job nur ungern kündigen, aber die Sicherheit meines Sohns ist wichtiger.«

»Es ist ihnen egal. Den Bullen ist alles egal. Die sehen das so oft. Sie merken es gar nicht mehr. Die reißen bloß noch ihre Stunden ab, wie alle anderen auch.«

Dann kamen ein Interview mit Darby Nichols, dem Mädchen, das die Leiche gefunden hatte.

Ivy hatte genug gesehen.

Alex Martin. Dieses kleine Arschloch. Und sie hatte geglaubt, Irving wäre zu unhöflich zu ihm gewesen. Jetzt wusste sie, dass er nicht unhöflich genug gewesen war. Aber die Zeitungsartikel hatten sie auf eine Idee gebracht, die sie mit Irving besprechen wollte …

Sie schaute gerade rechtzeitig auf, um die roten Ziegelgebäude mit den Dachpappendächern zu sehen, und das JESUS DER RETTER-Zeichen, sodass sie erkannte, dass ihre Haltestelle die nächste war. Sie klemmte sich die Zeitung unter den Arm, griff nach einer Stange und erhob sich mit etwa zehn anderen Leuten im Gleichtakt. Über den sich öffnenden Türen hing ein Schild, auf dem stand: STEIGEN SIE IN EINEN ANDEREN WAGEN, WENN IHRE SICHERHEIT GEFÄHRDET IST.

Ivy lebte quasi in einem Aquarium. Die Polizei hatte ihren direkten Nachbarn ausquartiert, damit sie sich in dessen Wohnung breitmachen konnten. Dort waren nun stets zwei Beamte, sie behielten Monitore im Blick, auf denen die Bilder von Überwachungskameras an allen Außentüren des Gebäudes angezeigt wurden, aus den Fluren, dem Treppenhaus, sowie von vor der Tür ihres Apartments. Ivy konnte nicht einmal pinkeln, ohne dass jemand es mitbekam.

Sie stieg aus dem Zug und spürte das Gewicht des fast 400 Gramm schweren Chief's-Special-Revolvers sowie des Mobiltelefons, auf denen Max bestanden hatte, in der Kuriertasche, die sich eng an sie schmiegte. Der Riemen kreuzte von rechter Schulter zu linker Hüfte. Sie ging über Metallstufen, von denen die Farbe abblätterte, zur Straße hinunter, umrundete eine tote, flachgetretene Ratte, und beeilte sich, um ihren Bus in den Bereich Fünf noch zu kriegen.

»Hat jemand Irving gesehen?«, fragte sie, als sie die Einsatzzentrale erreichte. Sie wollte ihm ihren Vorschlag erklären.

Es sah aus, als wären sie Telefonverkäufer. Die Apparate klingelten, und die neuen Mitarbeiter, die Max angefordert hatte, kamen gar nicht mehr nach.

Sie mussten sich eine Menge Mist anhören, und jetzt, dank der neuen Artikel, die ihr Freund Alex Martin geschrieben hatte, verschwendeten sie ihre Zeit auch noch mit empörten Bürgern, die die Leitungen blockierten.

Ramirez hatte einen Hörer am Ohr und rief ihr zu: »Er war vor einer Weile hier, ist aber gegangen; er sagte, er müsste zu Superintendent Sinclair.«

Max ließ sich erschöpft in einen Ledersessel sinken. »Es geht doch nichts darüber, die Presse auf seiner Seite zu haben«, sagte er sarkastisch.

Abraham lehnte sich in seinem Bürosessel halb zurück, er balancierte einen Stift zwischen den Fingerspitzen seiner beiden Hände. Auf seinem Schreibtisch lag der Artikel von Alex Martin. »Ich wusste, dieses kleine Arschloch würde uns Ärger machen. Aber du bist nicht hergekommen, um über ihn zu reden, oder?«

Max rieb sich über das Gesicht und bemerkte, dass er wieder mal vergessen hatte, sich zu rasieren. »Ethan hat von Cecilia erfahren.«

»Oh.« Abraham ließ die Information sacken. »Das ist sicher schwierig.«

»Und jetzt will er seine biologischen Eltern finden. Ich habe gesagt, ich helfe ihm.«

»Hast du das nicht schon mal versucht?«

»Ja. Ich dachte, es wäre nicht schlecht, den medizinischen

Hintergrund seiner Eltern zu kennen. War aber eine Sackgasse.«

»Ich weiß da jemand, der wirklich gut ist.« Abraham blätterte in seinem Rolodex, schrieb schnell einen Namen und eine Nummer auf, reichte Max den Zettel.

»Danke.« Max steckte den Zettel ein. »Ich rufe ihn an. Aber auch deswegen bin ich nicht hier.« Er kam direkt zur Sache. »Ich weiß nicht, ob ich das noch länger machen kann, Abraham.«

»Was meinst du? Du willst *die Mordkommission verlassen?*«, fragte Abraham offensichtlich entgeistert. »Was willst du denn dann machen? So einen Job kann man nicht so leicht hinter sich lassen.«

»Am Tatort gestern wurde ein Hockeyschläger zurückgelassen.«

»Oh, Scheiße.« Bei Abraham musste Max seine Sorge nicht extra erklären.

»Ich darf Ethans Leben nicht in Gefahr bringen.«

»Er will dich bloß ängstigen.«

»Es funktioniert.«

Abraham beugte sich vor, stützte die Ellenbogen auf den Schreibtisch. »Hast du mit jemand vom Stressmanagement gesprochen? Die haben auch Detective Blackwell in den Griff bekommen.«

»Ich brauch keinen Seelenklempner. Und Blackwell … Der dreht irgendwann durch. Hast du nicht dieses komische Glitzern in seinem Blick gesehen? Der Mann steht immer noch auf Messers Schneide. Der einzige Unterschied ist, dass er es jetzt nicht mehr merkt.«

»Wie wär's, wenn wir dir einfach eine Auszeit geben, bis der Fall erledigt ist? So eine Art Sabbatical.«

»Ich weiß nicht, ob das reicht.« Max erhob sich und Abraham ebenfalls.

»Denk darüber nach, ja?«, bat Abraham.

»Ja. Klar.«

248

»Ich habe auch mal gekündigt«, sagte Abraham zu ihm. »Hat mir nicht gutgetan. Es wurde alles nur noch schlimmer. Ich hab mehr getrunken. Hatte ein paar ziemliche deftige Blackouts. Ich musste meine ungelösten Fälle an CHESS abgeben. Die Sache ist die, wenn man kündigt, gibt's auch keinen Abschluss. Dann bleibt einem nur die offene Wunde der Was-wäre-wenns.«

»Wir sind alle Opfer«, sagte Max. »Du, ich, Sachi Anderson und ihr Baby. Darby Nichols, indirekt sogar Ethan. Alles Opfer. Alle betroffen von der Hand eines Mörders.«

Max' Telefon klingelte.

Ivy war dran.

»Jemand aus der Spurensicherung ist hierher unterwegs«, sagte sie ihm. »Er hat etwas für uns.«

»Ich bin in zwanzig Minuten da.«

Als Max in Bereich Fünf ankam, war der Techniker bereits da.

»Die toxikologische Unterschung des Babys ist zurück«, sagte er. »Unser Mann hat dasselbe Zeug wie letztes Mal benutzt.«

»Sonst noch was?«, fragte Max.

»Das Tattoo ist echt.«

Diese Aussage sorgte für gemischte Reaktionen. Manche der Anwesenden lachten, andere jubelten, wieder andere schüttelten bloß die Köpfe.

»Das ist nicht alles«, sagte der Spurensicherer, er hatte sich das Beste für zuletzt aufgehoben. »Das Tattoo ist nicht neu.«

»Was soll das heißen, ›nicht neu‹?«, fragte Ivy, erhob sich von ihrem Schreibtisch und kam näher.

»Ich meine, es liegt schon lange in Formaldehyd. Wahrscheinlich Jahre. Wir haben keine definitive Aussage, bis wir noch mehr Tests durchgeführt haben.«

»Könnten Sie mal schätzen?«, bat Max.

»Mindestens zehn Jahre.«

Jemand pfiff.

»Dieser Typ hat sich also vor Jahren sein Tattoo rausgeschnitten und es in Formaldehyd gelegt«, sagte Ramirez. »Warum?«

»Weil er verrückt ist«, sagte Hastings.

Alle stöhnten über ihren lahmen Witz.

»Vielleicht hat er es rausgeschnitten, weil er seine Mutter nicht mehr leiden konnte«, schlug Ramirez vor.

»Oder er hat es entfernt, weil jemand es gesehen hat und er fürchtete, die Person könnte ihn identifizieren.«

Dieser Vorschlag kam ebenfalls von Hastings.

»Wir haben nach einem Mann mit einer Tätowierung gesucht. Ich schätze, jetzt suchen wir nach einem Mann mit einer Narbe«, sagte Ivy.

»Was ist mit DNA in dem Tattoo?«

»Wir haben der Untersuchung höchste Priorität gegeben. Es ist unwahrscheinlich, dass wir etwas finden, aber in ein paar Tagen sollten wir eine Antwort für Sie haben.«

»Selbst wenn man die DNA isolieren kann, wird sie uns wahrscheinlich nicht weiterhelfen«, sagte Max. »Ich vermute, es wird keine Treffer in den Datenbanken geben.«

»Er wird herausfordernder«, sagte Ivy. »Ich befürchte, dass könnte ein Anzeichen von Eskalation sein.«

»Das sehe ich auch so«, sagte Max. »Er wird immer mutiger. Er ist so oft damit davongekommen, dass er jetzt glaubt, er wäre unverwundbar. Es eskaliert vielleicht, aber möglicherweise wird er auch unvorsichtig und tut etwas Dummes. Wir müssen wachsam bleiben.«

Regina Hastings stand auf und streckte sich. Sie deutete auf das klingelnde Telefon. »Bitte schön. Irgendwer. Mir egal.«

Ivy setzte sich und begann, Anrufe entgegenzunehmen.

Es wurde Abend, und Ivy hatte Irving immer noch nicht ihren Vorschlag gemacht. Schließlich traf sie sich mit ihm bei *Sully's*, einer nahe gelegenen Bar, in die Polizisten nach der Schicht gingen, statt nach Hause zu fahren. Bei *Sully's* konn-

250

ten sie unter Leuten sein, die wussten, was es hieß, ein Bulle in Chicago zu sein.

Dort entdeckte sie Irving; er spielte Billard.

Er hatte Jackett, Krawatte und Anzughemd abgelegt, trug nur noch ein weißes T-Shirt, eine silberne Uhr und eine dunkle Anzughose. Er kreidete seinen Queue und beugte sich vor, um über Bande einzulochen. Die gelb gestreifte Neun in die Ecktasche. Unter der rechteckigen Lampe, die an Ketten über dem grünen Filz des Tisches hing, sammelte sich Zigarettenrauch. In dem dunkel vertäfelten Saal staute sich ein Nebel, der in den Augen brannte.

Er stieß zu, verfehlte die Tasche um ein paar Zentimeter, lachte. Als sein Gegner sich mit seinem Queue an die Arbeit machte, lehnte sich Max auf seinem Barhocker zurück, als wären der Hocker und er alte Freunde.

Ivy ging durch den Nebel und den Rauch zu ihm und setzte sich neben ihn. »Ich habe nach Ihnen gesucht«, sagte sie.

Vor ihm standen drei leere Schnapsgläser und drei Bierflaschen.

»Wollen Sie was trinken?«, fragte die Barkeeperin. Sie war eine dieser harten, toughen Frauen, die älter aussahen, als sie vermutlich waren. Eine, die sich von niemand irgendetwas gefallen ließ.

»Coke.«

Max' Spielpartner lochte die Acht in die seitliche Tasche ein. Er griff nach einem Haufen zerknitterter Geldscheine auf dem Rand des Billardtisches und fragte: »Noch 'n Spiel?«

Er war klein und drahtig.

Lebte wahrscheinlich davon, Billard zu spielen.

Bevor Max antworten konnte, meldete sich Ivy zu Wort. »Nein. Nicht jetzt.«

»Ist das deine Alte?«, fragte der Mann grinsend. »Kriegst du Ärger?«

»Nein, das ist nicht meine Frau«, sagte Max, wandte sich

vom Billardtisch ab und bedeutete der Barkeeperin, ihm noch etwas zu trinken zu bringen.

Die Barkeeperin stellte Ivys Cola auf eine quadratische Serviette und goss Max noch einen Gin ein. Dann durchsuchte sie den Scheinhaufen vor Max und nahm sich, was sie brauchte.

»Nehmen Sie auch ihre Cola da raus.«

Er kippte den Gin, als wäre es Medizin, dann griff er nach dem Bier, um ihn runterzuspülen. »Im Süden«, sagte er, »nennen sie alles Coke. Wenn man also eine Coke bestellt, muss man noch erklären, ob man eine Pepsi Coke will oder eine Cola-Coke.«

»Was ist mit Sprite?«, fragte Ivy. »Oder Mountain Dew?«

»Nein, ich glaube, bloß dunkles Soda. Alle dunklen Erfrischungsgetränke sind Coke.«

»Oh.« Sie nahm einen Schluck aus ihrem Glas, stellte es dann vorsichtig zurück auf die Serviette. Hinter ihr warf jemand Geld in die Jukebox, und die Stimme Billie Holidays erklang.

Ivy spielte mit einer Ecke ihrer Serviette. »Was machen Sie hier?«, fragte sie schließlich.

»Ich hab's satt«, sagte er ohne zu zögern, die Stimme schwer von der Last, die er trug. »Ich hab's satt, dass dieser Scheiß, dieser furchtbare, entsetzliche Scheiß mein Leben zerstört.« Er lachte bitter.

Jetzt, wo er angefangen hatte zu reden, schien es, als könnte er nicht wieder aufhören. Alkohol konnte diese Wirkung haben. Dann sagten und gestanden Leute Dinge, die sie normalerweise für sich behielten.

»Und welches Leben überhaupt?«, sagte er, untermalt von der Musik. »Ich habe gar kein Leben. Ich kann kein normales Leben leben. Wie redet man mit jemandem über seine Lieblingsfernsehsendung oder einen neuen Film, wenn Babys umgebracht werden? Und es wird nicht aufhören. Wenn dieser beschissene Fall je geklärt wird, dann gibt es einen anderen, der seinen Platz einnimmt. Denn die Verrücken sind überall.«

»So sieht es nur aus, weil Sie mittendrin stecken.«

Er schüttelte den Kopf. »Wissen Sie, wie viele ungelöste Mordfälle ich auf dem Tisch habe? Über fünfhundert. Es gibt kein Entkommen. Ich hab versucht, Alkoholiker zu werden, wie die Hälfte der Leute in der Mordkommission, aber das hat nicht funktioniert. Wie machen die das? Sich jeden Abend besaufen? Ich wollte es auch, aber dann konnte ich am nächsten Tag nicht arbeiten.«

Er wechselte das Thema. »Wie machen *Sie* das?«, fragte er. »Sie scheinen den Fall beinahe zu genießen. Ist das, weil Sie ihm entkommen sind? Gibt Ihnen das eine Art innere Stärke? Ein Gefühl von Macht statt dieser ... dieser stinkenden Verzweiflung? Der Hoffnungslosigkeit?«

Sie ließ ihn reden. Sie bezweifelte, dass er zugehört hätte, wenn sie etwas gesagt hätte.

»Als ich anfing, war ich Idealist, das gebe ich zu. Und außerdem ein Macho.« Er unterbrach sich und konzentrierte sich auf etwas, was weiter weg war als die Wände einer Kneipe in Chicagos Innenstadt. »Ich glaube, nichts ist so, wie es aussieht, wenn man es von außen sieht. Aber Sie ...« Er zeigte mit dem Finger auf sie, betonte, was er zu sagen hatte. »Sie haben persönliche Gründe. Dafür, hier zu sein und zu tun, was Sie tun. Das verstehe ich. Das ergibt einen Sinn. Aber ich ...« Er legte beide Hände mit gespreizten Fingern auf seine Brust, plötzlich ein Mann der großen Gesten, ein Mann, der mit den Händen redete, höchstwahrscheinlich der eindeutigste Hinweis, dass er vollkommen besoffen war. »Ich ... ich hab mir diesen ganzen Scheiß freiwillig in mein Leben geholt.«

Er nahm einen Schluck von ihrer Cola, stellte das Glas zurück und kaute auf einem Eiswürfel. »Ich sollte verdammt noch mal abhauen«, sagte er überzeugt, als wäre das etwas, worüber er länger als die letzten paar Stunden nachgedacht hatte. »Ich sollte mir meinen Sohn schnappen und irgendwohin abhauen. Irgendwohin, wo es solchen Wahnsinn nicht gibt. Oh. Ich hab's vergessen«, sagte er mit demselben Sarkasmus, den sie am Morgen im Park bemerkt hatte. »So einen Ort gibt's ja nicht. Ich bin verseucht. Und wenn ich heimfahre, dann verseuche ich alle anderen. Ich nehme es mit heim zu meinem Sohn.«

Er trank sein Bier leer, aus der Flasche statt aus dem Glas, dann sah er Ivy an. Sein Alkoholspiegel musste hart an der erlaubten Grenze sein, aber er wirkte nicht sonderlich betrunken. In seinen dunklen Augen lag Klarheit, Entschlossenheit. »Ich denke darüber nach, die Mordkommission zu verlassen, wenn das alles vorüber ist.«

»Sie müssen nach Hause gehen und sich ausschlafen«, sagte sie. »Ich rufe Ihnen ein Taxi.«

»Sie glauben, ich werde nach Hause fahren und schlafen? Schlaf. Was zum Teufel ist das?«, fragte er; seine Gedanken kamen vom Kurs ab, nahmen einen anderen Weg. Aber schnell erinnerte er sich wieder an sein ursprüngliches Thema. Er packte ihre beiden Hände, drehte sie mit der Handfläche nach oben. Mit den Daumen fuhr er über die Narben auf ihren Handgelenken. Er löste seinen Blick nicht von ihrem und sagte: »Wir erwischen dieses Schwein, oder?«

»Ja.« Sie musste daran glauben.

Er war zu sensibel für diesen Beruf. Sie konnte es in seinen Augen sehen, die von langen schwarzen Wimpern eingerahmt wurden. Erstaunlich, sie hatte diese Sensibilität noch nie zuvor bemerkt. Aber jetzt waren alle seine Abwehrmuster ausgeschaltet. Morgen würde er sie dafür hassen, dass sie ihn so gesehen hatte.

Aber wenn ein Detective zu hart war … das konnte auch schädlich sein, sagte sie sich. Denn man brauchte eine gewisse Sensibilität, um andere Menschen verstehen zu können. Man brauchte auch eine gewisse Sensibilität, um sich in einen Serienmörder hineinversetzen zu können.

Max drückte ihre Hände, dann ließ er sie los. »Ist schon Zeit, Julia?«, fragte er und drehte sich um.

Die Barkeeperin schaute auf die Uhr über der Kasse. »Noch fünfzehn Minuten.«

»Mein Sohn hat ein Hockeyspiel«, erklärte Max. »Und ich werde es nicht verpassen.«

Ivy fuhr ihn hin.

Sie nahmen seinen Wagen, und er sagte, wo sie abbiegen musste, welche Spur sie nehmen sollte, damit sie die richtige Ausfahrt erwischten, er saß auf dem Beifahrersitz und rasierte sich mit einem batteriebetriebenen Rasierer.

Sie endeten nordwestlich Chicagos, in einem Vorort, der nagelneu aussah.

»Willkommen in meiner Welt«, sagte Max mit einer weit ausholenden Armbewegung.

Er hätte bei seinem Sohn keine Punkte gemacht, wenn er besoffen zu dem Hockeyspiel kam, also hatte Ivy ihn erst in ein Restaurant geschleift, wo er sich einen Steakburger und Pommes bestellte.

Ivy nahm das Tagesmenü mit gefüllten gelben Zucchini und Schoko-Sahne-Torte, weil sie Schoko-Sahne-Torte liebte. Die Zucchini war nur ihre Art, das schlechte Gewissen über die Torte zu beruhigen. Manchmal nahm Max einen Bissen von etwas auf ihrem Teller, ohne sie auch nur zu fragen, als wäre es sein Recht.

Ivy beugte sich vor und erzählte ihm von der Idee, die sie gehabt hatte, als sie Alex Martins Kommentar gelesen hatte. »Wir lassen in der Zeitung einen Brief abdrucken, den ein Baby, das er ermordet hat, an den Killer schreibt. In dem Brief spricht das Baby direkt mit dem Madonna-Mörder, es sagt ihm, was es jetzt verpassen wird, weil es tot ist, es erklärt ihm, wie traurig und einsam es ist. Wir wissen, dass der Mörder diese Babys auf eine kranke Weise liebt, deswegen lassen wir ihn mithilfe dieses Briefes Reue verspüren, Schuldgefühle. Wenn er gestresst ist, macht er vielleicht einen Fehler.«

»Die Idee ist gut«, sagte Max, »aber zu riskant. Wir haben es mit einem Psychopathen zu tun.«

»Sie sind derjenige, der fand, dass wir nicht schnell genug vorankommen. Es ist riskant, aber wir müssen es versuchen, finden Sie nicht? Bisher ist er derjenige, der alles kontrolliert. Wir haben es mit der Gedenkfeier versucht. Wir haben die Information über seine Tätowierung veröffentlicht. Wir brauchen etwas Größeres.«

»Er hat auf das Tattoo reagiert. Ein Brief von einem der Babys, die er umgebracht hat, könnte ihn durchdrehen lassen.«

»Ich glaube, wir müssen ihn jetzt drängen, unter Druck setzen. Ihn durchdrehen zu lassen ist vielleicht die einzige Möglichkeit, ihn dazu zu bringen, einen Fehler zu machen, der groß genug ist, dass wir ihn schnappen können.«

»Ich werde die Idee den Agenten Cantrell und Spence vorschlagen.«

Sie lächelte. »Gut. Ich werde in der Zeit einen Brief formulieren.«

Sie zankten kurz über die Rechnung, aber Ivy gewann. Sie zahlte und hinterließ ein ordentliches Trinkgeld für eine Kellnerin, von der sie vermutete, dass sie alleinerziehende Mutter war und wahrscheinlich zwei Jobs hatte. Dann fuhren sie weiter zu dem Hockeyspiel; sie rollten fünfzehn Minuten zu früh auf den Parkplatz der Sporthalle.

Als sie hielten, schaltete Max den Rasierer aus und warf ihn ins Handschuhfach. Sie stiegen aus, und er trat vor Ivy hin und fragte: »Wie sehe ich aus?«

Er hatte sein Jackett wieder angezogen, die Krawatte aber im Wagen gelassen. Sie knöpfte zwei Knöpfe seines Hemdes zu, dann klopfte sie auf seine Brust. »So.«

»Danke.« Er berührte leicht ihre beiden Arme und gab ihr einen schnellen Kuss ... auf die Stirn. Wahrscheinlich, weil die näher an seinen Lippen war, vermutete Ivy, und verspürte eine leichte Enttäuschung. Es war das zweite Mal in wenigen Tagen, dass er sie zu sich herangezogen hatte; sie nahm an, dass Max, so ungewöhnlich das für einen Mann war, sich einfach sehr körperlich ausdrückte – und wahrscheinlich immer noch ein wenig betrunken war.

Das Spiel war spannend, es ließ sie ahnen, was all diese Sport-Mütter trieb. Ivy schrie und jubelte, dann buhte sie laut, als Ethan wegen High-sticking auf die Bank musste. Sie war gegen Gewalt im Wettbewerb, aber die Gegner kurvten auch dauernd mit hohen Schlägern durch die Gegend, und der Schiedsrichter ignorierte es einfach.

Ethans Mannschaft gewann mit einem Punkt Vorsprung, das Tor fiel in der Verlängerung.

Hinterher liefen Max und sie hinunter zum Spielfeld, um Ethan zu gratulieren.

Sein Gesicht war rot vor Anstrengung, und er ragte in seinen Skates über Ivy auf; er schien zwei Meter hoch und einen Meter breit zu sein in seinem gepolsterten Trikot. Als er den Helm abnahm, war sein blondes Haar dunkel vor Schweiß. Sie konnte sehen, dass er sich freute, seinen Vater zu sehen, obwohl in seinem Blick auch ein wenig Irritation lag.

Dann sah er sie an. Er fragte sich wahrscheinlich, was sie hier zu suchen hatte.

Mütter und Väter gratulierten ihm im Vorbeigehen. Ethan hatte gut gespielt, er hatte drei der vier Tore seiner Mannschaft geschossen. Eine Frau blieb stehen und nahm Ivy am Arm, sie beugte sich zu ihr hinüber und sagte: »Ihr Sohn wird eines Tages noch Hockey-Profi.«

Sie war weg, bevor Ivy sie korrigieren konnte. Sie sah Ethan an, wollte gerade einen kleinen Scherz machen, als er sich bereits abwandte und zu den Umkleiden ging. Bevor er sich hineinduckte, blieb er stehen und sagte etwas zu einem dunkelhaarigen Mann mittleren Alters, der vor dem Eingang der Umkleide wartete. Der Mann wandte sich um und winkte in ihre Richtung.

In der Nacht konnte Ivy nicht schlafen. Sie dachte immer an Ethan und daran, dass die Frau geglaubt hatte, er sei ihr Sohn. Manchmal träumte sie, dass ihr Sohn noch am Leben wäre. Aber sie wusste, dass das nur ein Traum war, die Fantasie einer Mutter. In ihrer Vorstellung war sein Gesicht immer unscharf. Sie konnte nie genau erkennen, wie er aussah. Aber jetzt glaubte sie, wenn ihr Sohn am Leben gewesen wäre, hätte er ausgesehen wie Ethan.

Sie lag im Bett und dachte über den Brief des toten Babys nach. Er wäre schwer zu schreiben, aber sie würde es schaffen, sie *musste* es schaffen. Und während sie ihn schrieb, würde sie an ein anderes Baby denken, ihr Baby …

Sie rollte sich zur Seite und störte dabei Jinx, der leise miaute. Was für ein guter Kater. Er hatte sich besser an die kleine Wohnung gewöhnt, als sie gehofft hatte. Aber vielleicht wartete er auch einfach nur, bis sie endlich wieder heimfuhren.

»Hier ist der Brief, den ich Sie zu veröffentlichen bitte.« Ivy schob ein Blatt Papier über den Restauranttisch. Darauf lag eine Diskette. Alex Martin zog den Brief näher, um den Kaffeesee herum, den er verursacht hatte, als er zu viel Milch hineingoss. Sie saßen hinten in einer Nische eines schmierigen Grills, in dem eine gelangweilte Kellnerin mit auftoupiertem Haar ihnen die Kaffees in fleckigen weißen Tassen serviert hatte, die wahrscheinlich genauso alt waren wie das Gebäude selbst. Definitiv kein Treffpunkt, den Alex ausgesucht hätte.

Er war nicht überrascht gewesen, als Ivy Dunlap ihn anrief. Er war auch nicht überrascht gewesen, als sie sich mit ihm hatte treffen wollen. Er wusste, dass der Artikel im *Herald* vom Montag die Polizei geärgert haben musste. Das war ja auch der Sinn der Sache. Aber was ihn überrascht hatte, war, dass sie mit ihm zusammenarbeiten wollte, um den Madonna-Mörder zu fangen.

»Das ist eine gute Idee«, sagte er, nachdem er gelesen hatte, was sie von ihm gedruckt haben wollte.

»Die Polizei und das FBI haben ihren Segen dazu gegeben. Aber ich bezweifle, dass Sie das sonderlich interessiert.«

Eine kleine Stichelei.

Störte ihn nicht weiter.

Sie war eine attraktive Frau, obwohl sie eine Direktheit an sich hatte, die ein wenig störend war, selbst in seinen Augen, und er war da eigentlich nicht zimperlich.

»Aber Sie möchten wahrscheinlich wissen, was Sie davon haben.«

Er lachte, dann sagte er: »Sie schätzen mich ganz falsch ein.«

»Oh, kommen Sie. Ich habe keine Zeit für diese Ablenkungsmanöver. Für mich ist das kein Spiel. Ich will mir auch keinen Namen machen. Aber Sie … Ihnen geht es darum, nicht wahr?«

»Nicht auf Kosten der Wahrheit. Darum geht es mir. Die Wahrheit.«

Er lehnte sich jetzt zurück, er war ärgerlich, hatte seinen Kaffee vergessen. Ihn störten ihre Andeutungen und Vorwürfe. Er war kein Schmierenreporter, der sensationslüstern hinter scheußlichen Verbrechen her war. »Ich denke, Sie sollten sich besser einen anderen Kollegen suchen. Vielleicht jemand von der *Sun Times*.«

Sie tat nicht einmal so, als wollte sie ihren Kaffee trinken. »Es ist weit bekannt, dass hinter den meisten Zeitungsreportern frustrierte Romanautoren stecken.«

Autsch. Das tat weh. Und es stimmte noch nicht einmal wirklich. Er war der einzige frustrierte Romanautor, den er kannte. Alle anderen beim *Herald* schienen ihren Job prima zu finden.

»Wenn Sie das drucken, wenn Sie mir helfen, verspreche ich, Ihnen eine Geschichte zu erzählen. Exklusiv.«

Er horchte auf. »Über die Ermittlungen?«

»Über mich.«

Neugierig beugte er sich vor. »Über Sie?«

»Ich habe eine Geschichte zu erzählen. Und ich glaube, die wird Sie interessieren.«

Nach dem Treffen mit Ivy Dunlap fuhr Alex mit der roten Linie zurück in die Redaktion.

»Das ist eine tolle Sache«, sagte Maude, nachdem sie Dunlaps Stück gelesen hatte. »Ich meine nicht, wie es geschrieben ist«, korrigierte sie sich schnell, als sie Alex' gerunzelte Stirn sah. »Die Idee, dass die Zeitung involviert wird – das ist toll. Man hat sich schon Sorgen gemacht über die zunehmenden Konflikte zwischen Medien und CPD. Wir brauchen etwas wie das hier, um die Feindseligkeit aufzuheben.«

»Also drucken wir's?«

»Ich muss es natürlich noch absegnen lassen, aber ich glaube nicht, dass ich zu viel sage, wenn ich behaupte, dass dieses Stück dir angemessene Aufmerksamkeit bescheren wird – im Haus und außerhalb.«

Alex umarmte sie beinahe, bremste sich aber im letzten Moment. Sie war seine Vorgesetzte, und er vermutete, dass eine Umarmung oder auch nur eine Pirouette nicht angemessen waren. Er machte sich keine Sorgen über das Absegnen. Maude war seit Jahren nichts mehr abgeschossen worden.

»Sollen wir einen Kaffee trinken gehen?«, fragte er. »Ich zahle.« Er hatte noch nie einen so gewagten Vorschlag gemacht und war überrascht, als sie zustimmte.

Am Tisch in der Kantine im Keller zog sie einen Flachmann aus der riesigen Leinentasche, die sie stets bei sich trug, und goss großzügig eine braune Flüssigkeit in ihren Kaffee. Sie bot Alex den Flachmann an. Plötzlich waren sie beinahe gleichauf. Er schüttelte den Kopf, und sie stopfte ihn zurück in ihre Tasche.

»Wie weit würdest du im Ernstfall für eine Geschichte gehen?«, fragte sie.

»Ich bin nicht sicher. Das hängt von der Situation ab.«

»Du brauchst Mumm«, sagte sie. »Habe ich dir je erzählt, wie ich als Nutte losgezogen bin, um eine Geschichte zu kriegen?«

Wenn er sie jetzt anschaute, war das unvorstellbar. Er erschauerte beinahe, war aber zu höflich, das zu zeigen.

Am Abend rief Alex seine Mutter an. »Hast du die Kopie meines Artikels bekommen?«, fragte er, obwohl er wusste, dass sie ihn bekommen haben musste, denn er hatte ihn mit Overnight-Kurier geschickt.

»Ich bin so stolz auf dich!«, sagte seine Mutter. Manchmal machte sie ihn herunter, um seinen Ehrgeiz zu wecken, aber seine Mutter und er standen sich sehr nahe, und er wusste, ihre Begeisterung für seinen Artikel war ehrlich. Er erzählte ihr von dem neuen Stück, das er drucken ließ.

»Das ist doch nicht gefährlich, oder?«

Sie machte sich immer noch Sorgen um ihn. Er belächelte ihre Kleinstadt-Naivität. »Nein, das ist überhaupt nicht gefährlich.«

29

Die Psychiater hatten ihn als zwangsneurotisch bezeichnet, aber er tat Dinge einfach nur gern auf eine bestimmte Art, in einer bestimmten Reihenfolge. Das war doch nichts Schlimmes. Wenn eine bestimmte Reihenfolge nicht eingehalten wurde, konnte er sich auf nichts konzentrieren, denn das Chaos brüllte, brüllte, brüllte ihn an, verursachte Wirrwarr in seinem Kopf. Die einzige Möglichkeit, das Wirrwarr loszuwerden, war, alles noch einmal zu tun, und diesmal richtig. Und dann noch einmal, zur Sicherheit. Es war, als wenn man sich verschrieb, dann musste man den richtigen Buchstaben darüber schreiben, wieder und wieder und wieder, bis der richtige Buchstabe deutlich zu lesen war.

Um 8:05 Uhr jeden Montag, Mittwoch und Freitag nahm er den Bus der Linie 427 an der Ecke Winslow/Hughes und fuhr zu seinem Teilzeit-Job bei der Software-Firma Astral Plain. Vor dem Einsteigen, um genau acht Uhr, kaufte er sich Ausgaben des *Chicago Herald* und der *Chicago Sun Times*. Er las nicht darin, bevor er im Bus saß. Er warf nicht einmal einen Blick auf die Titelseiten, wenn er sie kaufte. Stattdessen stellte er Schrift und Foto auf unscharf, damit er nicht schummelte, damit er nichts las, bevor die Zeit dafür gekommen war. Und während der Bus sich mühsam vom Bordstein fortquälte, setzte er sich und öffnete den *Chicago Herald*.

Jetzt stand er in allen Zeitungen.

Ein paar Tage zuvor hatte man über den Tod von April und Joshua Rodrigez berichtet. Er las gern über sich, während er mitten in der Welt saß. Deutlich sichtbar. Er war klug. Und sie waren dumm. So dumm.

Heute gab es kein Foto von Sanitätern, die eine Bahre mit

einem schwarzen Leichensack hinten in einen Krankenwagen luden. Stattdessen war da ein Riesenfoto – es nahm die ganze obere Hälfte der Seite ein – eines Teddybärs. Eines Baseballhandschuhs. Eines dieser schwarzen Hüte, die Schüler bei der Abschlussfeier trugen. Eines Fernglases. Eines Beatlesalbums. *Sgt. Pepper.* Das Album, das den Wendepunkt ihrer Karriere markiert hatte. Darauf waren Songs wie »Lucy in the Sky with Diamonds« und »Lovely Rita«.

Sein Blick wanderte abwärts.

Lieber Madonna-Mörder,

Ein Brief. Ein Brief an ihn.

Erregt, fasziniert, ließ er die Zeitung sinken und sah sich um. Da war die stinkige alte Ziege, die immer mit diesem Bus fuhr. Ein paar Uni-Studenten mit Rucksäcken und wilden Frisuren, Piercings in der Fresse. Sie stanken nicht, aber sie störten ihn fast genauso sehr wie die Stinker. Ein Mädchen in einer orangefarbenen Fastfood-Uniform mit weißen Manschetten und einem gelben Smiley-Button am Kragen unter ihrem hässlichen, miesepetrigen Gesicht, auf dem stand: »Habe ich Ihnen schon das Tagesspecial genannt?« Niemand sah ihn an. Niemand bemerkte ihn.

Er war unsichtbar. Der unsichtbare Mann, er konnte sich frei durch die Massen bewegen, ohne Gefahr zu laufen, bemerkt zu werden.

Sein Blick sank wieder hinunter auf die Zeitung.

Lieber Madonna-Mörder,
ich schreibe Dir vom Friedhof aus. Warum vom Friedhof? Weil ich das Baby bin, das Du vor drei Tagen ermordet hast. Es ist einsam hier draußen. Und dunkel. Es ist immer dunkel. Als sie die Erde auf mich schütteten, hatte ich solche Angst. Ich habe geweint und geweint, aber niemand hat mich gehört. Nur diese Stille. Diese eisige Stille. Wa-

263

rum hast Du mich getötet? Warte. Sag nichts. Ich glaube, ich kann es verstehen. Ich glaube, Du hast es getan, weil Du mich liebst. Stimmt das? Liebst Du mich? Und Du wolltest nicht, dass ich ein Leben erleiden muss, so wie Du gelitten hast. Habe ich recht?

Ich weiß, wie schwer Du es hattest. Ich weiß, dass Deine Mutter nicht immer gut zu Dir war. Aber ich bin einsam. Und traurig. Ich werde jetzt nie die Gelegenheit haben, all die Sachen zu tun, die Kinder tun. Das hast Du mir genommen. Ich wünschte, das hättest Du nicht getan, ich wünschte, Du hättest mich nicht getötet. Ich wünschte, ich hätte mein eigenes Leben leben können, verstehst Du?

Darunter stand *Joshua.*

Er starrte, starrte auf den Namen.

Was glaubten sie, wie blöd er war?

Er saß da und zupfte an sich herum, zupfte und zerrte, zupfte und zerrte, bis all seine Wimpern ausgezupft waren.

Der Bus hielt, Leute stiegen aus. Leute stiegen ein. Und plötzlich begriff er, dass dies seine Haltestelle war.

Er faltete die Zeitung zusammen und sprang auf, eilte über den mit Gummi ausgelegten Gang, hechtete gerade noch durch die hintere Tür, bevor sie sich schloss, die Gummilippen berührten schon seine Schultern.

Er stand auf dem Bürgersteig und kochte vor Wut, er begann, die Zeitung zu zerfetzen, er riss und riss sie in immer kleinere Stückchen, und schließlich stopfte er sie tief in einen Mülleimer. Als er durch einen roten Schleier der Wut aufschaute, starrten die Leute ihn an.

»Scheiße!«, schrie er und der Speichel flog. »Scheiß auf euch alle!«

Die Reaktionen auf den Brief des toten Babys begannen am nächsten Tag. Die meisten waren Leserbriefe, ein paar gingen direkt an Alex. Plötzlich war er ein Pseudostar. Nachdem er seine Post geholt hatte, steckte er die entsprechenden Briefe in eine verschließbare Plastiktüte und brachte sie direkt zur Mordkommission. An der Rezeption bekam er einen Besucherausweis und durfte dort hingehen, wo Alex Martin noch nie zuvor gewesen war.

Der Großteil der Briefe, die sie bisher bekommen hatten, stammte von empörten Lesern, es waren Vorwürfe, dass sie den Journalismus in den Dreck zogen. Aber andere waren eindeutig von Gestörten. Es wäre die Aufgabe der Schriftgutachter und Linguisten der Polizei, die gestörten Autoren näher zu begutachten.

Alex hatte seine Hausarbeiten gemacht, und er wusste, dass die Untersuchung von Schriftstücken eine der effektivsten Methoden sein konnte, einen Verdächtigen zu überführen.

Einer der frühesten Fälle, bei dem ein Schriftgutachter eine Schlüsselrolle gespielt hatte, war die Lindbergh-Entführung. Aber man musste zudem über die Fähigkeiten eines Linguisten verfügen, um ein tatsächliches Profil zu entwerfen. Indem sie die Reihenfolge der Wörter, ihre Verwendung und die Sprachmuster untersuchten, konnten Linguisten Geschlecht, Ausbildung und sogar Hautfarbe ermitteln. Ein guter Experte konnte oft sogar den Stadtteil angeben, in dem der Verdächtige aufgewachsen war.

Im zweiten Stock der Madonna-Einsatzzentrale wurden die Briefe sorgfältig sortiert und untersucht, drei von ihnen erweckten die Hoffnung, echt zu sein. Dann schickte man sie ins Labor, wo Briefe und Umschläge fotografiert und auf Mikrofasern untersucht wurden. Danach wanderten sie nach unten zu den Fachleuten.

Außerdem waren weitere Maßnahmen eingeleitet worden. Der Friedhof, auf dem die letzten Opfer begraben worden waren, stand unter Beobachtung, die Erwartungen der Mitglieder der Einsatzgruppe waren hoch. Es musste endlich etwas passieren.

Harold Doyle war seit neun Jahren zertifizierter Schriftgutachter beim Chicago Police Department. Er hatte an Entführungsfällen gearbeitet, an Vergiftungen, Banküberfällen, Geldfälschungen und Unterschlagung. Er war gut, aber nicht hochnäsig.

Kaum hatte er die Briefe aus dem Labor erhalten, faxte er Kopien an das FBI in Quantico und an Patty Hund, die Linguistin in Chicago. Dann begann er mit seiner eigenen sorgfältigen Untersuchung.

Er betrachtete die Briefe unter einem hoch auflösenden Mikroskop, danach begann die mühsame Suche, ob man in den in Frage stehenden Dokumenten etwas fand. Er untersuchte das Papier mit Hilfe des ESDA, des *Electro Static Detection Apparatus,* der Druckstellen mit Graphit füllte, und schickte Kopien an alle Behörden, in denen Unterschriften in den Akten lagen.

Seine Aufgabe bestand nicht darin, den Inhalt der Briefe zu beurteilen, aber trotzdem las er sie.

Der erste war mit schwarzer Tinte handgeschrieben. Die Buchstaben waren klein, der Autor hatte stark aufgedrückt, sehr nachdrücklich.

Schlimm genug, dass Sie zulassen, dass Grausamkeiten die Seite eins der Zeitung dominieren, aber jetzt haben Sie sich herabgelassen zu etwas, das man nur noch Drecksjournalismus nennen kann. Glauben Sie, eine solche Vorgehensweise wird Ihnen mehr Leser bescheren? Glauben Sie, es wird das Gewissen des Mörders belasten, sodass er sich stellt und gesteht? Beleidigen Sie nicht seine Intelligenz.

Der nächste Brief sah aus wie von einer weiblichen Hand verfasst, klein und eng, mit einer Neigung nach rechts. Auf den ersten Blick vermutete Doyle, dass er von einer Frau Mitte sechzig geschrieben worden war. Aber er würde ihn trotzdem begutachten und einen Bericht schreiben.

An den Chefredakteur.

Schande über Sie. Was glauben Sie, wie sich die Familien der Opfer fühlen, wenn Sie einen Brief lesen, den ihr toter Enkel oder Neffe »geschrieben« hat? Was glauben Sie, wie die sich fühlen, wenn sie die Zeitung aufschlagen und das sehen? Ich kündige mein Abonnement. Schande über Sie.

Der letzte Brief war auf einem Inkjet-Printer gedruckt worden und ähnelte dem ersten, allerdings war er an die Polizei selbst adressiert.

CPD.

Der Brief in der Zeitung von gestern zeigt offen, wie wenig Ahnung Sie haben. Jeder, der ihn liest, erkennt ihn als die verzweifelte Bitte, die er darstellt, das Eingeständnis Ihrer vollkommenen Ratlosigkeit. Warum nicht einfach die Überschrift drucken: WIR HABEN KEINE AHNUNG?

Haben Sie keinen Stolz? Kennen Sie keine Scham? Sich auf derart lächerliche Spielchen einzulassen! Warum graben Sie nicht Ihren Detektiv-Spielkasten aus?

Doyle vermutete, dass den ersten und den letzten Brief derselbe Absender verfasst hatte, aber endgültig müsste Patty Hund das feststellen.

Das Klingeln des Telefons weckte sie.

Mit klopfendem Herzen hob Ivy den Hörer ans Ohr, sie erwartete, dass ein weiterer Mord begangen worden wäre.

»In Ihrem Profil haben Sie geschrieben, dass er vielleicht vorhatte, einen Abschluss in Mathe zu erlangen. Aber *alles* sind Zahlen.«

»Max?«

Ivy drückte auf den Knopf, der das grüne Lämpchen an ihrem Reisewecker leuchten ließ. 2:50 Uhr nachts.

»Alles. Die dreizehn Stichwunden. Dann die zweiundzwanzig Stichwunden. Selbst die Nummer Ihrer alten Wohnung, obwohl das vermutlich ein reiner Zufall war. Aber jemand, der sich mit Numerologie beschäftigt, könnte behaupten, dass es gar keine Zufälle gibt.«

Der Nebel in ihrem Hirn begann, sich zu lichten, und sie erinnerte sich, dass Max die Zentrale ein paar Stunden früher verlassen hatte, um Ethan zu einem Hockeyspiel meilenweit weg in Michigan zu fahren. »Woher rufen Sie an?«

»Aus dem Auto.«

»Ich dachte, Sie fahren erst morgen zurück.«

»Ich habe mich entschieden, direkt nach dem Spiel zu fahren. Ich wollte nicht länger wegbleiben, als ich musste. Ethan schläft auf dem Beifahrersitz, und ich habe eine dieser komischen Sendungen gehört, die manchmal mitten in der Nacht laufen. Es ging um Numerologie.«

Sie setzte sich im Bett auf. »Meine alte Wohnung war die Nummer 283. Das passt nicht zu Ihrer Theorie.«

»Ja, aber in der Numerologie zieht man alle Ziffern zusammen.«

»Und das macht dreizehn ...«

»Genau. Alles, was er vor sechzehn Jahren getan hat, basierte auf der Zahl dreizehn, bis zum dreizehnten Opfer, Claudia Reynolds.«

»Hat er deswegen aufgehört?«

»Möglich.«

»Aber die Babys ...«

»Aus irgendeinem Grunde zählt er sie nicht. Wahrscheinlich, weil er ihren Tod nicht als Strafe ansieht. Er rationalisiert seine Rolle im Fall ihres Todes. Er spielt Gott, er schickt sie an einen Ort, von dem er glaubt, dass es ihnen dort besser geht. Die Dreizehn symbolisiert den Tod und die Geburt, das Ende und den Anfang. Veränderung und Übergänge. Aus irgendeinem Grunde hat sich seine Zahl jetzt von der Dreizehn auf die Zweiundzwanzig verändert.«

»Aber zwei und zwei ist vier.«

»Zweiundzwanzig ist eine Masterzahl«, erklärte er. »Da wird nicht addiert. Und wissen Sie was – zweiundzwanzig bedeutet ›allumfassende Fähigkeiten‹. ›Vollkommene Überlegenheit‹. ›Besondere Qualitäten‹.«

Sie schaltete die Nachttischlampe ein und griff nach Block und Stift, die sie immer in der Nähe liegen hatte, um alles aufzuschreiben, was ihr mitten in der Nacht einfiel. »Ich glaube, Sie haben da etwas.« Ihr Herz begann, ein bisschen schneller zu schlagen. »Wenn Sie recht haben, heißt das, dass er insgesamt zweiundzwanzig Mütter töten will. Was kann uns diese Erkenntnis bringen? Wie kann sie helfen?«

»Gehen wir mal von der Faszination des Mörders für Zahlen aus, dann ist es durchaus wahrscheinlich, dass er auch mit Zahlen arbeitet. Vielleicht als Mathelehrer, oder als Buchhalter. Zahlen wären sein Leben. Wir müssen noch einmal in allen Psychiatrien der Stadt nachfragen, ob irgendwelche Patienten Mathelehrer oder Buchhalter waren.«

»Unbedingt.«

»Tut mir leid, dass ich Sie geweckt habe, aber ich musste das jemand erzählen. Manchmal kommen einem Sachen mitten in der Nacht so vernünftig vor, die am nächsten Tag überhaupt keinen Sinn ergeben. Das musste ich wissen.«

»Ich bin froh, dass Sie angerufen haben.«

»Schlafen Sie gut«, sagte er, und die Verbindung verschlechterte sich. »Wir sehen uns morgen.«

»Wir haben ein paar Ergebnisse zurückbekommen, während Sie weg waren. Nichts Besonderes.«

»Ich hole Sie ab, dann können Sie mir davon erzählen.«

30

»Könnten Sie …« Max deutete auf seinen Kaffee, als er auf die Grand bog und in Richtung Bereich Fünf fuhr. Auf dem Weg zu Ivy hatte er ein halbes Dutzend Bagels und zwei Becher Kaffee mitgenommen, und jetzt aß er beim Fahren.

Ivy auf dem Beifahrersitz riss den kleinen Trinkschlitz im Plastikdeckel auf und reichte ihm den Becher.

»Haben die DNA-Tests etwas ergeben?«, fragte er.

»War zu alt.«

»Er ist zu klug, es uns so leicht zu machen. Was ist mit dem Betäubungsmittel? Wissen wir mehr über das Betäubungsmittel, das er bei den Babys benutzt hat?«

»Ein paar Kids, die dabei erwischt wurden, wie sie es auf der Straße verkauften, sind verhaftet worden. Ich schätze, das ist ein neues High, aber sie haben niemandem etwas verkauft, auf den unser Profil passt.«

»Was ist mit dem letzten Tatort?«

»Nichts.«

»Ihre Wohnung? Ist da was passiert?«

»Ich glaube, er weiß, dass das Gebäude bewacht wird. Vielleicht sollten wir groß demonstrieren, dass die Polizisten wieder abziehen.«

Max schüttelte den Kopf, schaute in den Rückspiegel, dann über die rechte Schulter, bevor er die Spur wechselte. »Wenn er herauskriegt, wer Sie sind, sind Sie sein nächstes Opfer.«

»Also wäre ich der perfekte Köder.«

»Keine gute Idee. Was ist mit den Reaktionen auf den Brief von dem Baby? Haben die Sprachexperten oder Spurensicherer etwas von sich gegeben?«

»Nein, aber die Linguisten haben eine Persönlichkeitsanalyse vorgelegt, die sich mit unserem Profil überschneidet.«

»Gut für uns. Irgendwelche Spuren an den Umschlägen, dem Papier oder der Tinte?«

»Noch nicht. Alle öffentlichen Behörden in Chicago suchen nach Treffern, aber das kann Wochen dauern. Wir werden demnächst einen weiteren Brief veröffentlichen.«

»Das ist keine gute Idee.«

»Warum nicht? Wir hoffen, den Dialog am Laufen zu halten. Es kommen keine Antworten mehr, und je länger er mit uns redet, desto größer unsere Chance, ihn zu schnappen.«

»Wir wissen nicht einmal, ob irgendeiner der Briefe tatsächlich von ihm stammt. Vielleicht verschwenden Sie Kraft mit einer Strategie, die nur Zeitverschwendung ist, und man könnte die Zeit besser für etwas anderes nutzen.«

»Das ist Ihr einziges Problem?«, fragte sie und versuchte zu implizieren, dass es ihr ziemlich lahm vorkam.

»Ich habe Angst, dass es nach hinten losgeht. Ich fürchte, dass der Mörder überreagiert. Dass es die Morde beschleunigen könnte.«

»Wie kommen Sie darauf? Wir wissen schon, dass er sich schuldig fühlt, die Babys getötet zu haben. Warum sollen wir das nicht zu unserem Vorteil einsetzen?« Sie ärgerte sich, dass sie schon wieder stritten, aber sie würde nicht nachgeben, nur damit sie sich wieder verstanden.

»Ich weiß nicht, warum ich das finde. Es gibt keinen Grund dafür. Es hat noch nie einen solchen Fall in der Geschichte der Serienmorde gegeben. Daraus schließe ich das. Der Typ passt in kein Muster und wird möglicherweise nicht so reagieren, wie wir es wollen.«

»Also drucken wir keinen neuen Brief?«

»Wir haben hier ja keine Diktatur. Ich werde Ihnen nicht verbieten, ihn zu drucken, ich sage nur, dass ich dagegen bin.«

»Wirklich? Sonst fand niemand, dass es eine schlechte Idee

ist, und darunter waren drei Experten in Sachen Serienmörder.«

Ivy konnte ihren Bagel nicht aufessen, also wickelte sie die verbliebene Hälfte ein und stopfte sie zurück in die braune Papiertüte, wobei sie das obere Ende mit lautem, wütendem Knistern zusammenrollte. Sie fuhren schweigend zwei Ampeln weit. »Warum waren Sie mit dem ersten Brief einverstanden?«

»Ich fand, es ist einen Versuch wert. Wir haben's probiert, aber wir wollen es nicht überreizen.«

»Ich glaube, Sie sind zu vorsichtig.«

»Sie wissen nicht, was Sie tun.«

»Ach, *da* sind wir wieder?«

»Ich will mich nicht streiten.«

»Ich auch nicht.«

Sie erreichten den Parkplatz. Max parkte im Schatten unter einer Rampe. Sie stiegen aus und gingen in schweigender Feindseligkeit zum Hauptgebäude.

31

Er hatte Probleme, sich zu konzentrieren. Wilde Gedanken schossen durch sein Hirn, verschwanden aber wieder, bevor er sie genauer betrachten konnte.

Etwas fraß ihn auf. Fraß, fraß, klopfte gegen seinen Schädel, versuchte hineinzugelangen, hinauszugelangen.

Verschwinde.

Babys, Babys, Babys. Kleine Babyjungen, die nach Puder und Creme rochen.

Nimm ihren Atem, nimm ihren Atem ... *Hush, hush, sweet little boy, Momma's here.*

Mama ist für dich da.

»Letzte Runde«, sagte jemand.

Er schaute auf, seine Hand umklammerte ein leeres Trinkglas, ein niedriges, wie man es für Whiskey on the rocks benutzt. Sein Hirn schlug auf, landete im Hier und Jetzt, in einer dreckigen Eckkneipe eine halbe Meile von zu Hause. Seine Mutter hatte ihn losgeschickt – er schaute hoch zur Uhr – vor Stunden, um ihr ein Sixpack Bier zu holen. Stattdessen hatte er sich selbst was zu trinken gekauft. Und als ihr Geld alle war, nahm er sein eigenes.

Der Barkeeper, ein dürrer, demoralisierter Mann mit tiefen Falten im Gesicht, wartete immer noch. »Jemand sollte dich von deinem Elend erlösen«, sagte er zum Barkeeper.

»Was?«

Es war immer lustig, den Leuten so was hinzuknallen. Sie wussten nie, wie sie reagieren sollten. Wie einfach es war, jemand mit ein paar Worten zu verunsichern, Worten, die nicht ins Protokoll passten. Menschen kamen mit Bedienungsanleitung, Regeln, Annahmen, die jeden wachen Moment ihres erbärmlichen Lebens bestimmten. Aber wenn man die Grenzen hinter sich ließ, dann warf es die Leute um, denn in der Bedienungsanleitung stand nichts darüber, was zu tun war, wenn einer sich ganz anders verhielt als alle anderen.

»Ich habe gesagt: Jemand sollte dich von deinem Elend erlösen. Das wär doch toll. Oder? Denk darüber nach.«

Normalerweise trank er nichts. Seine Mutter soff, und er wollte nichts tun, was sie tat. Und wenn er trank, drangen Dinge, die er normalerweise im Griff hatte, an die Oberfläche.

Aber es war auch eine solche Erleichterung, so ein Gefühl der Freiheit.

»Nicht mehr hinter der Bar stehen«, sagte er. »Nicht mehr hin und her eiern. Zu Hause. Die Bar. Zu Hause. Bar. Verstehst du?«

»Hau ab.«

»Ich will noch was trinken.«

»Du kriegst nichts mehr zu trinken, und jetzt hau ab, bevor ich die Bullen rufe.«

Er deutete mit dem Finger auf den Barkeeper. »Du weißt nicht, mit wem du redest.« Er beugte sich vor. »Ich bin wer.«

Der Barkeeper lachte ihm ins Gesicht. »Verpiss dich, du Psycho. Mir machst du keine Angst. Du bist auch bloß so ein Loser.« Er griff nach dem schnurlosen Telefon und begann zu wählen.

Der Mörder der Babys, der Mörder der Mütter, erhob sich im Wissen, dass er die Macht Gottes in Händen hielt. »Ich gehe.«

Er taumelte aus dem Gebäude, ließ sich in seinen Wagen fallen, den er einen Block entfernt geparkt hatte. Da saß er im Dunkeln und beobachtete, wie die letzten Kunden aus der Bar stolperten. Mit laufendem Motor sah er zu, wie die Lichter ausgingen, eines nach dem anderen. Schließlich kam der Barkeeper aus dem Haus, schloss ab, ging über den Gehweg in seine Richtung.

Er stemmte sich auf das Gaspedal. Der Motor brüllte, der Wagen schoss geradeaus. Mit einem dumpfen Geräusch traf der linke Kotflügel den Barkeeper, ließ ihn über die Motorhaube schießen, und dann landete er als wirres Häufchen nahe dem Gehweg auf der Straße.

Was hatte er getan? Was war geschehen?

Außer Kontrolle.

Außer Kontrolle.

Was jetzt? Der Mann würde reden. Er würde ihn anzeigen.

Er wendete und fuhr zurück zu dieser lächerlichen, wertlosen Lebensform, die versuchte, davonzukriechen. Er überfuhr ihn noch einmal, Knochen knirschten. Dann wieder und wieder, bis er schließlich davonfuhr.

Er schaute in den Rückspiegel. Es war spät; die Straßen waren verlassen.

Er bog auf den Interstate und fuhr fünfzehn Meilen gen Norden, dann hielt er an einer Autowaschanlage, schloss die Tür hinter sich. Zügig steckte er Geld in die Maschine, stellte die Wählscheibe auf *Heiß/Schaum.* Mit der Hochdruck-Sprühpistole zielte er auf den Wagen, spülte die Reste ab, das Wasser sammelte sich rosa zu seinen Füßen. Danach fuhr er heim, schlich leise ins Haus durch die Seitentür, die direkt in den Keller führte. Er streifte seine blutigen Schuhe ab, dann kroch er ins Bett, schaukelte sich in den Schlaf, lutschte am Daumen, in Gedanken schalt er sich: *Außer Kontrolle. Außer Kontrolle.*

Donnern auf dem Boden über ihm weckte ihn. Er sah auf die Uhr: 11:45 vormittags. Er sprang aus dem Bett, sein Herz raste, das Donnern hielt an. Er verlor das Gleichgewicht und stürzte zu Boden, auf den Beton, er hielt sich seinen verkaterten Kopf. Verwirrt. Er war verwirrt. *Kann mich nicht erinnern. Kann mich nicht erinnern.*

Letzte Nacht. Er konnte sich erinnern, dass sie ihn zum Bierholen geschickt hatte. Statt zurückzukommen, hatte er ihr Geld ausgegeben. Hatte sich betrunken. Kein Wunder, dass sein Kopf so schmerzte, kein Wunder, dass er nicht denken konnte. Kein Wunder, dass er sich an nichts mehr erinnern konnte.

Und jetzt war sie wach und wütend. Nicht sediert, aber doch ans Bett gefesselt, würde sie wissen wollen, was er mit ihrem Geld gemacht hatte. Sie würde ihn anbrüllen, anschreien.

Drecksjunge.
Dreckiger Drecksjunge.

32

Regina Hastings liebte Chicago – sie hatte ihr ganzes Leben hier verbracht, aber die Hitze war erdrückend. Sie sollten den Polizisten erlauben, Shorts zu tragen, so wie in Florida.

Sie war südlich von Chinatown aufgewachsen, in einer Gegend, die man als einen der Bungalowgürtel Chicagos bezeichnete. Die Häuser waren klein, die Grundstücke waren klein, und die meisten Leute hatten keine Klimaanlagen. Aber Kindern fällt so was nicht auf.

Sie überprüfte die Adresse in ihrem Notizbuch, bremste ihren Corolla ab, um die Hausnummern lesen zu können. Sie befand sich auf der Südseite des fünfundzwanzigsten Distrikts, in einer Gegend, die sie nicht kannte. Ihre Einsatzgebiete hatten bisher immer nördlich der Grand gelegen. Da war *Hanks,* eine Kneipe, in der vor ein paar Tagen ein brutaler Mord stattgefunden hatte.

Sie hatte den Madonna-Mörder so satt. Am Anfang war sie stolz gewesen, als man sie ausgesucht hatte, an den Ermittlungen teilzunehmen. Sie hatte gedacht, das würde lustig werden, interessant, eine Abwechslung von der Routine der Spontaneinsätze, ganz abgesehen von den Überstunden und dem Geld dafür. Aber gottverdammt, sie bekam immer die langweiligsten Aufgaben. Wenn sie von Tür zu Tür hätte gehen wollen, wäre sie Avon-Beraterin geworden. Wenn sie an einem Langzeit-Projekt hätte arbeiten wollen, das praktisch keine Erfolgsaussichten hatte, wäre sie Krebsforscherin geworden.

Und sie musste auch zugeben, dass es ihr fehlte, Ronny den ganzen Tag zu nerven.

Diese verfluchten Hausnummern. Gab es nicht ein Gesetz

in Chicago, dass alle Einwohner die Nummern sichtbar am Haus anbringen mussten? Und wenn nicht, dann sollte es eins geben.

Sie zählte von der Ecke aus zurück und fand es schließlich.

Das Haus, nach dem sie suchte, befand sich in einer heruntergekommenen Gegend, die von den zahllosen Sanierungsprojekten noch nicht entdeckt – oder bewusst übersehen – worden war. Es wirkte heruntergekommen und hatte blassgrüne Fensterläden. Unkraut wucherte hinter dem Maschendrahtzaun, der das Grundstück umgab. Sie konnte die Laster auf einem der nahen Interstates runterschalten hören.

Es war etwa der zwanzigste Stopp heute. Vor einem Monat hatten sie alle unter die Lupe genommen, die in den letzten fünf Jahren in Chicago aus einer Psychiatrie entlassen worden waren. Jetzt hatten sie entschieden, zehn Jahre zurückzugehen, sodass sie sich durch Hunderte von Ex-Patienten kämpfen mussten. Diesmal suchten sie nach Patienten, die etwas mit Mathe zu tun hatten.

Und wer musste wohl die Drecksarbeit machen? Regina natürlich. Wer sonst?

Die Aufgabe war übergroß, aber Gott sei Dank hatten sie Polizisten aus anderen Bereichen angefordert, die jetzt genauso viel Spaß hatten wie sie. Was sie wirklich nervte, war, dass Ramirez es sich in der Zentrale gemütlich gemacht hatte, er döste in der Klimaanlagenluft, faxte Handschriftenproben an Behörden, Schulen, öffentliche Stellen, eigentlich an jeden, der irgendwelche Unterlagen aufbewahrte. Vielleicht musste sie netter zu ihm sein. Er hatte sich wirklich bemüht, freundlich mit ihr umzugehen, aber sie hatte eine Scheißangst, einfach nur eine weitere Kerbe in seinem Bettpfosten zu werden. Statt ihn abzuschrecken, wie es bei den meisten Typen war, hatte das Geständnis ihrer Vergewaltigung sein Interesse eher gesteigert. Fast jeden Tag lud er sie jetzt zum Essen zu sich ein, aber sie lehnte immer ab, vor allem weil sie wusste, dass ein bisschen Kerzenlicht und ein bisschen Wein sie schnell schwach machten und er bald wüsste, wo sie ihr Tattoo hätte und wie es aussah.

Sie stieg aus dem kleinen grünen Toyota, den sie vor Kurzem gekauft hatte. Sie hatte noch nie zuvor einen Neuwagen besessen, und sie bewunderte ihn jeden Tag aufs Neue. Sie suchte jedes Mal, wenn sie ausstieg, nach Beschädigungen in der Tür. Vor zwei Tagen hatte jemand auf dem Parkplatz vor der Polizeizentrale eine kleine Delle hinterlassen, und sie war schier durchgedreht, als sie sie bemerkt hatte.

Sie trug ihre blaue Uniform, ihre Marke klemmte daran, und sie hatte ein Klemmbrett in der Hand. Regina näherte sich dem umzäunten Grundstück und hielt Ausschau nach einem Hund. Keiner zu sehen. Das Tor war nicht verschlossen, also hob sie den Metallbügel und öffnete es.

Sie klopfte an der Haustür, dann trat sie zurück und wartete; sie war dankbar, dass der Eingang wenigstens überdacht war und im Schatten lag. Rechts von ihr brummte eine Klimaanlage im Fenster. Die Jalousien waren heruntergelassen, um die warme Sonne auszusperren. Sie klopfte ein zweites Mal. Schließlich öffnete ein Mann mittleren Alters, er trocknete sich die Hände an einer rotweiß-karierten Schürze, die er sich locker um die Hüfte gebunden hatte.

»Ich habe gerade Spaghettisoße eingemacht«, sagte der Mann mit einem freundlichen, ein wenig scheuen Lächeln. Er war von durchschnittlicher Größe, hatte dunkles Haar und dunkle Augen.

Ein Mann, der kochte. Für Regina war es beinahe Liebe auf den ersten Blick.

»Ich würde Ihnen gern ein paar Fragen stellen«, sagte sie. »Es dauert nur eine Minute.«

»Sicher.« Er öffnete die Fliegengittertür ein Stück weiter. »Kommen Sie doch herein, es ist so heiß draußen.«

Regina zögerte nicht. »Danke«, sagte sie und trat in die kühle Dunkelheit. Ihr Blick gewöhnte sich daran, und sie bemerkte, dass das Wohnzimmer ordentlich und sauber war, auch wenn die Möbel alt waren. Aus dem hinteren Bereich des Hauses war laut ein Fernseher zu hören.

Er schloss die Tür, damit die kühle Luft nicht entkommen konnte, dann setzte er sich auf die Couch, und sie nahm auf dem Sessel in der Nähe der Tür Platz.

»Das riecht gut«, sagte sie, und ihr Magen knurrte in einem pawlowschen Reflex.

»Ein altes Familienrezept«, sagte er und nickte. »Jede Menge Knoblauch und Oregano.«

Sie riss sich zusammen und fragte erst einmal, ob sein Name überhaupt der auf ihrer Liste war. Dann stellte sie die erste Frage auf dem standardisierten Formular, das Detective Irving erstellt hatte, um ihre Arbeit zu erleichtern. »Waren Sie Patient im Elgin Mental Hospital?«

»Das stimmt.« Diese Bestätigung brachte den Ball ins Rollen. Es folgten mehrere scheinbar harmlose Fragen. »Wie verdienen Sie Ihren Lebensunterhalt?«, fragte sie. »Sind Sie Koch?« Es war gut, auch mal zu scherzen, die Stimmung zu lockern. Alle fürchteten sich vor der Uniform.

Er rieb die Hände aneinander. »Ich koche gern, das stimmt, aber wenn ich nicht koche, transkribiere ich Musik.« Sie schrieb es auf, balancierte das Klemmbrett auf einem Bein. »Was bedeutet das genau?«

»Sagen Sie, möchten Sie etwas trinken? Eistee? Pepsi? Wasser?«

»Nein danke, aber es ist sehr nett, dass Sie fragen. Was heißt das, Sie transkribieren Musik?«, wiederholte sie.

»Ich höre mir Musik an und schreibe die Noten auf.«

»Oh, wow. Sie sind also Musiker?«

»Das ist eher Musiktheorie.«

Sie hatte keine Ahnung, was das bedeutete, machte aber weiter. »Sonst noch was? Tun Sie noch etwas anderes?«

»Ich schreibe Codes für eine Firma namens Astral Plain.«

»Codes?«

»Für Computerprogramme.«

»Das ist bestimmt schwierig. Ich meine, ich verstehe gar nichts von Computern. Ich weiß, wie ich E-Mails lesen und verschicken kann, das war's. Ich denke immer, ich sollte mal einen Kurs machen. Ich glaube, die Polizei bietet sie sogar umsonst an.«

»Ja, das sollten Sie.«

»Sie designen also Programme?«

»Nein, ich schreibe den Code. Code. Verstehen Sie? Die ganzen Zahlen, die dem Computer sagen, was er machen soll.«

Alarmsignal.

Aber die Verbindung zu den Zahlen allein hieß noch nicht wirklich etwas. Sie hatte schon eine Menge rote Fahnen an diesem Tag gehabt. Einer ihrer Gesprächspartner war ein Mathelehrer, ein anderer Buchhalter. Ihr schien es, als ginge das mathematische Feld Hand in Hand mit mentaler Instabilität.

Wie gut, dass sie Mathe hasste.

Er starrte sie an und versuchte, ihre Gedanken zu lesen, aber es gelang ihm nicht. Sie war eine von diesen peinlichen Frauen mit aufgedunsenem, blondiertem Haar, riesigen Titten und einer herausfordernden, fast männlichen Art. Wenn sie nicht arbeitete, verbrachte sie ihre Freizeit wahrscheinlich in Bars oder lachte zu Hause über Fernsehkomödien.

»Mögen Sie ausländische Filme?«, fragte er. Ihm fiel auf, dass sie keinen Ehering trug.

Sie wedelte mit der Hand.

»Wenn ich einen Film gucke, will ich nicht lesen, was unten auf dem Bildschirm …«

»Untertitel. Das sind Untertitel.«

»Na ja, ich will überhaupt nichts lesen müssen. Ich will, dass die Stimmen der Schauspieler zu den Mundbewegungen passen.«

Danach konzentrierte sie sich wieder auf ihre Fragen. »Wie

lange gehen Sie schon Ihrer gegenwärtigen Beschäftigung nach?«

Schweiß lief ihr über das Gesicht, nahm cremefarbenes Make-up mit sich. Ihr Shirt war an den Achseln nassgeschwitzt, und sie begann, sein Haus vollzustinken.

»Sind Sie verheiratet?«, fragte er.

»Können wir bitte bei den Fragen bleiben? Und: Nein, ich bin nicht verheiratet.«

»Fünf Jahre«, sagte er. »Ich bin seit fünf Jahren bei Astral Plain. Musik transkribiere ich schon viel länger. Das ist mal mehr und mal weniger, verstehen Sie.«

Sie schrieb es auf. »Tja, das war's. Ich hab ja gesagt, es dauert nicht lange.«

Sie stand auf und streckte ihm die Hand hin, offensichtlich erwartete sie, dass er sie schüttelte.

Er wollte sie nicht anrühren, zwang sich aber, ihr die Hand zu geben – und wusste sofort, dass er einen Fehler begangen hatte.

Das Händeschütteln war Teil des Verhörs.

»Da haben Sie ja eine ganz schöne Narbe«, sagte sie und drehte seinen Arm, um sie besser sehen zu können. »Ist die vom Kochen?«

Er lachte nervös.

»Das ist eine Verbrennung von einem Autounfall, den ich vor Jahren hatte. Die Ärzte haben eine Transplantation versucht, aber die hat nicht gehalten.« Seine Gedanken rasten. »Hey«, sagte er so lässig wie möglich. »Möchten Sie ein Glas Spaghettisoße mitnehmen?«

Zuerst fürchtete er, dass sie ablehnen würde. Aber dann lächelte sie mit ihren riesigen gelben Pferdezähnen und sagte: »Gerne. Das wäre nett.«

Er eilte in die Küche, sein Blick sauste hin und her, suchte nach etwas, etwas …

Er riss eine Schublade auf, dann eine zweite.

Da. Ein schwerer Fleischklopfer aus Holz.

Er griff nach einem Glas Spaghettisoße und wickelte ein großes Küchenhandtuch untenherum, so dass er den Holzhammer verbarg, dann lief er zurück ins Wohnzimmer.

»Vorsichtig«, sagte er und hielt ihr die Spaghettisoße hin. »Sie ist noch heiß.«

»Sie riecht fantastisch.« Sie griff mit beiden Händen nach dem Glas.

Er zog den Fleischklopfer unter dem Handtuch hervor. Schwang ihn zügig hoch, schlug ihr gegen die Schläfe, sodass sie in die Knie ging, die Spaghettisoße stürzte mit ihr und zerbrach, doch das Geräusch wurde gedämpft durch das Handtuch und die dickflüssig rote Konsistenz. Benommen hob sie ihre tomatenfleckige Hand zu ihrer Waffe. Aber bevor sie die erreichte, trat er ihr fest auf die Hand, hörte ihre Finger brechen. Er schlug noch einmal zu, noch einmal und noch einmal, bis sie reglos auf dem Boden lag.

Er hielt seinen rasenden Atem an und lauschte nach Geräuschen aus dem Schlafzimmer. Nichts außer dem Röhren des Fernsehers. Sie hatte nichts gehört. Was hatten die Leute eigentlich gegen Drogen? Wenn er die Wahl hätte, würde er seine Mutter für den Rest ihres Lebens auf Drogen lassen.

»Sind das alle Berichte von den Gesprächen heute?«, fragte Max und blätterte einen Stapel Zettel durch. Er stand vor der Wand mit immer mehr Tatortfotos und einem Stadtplan, auf dem gelbe Stecknadeln alle Madonna-Mörder-Tatorte seit dem ersten Mord vor achtzehn Jahren markierten. In der Mitte hatte irgendein Scherzkeks ein Farbfoto der Formaldehyd-Schneekugel mit dem darin schwebendem Tattoo vergrößert, es hatte jetzt die Größe einer Zeitschriftenseite.

Es war neunzehn Uhr, und die meisten Leihmitglieder der Einsatzgruppe waren vor zwei Stunden nach Hause gegangen. Nur Ramirez, Ivy und Max waren noch da. Telefonanrufe gingen an die Zentrale.

»Augenblick, Detective.« Ramirez wühlte in einem Stapel

Zettel. »Hastings hat uns diese vor etwa einer Stunde gefaxt.« Er reichte sie Max.

»Warum hat sie sie nicht selbst hergebracht?«

»Sie sagt, ihr wäre unterwegs übel geworden«, sagte Ramirez und lehnte sich in seinem Bürostuhl so weit zurück, dass Max fürchtete, er würde hinten überfallen. »Vielleicht ein Hitzschlag.« Ramirez zuckte mit den Achseln, nahm noch ein Blatt Papier von seinem Schreibtisch und reichte es Max. Eine gefaxte Notiz von Regina.

»Irgendetwas Auffälliges bei den Gesprächen?«, fragte Ivy. Sie saß an einem Tisch in der Ecke des Zimmers, ein halb gegessenes Sandwich lag neben ihrem Ellenbogen, daneben stand eine Tasse mit kaltem Kaffee. Sie hatte den ganzen Tag damit zugebracht, wieder und wieder die Verhöre und Tatortbeschreibungen zu lesen, auf der Suche nach irgendetwas, was vielleicht beim ersten, zweiten und dritten Durchgang übersehen worden war, was vielleicht zu Max' Zahlentheorie passte.

Max reichte ihr die Hälfte des Stapels, dann ließ er sich aufs Sofa fallen. »Eine erstaunliche Anzahl der Psychiatrieinsassen haben irgendeine Form des mathematischen Fachwissens«, kommentierte Ivy.

»Ich hab hier drei«, sagte Max.

»Das ist doch merkwürdig. Finden Sie das nicht merkwürdig?«

»Was wollen Sie damit sagen? Dass die Antworten nicht stimmen?«

Ivy rieb sich die Schläfen. Sie hatte zu lange unter Neonlicht gesessen. Die Zahlen und Buchstaben auf der Seite vor ihr verschwammen. »Ich weiß nicht. Ich kann nicht mehr vernünftig denken. Also, was machen wir jetzt?«

»Wir laden die Patienten mit mathematischem Hintergrund vor, und Sie und ich werden sie ab morgen früh selbst verhören.«

Ivy nickte benommen. Sie musste eine Weile die Augen

schließen. Vielleicht sollte sie sich auf dem Sofa ausstrecken. Ein kleines Schläfchen machen, bevor sie nach Hause fuhr und Jinx fütterte ...

Vom Geräusch eines Plastikhörers, der auf der Gabel landete, schrak sie auf und begriff, dass sie im Sitzen am Tisch eingeschlafen war. Sie hatte davon geträumt, sich hinzulegen.

»Sie geht nicht ans Telefon.«

»Wer?«. Die Frage kam von Max.

»Regina.«

»Wenn ich krank wäre«, sagte Ivy mit geschlossenen Augen, »würde ich auch nicht ans Telefon gehen. Meistens sind es sowieso bloß Verkäufer.«

»Ja. ja. Da haben Sie wahrscheinlich recht.« Ramirez erhob sich, er sammelte die Tabletts, Einwickelpapiere und Becher ein. »Vielleicht fahre ich morgen früh mal bei ihr vorbei. Vielleicht fühlt sie sich dann schon besser.«

»Machen wir Schluss für heute«, sagte Max. »Ich habe Ethan versprochen, dass ich früh nach Hause komme.« Er sah auf die Uhr und erkannte, dass es dafür schon zu spät war.

Am nächsten Morgen fuhr Ronny Ramirez bei Regina vorbei, obwohl das satte fünfundvierzig Minuten Umweg bedeutete und hieß, dass er auf dem Weg zurück zur Zentrale in der Rushhour steckte. Sie hatte eine Wohnung in einem Vorort nördlich des Bereichs Fünf. Es war keine tolle Sache, nicht wie Ramirez' Lagerhaus-Loft, aber es war in Ordnung. Ihre Wohnung befand sich in einem großen Ziegelgebäude, das aussah wie ein Krankenhaus – und vielleicht irgendwann mal eines gewesen war. Viele alte Leute lebten dort, und eine Menge weinender Kinder. Wenn man durch den dunklen Flur ging, konnte man das eklige Zeug riechen, das sie kochten. Wo er wohnte, waren keine Kinder erlaubt. Sein Wohnblock zielte auf Singles Mitte zwanzig, es gab einen Swimmingpool und einen Fitnessraum.

Ihr Wagen stand nicht auf dem Parkplatz. Sie hatte ihn erst vor zwei Wochen gekauft, sie hatte ihn sogar mit raus auf den Parkplatz genommen und ihm die Kiste gezeigt, als sie Pause hatten.

Wie ein Kind mit einem neuen Spielzeug, dachte er und lächelte.

Sie musste schon bei der Arbeit sein, vermutete er.

Er zog sein Handy heraus und wählte die Nummer der Zentrale. »Durchwahl 280.«

Eine Frau ging ran, aber es war nicht Regina. »Ist Regina da?«, fragte er.

Wer auch immer am Telefon saß, musste neu sein – sie musste fragen, und als sie sich wieder meldete, war die Antwort ein Nein.

Ronny drückte den Knopf, um das Gespräch zu beenden, dann saß er da und trommelte mit den Fingern auf das Steuerrad. Sie hätte eigentlich schon bei der Arbeit sein müssen. Dreißig Sekunden später stellte er seinen schwarzen Lexus auf den Parkplatz und ging ins Haus.

Er klingelte bei ihrer Wohnung, aber niemand antwortete – klar. Also klingelte er bei der Hausmeisterin und bat sie, nach dem Wohlergehen einer Freundin zu sehen.

Die Hausmeisterin begleitete ihn zu Reginas Wohnung und klopfte. Als niemand antwortete, schloss sie auf.

Er war in den letzten zwei Wochen ein paar Mal bei ihr gewesen, aber es war ihm nicht gelungen, sie für sich einzunehmen. Sie glaubte, dass er ihr bloß an die Wäsche wollte. Er *wollte* ihr an die Wäsche, aber er hatte sich selbst gegenüber auch widerstrebend zugeben müssen, dass er sie mochte. Teufel, er konnte gar nicht aufhören, an sie zu denken. Er hatte sie schon immer scharf gefunden, aber irgendetwas war an dem Tag passiert, an dem sie ihm gesagt hatte, dass sie vergewaltigt und für tot liegengelassen worden war. Er hatte angefangen, sie als mehrdimensionales Wesen mit Gefühlen und Vergangenheit zu sehen. Und plötzlich wollte er beweisen, dass er sie mit dem Respekt und der Bewunderung behandeln konnte, die sie verdiente.

Das einzige Tier, das Regina hatte, war ein Fisch, ein Betta, hatte sie erzählt. Sie war kein Tierfreund – Tiere nervten nur. Immer wenn jemand im Haus ein paar Tage weg war, mussten sie jemand finden, der sich um Muffy, Fluffy oder Foo Foo kümmerte. Als sie ihm von dem Fisch erzählte, hatte er sich gefragt, warum irgendjemand einen blöden Fisch haben wollte, aber später hatte er ihn angestarrt und seine Farben bewundert.

»Regina!«

Stille.

Er brauchte keine Minute, um festzustellen, dass sie nicht hier war – die Wohnung bestand aus einem Koch/Ess/Wohnzimmer, einem Schlafzimmer, einem Bad. Das Bett war ungemacht, aber das war auch die anderen Male so gewesen, als er hier war. Das Bad wirkte nicht feucht oder kürzlich benutzt. Das Waschbecken war trocken, und als er den rosa Duschvorhang beiseite zog, stellte er fest, dass dasselbe für die Wanne galt.

Er ging zurück ins Schlafzimmer, wo ihr Computer an der Wand dem Bett gegenüber stand. Ordentlich neben dem Monitor abgelegt waren die Fragebögen, die sie ihm gefaxt hatte.

»Sie ist nicht hier«, sagte die Hausmeisterin, eine junge Schwarze, die jetzt nervös wirkte, weil sie ihn hereingelassen hatte.

Sie war hier gewesen, so viel war klar.

Plötzlich kam er sich vor wie ein Idiot. Er war eigentlich nicht der Typ, der überreagierte, und er wusste nicht genau, wie er nun damit umgehen sollte.

Gestern war sie richtig sauer gewesen, dass sie auf der Straße rumturnen musste, während er den ganzen Tag drinnen sitzen durfte. Und wie er Regina kannte, war sie losgezogen, hatte sich immer mehr geärgert, und wahrscheinlich einfach entschieden, sich zu verpissen – sie hatte sowieso gesagt, dass sie ein oder zwei Tage frei brauchte.

Sie war nach Hause gegangen, hatte die Fragebögen gefaxt und dann eine Freundin besucht. Oder einen Freund, vermutete Ronny, und sein Magen zog sich vor Eifersucht zusammen. Wahrscheinlich war sie jetzt bei ihm und lachte darüber, wie sie alle an der Nase herumgeführt hatte.

Na ja, er würde sie nicht verraten. Vielleicht müsste sie auch irgendwann einmal ihn decken.

»Danke, dass Sie mich reingelassen haben«, sagte er zu der Hausmeisterin, als sie beide zur Tür gingen.

33

»Ich habe Informationen für Sie«, flüsterte die Stimme in Alex Martins Ohr. Alex packte den Hörer fester und schaute von seinem Schreibtisch auf, um festzustellen, ob jemand in Hörweite war. Doch die anderen hatten die Köpfe gesenkt und hackten auf ihre Computertastaturen ein.

»Was für Informationen?«, flüsterte Alex zurück ins Telefon.

»Über den Madonna-Mörder.«

»Wer ist da?«

»Kann ich nicht sagen.«

Aufgeregt, mit klopfendem Herzen, sagte Alex: »Ich würde niemals eine Quelle verraten.«

»Ich kann das nicht riskieren. Wenn ich es Ihnen sage, wenn er herausbekommt, dass ich Sie angerufen habe, muss ich sterben. Können Sie sich mit mir irgendwo treffen, wo man uns nicht sieht?« Die Stimme des Mannes war von mittlerer Tonhöhe, klang jedoch etwas verrauscht und zitternd. Als hätte er furchtbare Angst.

»Wo?«

»Auf einem Friedhof. Ich erkläre Ihnen, wie Sie hinkommen.«

»Warum auf einem Friedhof? Warum nicht in einem Coffee Shop?«

»Weil die Leute Sie kennen. Und man darf mich nicht mit Ihnen zusammen sehen.« Er gab Alex eine Wegbeschreibung, dann sagte er: »Ich muss weg. Ich höre ihn kommen. Sie werden dort sein, nicht wahr? Bitte kommen Sie.« Der Anrufer legte auf.

Eine Spur. Eine echte gottverdammte Spur.

Alex ging zu Maude, die mit einer riesengroßen grünen Brille vor ihrem Computer saß.

»Ich fahr zum Daley Center, um etwas nachzulesen«, sagte er ihr.

»Über den Madonna-Mörder?«, fragte sie.

»Ja.«

Er hasste es, sie anzulügen, aber er fürchtete, wenn er ihr die Wahrheit sagte, würde sie darauf bestehen, die Bullen anzurufen, und das hier sollte seine Story sein. Er konnte den Pulitzer schon riechen. Die Bullen hefteten sich schon den Baby-Brief ans Revers, und dabei wusste er ganz genau, dass er auch darauf hätte kommen können, wenn er nur die Chance gehabt hätte.

»Was ist mit den Tagesberichten der Polizei?«, fragte sie und lehnte sich auf ihrem Stuhl zurück, sodass sie ihn anstarren konnte.

»Die hole ich auf dem Rückweg.«

»Das ist ganz schön knapp.«

»Ich geb sie per Telefon durch, wenn es sein muss.«

»Die Tagesberichte? Kein Mensch will die Tagesberichte der Polizei übers Telefon annehmen.«

»Ich bin rechtzeitig zurück. Keine Sorge.«

Vor zwei Wochen hätte sie ihm gesagt, er sollte seinen Arsch in Bereich Fünf schwingen. Heute aber lächelte sie bloß und sagte ihm, er solle sich amüsieren, dann widmete sie sich wieder ihrem Computer.

Im Wagen überlegte Alex, wie sein Leben sich verändert hatte – und alles nur wegen eines mordenden Psychopathen. Er sah es nicht gerne so, aber so war es nun einmal. Jetzt kannten die Chefredakteure des *Chicago Herald* sogar seinen Namen, und er bekam anständige Termine – echte, tatsächliche, zufriedenstellende Storys. Und Maude behandelte ihn beinahe schon wie einen gleichberechtigten Partner, statt als nervigen Idioten.

Er bremste seinen kleinen roten Protegé an der Mautstelle

ab, warf die Münzen ein und trat aufs Gas, ohne zu warten, bis die Ampel grün zeigte. Die einzigen Leute, die auf grün warteten, waren Rentner, die nach Michigan fuhren.

Alle anderen fahren vielleicht bei Rot durch, aber ich nicht. Ich bin kein Gesetzesbrecher. O nein!

Der Protegé war ein netter Wagen, aber es war die billigste Version; man musste die Fenster von Hand herunterkurbeln, und er konnte vor lauter Straßenlärm kaum das Radio hören. Bald schon würde er sich einen Wagen mit elektrischen Fensterhebern, einer anständigen Anlage und viel besserer Isolierung leisten können.

Es hieß, der Madonna-Mörder würde getrieben durch den intensiven Hass auf seine Mutter. Mutter und Sohn. Er und seine Mutter verstanden sich echt gut, aber ein paar seiner Freunde hatten dieses Glück nicht. Ihre Beziehungen waren eigenartig, ein bisschen grenzwertig. Ödipus. Tja, das war eine komische Sache, aber vielleicht nicht so weit hergeholt. Vielleicht sollte er einmal darüber schreiben. Ja. Er würde es Maude vorschlagen. Mal sehen, was sie davon hielt.

Leise Musik drang über das Röhren des Motors und das Brummen der Laster um ihn herum zu ihm. Seine Mitbewohner verspotteten ihn, sie sagten, dass er einen schlechten Musikgeschmack hatte. Er drehte das Radio voll auf. Van Halen. Männermusik. Klar war das blöd. Klar war es laut. Aber es war auch erdig, mächtig.

Er sang mit, schlug mit der Hand den Takt auf dem Steuerrad.

Ja, sein Leben hatte sich verändert.

Der Friedhof erwies sich als einer dieser versteckten, verlassenen Orte, die es manchmal mitten im Herzen einer Stadt gibt. Alex folgte den Anweisungen, die er am Telefon bekommen hatte, er bog von der Straße ab und nahm einen grasbewachsenen Feldweg. Fuhr unter dichtem Grünzeug hindurch, vorbei an umgestürzten Grabsteinen, bis er das südlichste Ende des Friedhofes erreicht hatte. Er blieb einen

Augenblick sitzen und fragte sich, ob er wenden und sich verpissen sollte, als ein Mann hinter einem großen Grabstein hervortrat. Er winkte und lächelte.

Der Kerl war blass und dünn, ein bisschen peinlich, fand Alex. Komplett harmlos. Alex schaltete den Motor aus und stieg aus. »Alex Martin?«, fragte der Mann, lächelte, und warf dann einen nervösen Blick über die Schulter.

»Allerdings.«

Alex zog einen Stift und einen Reporterblock aus der Brusttasche seines Hemds, während er auf den Mann zuging, der immer noch nervös neben dem Grabstein stand. »Danke, dass Sie mich angerufen haben«, sagte er. »Ich möchte Ihnen versichern, dass ich nichts über Sie preisgeben werde. Nicht wie Sie aussehen, nicht, wo wir uns getroffen haben. Gar nichts.«

»Ich weiß«, sagte der Mann, nickte und lächelte.

»Sie können mir alles sagen, was Sie wollen.«

»Ich wollte Sie etwas fragen.«

»Aber natürlich.«

»Wegen des Briefs von dem toten Baby.«

Alex begann sich zu ärgern. Immer dieser Brief des toten Babys. Würde er denn nie den Ruhm ernten, der ihm gebührte?

»Das war eine Lüge, nicht wahr?«

»Wie meinen Sie das?«

»Das Baby hat den Brief nicht geschrieben, oder?«

»Ich kann Ihnen nicht folgen.«

»Das Baby hat den Brief nicht geschrieben«, wiederholte der Mann diesmal drängender. »Jemand anders hat den Brief geschrieben, nicht wahr?«

»Ja …«, sagte Alex und nickte langsam. Er fragte sich, was zum Teufel hier abging. Der Typ war ja völlig durchgedreht.

»*Sie* haben den Brief geschrieben, nicht wahr?«

»Ich hatte Hilfe.«

»Von der Polizei?«

»Das kann ich Ihnen nicht sagen.«

»Von Detective Irving? Hat er Ihnen geholfen, den Brief zu schreiben?«

»Ich habe gesagt, das kann ich Ihnen nicht sagen.«

Das war ein Vollflop, wie die ganzen Briefe, die sie nach dem Stück mit dem toten Baby bekommen hatten. Es gab echt viele Irre, und in Chicago schienen sie sich besonders wohlzufühlen. Sah so aus, als würde er doch noch rechtzeitig zurückkommen, um die Tagesberichte der Polizei selbst einzugeben. Wiedersehen, Pulitzer. »Wollten Sie mir nun eigentlich etwas sagen?«

»Ich will nicht, dass Sie noch mehr Briefe abdrucken.«

»Das kann ich nicht entscheiden. Ich bin bloß ein kleines Rädchen in der Maschine.«

»Sie sind ein Verräter, Alex Martin. Das sind Sie.«

»An wem?«

»An den Babys.«

»Den Babys?« Alex hatte genug. Er wandte sich ab und begann zum Wagen zu gehen.

»Ich rede mit Ihnen!«

»Lecken Sie mich am Arsch.« Er sprach ärgerlich über seine Schulter.

Hinter ihm war ein Rascheln zu hören, eine Bewegung. Alex wandte sich um und konnte in einem schmalen Sonnenstrahl, der durch die Blätter über ihm fiel, etwas glitzern sehen. Eine Axt. *Er muss sie hinter dem Grabstein versteckt haben*, dachte er entgeistert. Eine gottverfluchte Axt.

34

Ivy gönnte Jinx volle fünfzehn Minuten ihrer ungeteilten Aufmerksamkeit, um auszugleichen, dass sie ihn Tag um Tag allein ließ. Sie streichelte ihn und bürstete ihn und redete mit ihm in der hohen Stimme, die ihn mit seinen Augen lächeln ließ.

Es war gut, dass Katzen nicht die Möglichkeiten hatten, das Morgen vorauszuahnen, oder die nächste Woche, oder den nächsten Monat. Sonst würde er vielleicht protestieren, vor allem, da er nicht in einer solchen Enge aufgewachsen war. Er war einmal wild und frei gewesen, hatte sich gemächlich durch hohes Gras geschlängelt und an Gänseblümchen geschnuppert. Er war auf Bäume geklettert und hatte sich im Staub gewälzt. Er hatte im Schatten eines Fliederbusches gedöst, während die Blauhäher über ihm piepsten.

Ivy und Max hatten den vorigen Tag damit verbracht, von Tür zu Tür zu spazieren, sie hatten noch einmal mit allen ehemaligen Patienten des Elgin Mental Hospitals gesprochen, die mathematisch begabt waren. Ihre Fragen gingen deutlich tiefer als die des ursprünglichen Fragebogens. Zwei Männer waren vielversprechend erschienen, aber sie hatten beide überprüfbare Alibis für die Mordnächte. Und keiner von ihnen hatte irgendetwas in Ivy ausgelöst.

Aber würde er das? Wenn sie dem Mann gegenübertrat, der sie mitten in der Nacht brutal und überraschend angegriffen hatte, würde sie wissen, dass er es war? Oder würde sie lächeln und nicken und weiterziehen? Es war höchst wahrscheinlich, dass sie ihn bereits gesehen hatte, dass sie Blickkontakt gehabt hatten, dass sie vielleicht sogar mit ihm gesprochen hatte.

Denn so war es bei vielen Serienmördern. Sie passten sich an. Sie bewegten sich mit den Massen, sie veränderten die Farbe und passten sich dem Hintergrund an.

Ivy schloss ihre Tür ab, sie war sich der Kamera bewusst, die auf ihre Tür gerichtet war, als sie den Schlüssel einsteckte. Er würde nicht zurückkommen, jedenfalls nicht in dieses Haus. Er hatte verkündet, was er verkünden wollte, und war zu klug, um zu riskieren, auf Band aufgenommen zu werden. Aber diese Überzeugung hinderte sie nicht daran, Stunde um Stunde Bänder von Leuten zu sichten, die das Haus betraten und verließen.

Sie hatten ein paar Drogendeals entdeckt, eine Prostituierte, die in ihrer Wohnung arbeitete, und einen Typen, der anderen Mietern Sozialhilfe-Schecks aus den Briefkästen klaute.

Die paar Verdächtigen, die sich ohne Schlüssel hereingedrückt hatten, erwiesen sich als Freunde und Verwandte von Mietern.

Er würde nicht zurückkommen.

»Haben Sie von Ihrem Kumpel gehört?«, fragte der Polizist an der Rezeption, als Ivy Bereich Fünf erreichte.

»Von wem?«

»Alex Martin. Eine Leiche mit seinem Führerschein und seinem Presseausweis wurde irgendwo am Nordende von Bereich Fünf auf einem katholischem Friedhof gefunden.«

Sie hielt den Atem an. »Konnte er schon eindeutig identifiziert werden?«

»Nein, aber sein Wagen stand auch dort.«

Der Raum erschien ihr plötzlich irreal.

Falls der Polizist noch weiter redete, konnte Ivy ihn nicht mehr hören, denn in ihrem Kopf war zu viel Krach. Alex Martin? Tot?

Wie im Nebel stakste sie blind durch die Kontrolle, um dann die Treppe hoch in den zweiten Stock zu gehen. Sie er-

295

reichte das Büro der Einsatzgruppe und stieß beinahe mit Max zusammen. »Was ist mit Alex Martin?«

Er packte sie am Arm und drehte sie gleich wieder herum. »Ich habe versucht, Sie anzurufen, aber ihr Telefon scheint aus zu sein. Kommen Sie. Sehen wir uns das an.«

Als sie im Wagen saßen und in Richtung Tatort rasten, erzählte Max ihr, was er wusste. »Letzten Monat hatten wir eine Leiche, die offenbar Opfer eines Rituals war. Sie wurde auf einem Friedhof gefunden.«

»Irgendwelche Spuren?«

»Ein paar Indizien, aber nichts Vernünftiges. Es könnten Jugendliche sein, die dem Teufel huldigen.«

»Und Sie glauben, dies ist wieder ein Ritualmord? Warum Alex Martin? Und warum wollten Sie, dass ich mitkomme?«

»Als die Polizei ihn heute Morgen fand, lag eine zerbrochene Schneekugel ein paar Meter von der Leiche entfernt.«

Als er ihr von einem möglichen Ritualmord erzählte, hatte Ivy tatsächlich Erleichterung verspürt. Es hatte nichts mit dem Madonna-Mordfall zu tun. Sie konnte nichts dafür. Jetzt überwältigten sie der Schreck, die Schuld, die Reue. Es war ihre Schuld!

»Es ist wegen des Briefes«, sagte sie leise.

»Das wissen wir nicht. Vielleicht hat es nichts mit den Madonna-Morden zu tun. Es könnte jemand sein, der sich dahinter versteckt oder uns ablenken will. Das müssen wir herausbekommen.«

Natürlich, dachte sie. Natürlich hieß die Schneekugel nicht, dass es wirklich der Madonna-Mörder gewesen war. Jeder wusste, dass er Schneekugeln am Tatort hinterließ. Jeder Irre konnte ihn nachahmen.

Der Friedhof war lang und schmal, nicht breiter als die Grundstücke an beiden Seiten. Ein vergessener Ort, viele der Grabsteine waren über die Jahre von Kindern, die ihre kriminelle Karriere begannen, umgestoßen worden. Und nachdem sie sich hier ausgetobt hatten, waren sie weitergezogen zu schlimmeren Vergehen. Wenn sie schon die Toten nicht respektierten, wen dann?

Das Gras war den ganzen Sommer über nicht gemäht worden, und letzten Sommer auch nicht, so wie die heruntergefallenen Äste im Wirrwarr aus totem Gras lagen, über die unvorsichtige Besucher leicht stolpern könnten.

»Sieht so aus, als wäre hier seit Jahren niemand mehr begraben worden«, sagte Ivy.

»Viele dieser kleinen Friedhöfe sind praktisch vergessen«, sagte Max ihr und ging zwischen den umgestürzten Grabsteinen hindurch. »Der hier gehört wahrscheinlich zu einer Kirche, die es seit Jahren nicht mehr gibt.«

Der Tatort befand sich hinten auf dem Friedhof, wo Bäume aufragten über Krankenwagen und dem Van der Spurensicherung und alles in eine intensive Dunkelheit tauchten. Am Rand wuchs das Dickicht so dicht und geheimnisvoll wie ein Dschungel.

Ein Altar stand ein paar Meter vor dem wirren Grün; hier musste irgendwann einmal die Ostermesse gelesen worden sein.

Nebeneinander näherten sich Ivy und Max dem Tatort, sie gingen über die von den Reifen plattgefahrenen Wege. Ein kleiner roter Wagen wurde hinten auf einen Laster geladen, der ihn in das Labor der Spurensicherung bringen würde. Das FBI war da, zusammen mit ein paar Mitarbeitern der Mordkommission, die Ivy kurz in der Zentrale gesehen hatte.

Eine Kamera klickte, ein anderer Techniker bediente eine Videokamera.

Einer der Detectives entdeckte sie und kam auf sie zu. Sein Gesicht war sehr ernst. »Als wir die zerbrochene Schneekugel fanden, habe ich Sie gleich angerufen«, sagte er im Näherkommen.

»Passt sie zu den anderen?«, fragte Max.

»Schwer zu sagen. Sie ist zerbrochen. Selbst die Figuren im Inneren. Und das Opfer hat hier eine Weile gelegen – sieht aus, als wären die Krähen schon ordentlich an ihm dran gewesen. Ich schätze, die Schneekugel wurde neben das Opfer gestellt, auf den Altar, aber irgendwas – wahrscheinlich ein Vogel – hat sie heruntergestoßen.«

»Wissen Sie, was das Opfer hier wollte?«

»Noch nicht. Aber wenn wir eine positive Identifikation vorgenommen haben, werden unsere Leute seine Kollegen, Freunde und Verwandten verhören.«

»Schicken Sie mir so bald wie möglich Kopien.«

»Das Gras um den Altar herum ist bereits abgesaugt, da können Sie längsgehen. Wir sind aber mit der Leiche und dem Altar selbst noch nicht fertig.« Er warf Ivy einen Blick zu, dann Max. »Es ist ziemlich schlimm. Ich würde schätzen, er wurde mit einer Axt zerhackt. Ein paar unserer Leute haben sich übergeben. So was habe ich lange nicht mehr gesehen.«

Max wünschte sich plötzlich, er hätte nicht auf Ivy gewartet. Ihm wurde klar, dass das vielleicht ein bisschen unsensibel gewesen war. Sie war so sehr Teil von allem geworden, dass er nicht einmal mehr nachgedacht hatte. Einen Augenblick lang hatte er vergessen, dass sie nicht daran gewöhnt war, jede Woche Leichen zu sehen.

Als der Detective gegangen war, wandte sich Max an Ivy. »Sie können hierbleiben, wenn Sie wollen.«

Das betrachtete sie natürlich als Herausforderung. Sie hob das Kinn, presste die Lippen aufeinander.

Kam mit.

Es war schlimm.

Wirklich schlimm.

Die Leiche lag rücklings auf dem Altar, die abgetrennten Arme nicht weit weg im Gras. Die Augen waren weg, wahrscheinlich hatten die Vögel sie gefressen, es blieben nur zwei schwarze Löcher, die himmelwärts starrten. Das Gesicht war aufgedunsen. Schmeißfliegen und Maden quollen aus jeder Öffnung, sodass die Leiche eigenartig lebendig wirkte.

»Das ist Alex Martin«, sagt Ivy benommen; sie konnte seine Züge gut genug erkennen, um ihn zu identifizieren.

»Das kann nicht der Madonna-Mörder gewesen sein«, sagte Max mit leiser Stimme, sodass nur Ivy ihn hören konnte. »Warum sollte er jetzt auf einmal einen erwachsenen Mann töten?«

»Ich glaube, wir sollten es nicht so schnell von der Hand weisen. Es gibt von jedem menschlichem Verhalten Ausnahmen.«

»Wir können es uns nicht leisten, Zeit damit zu verschwenden, in die falsche Richtung zu denken.«

Der Madonna-Mörder hatte seit über zwei Wochen nicht zugeschlagen. Sie warteten jetzt jederzeit auf einen neuen Mord und konnten es nicht riskieren, Energie auf falsche Spuren zu verschwenden.

»Was ist mit Jonas Sandberg aus Schweden?«, fragte Ivy. »Als man ihn wegen des Mordes an zwölf minderjährigen Mädchen festnahm, steckte man ihn in die Psychiatrie. Schweden hat ein reichlich liberales Gefängniswesen. Nachts schlich er davon und ermordete junge Männer, morgens lag er wieder in seinem Bett. Niemand glaubte, dass er es sein könnte, denn er hatte zuvor keine Männer getötet, und die Vorgehensweise war auch ganz anders als bei den Morden an den jungen Frauen. Erst als ein Emphysem ihn an einen Sauerstofftank fesselte, hörten die Morde endlich auf. Traurig vertraute er einem anderen Patienten an, dass er nicht mehr weiter töten konnte, und der sagte es weiter.«

»Um Gottes willen, Ivy«, sagte Max mit einem Hauch Humor. »Ich habe bloß meine Meinung und meine Sorge kundgetan. Ich werde diesen Fall im Auge behalten, aber ich werde mich davon nicht ablenken lassen – und ich will auch nicht, dass er Sie ablenkt.«

Sie kauerte neben der zerbrochenen Schneekugel auf dem

Boden, war bereits abgelenkt. »Es ist dieselbe Sorte.« Sie zeigte mit dem Finger auf etwas. »Da ist ein Teil des blauen Babydeckchens. Da ist ein Teil des Kopfes der Mutter.«

»Im Labor werden sie klären können, ob es exakt passt oder nicht.«

Sie atmete tief aus und erhob sich. Er konnte sehen, dass sie schon entschieden hatte, dass dies alles ihre Schuld war und dass Alex Martin vom Madonna-Mörder getötet worden war.

Sie stiegen in den Wagen und fuhren Richtung Zentrale.

»Ihr Instinkt bei dem Brief war richtig«, sagte Ivy. »Ich hätte auf Sie hören sollen. Deswegen hat er ihn getötet. Wegen des Briefes. Weil er wusste, dass Alex hinter dem Brief des toten Babys steckte. Er hat wahrscheinlich geglaubt, dass Alex ihn geschrieben hat. Er hat ihn getötet, um dafür zu sorgen, dass es keine weiteren Briefe mehr gibt.«

Das war möglich, dachte Max, wollte es aber nicht laut sagen.

»Es ist eine so ganz andere Vorgehensweise.«

»Es war ein Mord aus Wut. Vielleicht hat er eine andere Persönlichkeit angenommen, um mit jemand wie Alex umzugehen, eine Persönlichkeit, die eher durch Hass und Rache getrieben wird.«

»Wenn das stimmt – und ich will mich hier auf gar nichts einlassen –, gibt es dann noch jemand anders, von dem er glauben könnte, dass er an dem Brief mitgearbeitet hat?«

»Ich schätze, er könnte auch andere Mitarbeiter der Zeitung im Verdacht haben, vom Chefredakteur bis zu den Druckern.«

»Aber das sind doch bloß Vermutungen. Wir brauchen Fakten. Und ich bin sowieso noch nicht überzeugt, dass es überhaupt der Madonna-Mörder war.«

»Und wie wäre es, wenn wir feststellen, dass eines der Opfer des Madonna-Mörders auf diesem Friedhof begraben liegt? Wäre das eine ausreichende Verbindung?«

Er griff nach seinem Handy und drückte eine Kurzwahltaste. »Hier ist Detective Irving. Fragen Sie im Archiv nach, ob eines der Opfer des Madonna-Mörders auf dem St. Anthony's Catholic Cemetery begraben liegt.« Es folgte eine lange Pause. »Wie ist die Adresse? Okay. Verstanden.« Er beendete den Anruf. »Schreiben Sie das auf«, sagte er zu Ivy. Sie wühlte in ihrer Tasche und zog Stift und Papier heraus, schrieb die Adresse schnell nieder.

»Was ist los?«

»Regina Hastings. Sie wird vermisst.«

35

»Holen Sie die Karte aus dem Handschuhfach, ja?« Ivy fand sie, suchte schnell nach der Straße, die Max ihr genannt hatte. »Dienstag wurde sie das letzte Mal gesehen«, sagte Max.

»Als sie von Haus zu Haus ging. Sie müssen in die rechte Spur wechseln und Ausfahrt 12B nehmen. Hat Ramirez nicht bei ihr vorbeigeschaut?«

»Ja, aber es war niemand da. Er hat gesagt, er wäre davon ausgegangen, dass sie die Nacht irgendwo anders geschlafen hätte.«

»Was ist mit den Informationen, die sie gefaxt hat?«

»Vielleicht hat sie die ja gar nicht selbst gefaxt.«

Er griff wieder nach seinem Handy, drückte auf eine Zifferntaste, um eine Kurzwahl auszulösen. Als jemand ranging, sagte er: »Suchen Sie die Unterlagen heraus, die von Officer Hastings' Faxgerät aus geschickt wurden. Überprüfen Sie, ob es einen Fragebogen zu jedem Namen auf der Liste gibt. Dann bringen Sie die Faxe runter zu den Handschriftexperten. Die sollen feststellen, ob sie alle von derselben Person ausgefüllt wurden oder nicht. Ich vermute, dass einer der Namen auf der Liste keinen Fragebogen hat oder dass einer der Fragebögen von jemand anders als Hastings ausgefüllt wurde.«

Er beendete hastig den Anruf, konzentrierte sich dann auf die Fahrt und den Verkehr, quetschte sich zwischen zwei Lastern gerade noch auf die rechte Spur, als die Ausfahrt auftauchte.

Ivy sagte weiter den Weg an. »Da sind wir. Spring Green Apartment Complex.«

Ein schwarz-weißer Streifenwagen stand schräg vor der Haustür.

Max hielt im Halteverbot. Hinter der Eingangstür zeigte er seine Marke, sodass sie schnell weitergehen durften. Die Hausmeisterin erklärte ihnen, wie sie zu Hastings' Wohnung kamen, als hätte sie es in den letzten Tagen schon mehrfach getan. »Es sind schon Leute oben!«, rief sie ihnen hinterher, während Max und Ivy die Treppe hochliefen.

Drei Stockwerke, dann den Flur nach rechts. Apartment 324.

Die Tür stand offen; sie konnten die Stimmen hören, lange bevor sie da waren.

Drinnen standen zwei Frauen, eine knapp fünfzig, die andere etwa fünfundzwanzig. Sie sprachen mit einem uniformierten Polizisten, der sich Notizen machte.

Max stellte sich und Ivy vor.

Die Frauen waren Reginas Mutter und Schwester.

»Regina ruft mich immer alle zwei oder drei Tage an«, sagte die ältere Frau. »Spätestens alle drei Tage. Ich habe sie mehrfach angerufen, habe Nachrichten hinterlassen, aber sie hat mich nicht zurückgerufen. Ich habe einen Schlüssel zu ihrer Wohnung, also bin ich hergekommen. Ihr Wagen war da, aber sie nicht. Aber sie fährt nicht überall mit dem Auto hin, deswegen dachte ich mir, vielleicht ist sie beim Dienst. Ich weiß, dass sie bei Ihnen arbeitet, Detective, und ich weiß, dass sie viele Überstunden machen muss. Also sagte ich mir: Mach dir keine Sorgen, obwohl ich mir Sorgen gemacht habe, ich kann nicht anders, so sind Mütter eben, nicht wahr?«, fragte sie und schaute Ivy an.

Ivy lächelte und stimmte ihr zu.

»Meine Tochter sagte mir, es wäre bestimmt nichts, aber sie würde mir helfen, mich zu beruhigen. Sie rief die Nummer an, die Gina uns gegeben hat, die Notrufnummer der Einsatzzentrale, und dort sagte man uns, sie wäre seit drei Tagen nicht mehr bei der Arbeit gewesen. Irgendetwas stimmt nicht. Ich kann es spüren. Irgendetwas stimmt ganz und gar nicht.«

Sie begann zu weinen, und ihre Tochter legte einen Arm um sie, versuchte, sie zu beruhigen.

»Wenn dieser Madonna-Mörder sie erwischt hat, dann werde ich es nicht überleben. Ich glaube, ich werde nicht den Rest meines Lebens jeden Tag daran denken können. Als Erstes, wenn ich aufstehe, und als Letztes, bevor ich zu Bett gehe.«

Sie brach endgültig zusammen, und ihre Tochter führte sie zu einem Sofa in der Ecke.

»Warum ist die Wohnung nicht abgesperrt, um Spuren zu sichern?«, fragte Max den Polizisten.

»Sie haben mir gesagt, dass sie sowieso gestern schon hier waren. Sie haben wahrscheinlich ohnehin schon fast alles angefasst.« Er senkte die Stimme, sodass die Frauen ihn nicht hören konnten. »Obwohl sie angerufen haben, um sie vermisst zu melden, scheint es, als hätte der Anblick meiner Uniform alles viel echter wirken lassen. Seit ich hier bin, klappt sie alle paar Minuten so zusammen.«

Max nickte und zog sein Handy heraus. »Wir brauchen die mobile Spurensicherung«, sagte er in das Gerät. Er nannte die Adresse. »Sie müssen die Wohnung nach Fasern und möglichen Blutspuren durchsuchen, und alle Oberflächen auf Fingerabdrücke. Und sagen sie ihnen, dass sie ein Auto untersuchen und mitnehmen müssen.«

Kaum hatte er aufgelegt, klingelte sein Telefon. Es war das dritte Mal in einer Stunde, dass Ramirez anrief. »Wir wissen noch nichts Neues«, sagte Max zu ihm. »Aber wenn wir etwas erfahren, rufe ich Sie an.« Er legte auf und steckte das Handy in die Tasche.

»Nichts mehr anfassen, bis die Spurensicherung hier ist«, sagte Max. Dann überließen Ivy und er Regina Hastings' Mutter und Schwester dem Polizisten.

Nach der Beschreibung, die sie erhalten hatten, fanden sie

Reginas Wagen – einen kleinen grünen Toyota – auf dem Parkplatz, im Schatten eines verrosteten Carports.

»Sieht brandneu aus«, sagte Ivy, als sie näher kamen. Ohne etwas anzurühren, schauten sie zu den Fenstern hinein. Nichts. Kein Dreck, kein Kaugummipapier, nichts. Mit der Fernbedienung und dem Extraschlüssel, die Reginas Mutter ihnen gegeben hatte, öffnete Max den Kofferraum. Der Deckel klappte hoch, und sie traten näher.

»O mein Gott«, sagte Ivy und hob eine Hand vor den Mund.

Da war Regina, oder was noch von Regina übrig war. Sie war zusammengeschlagen worden, ihr Gesicht war blutunterlaufen und dick geschwollen.

Ivy beugte sich vor.

»Mein Gott, Max, sie lebt noch.«

36

»Die kann ich Ihnen nicht auffüllen«, sagte der Apotheker und versuchte, ihm die leeren braunen Dosen zurückzureichen. »Noch eine Woche lang nicht.«

»Aber meine Mutter hat keine Medikamente mehr. Sie hat Schmerzen. Was ist, wenn ich sie bar bezahle?«

»Tut mir leid, die sind verschreibungspflichtig. Wenn Sie sie wie angegeben genommen hat, müsste sie noch zwei Wochen damit auskommen. Sie hat doch niemand anders ihre Arzneimittel gegeben, oder?«

»Natürlich nicht.«

Er schwitzte und verhielt sich merkwürdig, aber es war ihm egal. Er brauchte all seine Willenskraft, um nicht über den Tresen zu hechten und diesen Typen zu erwürgen, nur um sich die Medikamente zu beschaffen, die er brauchte. »Sie kann nicht besonders gut sehen und hat ein paar Pillen in den Ausguss geworfen. Sie soll nicht abrupt damit aufhören, das wissen Sie doch.«

»Ich kann das nicht auffüllen.«

Lachte der Typ über ihn? Es sah aus, als grinste er. Es sah aus, als *freute* er sich, dass er ihm keine Medikamente geben konnte. »Geben Sie mir mal Ihr Telefon«, befahl er. »Ich rufe ihren Arzt an.«

Der Apotheker zog das Telefon zu sich heran, wählte die Nummer auf dem Pillendosenaufkleber und reichte ihm den Hörer.

»Dr. Paragus ist außer Haus«, sagte die Rezeptionistin. »Sie müssen Montag wieder anrufen.«

»Aber es ist ein Notfall«, sagte er mit zusammengebissenen Zähnen. »Ein Notfall. Verstehen Sie, was das Wort heißt?«

»Wenn es ein Notfall ist, wenden Sie sich an die Notaufnahme«, sagte die Frauenstimme am anderen Ende kühl. »Ansonsten können Sie Montag wieder anrufen.«

Er knallte den Hörer auf.

Er würde die blöde Henne umbringen.

Er würde sie alle umbringen.

Ihr kennt mich nicht. Ihr wisst nicht, wer ich bin. Ihr wisst nicht, was ich getan habe, was ich tun kann.

»Warten Sie!« Der Apotheker rief hinter ihm her. »Sie haben Ihre Dosen vergessen.«

Ohne sich umzudrehen, die Nackenmuskeln angespannt wie Klaviersaiten, hob er einen Arm und zeigte dem Mann den Mittelfinger. Er stapfte aus der Apotheke heraus und war sich nur halb der Tatsache bewusst, dass die Leute ihn anstarrten.

Er ging, ohne darüber nachzudenken, wohin eigentlich. Wütend, wütend, wütend. Scheiße, Scheiße, Scheiße. Er betrat die erste Bar, die er fand, und bestellte sich einen Tequila und ein Bier.

Scheiße, Scheiße, Scheiße. Was sollte er jetzt tun? Sie wartete auf ihn. Wartete darauf, dass er mit ihren Pillen zurückkam. In letzter Zeit war es so gut gegangen, sie hatten sich so gut verstanden.

Er konnte nicht zurück.

Wie konnte er mit leeren Händen zurückkommen?

Er könnte ihr sagen, dass sie ihm die Medikamente nicht gegeben hatten. Aber dann würde sie sich fragen, warum. Und vielleicht würde sie sogar darauf kommen, dass er ihre Dosis erhöht hatte.

Ein paar Tage lang hatte er sie tatsächlich *gemocht*. Einen Abend hatte er sich sogar an ihr Bett gesetzt und ihr aus dem *Reader's Digest* vorgelesen.

Er konnte nicht zurück.

Er musste zurück.

Er bestellte noch einen Tequila und ein Bier.

307

Eine Stunde später riss er sich zusammen, wovor hatte er denn Angst?

Waschlappen.

Sie war eine verkrüppelte alte Frau. Was konnte sie ihm schon anhaben? Nichts. Er hatte das Sagen, er war der Starke, der Mächtige.

Du solltest nicht saufen, sagte eine Stimme in seinem Kopf. Weißt du noch, was letztes Mal passiert ist?

Nichts.

Nichts ist passiert.

Bist du sicher?, höhnte die Stimme. Bist du absolut sicher?

JA! JA! ich bin sicher. Ich bin absolut sicher. Also Schnauze. Halt bloß die Schnauze!

Er bestellte sich noch einen Drink.

Die Zeit verlor ihre Bedeutung. Manchmal schaute er hoch zu der Uhr über der Bar, aber sie sagte ihm nichts.

»In fünf Minuten machen wir zu«, sagte eine Stimme. Eine Stimme, die durch einen langen Tunnel zu hallen schien. »Soll ich Ihnen ein Taxi rufen?«

Laberst du mich an?

»Hey, Mann. Willst du ein Taxi?«

»Nein«, sagte er klar und deutlich und erhob sich von dem Barhocker. Er wandte sich ab und verließ die schmierige Kneipe, er trat hinaus in eine verwirrende Mischung aus Regen und Dunkelheit und blinkendem Neon.

Er ging, der Regen stürzte auf ihn herunter, klatschte sein Haar an seinen Kopf, aber er spürte es gar nicht. Er blieb stehen und hob sein Gesicht himmelwärts, die Augen weit offen, die Tropfen trafen ihn, blendeten ihn, aber noch immer konnte er sie nicht spüren.

Er ging weiter.

Plötzlich stand er neben seinem Wagen. Nein: dem Wagen seiner Mutter. Er riss den Strafzettel unter dem Scheibenwischer heraus und warf ihn auf die Straße. Dann stieg er ein und steckte den Schlüssel ins Schloss.

Autopilot. Der Wagen schien auf Autopilot zu fahren, bog immer genau richtig ab, hielt die korrekte Geschwindigkeit, blieb auf der richtigen Spur, brachte ihn nach Hause, parkte, nicht in der Garage, wo er den Wagen dieser schwitzenden Alten mit dem Fragebogen eine Weile versteckt hatte, sondern in der Gasse hinter seinem Haus. Nein: hinter dem Haus seiner Mutter.

Das Licht oben war an, aber er versuchte, das zu ignorieren. Er ging zur Seitentür hinein, die direkt nach unten führte, in den Keller. Er ging schnell, doch die Holzstufen knarrten, verrieten ihn.

»Bist du das?«, schrie sie von oben.

Er erstarrte.

»Komm sofort hierher!«

Er blieb zitternd stehen.

»Komm hier hoch! SOFORT!«

Etwas Warmes, Nasses sickerte an einem Bein herunter, füllte seinen Schuh, lief über. Der überwältigende Geruch des Urins schlug ihm ins Gesicht.

Langsam, denn sie war seine Mutter, und er war ein guter Junge, ging er die Treppe hinauf. Er durchquerte die Küche.

Er fand sie im Wohnzimmer. Sie hatte ihr Schlafzimmer seit Wochen nicht verlassen, aber irgendwie war es ihr gelungen, sich zum Sofa zu schleppen. Sie stemmte sich auf die Füße und stand da, kippelig, versuchte, mit dem guten Bein das Gleichgewicht zu halten.

Sie war der einzige Mensch, der Macht über ihn hatte. Sie war der einzige Mensch, der ihn noch vor Angst zittern lassen konnte, der ihn dazu brachte, sich in die Hose zu pissen.

»Ich ... hatte einen Unfall«, sagte er. Irgendwas, Hauptsache sie blieb ruhig, Hauptsache sie schrie ihn nicht an. »Ich meine, ich habe einen Unfall beobachtet, ich musste dort bleiben und mit der Polizei reden.«

»Du lügst!«

»Nein. Nein, das ist die Wahrheit. Es war Fahrerflucht.

Ein Mann wurde angefahren und sterbend auf der Straße liegen gelassen.«

Das Licht aus der Küche brach sich in der metallenen Kette um ihren Hals, der Kette, die er der Hure Sachi Anderson genommen hatte. Da war sie, sie schmiegte sich in die schweißigen Falten ihrer Haut, zwinkerte ihn an, verführte in.

»Du verfluchtes Dreckstück. Ich hätte dich ersäufen sollen, als du zur Welt kamst. Ich hätte dich an einen Stein binden und in den Michigansee werfen sollen.«

»Das wäre Mord gewesen«, sagte er hölzern.

Er konnte spüren, wie er sich zurückzog, und plötzlich beobachtete er die ganze Szene wie ein neutraler Zuschauer. Hier war er in Sicherheit. Er hatte immer noch die Macht, aber sie war im Ruhezustand, er konnte sie aufrufen, wenn er sie brauchte.

»Es ist kein Mord, wenn du dich nicht mal als Menschenwesen qualifizierst.«

»Qualifizierst.« Das war kein Wort, das sie normalerweise benutzte. »Hast du wieder Gerichtssendungen geguckt?«

Er konnte sehen, dass seine Frage sie verblüffte, genau wie seine Frage den Barkeeper verblüfft hatte. Er griff nach einer Lampe und ging langsam auf sie zu; im Gehen riss er das Kabel aus der Steckdose.

Die Angst auf ihrem Gesicht!

Es war großartig!

Großartig!

Er hätte zu gern ein Foto davon gehabt, aber dafür war keine Zeit.

Und er würde den Gesichtsausdruck sowieso nie vergessen. Der war für immer tief in sein Gedächtnis eingebrannt, zusammen mit all den anderen Erinnerungen an sie.

»Stell das weg.«

Sie ließ ihn nicht aus den Augen und trat einen Schritt zurück. Sie versuchte, in ihre Mutterrolle zurückzugelangen, versuchte, ihn zu verängstigen, damit er ihr gehorchte, aber

310

diesmal funktionierte es nicht. Und selbst als sie ihn anschrie, konnte er die Angst in ihrem Blick sehen, den Schrecken.

Er wollte nicht, dass dieser Augenblick endete. Er wollte ihn umarmen, genießen, so lange wie möglich ausdehnen.

»Wer ist dein kleines Schatzi?«, fragte er.

»D-das bist du.«

»Und wen liebst du mehr als Elvis?«

»D-dich.«

»Und wen liebst du mehr als diesen blöden Wichser in dieser blöden Fernsehserie?«

»Dich! Dich! Du weißt es doch: dich! A-also s-stell d-die Lampe weg«, bettelte sie, sie streckte vorsichtig die Hände in seine Richtung aus, dann zog sie ihre Arme zurück und verschränkte sie vor dem Körper.

Er knallte die Lampe auf den Tisch. Sie zerbrach, und er riss das Kabel aus der zerbrochenen Keramik. »Sag es«, befahl er und schlang sich die beiden Enden des Kabels fest um die Hände. »Sag es laut.«

»Ich liebe dich!« Sie weinte jetzt. Tränen der Angst liefen über ihre Wangen, ihr wabbeliges Fleisch zitterte.

»Noch einmal!«

»ICH LIEBE DICH!«

Mit einer geschmeidigen Bewegung schlang er ihr das Kabel um den Hals und zog es fest zu, seine Muskeln verspannten sich vor Kraft, seiner unglaublichen Kraft.

Ein Bild blitzte durch seinen Geist.

Ein Junge und eine Frau.

Mutter und Sohn.

Mutter und Sohn.

Er sah zu, wie ihr Gesicht sich violett verfärbte. Wie ihre Augen hervorquollen. Er zog und zog und zog. Als er schließlich losließ, kippte sie schwer zu Boden, die Luft drang aus ihren Lungen, huschte mit einem leisen Zischen über ihre Lippen.

So. Endlich.

Jetzt war sie still. Endlich war sie still. Jetzt war sie eine gute Mutter. Die Mutter, die er liebte.

»Bettzeit«, sagte er zu ihr. »Du warst viel zu lange auf.«

Er wickelte das Elektrokabel von ihrem Hals und zerrte sie über den Boden ins Schlafzimmer.

Totes Gewicht, höhnte eine Stimme in seinem Kopf. *Totes Gewicht. Die Hex' ist tot, und das ist gut. Die Hex' ist tot, und das ist gut.*

Es bedurfte eines enormen Kraftaufwandes, eines enormen Zeitaufwandes. Er stemmte und hob, stemmte und schob, und schließlich hievte er sie ins Bett. Er zog an ihren Armen, ihren Beinen, versuchte, eine natürliche Lage zu arrangieren, aber nichts funktionierte. Er riss das Laken unter ihrem fetten Arsch heraus und deckte sie damit zu. Er wollte gerade gehen, als er glaubte, sie etwas sagen zu hören.

»Was?«, fragte er und drehte sich um.

Drecksjunge. Dreckiger Drecksjunge.

»Halt's Maul!«

Er fand ein weiteres Laken auf dem Boden und warf es über ihr Gesicht, damit sie ihn nicht mehr anglotzte.

Drecksjunge, dreckiger Drecksjunge.

»Ich bin ein guter Junge«, flüsterte er und entfernte sich rückwärts, ohne den Blick von dem Klumpen auf dem Bett zu lösen. »Ich bin ein guter Junge.« Er tastete blindlings hinter sich, fand den Lichtschalter, schaltete das Licht aus, tauchte das Zimmer in Dunkelheit.

Gute Nacht, mein Lieber.

»Gute Nacht, Mami.«

Am nächsten Morgen wachte er spät auf. Er sprang aus dem Bett und rannte hoch, suchte eilig Saft und Haferflocken. Er stellte das Frühstück auf ein Tablett, hätte am liebsten eine Blume gehabt, trug alles ins Zimmer seiner Mutter.

»Zeit zum Frühstücken«, verkündete er, und sein Herz rumpelte schwer in seiner Brust. »Guten Morgen.«

Sie rührte sich nicht.

»Guten Morgen«, wiederholte er. Sie rührte sich nicht. Mit dem Tablett auf einer Hand näherte er sich langsam dem Bett, hob vorsichtig eine Ecke des Lakens mit der freien Hand.

Er ließ das Laken fallen und sprang zurück.

Seine Mutter starrte ihn an, ihr Gesicht grotesk geschwollen, die Augen hervorgequollen, die Zunge ragte aus ihrem Mund. Das Tablett glitt ihm von den Fingern und fiel, das Glas zerbarst, Saft und Haferflocken spritzten auf seine Hose. Er ging zu Boden, Glassplitter bohrten sich in seine Knie. Er hob eine Hand vor den Mund und stieß ein ersticktes Geräusch aus. Ein Keuchen. Ein Würgen.

Sie war tot.

Seine Mutter war tot.

Tränen rannen ihm aus den Augen. Er konnte sie auf seinen Handrücken klatschen fühlen, heiß und scharf.

Sie ist tot.

Die blöde Kuh ist tot.

Sein Mund stand offen. Sein Atem ging in kurzen, schnellen Stößen, und er gab einen Laut von sich, der irgendwo zwischen einem Schluchzen und einem Lachen lag.

Etwas klingelte in seinem Hirn. Eine entfernte Erinnerung. Ein blonder Junge in einem Hockeytrikot neben einer rothaarigen Frau. Wenn man einmal die Haare außer acht ließ, sahen sie sich bemerkenswert ähnlich.

Mutter und Sohn.

Mutter und Sohn.

»Wenn du dich zwischen einem zu großen und einem zu kleinen Kopf entscheiden müsstest, was würdest du nehmen?«

Ethan war mit der CD beschäftigt, die er in der Hand hielt, und antwortete daher zuerst nicht. »Mhm? Oh. Ich weiß nicht. Einen zu großen, schätze ich. Leute mit großen Köpfen sind klug. Wenn man eine zu kleine Rübe hätte, wäre man doch doof.«

Ryans dauerndes Gequatsche ging Ethan auf die Nerven. Er hatte ihn aus selbstsüchtigen Gründen gefragt, ob er mit zu der Musikausstellung am Navy Pier kommen wollte: Ryan hatte einen Wagen. Ethan hatte es sich selbst gegenüber gerechtfertigt, indem er sich eingeredet hatte, Ryan würde die Show genauso stark finden wie Ethan. Er hatte gedacht, wenn Ryan erst mal da wäre, würde es ihm gefallen.

Hier waren Händler aus dem ganzen Land, aus der ganzen Welt. Wenn man nach einem obskuren Album von einer kurzlebigen Gruppe suchte, von der nie jemand gehört hatte, dann konnte man es hier gut kriegen.

Sie hatten sich beide Drei-Tages-Pässe gekauft, aber jetzt, nach fünf Stunden am ersten Tag, langweilte Ryan sich bereits. Er hatte sich auf den ersten Heavy-Metal-Tisch gestürzt, den er zu sehen bekam. Und ohne sich die Mühe zu machen, Vergleiche anzustellen, ohne sich die Mühe zu machen, tiefer zwischen die Myriaden von Tischen und Menschen einzudringen, hatte er seine ganze Kohle in der ersten Stunde ausgegeben.

»Was kostet das Boxset von den Cocteau Twins?«, fragte Ethan den verschlafen aussehenden Typen mit dem Nasenring und dem Pferdeschwanz, der hinter einem langen Verkaufstisch stand. Hinter ihm hing ein schwarzes Stereolab-T-Shirt. Daneben ein langärmeliges Radiohead-Shirt.

»Achtzig Mäuse.«

»Ich kann das bei Cheapo für fünfundsechzig bestellen.«

Der Typ trank einen großen Schluck Soda. »Falls du's kriegst. Vielleicht erzählen sie dir auch nur, dass du's bestellen kannst, aber es kommt nie. Gibt's schon seit Jahren nicht mehr.«

Ethan wusste das. »Und diese Guided by Voices?«

»Fünfundzwanzig.«

Guided by Voices waren fantastisch, aber das hier war live, aufgenommen auf irgendeiner Geburtstagsparty, was hieß, dass Robert Pollard wahrscheinlich besoffen gewesen war. Und man will Guided by Voices nicht hören, wenn sie besoffen sind. *Du* kannst besoffen sein, aber sie nicht. Musik, die normalerweise fließend und eindringlich gespenstisch war, wurde dann zu hartem Punkrock, und der Gesang wandelte sich in Gebrüll. Brüllen war auch okay, zum Beispiel bei The Clash. Aber nicht bei den Songs von Guided by Voices.

»Danke.« Er stellte die CD zurück.

»Wie wär's mit *Under the Bushes, Under the Stars?*«, fragte der Verkäufer.

»Hab ich.«

»*Alien Lanes?*«

»Hab ich.« Ethan griff nach einem My-Bloody-Valentine-Album. *Loveless.* Er hatte die CD, aber er hatte nicht gewusst, dass es *Loveless* auf Vinyl gab. Er hatte die LP noch nie gesehen – das beeindruckte ihn.

»Ist das ein Re-Issue?«, fragte er.

Rechts von ihm, knapp neben seiner Schulter, faselte Ryan immer weiter. »Ist dir eigentlich mal aufgefallen, wie schwer Punks und Arbeitslose zu unterscheiden sind?«

»Nein. Das ist echt selten. Davon sind nur ein paar Tausend gepresst worden.«

Die Verkäufer erzählten einem immer solchen Scheiß.

Ethan war nicht blöd. Und trotzdem war es komisch, dass er nichts davon wusste. War das vielleicht ein Bootleg?

»Das ist, weil die Punks diesen ›Hab meine Haare zwei Wochen nicht gewaschen, komm grad aus dem Bett‹-Look haben – und sie brauchen Stunden, bis sie so aussehen. Wohingegen die Arbeitslosen sich *wirklich* die Haare in den letzten zwei Wochen nicht gewaschen oder gekämmt haben. Sie haben keinen Glanz, und hinten sehen ihre Haare echt aus wie frisch aus dem Bett.«

Ethan steckte das Album zurück und wandte sich um zu seinem Freund. »Willst du gehen?«

Ryan sah sich um, als suchte er nach einem Grund, zu bleiben. »Ich find's langweilig«, sagte er, als er nichts Interessantes entdeckte.

»Was würdest du tun, wenn du nicht hier wärst?«

Die Hände tief in den vorderen Taschen seiner Cargopants vergraben, zuckte Ryan mit den Schultern. »Ich weiß nicht. Videospiele spielen. Das ist viel spannender als das hier.«

Ryan war süchtig nach Videospielen. Eine Menge von Ethans Freunden waren süchtig nach Videogames.

»Ich will noch nicht gehen«, sagte Ethan. »Ich will noch eine ganze Weile hier bleiben. Warum fährst du nicht einfach allein?«

»Willst du trotzdem bei mir pennen?«

Das schien jetzt zwecklos. »Nee. Ich geh nach Hause, wenn ich hier fertig bin.«

»Wie kommst du heim?«

»Ich lass mir was einfallen. Vielleicht nehme ich den Zug bis zur Polizeizentrale und lass mich von meinem Alten mitnehmen. Oder ich ruf ihn an, und er kann mich abholen.«

Es war immer doof, wenn man versuchte, jemand für etwas zu begeistern. Wenn man glaubte, sie müssten nur mal Galaxy 500's Version von Yoko Onos *Listen, the Snow Is Falling* hören, oder Spiritualizeds *Ladies and Gentlemen We Are Floating in Space*, Grant Harts *Good News for Modern*

Man, um zu begreifen, dass Musik Kunst auf der höchsten Ebene war, eine Kombination aus Text und Tönen, die ein einzigartiges kinematografisches Wunder im Kopf auslösen konnte.

Aber sie kapierten es nie. Sie wollten es nicht kapieren. Ryan saß lieber vor der Glotze und spielte *Killing Time,* während im Hintergrund Heavy Metal dröhnte, als sich irgendwas mit Niveau anzuhören.

»Ich komm schon nach Hause«, sagte Ethan. »Mach dir keine Sorgen. Und danke fürs Mitnehmen.«

»Kein Thema.«

Ethan sah Ryan davongehen, er drängte sich durch die Menge und verschwand.

Er erwartete zu viel von den Leuten, das war das Problem, dachte Ethan. Er erwartete zu viel vom Leben. Er wünschte sich durchaus, so sein zu können wie Ryan, so leicht zufriedenzustellen und glücklich damit, den ganzen Tag vor dem Fernseher zu hocken, Kunstfiguren zu töten und manchmal selber abgeknallt zu werden. Der Text eines Songs von Kurt Cobain spielte in seinem Kopf, dort, wo er sich wünschte, er könnte sich genauso leicht amüsieren wie alle anderen.

Als Ryan weg war, ging Ethan weiter, vorbei an den Leuten und ihren Tischen. Er hatte hundert Dollar, und es würde ihm schwer fallen, sich zu entscheiden, wie er den besten Deal für sein Geld bekam. Er musste auch den Seltenheitswert seiner Käufe in Betracht ziehen. Wenn es etwas war, was er irgendwann später nachkaufen konnte, sollte er warten. Aber wenn er einen Schatz fand, der einzigartig war, musste er sofort handeln.

Aber achtzig Mäuse für ein Cocteau-Twins-Boxset? Verdammt. Das war eine Menge Geld. Er war noch nicht sicher. Er war einfach nicht sicher. Und da war auch noch das Velvet-Underground-Boxset mit den Outtakes von den *Loaded-*Sessions ...

Jemand rempelte ihn an, drehte sich um, packte seinen

Arm mit einem klauenhaften Griff und entschuldigte sich. »Tut mir leid. Wirklich.«

»Schon in Ordnung«, sagte Ethan und schüttelte ihn ab, obwohl er es gar nicht in Ordnung fand. Warum guckte dieser Wichser nicht, wo er hinstolperte?

Der Mann glotzte ihn an, als erwartete er, dass Ethan noch etwas sagen würde.

»Du weißt nicht mehr, wer ich bin, oder?«, sagte der Mann.

Jetzt erinnerte sich Ethan, wo er ihn schon einmal gesehen hatte. Beim Hockeyspiel. »Sie sind ein Freund meines Dads, äh … Mr … Mr …« Ethan hatte keine Ahnung, aber er hoffte, das Mr Was-weiß-ich ihm sagen würde, wie er hieß.

»Grant.«

»Mr Grant.«

Er lachte anbiedernd, was Ethan irritierend fand. »Grant ist mein Vorname. Grant Ruby. Also, du bist hier auf der Messe, was? Sieht so aus, als hätten wir dieselben Interessen.«

Ethan schaute runter und sah, dass der Typ das mit burgunderfarbenem Stoff bezogene Cocteau-Twins-Boxset in der Hand hielt. Zum Teufel, das konnte er jetzt von seiner Liste streichen. »Kennen Sie jemand, der die Cocteau Twins mag?«, fragte Ethan; an seiner Schule fiel ihm jedenfalls keiner ein.

»Das ist für mich. Nicht billig für siebzig Mäuse, aber ich habe es schon lange gesucht, und es ist immer schwerer zu kriegen.«

Ethan war nicht sicher, was er beeindruckender fand, dass der Typ es geschafft hatte, den Verkäufer auf siebzig runterzuhandeln, oder dass da jemand vor ihm stand, der auch die Cocteau Twins mochte, und es war ein Penner mittleren Alters.

Er fragte Ethan, wonach er suchte. Nebeneinander gingen sie weiter, vorbei an den Tischen, während Ethan seine Liste durchging. Er erwartete, dass sich ein Film über die Augen des Typen legte, so wie bei allen anderen, wenn er von seinem Hobby sprach.

Aber das passierte nicht. Er mischte sich ein und hielt mit. Er wusste alles über Portishead und Stereolab. Er wusste, dass Doug Yule bei New Age sang, nicht Lou Reed. Er kannte die Geschichte von Gruppen und Künstlern. Er wusste, dass Morrissey bei den Smiths gewesen war, und dass er ein strikter Veganer war, und dass er die Leute auf seinen Konzerten noch nicht mal Schweinekrusten essen ließ.

»Hast du eigentlich Hunger?«, fragte der Typ. »Ich schon. Wollen wir uns ein Stück Pizza an einem der Stände holen?«

Vor ihnen standen die Essensverkäufer. Ethan sagte: »Logisch.«

Ruby bot an, Ethan einzuladen, aber das wollte Ethan nicht. Sie suchten sich einen Tisch etwas weg von den anderen Leuten und setzten sich einander gegenüber.

»Das beeindruckt mich echt, wie viel Sie über Musik wissen«, sagte Ethan und nahm sein Stück Pizza in die Hand.

»Ich habe einen Abschluss in Musiktheorie«, sagte Ruby.

»Cool. Was macht man damit?«

»Eine Menge autodidaktische Musiker können keine Noten lesen. Die nehmen etwas auf und schicken es dann mir, damit ich es transkribiere.«

»Woher kennen Sie dann meinen Dad? Ich dachte, Sie arbeiten mit ihm zusammen.«

»Wir sind praktisch Nachbarn. Ich lebe am Davern Circle und bin deinem Vater ein paar Mal begegnet. Ich hab einen Neffen, der Hockey gespielt hat. Er hat vor ein paar Jahren die Schule zu Ende gemacht, also kannst du ihn nicht kennen. Aber ich bin weiter zu den Spielen gegangen. Ich mag Hockey fast so gern wie Musik.«

Als sie mit Essen fertig waren, blieben sie sitzen und redeten weiter. Sie redeten über Plattenlabels, darüber, dass den meisten Firmen die Musik scheißegal war, dass sie bloß hübsche Gesichter suchen, die sie den Medien in den Rachen stopfen konnten. Und die Leute, die richtig Kunst machten, bekamen keine Verträge.

»Beim Radio ist es dasselbe«, sagte Ruby. »Es geht nicht mehr um die Musik. Für die Sender ist die Musik bloß der Lärm zwischen den Spots.«

»Ach, Quatsch. Inzwischen kann man die Songs schon kaum von den Spots unterscheiden.«

»Ich weiß. Es ist, als würden sie nur noch Spots spielen.«

»Und es interessiert keinen. Es interessiert keinen, dass sie uns mit Scheiße füttern. Sie finden einfach: Ich mag diesen Scheiß, weil alle anderen diesen Scheiß auch mögen.«

»Ich weiß, ich weiß!«

Sie lachten beide.

Und Ethan begann plötzlich, Ruby alles zu erzählen, dass Max ihn adoptiert hatte und dass Ethan versucht hatte, seinen biologischen Vater zu finden, nur um herauszubekommen, dass die Frau, die er immer für seine biologische *Mutter* gehalten hatte, ihn auch adoptiert hatte. Das alles quoll aus ihm hervor.

Es lag an der Musik.

So kam das. Die öffnete eine Tür und ließ Ethan glauben, dass hier, endlich, jemand saß, der ihn verstand, mit dem er reden konnte.

Sie spazierten noch ein wenig herum. Ruby sagte, er wolle lieber nicht noch mehr Geld ausgeben.

Ethan überlegte, ob er sich das My-Bloody-Valentine-Album kaufen sollte. »Der Typ hat gesagt, dass nur ein paar Tausend gepresst wurden, aber ich weiß nicht, ob ich ihm glauben soll.«

»Das stimmt«, sagte Ruby. »Das kannst du kaufen.«

Also kaufte sich Ethan das Album für zwölf Mäuse und klemmte es sich unter den Arm, das blutrote Cover durch eine Plastikhülle geschützt. Er kaufte sich auch noch ein paar andere CDs, nach denen er gesucht hatte, und für den Rest würde er morgen wieder kommen. Die Verkäufer gingen im Laufe der Tage immer mit den Preisen runter.

»Wie kommst du nach Hause?«, fragte Ruby.

»Ich weiß nicht. Ich dachte, ich fahr vielleicht zu meinem Dad ins Büro und gucke, ob er da ist.«

»Ich kann dich mitnehmen. Ich wohne nur ein paar Straßen weiter.«

»Stört Sie das nicht?«

»Es wäre Gesellschaft. Und wir können unterwegs die Cocteau Twins hören.«

»Cool.«

Zehn Minuten später saßen sie in Rubys Wagen.

Was ganz toll an den Cocteau Twins war, war die Tatsache, dass der Gesang immer wie ein Instrument klang, nicht wie Worte, sondern wie Töne, Melodien. Es gab einen Part in »Iceblink Luck« von *Heaven or Las Vegas,* wo man tatsächlich ein paar Worte verstehen konnte – etwas darüber, das Irrenhaus niederzubrennen.

Ungefähr da begann Ethan, Ruby zu hinterfragen. Und alles, was sein Dad ihm eingeschärft hatte, seit er klein war, kam ihm wieder in den Sinn. Dass er nie mit einem Fremden in einen Wagen steigen sollte. Aber Ruby war kein Fremder. Oder?

Vielleicht hat er gelogen. Vielleicht kennt er meinen Dad nicht mal.

Aber Ethan hatte ihn bei dem Hockeyspiel seinem Vater zuwinken sehen, bei dem, zu dem er Ivy mitgebracht hatte.

Doch hatte sein Vater auch zurückgegrüßt?

Soweit Ethan sagen konnte, fuhren sie in die richtige Richtung, gen Nordwesten aus der Chicagoer Innenstadt heraus.

Es war spät, nach neun Uhr, und dunkel.

Der Wagen seines neuen Freundes war eine dieser Riesenschüsseln, die nur alte Tunten oder reiche Leute fuhren. Je größer, desto besser, schienen die zu denken. Aber Rubys war alt, und die Stoßdämpfer waren nicht gut, denn wann immer sie ein Schlagloch erwischten, begann das vordere Ende zu schaukeln, schaukeln, schaukeln, und dann wurde es langsam besser, bis sie das nächste Schlagloch erwischten.

Ethan wünschte, er würde die Musik ausschalten. Diese Art Musik, die Art, bei der man vor Bewunderung in die Knie gehen sollte, gehörte nicht in einen blöden, beängstigenden Wagen wie diesen, wo sie aus kleinen Lautsprechern scheppperte. Diese Musik passte auch nicht zu einem Mann, der, wenn man seine Leidenschaft für die Musik einmal außer Acht ließ, ganz schön komisch war. Er sah nicht komisch aus, aber jetzt, wo sie zusammen in dem engen Wagen saßen, spürte Ethan ein unangenehmes Gefühl.

»Ist das Ihr Wagen?«, fragte Ethan.

Man würde doch denken, wer Musik so toll fand, hätte eine anständige Anlage. Diese klang furchtbar.

»Gehört meiner Mutter«, sagte Ruby.

Keine Erläuterung darüber, wo *sein* Wagen war. Vielleicht in der Werkstatt, sagte sich Ethan. Die Leute gerieten in Chicago dauernd in Blechschäden, das war einer der Gründe, warum sein Alter sich weigerte, einen neuen Wagen zu kaufen. Er sagte, es würde ihm doch bloß jemand reinfahren, warum also? Und manche Leute hatten auch schrottige Zweitwagen, nur um in die Stadt zu fahren. Vielleicht war das bei Ruby auch so.

Falls Ruby überhaupt sein richtiger Name war.

Wo war der Gedanke hergekommen? Warum sollte Ruby nicht sein richtiger Name sein?

»Haben Sie was dagegen, wenn wir das ausmachen?«, fragte er und deutete in Richtung des CD-Players, obwohl es dunkel im Wagen war und Ruby ihn gar nicht sehen konnte.

»Ich dachte, du willst das hören.«

»Nicht auf diesen Schrottlautsprechern. Die haben gar keine Höhen und Tiefen. Merken Sie das nicht?«

»Ich weiß, dass der Wagen schrott ist. Ich werd mir bald einen anderen holen.«

»Ich dachte, er gehört Ihrer Mutter. Hatten Sie das nicht vorhin gesagt?«

»Das stimmt. Aber sie kann nicht mehr fahren.«

»Warum? Ist sie zu alt?«

»Ich möchte nicht darüber sprechen«, sagte er deutlich gereizt. »Sprechen wir über dich. Was hieltest du davon, wenn ich dir sage, dass ich dich in Kontakt mit deiner biologischen Mutter bringen kann?«

Ethan vergaß sein Misstrauen für einen Moment und drehte sich auf seinem Sitz, sodass er Rubys Silhouette besser sehen konnte. »Das könnten Sie? Wie?«

»Ich kenne Leute.«

»Wow. Das wäre toll. Wirklich super.«

Ruby kreuzte zwei Spuren zur Ausfahrt.

»Falsche Ausfahrt«, sagte Ethan.

»Ich weiß, aber meine Öllampe leuchtet, siehst du?«

Ethan beugte sich rüber und sah, dass das rote Lämpchen tatsächlich glimmte. »O Mann.« Warum war er nur mit diesem Penner in den Wagen gestiegen?

Ruby bog in eine dunkle Seitenstraße. »Ich hab noch eine Ölflasche hinten drin.«

Er stieg aus und ging zum Kofferraum. Ethan hörte ihn allen möglichen Kram rumschmeißen, es klang wie Wagenheber oder so. Dann nichts mehr, bis es am Beifahrerfenster klopfte, wobei Ethan fast durchs Dach ging.

»Sie haben mir einen Höllenschreck eingejagt«, beschwerte er sich.

Ruby rief durch das hochgedrehte Fenster hindurch: »Steig aus und halt mir die Taschenlampe, ja?«

Was für ein Idiot.

Ethan setzte gerade einen Fuß auf den Boden, als etwas Unsichtbares, Schweres ihn direkt auf den Kopf traf und in die Knie gehen ließ. Der Schmerz durchfuhr seinen Schädel bis zu den Zähnen. Hinter seinen Augenlidern erblühten Sternchen, dann wurde alles um ihn herum schwarz.

323

38

»Ihr Zustand ist kritisch«, sagte der Arzt zu Max, Ivy und
Ronny Ramirez, die im Flur der Intensivstation standen.

»Wie kann sie überhaupt noch am Leben sein?«, fragte Ivy.
»Wie kann jemand so lange in einem verriegelten Kofferraum
überleben?«

»Sie kann nicht länger als acht bis zwölf Stunden dort gelegen haben – und auch nur, wenn der Großteil davon in der
Nacht war«, sagte Dr. Montoya.

»Sind Sie sicher?«, fragte Max.

»Die Temperatur im Kofferraum steigt im Verlauf des Vormittags stetig«, erklärte der Arzt. »Selbst ein gesunder
Mensch könnte nicht mehr als ein paar Stunden in der Ta-
geshitze überstehen.«

»Ich lasse sie rund um die Uhr überwachen«, verkündete
Max. »Sie ist die Einzige, die denjenigen identifizieren kann,
der ihr das angetan hat. Und es ist äußerst wichtig, dass wir
ihn schnappen, denn wenn nicht, sind noch mehr Leben in
Gefahr.«

»Dann hoffe ich sehr, dass Sie einen anderen Zeugen finden, denn mit Regina Hastings wird es noch lange dauern.
Und falls sie überhaupt das Bewusstsein wiedererlangt, wird
sie höchstwahrscheinlich einen Hirnschaden davongetragen
haben.«

Ramirez gab ein gequältes Stöhnen von sich, und Ivy
drückte ihm mitfühlend den Arm.

Max' Handy klingelte. Der Arzt nutzte die Gelegenheit und
entschuldigte sich, um mit Reginas Angehörigen zu sprechen.

Der Anruf stammte vom Schriftsachverständigen Harold
Doyle. »Die Faxe, die Sie mir runtergeschickt haben«, sagte

er. »Die Hälfte davon hat jemand anders als Regina Hastings geschrieben.«

»Sind Sie sicher?«

»Absolut.«

»Passen irgendwelche davon zu den Briefen, die an die Zeitung geschickt wurden?«

»So weit bin ich noch nicht, aber ich arbeite dran.«

»Rufen Sie mich an, wenn Sie mehr wissen.«

Max unterbrach die Verbindung, wählte seine Privatnummer. Niemand ging ran, aber das überraschte ihn nicht. Ethan war auf einer Musikmesse und übernachtete bei Ryan.

»Er muss in ihre Wohnung gefahren sein und die Fragebogen gefaxt haben«, sagte Ivy, kaum dass Max aufgelegt hatte. »Und dann ist er, nachdem er sie in den Kofferraum ihres eigenen Wagens gestopft hat, mitten in der Nacht noch einmal hingefahren, um sie auf den Parkplatz zu stellen.«

»Da haben Sie wahrscheinlich recht.«

»Ich frage mich, ob er glaubte, dass sie tot sei, oder ob er sie dort gelassen hat, um sie sterben zu lassen.«

»Er spielt wieder seine Spielchen mit uns, das ist es«, sagte Max.

»Ich hatte schon am ersten Abend das Gefühl, dass etwas nicht stimmte«, sagte Ronny. »Warum bin ich da nicht bei ihr vorbeigefahren?«

»Das konnten Sie doch nicht wissen«, sagte Ivy und versuchte, ihn zu beruhigen. »Regina ist doch unabhängig.«

»Ja, aber sie nimmt ihren Job sehr ernst. Ich hätte es wissen sollen. Ich hätte es wissen müssen.«

Max' Telefon klingelte erneut.

Diesmal war es Raymond Lira vom Drogendezernat. »Wir haben gerade jemanden verhaftet, der mit Acepromazin dealt«, erklärte er Max. »Wir haben ihm eine Strafminderung angeboten, wenn er mit uns zusammenarbeitet und uns verrät, wem er es verkauft hat. Einer seiner Kunden klingt so, als könnte er unser Mann sein.«

»Holt euch einen Zeichner für ein Phantombild.« – »Jetzt? Es ist schon reichlich spät.«

»Mir egal. Holt euch jemand.«

»Sollen sie das Identi-Kit benutzen?«, fragte er. Das war eine Sammlung verschiedener Gesichtszüge auf Papierstücken.

»Nein, nehmt Barbara Ainsworth, wenn ihr könnt – sie ist die Beste. Wenn wir Glück haben, schaffen wir es vielleicht noch in die Zeitungen von morgen.«

Er rief in der Einsatzzentrale an. »Ruft die Zeitungen an«, befahl Max. »Sie sollen uns was frei halten. Kriegt raus, wie lange sie warten können, bevor sie drucken. Und ruft bei den Taxifirmen und Transportunternehmen an, ob jemand vor Kurzem einen Mann in der Nähe des Spring Green Apartment Complex aufgelesen hat.«

Der richtige Köder war alles.

Der Manipulator fuhr den Interstate 90 entlang, in Richtung seines Zuhauses, er war ruhig und fühlte sich sicher. Alles lief nach Plan. Alles würde gut werden.

Die Straßen Chicagos breiteten sich vor ihm aus – Bändchen glitzernder Lichter. Schön. Wirklich schön.

Er hatte sich lange überlegt, wie er den Jungen dazu bringen konnte, mit ihm zu fahren. Aber am Ende war es so einfach gewesen. Er war ihm ein paar Wochen lang immer wieder gefolgt. Er wusste, wie der Junge in Plattenläden rumhing. Er hatte sogar beobachtet, was er kaufte. Und das reichte. Die Platten- und CD-Börse – das war ein Segen. Ein Geschenk.

Und jetzt lag der kleine Adrian in seinem Kofferraum und wartete darauf, mit seiner Mutter wiedervereint zu werden.

Sie waren noch am Leben. Beide. Sie hatten ihm ihren Tod nur vorgegaukelt, um ihn hereinzulegen. *Deswegen* war alles schief gelaufen. Sie hätten seine dreizehnten Opfer sein sollen. Aber weil sie beide nicht wirklich tot waren, lief alles falsch. *Deswegen* hatte er immer das Gefühl gehabt, dass etwas fehlte. Da war immer ein großes Loch gewesen, hinten in seinem Hirn. Und wenn er versuchte, darüber nachzudenken, es zu betrachten, sich zu überlegen, was da leise vor sich hinflüsterte, ihn nervte, konnte er den Kopf niemals weit genug drehen. Er konnte es nie sehen.

Aber jetzt ergab alles einen Sinn.

Er war nicht verrückt.

»Er war mehr so ... Ich weiß nicht ... klapprig. Einer dieser dünnen Weißen.«

»Er hatte ein schmales Gesicht?«, fragte die Zeichnerin.

»Ja.«

»Wie war die Stirn?«

»Groß. Er hatte eine hohe Stirn.«

»Die Augen? Groß, klein, normal?«

»Normal.«

»Gesichtsbehaarung?«

»Einen Bart? Nein, aber einen dieser dünnen Bleistiftstriche über der Lippe.«

»Der Mund. Groß? Klein? Normal?«

»Groß.«

Sie machten weiter.

Die Zeichnerin skizzierte kurzes schwarzes Haar. Sie veränderte die Kinnform ein paar Mal, bis der Drogendealer schließlich zufrieden war. »Ja, das ist der Kerl.«

Max, der still an einem Schreibtisch in einer Ecke des Zimmers gesessen hatte, kam jetzt näher. »Ist Ihnen noch etwas an ihm aufgefallen? Wie er sprach? Wie er sich kleidete? Komische Angewohnheiten?«

»Er hatte kein Stilgefühl.«

»Wie meinen Sie das?«

»Seine Klamotten waren langweilig. Er hatte kein Stilgefühl, Mann.«

»Sonst noch was?«

»Er redete wie ein Weißer von der Uni.« – »Wie meinen Sie das?«

»Ich weiß nicht. Er sprach nicht so, als käme er von der Straße.«

»Wie war seine Stimmlage? War seine Stimme tief? Hoch?«

»Er hatte eine zarte Stimme. Er redete ungefähr so: ›Wie viel schulde ich Ihnen?‹«, sagte der Dealer in weicher, tiefer Stimme. Dann lachte er. »Ja, so war's. Genau so. ›Wie viel schulde ich Ihnen?‹« Er lachte wieder.

Ivy drückte den »Drucken«-Button auf dem Computer, an dem sie saß und sich Notizen machte. Der Drucker spuckte eine Kopie der Beschreibung aus, die sie zu dem Gesicht legte, dann faxte und mailte sie beides an die Zeitungen.

Ivy und Max riefen danach noch bei den Zeitungen an, um sicherzugehen, dass sie die Morgenausgaben mitnahmen. Und als sie schon die stellvertretende Chefredakteurin des *Herald* am Telefon hatte, ließ sie sich die Privatnummern von Kollegen geben, die vielleicht Informationen über Alex Martin hatten.

»Maude Cunningham ist ihre größte Chance«, sagte der Redakteur ihr. »Sie war seine direkte Vorgesetzte.«

Als Nächstes rief Ivy also bei Maude an. »Kann ich vorbeikommen und mit Ihnen reden?«, fragte Ivy. »Ich weiß, es ist spät, aber …«

»Kommen Sie vorbei«, unterbrach sie Maude. »Ich kann sowieso nicht schlafen.«

Während Max in der Einsatzzentrale versuchte, lose Enden zu verknoten, fuhr Ivy mit einem Taxi zu Maude in Lincoln Park.

Maude erinnerte Ivy an Bette Davis zum Ende ihrer Karriere hin. Hart, würdevoll und ein bisschen angsteinflößend. Sie roch nach Whisky und Zigarettenrauch.

»Kommen Sie rein«, sagte Maude. Sie stand in der Tür ihrer Wohnung, die Deckenleuchte verbreitete gelben Schein über ihrem Kopf. Hinter ihr miaute eine Katze. »Ich möchte nicht, dass Miss Kitty abhaut.«

Ivy trat ein, und die Frau schloss die Tür hinter ihr. An den Wänden im Flur hingen gerahmte Zeitungsfotos und Artikel. »Sind Sie das?«, fragte Ivy und zeigte auf eine hübsche junge Frau, die neben der englischen Queen stand.

»Ja, ob Sie es glauben oder nicht, ich habe gut ausgesehen. Sie hat auch gut ausgesehen.« Sie keckerte.

Ivy versuchte gar nicht erst, zu antworten. »Was können Sie mir über Alex Martin erzählen? Wissen Sie, warum er auf den Friedhof gefahren ist? Wollte er sich mit jemand treffen?«

»Er hat mir nichts vom Friedhof erzählt.« Maude klopfte eine filterlose Zigarette heraus und zündete sie an, dann stieß sie eine Rauchwolke aus. »Ich glaube, er dachte, das würde ein Scoop werden, und wollte nicht, dass ich mich einmische. Wenn er mir gesagt hätte, dass es um den Madonna-Mörder geht, hätte ich ihn nicht fahren lassen.« Sie zupfte sich ein Stückchen Tabak von der Zunge, dann untersuchte sie das brennende Ende ihrer Zigarette. »Ich habe ihm immer gesagt, die Geschichte geht über alles. Ich fand es ganz schön aufregend, dass jemand so Junges mich bewunderte und sich meinen Mist anhören wollte. Alex war ein netter Junge, aber ich musste ihn zu Tode redigieren. Er schrieb über Nebenschauplätze, die nichts mit der Sache zu tun hatten. Aber er war gut. Man musste ihn bloß an der kurzen Leine halten, das war alles. Er war auf einen Pulitzer aus, verstehen Sie?« Sie lachte traurig und schüttelte den Kopf. »Der arme Junge.«

39

Der *Chicago Herald* und die *Chicago Sun Times* brachten die Skizze zusammen mit den Beschreibungen des Madonna-Mörders auf der Titelseite, direkt unter einem Artikel über internationale Terroristen. Die Tatsache, dass das erste Opfer des Madonna-Mörders auf dem Friedhof begraben worden war, auf dem man Alex Martins Leiche gefunden hatte, hatte sich schnell herumgesprochen und wurde jetzt in den Medien breitgetreten.

Als die Zeitungen herauskamen, warteten die Mitglieder der Einsatzgruppe schon darauf, lasen sie und reichten sie weiter. Manche waren früher gekommen. Andere, wie Max und Ivy, hatten gleich die ganze Nacht in ihrem Heim fern der Heimat im zweiten Stock verbracht.

Kurz nach Sonnenaufgang marschierten die Polizisten paarweise los und besuchten noch einmal all die ehemaligen Patienten, bei denen Regina Hastings gewesen war. Sie begannen mit den Leuten, über die jemand anders die Fragebögen ausgefüllt hatte.

Eine kurze Pause verschaffte Max die Gelegenheit, bei Ryan Harrison anzurufen, um sich nach Ethan zu erkundigen.

»Der ist nicht hier«, sagte Judy Harrison. »Moment, ich sehe mal nach. Vielleicht ist er gekommen, nachdem ich schlafen gegangen bin.«

Der Hörer schepperte auf einen Tisch. Max hörte sie davongehen, dann zurückkommen und nach dem Telefon greifen.

»Er ist nicht hier«, sagte sie entschieden. »Ryan und er sind gestern zu der Musikbörse in die Stadt gefahren. Ryan ist am Nachmittag zurückgekommen, aber Ethan ist dort geblieben. Er hat sich entschieden, doch nicht hier zu schlafen, und sagte, er würde mit Ihnen nach Hause fahren.«

»Danke.«

Max legte auf und wählte sofort seine eigene Nummer, zu Hause, da, wo vielleicht …

Keine Antwort.

»Hat jemand gestern einen Anruf von meinem Sohn bekommen?«, fragte er einen Saal voll ausgebrannter, halb verschlafener Leute.

Die Frage wurde durch Kopfschütteln verneint.

»Ich schaue in die Bücher.« Ivy entrollte sich mit steifen Gliedern von der Couch, auf der sie die letzte Stunde mit untergeschlagenen Füßen damit verbracht hatte, sich am Einschlafen zu hindern. Zwei andere eilten ihr zu Hilfe.

Jeder Anruf wurde in ein Logbuch eingetragen, mit Uhrzeit, Betreff und Rufnummer. Nach wenigen Minuten waren sie durch.

»Hier ist nichts.«

Max rief noch einmal zu Hause an. Wieder keine Antwort. Er rief Ethans Hockeytrainer an. Er rief bei mehreren Freunden von Ethan an. Er rief im Bagelshop an; er hoffte, dass Ethan kurzfristig für einen kranken Kollegen eingesprungen war.

Niemand hatte ihn gesehen oder von ihm gehört.

Mit einem üblen Gefühl im Magen rief Max den Fingerabdruckexperten der Spurensicherung an, Joel Runyan. »Habt Ihr Abdrücke von dem Hockeyschläger nehmen können?«, fragte er.

»Drei verschiedene«, sagte Joe, »aber bisher haben wir keinen Treffer in unseren Datenbanken.«

»Ich habe einen Fingerabdruck, den ich dir gleich faxe. Bitte überprüf sofort, ob er zu denen passt, die ihr von dem Schläger abgenommen habt. Und Joel, ich brauche das Ergebnis wirklich sofort. Lass alles andere stehen und liegen.«

Max legte auf und eilte in sein Büro, um einen Satz Finger-abdrücke aus seinem Schreibtisch zu holen. Er vergrößerte sie auf dem Fotokopierer, dann faxte er sie in das Labor. Er eilte wieder zur Tür hinaus, als Ivy ihn erwischte.

»Ich fahre nach Hause«, sagte er zu ihr, ohne stehen zu bleiben.

Sie lief neben ihm her. »Ist etwas nicht in Ordnung?«

»Ich kann Ethan nicht erreichen.«

»Ich komme mit.«

Der Verkehr war nicht allzu schlimm, und sie schafften es in unter vierzig Minuten zu Max.

Im Haus kein Anzeichen von Ethan. »Ich glaube, er war seit gestern nicht mehr hier«, sagte Max, und die Angst packte ihn im Nacken. Er rief noch einmal bei Ryan an. Niemand hatte etwas von Ethan gehört.

»Kann ich mit Ryan sprechen?«, sagte Max.

Ryan kam ans Telefon. »Tut mir leid, Mr Irving. Ich hab versucht, ihn zu überreden, mit mir mitzufahren. Aber er wollte noch bleiben.«

»Hat er gesagt, wo er danach hinwollte, was er vorhatte, wenn er am Navy Pier fertig ist?«

»Er wollte Sie anrufen oder mit der Bahn zu Ihnen ins Büro fahren. Das hat er mir gesagt, ich schwöre. Ich *schwöre*.«

»Ich glaube dir ja.« Max legte auf, dann suchte er schnell ein paar neuere Fotos von Ethan zusammen. »Kommen Sie.«

Sie rannten nach draußen und hechteten in den Wagen. Max brauste los, die Reifen quietschten, als er eine Kehrt-wende machte, er fuhr zurück in die Richtung, aus der sie ge-kommen waren.

»Vielleicht sollte ich fahren«, sagte Ivy und hielt sich am Türgriff fest, während sie wie verrückt die Spuren wechsel-ten.

»Schon gut.«

»Glauben Sie, Ethans Verschwinden hat etwas mit dem Madonna-Mörder zu tun?«

»Ich wollte das nicht auch noch laut hören.« Er riss den Wagen scharf in die rechte Spur, schnitt einen weißen Taurus. Der Fahrer hupte und zeigte ihnen den Mittelfinger.

»Sie ziehen voreilige Schlüsse«, bemerkte Ivy. »Ethan hat sich wahrscheinlich nur mit ein paar Freunden herumgetrieben, sich vielleicht betrunken, und jetzt hat er Angst, nach Hause zu kommen. Haben Sie mir nicht erzählt, dass er das schon öfter getan hat? Haben Sie nicht erzählt, dass er wegen Trinken auf Bewährung ist?«

»Ja, aber es lief alles so gut.«

Max rieb sich die Stirn. Schweiß lief ihm über die Wange. »Wahrscheinlich haben Sie recht. Mein Hirn ist neblig. Zu viele schlaflose Nächte. Ich reagiere über, das ist alles.« Aber er hörte nicht auf zu schwitzen, und er hörte nicht auf, die Leute zu schneiden.

Max' Telefon klingelte, und er meldete sich sofort. Es war Joel Runyan aus der Spurensicherung.

»Die Fingerabdrücke, du weißt schon, die du mir gefaxt hast, passen tatsächlich zu einem der Sätze von dem Hockeyschläger«, sagte Joel.

Max' Hals schnürte sich zu, sein Magen verkrampfte sich. »Bist du sicher?«, fragte Max mit angespannter Stimme. »Wie viele Übereinstimmungen?«

»Vierzehn.«

An vierzehn Übereinstimmungspunkten gab es nichts zu rütteln.

»Wem gehören diese Fingerabdrücke?«, fragte Joel.

Max schluckte.

Als Ethan klein gewesen war, hatte er sich gern die Fingerabdrücke nehmen lassen. Max hatte eine ganze Schublade voll davon. »Meinem Sohn«, sagte er. »Sie gehören meinem Sohn.«

»Haben Sie diesen Jungen gesehen?«

»Haben Sie diesen Jungen gesehen?«

333

Getrennt gingen Max und Ivy schnell von einem Händler zum nächsten und zeigten jedes Mal Ethans Schulfoto vor.

Es gab Hunderte von Verkäufern, und je länger sie sich ohne Ergebnis vorwärts arbeiteten, desto mehr nahm Max' Angst zu.

Schließlich nahm ein Mann mit Nasenring Ivy das Foto ab und starrte es an.

»Ja, den habe ich gesehen. Er hat ein My-Bloody-Valentine-Album von mir gekauft.«

»Max!« Ivy konnte ihr Herz in ihrem Bauch schlagen fühlen.

Lass mit ihm alles in Ordnung sein. Lass mit Max' Sohn alles in Ordnung sein.

Max wandte sich zu ihr um. Er ging seitlich, leicht rückwärts, quer durch die Menge, bis er neben ihr stand. »Sie haben ihn gesehen?«, fragte Max. »Wann?«

»Gestern. Gestern habe ich ihn ein paar Mal gesehen.«

»Haben Sie ihn heute gesehen?«

Der Verkäufer schüttelte den Kopf. Eine Frau tauchte auf und trat hinter den Tisch; sie ließ eine Ausgabe des *Chicago Herald* oben auf verpackte, sortierte CDs fallen. »Da ist deine Zeitung, Schatz.«

»Er war mit einem Typen unterwegs, der ein bisschen wie der hier aussah«, sagte der Verkäufer und zeigte auf die Skizze in der Zeitung.

Ivy glaubte, dass Max gleich ohnmächtig werden würde.

Er schwankte etwas, kniff die Augen zu, atmete mühsam ein, hob dann eine geballte Faust vor den Mund, als müsste er ein Schluchzen daran hindern, hörbar zu werden. So stand er ewig lange da.

Ivy packte ihn am Arm. »Kommen Sie, Max«, sagte sie leise. Er rührte sich nicht, also packte sie ihn mit beiden Händen, schüttelte ihn kräftig und sagte: »Max! Brechen Sie jetzt nicht zusammen. Nicht jetzt. Sie dürfen jetzt nicht zusammenklappen.«

Er ließ die Faust heruntersinken. Starrte Sie mit blutunterlaufenen Augen intensiv an, als müsste er erst einmal herausfinden, wer sie war, was sie hier tat. Dann sah sie, wie er sie erkannte, sah, wie der Detective in dem Vater, der nicht mehr funktionierte, zum Leben erwachte. Er richtete sich auf. Seite an Seite verließen sie das Gebäude, liefen zum Wagen und fuhren zur Zentrale in Bereich fünf.

Sein Vater würde ihn finden, sagte sich Ethan. Sein Vater würde ihn finden, und wenn er das tat, dann würde er dem Typen, der ihm das angetan hatte, die Fresse polieren.

Er hatte Angst, und er hätte auch geweint, wenn sein Mund nicht mit Klebeband verklebt gewesen wäre. Er konnte seine Hände und seine Arme nicht mehr spüren; sie waren auf dem Rücken gefesselt. Er konnte auch seine Füße nicht mehr spüren, sie waren an den Knöcheln zusammengebunden. Sein Haar klebte an seinem Schädel, und er wusste, dass er geblutet hatte.

Er lag in einem dunklen Zimmer auf dem Boden. Er hatte keine Ahnung, wie lange er schon hier war, denn er war bewusstlos gewesen.

Dieses Arschloch hatte ihn k.o. geschlagen, hatte ihm auf die Birne gehauen.

Der Geruch.

Der Geruch war so schlimm, dass er immer wieder von innen gegen das Klebeband würgte. Was ihn so verängstigte, war, dass es genauso roch wie Max manchmal unter dem Zitronenshampoo.

Er versuchte zu beten, vergaß aber immer wieder die Worte. Er dachte an all die schrecklichen Geschichten, die er gehört hatte, nicht von seinem Vater, sondern von den anderen Polizisten auf der Wache. Ethan war gern dort gewesen, als er klein war. Er hatte sogar eine Polizeiuniform. Und dann setzten ihn manche Kollegen auf ihre Schreibtische, und er schwang mit seinen Beinchen hin und her und spielte an seiner Plastikmarke herum. Er fand, dass sie total echt aussah, er hielt sie für echt. Und wenn er eine unschuldige Frage stellte, dann beantworteten sie die Polizisten mit Geschichten, von denen er hoffte, dass sie erfunden waren. Er ging heim und hatte Albträume, er fürchtete, dass jemand nachts kommen und ihn stehlen oder seine Leber herausschneiden und essen würde. Er hatte eine solche Angst, dass er seinen Vater bat, die ganze Nacht das Flurlicht brennen zu lassen.

Er konnte nicht aufhören, an diese Geschichten zu denken, von denen er geglaubt hatte, dass er sie mit seiner kleinen Polizeiuniform und seiner kleinen Dienstmarke hinter sich gelassen hatte. Geschichten von Verbrechern, von bösen Menschen, die kein Gewissen hatten, die es liebten, Menschen leiden zu lassen, bevor sie sie schließlich erwürgten oder erschlugen oder in Stücke schnitten, bis sie verbluteten oder am Schock starben.

Er wimmerte verängstigt. Wenn er schon sterben musste, dann sollte es schnell gehen, es sollte so schnell wie möglich vorüber sein. Er wollte nicht gefoltert werden.

Quäl mich nicht.

Bitte quäl mich nicht.

Er wollte einfach nur die Augen schließen und verschwinden. Die Augen schließen und nicht mehr länger existieren.

Wo war sein Vater? Suchte er nach ihm? Nein, wahrscheinlich nicht. Er dachte, er wäre bei Ryan. Max wusste wahrscheinlich noch nicht einmal, dass er entführt worden war.

Bitte komm. Bitte finde mich. Bitte lass ihn mich nicht zerstückeln. Lass ihn mir nicht noch mehr Schmerzen zufügen.

Er wünschte, er könnte sein Hirn ausschalten, aber das konnte er nicht, und seine Gedanken trudelten einfach immer weiter. Sein Atem ging in kurzen, schnellen Stößen. In seiner Panik begann er zu hyperventilieren.

Wenn er tot war, würde Ruby ihm die Haut abziehen und daraus Lampenschirme machen. Er würde ihn zerstückeln und in einen Koffer stopfen. Er würde den Koffer irgendwo ins Wasser werfen, er würde ihn mit Zementblöcken beschweren. Und Ethan würde sinken, sinken, immer tiefer …

»Musik«, sagte Ivy, die am Steuer von Max' Wagen saß und so schnell fuhr, wie sie gerade noch für sicher hielt. »Was ist, wenn es nicht Mathe ist, sondern *Musik?*«

Langsam drangen ihre Worte zu ihm durch, und Max kam aus einer anderen Welt zu ihr. »Musik?«

»Wir haben nach jemandem gesucht, der mit Zahlen zu tun hat, aber was ist mit Musik? Pythagoras war der Erste, der auf die enge Verwandtschaft zwischen Mathematik und Musik hingewiesen hat.« Sie spürte, dass Max zuhörte, also fuhr sie mit ihrer Theorie fort. »Er hat auch an etwas geglaubt, was er die Tabelle der Gegensätze nannte. Hell und Dunkel. Gut und Böse. Er ging so weit, zu behaupten, dass Mathematik und Musik sowohl interne als auch externe Verbindungen haben, die Auswirkungen auf unsere Seele und den Aufbau des Universums hätten. Ich halte es für wichtig, dass Ethan möglicherweise auf einer Musikbörse entführt worden ist. Ist Ethan der Typ, der einfach zu einem Fremden in den Wagen steigt?«

»Nein.«

»Also musste er einen Köder auslegen. Was ist ein Köder für Ethan?«

»Musik.«

Max klang jetzt besser, kräftiger.

Ivy fuhr auf den Parkplatz von Bereich Fünf, und Max sprang aus dem Auto und lief in das Gebäude hinein. Er rannte, immer zwei Stufen auf einmal nehmend, die Treppe hoch und den Flur entlang, dann platzte er in den Raum der Einsatzgruppe.

»Geht noch einmal die Berichte durch«, sagte er und rang nach Luft.

Telefone klingelten, aber niemand ging ran. Münder standen offen. Alle starrten Max an.

337

»Überprüft sie in unseren Datenbanken. Geht noch einmal die Befragungsbögen durch, aber sucht diesmal nach einem Mann, der mit Musik zu tun hat.«

Er wandte sich an Ramirez. »Gibt es schon etwas Neues?«, fragte er, und es war ihm unmöglich, die Verzweiflung aus seinem Ton zu verbannen. Mittlerweile wurde landesweit gesucht. Man versuchte, das Gesicht jemandem zuzuordnen, der Vorstrafen hatte.

»Nein, noch nicht«, sagte Ramirez. »Aber das kann lange dauern. Vielleicht Tage.«

»So viel Zeit haben wir nicht«, sagte Max. »Er hat meinen Sohn.«

40

»Okay«, sagte Ramirez von seinem Computer aus. »Ich hab ein paar Treffer. Einer hat Musik an der Chicago School of Music studiert, aber nie einen Abschluss gemacht. Ein anderer war immer wieder mal in einer Band. Beide haben einige Zeit in der Psychiatrie verbracht.« Er drückte auf Drucken, dann reichte er Max die beiden Adressen.

Im Raum der Einsatzgruppe herrschte Chaos. Alle Telefone klingelten, die meisten Anrufe kamen von Leuten, die die Zeichnung in der Zeitung gesehen hatten.

Im letzten Jahr hatte Chicago sein SWAT-Team vergrößert, die Stadt hatte zwanzig zusätzliche Mitarbeiter angestellt, die meisten als Deputys, sodass sie ihren Aufgaben bis zum Ende nachkommen konnten. Die vergrößerte Mannschaft und die breiter angelegte Ausbildung führten zu dem Vorteil, dass sie sich aufteilen konnten, wenn es nötig war. Max rief bei Commander Richard Miller an und bestellte zwei Teams. Sie würden in dreißig Minuten in Position sein.

Max legte auf und bellte weiter Befehle. Er schickte zwei Detectives zum Elgin Mental Hospital, zwei weitere zum South Chicago Mental Hospital.

»Ramirez und ich übernehmen die Adresse westlich der Polaski. Cartier – Sie nehmen die Adresse am Delaware Park.«

Ivy erhob sich, sie wollte mit. Max hielt sie auf. »Bleiben Sie hier und gehen Sie ans Telefon. Und tun Sie nichts anderes. Sie haben schon genug getan.«

»Was reden Sie da?«

Er packte sie am Arm. »Der Brief des toten Babys hat ihn endgültig durchdrehen lassen«, sagte er barsch. »Jetzt hat er es auf alle abgesehen, die mit dem Fall zu tun haben. Er weiß, dass ich die Ermittlungen leite, und wie kann er mich am meisten treffen? Indem er sich meinen Sohn vornimmt.«

Max war fast schon zur Tür hinaus, als der atemlose Schriftsachverständige Herald Doyle ihn aufhielt. »Ich glaube, wir haben einen Treffer aus dem Sozialamt. Er hat dreiundneunzig Sozialhilfe beantragt. Sein Name ist Grant Ruby.«

Max kontaktierte sofort noch einmal den Leiter der SWAT-Teams. »Wir haben einen Namen«, sagte er. Im Polizeicode wies er sie an, zu der Adresse in Delaware Park zu fahren. Sie würden in drei Blocks Entfernung Position beziehen und auf weitere Anweisungen warten. Er funkte die Luftüberwachung an und bestellte zwei Einheiten an das Einsatzziel.

Ivy setzte sich an einen Schreibtisch, nahm den Hörer des klingelnden Telefons neben ihrem Ellenbogen aber nicht ab.

Grant Ruby.

Er hatte einen Namen. Endlich hatte er einen Namen.

Grant Ruby.

Ethan war verschwunden, entführt vom Madonna-Mörder – einem Mörder, der jetzt einen Namen hatte.

Max hasste sie, aber das war nicht wichtig, das war egal. Ethan.

Hatte er Ethan wegen des Briefs entführt? Oder wegen Max? Oder ging es noch um etwas anderes?

Denk, denk.

Max. Er war jetzt unterwegs zum Haus des Mörders.

Ethan könnte schon tot sein.

Und Max wird ihn dort finden, seinen toten Sohn.

O Gott.

Denk, denk.

War da noch mehr? Hatten sie etwas übersehen? Hatten sie alle etwas übersehen?

Das Einsatzziel befand sich in einem Teil der Stadt, den die meisten Polizisten noch nie gesehen hatten, am Ende einer Sackgasse, wo Maschendrahtzaun ein Grundstück umgab, das von Unkraut überwuchert war. Das einstöckige Haus duckte sich unter eine Auffahrt zum Interstate, alle Jalousien waren heruntergelassen und verbargen düstere Geheimnisse.

Max und Ronny Ramirez stiegen aus dem Zivilwagen und näherten sich dem Haus. Das Tor quietschte, als sie hindurchgingen. Einen Block entfernt wartete das SWAT-Team auf ihre Anweisungen. Einen Block in die andere Richtung standen vier Streifenwagen bereit, die Gegend abzusperren und sich dem SWAT-Team anzuschließen, wenn es nötig war. Eine Meile weiter schwebten Polizeihubschrauber.

Max klopfte an der Tür, Ramirez stand seitlich von ihm, die Magnum schussbereit. Als niemand antwortete, gingen die Männer ums Haus herum, aber Max spürte bereits die Einsamkeit.

Die Garage war leer.

Da war ein großer, dunkler Fleck auf dem Boden, es sah aus, als hätte jemand eine Leiche dort längsgezerrt, die Spur stoppte abrupt in der Nähe der Garagentür. Reginas Blut? Oder Ethans?

»Sie sind nicht hier«, sagte Max und richtete sich wieder auf, nachdem er den Boden genauer betrachtet hatte.

Max meldete sich über Funk beim Leiter des SWAT-Einsatzkommandos, schickte eine Gruppe weg. Das verbliebene Team versammelte sich vor dem Haus, die Schilde erhoben, die Waffen gezogen. Mit einem Schuss krachten sie durch die Haustür und eilten durch die Räume, die Stiefel hallten auf den Böden. Nach fünf Minuten bestätigten sie, was Max befürchtet hatte: niemand da.

Der Gestank im Haus war so schlimm, dass einige der Männer würgten, andere hielten sich die Hände über Münder und Nasen. Der Tod.

Max kannte den Geruch.

Er schickte das SWAT-Team weg. Er schickte die Hubschrauber weg, rief bei der Spurensicherung an.

Ramirez und andere Polizisten übernahmen den Keller, aus dem der Gestank zu kommen schien.

Das Zimmer wurde durch eine Reihe Leuchtstoffbirnen in der Mitte der Decke erhellt. Der Zementboden schimmerte fast schwarz, als wäre er endlos oft geschrubbt worden. An einer Wand standen ein Schreibtisch und ein Computer, das Microsoft-Logo wirbelte und hüpfte von einem Ende des Bildschirms zum anderen. Nicht weit vom Computer stand ein Einzelbett, ordentlich gemacht, ein weißes Kissen aufgeschüttelt und zurechtgezupft, als wartete es nur darauf, einen müden Kopf zu betten. An einer anderen Wand standen unter einem kleinen Kellerfenster, das mit milchigem Plastik bedeckt war, Holzregale voller ordentlich beschrifteter Einmachgläser. Die Gläser waren präzise aufgestellt, alle im gleichen Abstand voneinander, im gleichen Abstand vom Rand.

Ramirez beleuchtete die Gläser mit seiner Taschenlampe. »Ein großer Spaghettifreund«, bemerkte er, und die Härchen auf seinen Armen richteten sich auf. Auf allen Gläsern stand »Spaghettisoße«. Er leuchtete auf den Boden, wo sich neben einem Sportspind eine kleine Pfütze gebildet hatte.

»Ich glaube, wir haben die Ursache des Gestanks gefunden«, rief er laut den Kollegen am oberen Ende der Treppe zu. »Wir brauchen eine Eisensäge.«

Das Donnern der Stiefel auf der Treppe kündete von der Ankunft eines Kollegen mit einer Säge. Als das Schloss entfernt wurde, hatten sich etliche Polizisten eingefunden.

Ramirez öffnete die Tür. Heraus kippten Sägespäne und Limonen, zusammen mit einer verstümmelten, verrotteten Leiche ohne Kopf.

Ein Anruf von Ramirez, der die verbliebenen Mitglieder der Einsatzgruppe wissen ließ, dass sie niemanden angetroffen

hatten. »Aber sie haben eine geköpfte Leiche gefunden«, verkündete die Polizistin, die den Anruf angenommen hatte.

Ivy setzte sich schwer. »Ethan?«, fragte sie und konzentrierte sich ganz auf die Polizistin. *O Gott, o Gott. Nicht
Ethan.*

Die Polizistin hängte langsam auf und sagte genauso langsam: »Sie wissen es noch nicht.«

»Und der Mörder?«

»War nicht da.«

Ivy musste raus. Sie brauchte frische Luft.

Eilig verließ sie den Raum.

Sie rannte die Treppe hoch, stemmte die schwere Metall-
tür auf und trat in das grelle Sonnenlicht auf dem Flachdach,
auf dem sie Max erzählt hatte, wer sie wirklich war. Obwohl
die Sonne die Dachpappe unter ihren Füßen kochte, fühlte
sich die Hitze *echt* an, erinnerte sie daran, dass sie am Leben
war.

Und Ethan nicht.

Nein! Nein! Das durfte sie nicht denken.

Oh, Max. Max. Was tat er jetzt? Sagte er? Fühlte er?

Der Madonna-Mörder war noch immer irgendwo dort
draußen. Irgendwo dort draußen.

Irgendwo.

Wo?

Wo würde er sich verstecken?

Wo würde er sich verstecken?

Max saß auf der Treppe zur Veranda des Hauses, das dem
Madonna-Mörder gehörte. Als sie gesagt hatten, dass sie
eine Leiche gefunden hatten, konnte er plötzlich nicht mehr
atmen. Seine Brust tat so weh, dass er sich fragte, ob er einen Herzinfarkt hatte, aber es war ihm auch egal, er dachte
wie nebenbei darüber nach.

Gesprächsfetzen drangen zu ihm hindurch, hallten hohl
durch seinen Schädel, wie in einem Traum.

Es gab keinen Kopf. Die Leiche hatte keinen Kopf. Max stieß einen gequälten Schluchzer aus und bedeckte sein Gesicht mit den Händen. Er betete, dass es nicht sein Sohn war.

Er hätte schon vor Jahren aufhören sollen. Dieser Tag, dieser Augenblick, war die Zukunft, die er zehn Jahre lang gefürchtet hatte. Es war das Schicksal, auf das er sich zubewegt hatte.

Ivy stoppte Max' Wagen gegenüber dem aus Ziegeln gemauerten Haus, fast genau dort, wo Max an dem Tag geparkt hatte, als sie hergekommen waren. Diesmal dachte sie nicht einmal an die Parkuhr, sie hetzte quer über die Straße, wich den Autos aus.

Sie drückte den Knopf des Hausmeisters, aber niemand antwortete. Sie presste ihr Gesicht an die Glastür und schaute hinein. Im Büro war es dunkel. Samstag. Es war Samstag. Sie begann, wild auf Klingelknöpfe zu drücken, hoffte, dass jemand sie einließ.

Die Tür summte.

Sie hechtete hinüber, riss sie auf.

Sie ging am Fahrstuhl vorbei, die Treppe hoch, in den zweiten Stock.

Im dämmrigen Flur roch es nach Räucherstäbchen und etwas anderem, was sie nicht einordnen konnte. Sie griff unter ihre Jacke und öffnete den Verschluss des Lederholsters, sie zog den schweren, harten Revolver heraus.

Als Max ihr die Waffe gegeben hatte, hatte sie geglaubt, sie würde sie niemals benutzen. Sie hatte gehofft, das nie tun zu müssen. Jetzt betete sie, es tun zu können. Jahrelang hatte sie sich vorgestellt, zu helfen, den Madonna-Mörder zu fassen, zu helfen, ihn festzunehmen, ihn zu identifizieren, seine Stimme wiederzuerkennen …

Die Frau, die weinte, wenn Jinx ein Kaninchen tötete, die Frau, die Rotkehlchen-Küken durchfütterte, die aus dem Nest gefallen waren, fantasierte jetzt davon, wie es sich an-

344

fühlen würde, den Abzug zu drücken und Grant Ruby eine Kugel mitten durch die Stirn zu jagen.

Er hatte sie dazu gebracht, mit zehnmal mehr Leidenschaft und Hass töten zu wollen, als er seinen eigenen Opfern gegenüber empfand. Er hatte sie dazu gebracht, mit einer Entschlossenheit und Eindimensionalität töten zu wollen, die nur ein Mensch Millimeter vor dem Wahnsinn empfinden kann.

Sie schlich durch den leeren Flur, bis sie vor der Tür ihrer alten Wohnung stand.

283.

Ruhig und wie abwesend hob sie die Faust und klopfte.

41

Er würde in einer Menge nicht auffallen. Man würde ihn wahrscheinlich nicht bemerken, es sei denn, man schaute direkt in seine schwarzen, hohlen Augen.

»Sag was«, befahl Ivy in Schussposition, sie zwinkerte nicht und löste ihren Blick nie von seinem. Ein Polaroid zuckte durch ihr Hirn. Das war der Mann von dem Hockeyspiel, der Mann der mit Ethan gesprochen und Max zugewinkt hatte.

Er trat zurück, und sie ging vorwärts. Die Tür fiel hinter ihr ins Schloss. In der Wohnung brannten Kerzen und Räucherstäbchen. Viele Kerze, die Flammen tanzten hinter rotem Glas.

Dieser Geruch. Was ist das für ein schrecklicher Geruch?

Ihre Hand mit der Pistole begann zu zittern. Ivy stabilisierte ihren anderen Arm, achtete auf einen sicheren Stand. »Sag etwas! Sag was, du verdammtes Arschloch! Sag was, damit ich weiß, dass du es bist!«

Er lächelte ein süßes, schreckliches, leeres Lächeln, wie um zu zeigen, dass alles genau nach Plan lief. Dann sagte er ein Wort: »Claudia.«

Im Geiste taumelte Ivy rücklings, fiel in das tiefe, dunkle, stehende Wasser ihres Unterbewusstseins. Darin waren all die Dinge, an die sie sich nie hatte erinnern wollen, alles, was sie nicht hatte ertragen können. Erinnerungen an jene Nacht.

Der Gestank. Mein Gott. Was war das für ein Gestank?

Sie zielte immer noch auf sein Gesicht und tastete zugleich in ihrer Tasche nach dem Handy, auf dem Max bestanden hatte.

Max ging blindlings auf die Haustür zu. Eine Hand reckte sich vor, hielt ihn auf. Abraham. Seit wann war der hier?

Max stieß Abrahams Hand beiseite. »Ich muss die Leiche sehen. Ich muss wissen, ob das Ethan ist.«

»Sie ist in schlimmem Zustand, Max. Ich bin nicht mal sicher, ob du es erkennen könntest. Dr. Bernard ist unterwegs hierher. Sie wird dich darüber informieren, was sie feststellen kann.«

»Ich weiß es«, sagte Max. »Ich erkenne doch wohl meinen eigenen Sohn.«

Abraham starrte ihn einen Augenblick an, und in seinem Blick lagen Mitgefühl und Schmerz. »Du bleibst hier«, sagte er schließlich. »Ich gehe nachsehen.«

Abraham ließ Max auf der Veranda stehen. Kaum hatte er die Tür geöffnet, traf ihn der Gestank. Er hob seine Krawatte vor Nase und Mund, drückte leicht zu, zwang sich, nicht zu würgen, während er die Treppe hinunterging.

Der Gestank im Keller war so schlimm, dass die Polizisten rausgegangen waren. Sie warteten darauf, dass die Spezialisten kamen.

Als sie den Spind geöffnet hatten, waren Sägespäne und Limonen herausgefallen, und dann die verstümmelte Leiche, sodass sie obenauf lag, ein wilder Haufen aus vergammeltem Fleisch.

Mein Gott. Oh, mein Gott. Das kann nicht Ethan sein. Lass es nicht Ethan sein, betete Abraham, als er sich näherte. Er stand direkt vor der Leiche, beugte sich herunter, betrachtete zerhackte Gliedmaßen, fand Stellen, die bewiesen, dass es ein menschlicher Leichnam war.

Fett.

Viel Fett, und Ethan war schlank.

Er brauchte mehr Informationen.

Er sah sich im Zimmer um und entdeckte einen Besen. Er sollte die Leiche nicht berühren, nicht bis die Spurensicherung und der Leichenbeschauer fertig waren, aber Max wartete. Abraham musste seinem Freund eine Antwort geben, so oder so.

Er benutzte den Besenstil als Hebel und drückte die Leiche hoch, wobei ihm eine Wolke widerlichen Gestanks entgegenquoll. Der ganze Dreck rollte herum, blieb liegen, und zu sehen war eine mit Sägespänen bedeckte Scham, über die jemand mit Filzstift ein schwarzes X gemalt hatte.

Eine Frau.

Es war die Leiche einer Frau.

Max hörte Abraham seinen Namen rufen. Dann flog die Haustür auf, und Abraham schoss hinaus in die frische Luft, ins Sonnenlicht. Keuchend packte er Max am Arm und sagte: »Es ist nicht Ethan. Es ist die Leiche einer Frau. Es ist nicht Ethan.«

Max' Beine gaben nach, und er sank auf die Stufen, vergrub sein Gesicht in den Händen. *Danke, Gott. Danke, Gott.*

Sein Telefon klingelte.

Automatisch griff er in die Tasche und zog sein Handy heraus, er dachte gar nicht über diese Handlung nach, die ihm in Fleisch und Blut übergegangen war. »Irving.«

»Max.«

Die atemlose, angespannte Stimme gehörte Ivy.

»Max, ich bin in meiner alten Wohnung an der Division. Der Madonna-Mörder ist hier. Max? Können Sie mich hören? Ich ziele mit meinem Revolver auf seinen Schädel, und vielleicht haben Sie Lust, jemand herzuschicken.«

Wählton.

Ende des Anrufs.

»Da ist sie ja«, sagte Ruby lauter.

Es war die Stimme aus Ivys Albträumen, die Stimme des Schreckens.

»Da ist sie ja!«

Sie brauchte einen Augenblick, um zu begreifen, dass er

348

nicht mit ihr redete. Mit hämmerndem Herzen, kurzatmig, riss sie ihren Blick für den Bruchteil von einer Sekunde von ihm los – lange genug, um in die Richtung zu schauen, in die er sprach.

Auf einer Seite der Küche befand sich ein Kühlschrank – wahrscheinlich derselbe weiße, abgerundete Kühlschrank, der dort gestanden hatte, als Ivy hier zur Miete gewohnt hatte. Die Tür stand offen, das Licht fiel auf den Fußboden, kalte Luft quoll heraus, sank auf ihre Füße. In der Mitte befand sich ein Menschenkopf.

Ihr Blick zuckte zurück zu Ruby, ihr Hirn weigerte sich, zu glauben, was sie gesehen hatte. Ruby war noch da. *Sei ein braver Irrer, bleib einfach da. Rühr dich nicht.*

Ein Kopf. Ein verdammter Kopf im Kühlschrank.

Nein.

Ja.

Sieh noch einmal hin. Du musst noch einmal hinsehen. Schnell. Schnell. Jetzt! Sieh jetzt hin!

Die Augäpfel waren geschwollen. Strohiges, blutverkrustetes graues Haar umrahmte das Gesicht.

Graues Haar. Nicht Ethan. Nicht Ethan.

Wer dann?

Der Mund war zu dem abscheulichen Signatur-Grinsen des Madonna-Mörders verklebt.

»Da ist sie, Mutter. Sie ist gekommen. Wie ich es gesagt habe.« Seine Stimme veränderte sich plötzlich, sie wurde fröhlich und kindlich. »Schau nur! Schau nur!«

Ivy starrte den Kopf an – sie konnte sich nicht davon losreißen – so entsetzlich faszinierend war er.

Wenn man etwas sieht, was man nicht begreift, dann lässt einen das Unterbewusstsein immer weiter hinschauen, bis man es versteht. Ivy schaute und schaute ...

»Sieh nur! Sieh nur!«

Sie riss ihren Blick von dem grinsenden Kopf los, sie sah, wie sich das Kerzenlicht in etwas brach, was Ruby in der

349

Hand hielt, was er in einer langen, geschmeidigen Bewegung auf sie zuschwang.

Es traf ihr Handgelenk. Der Revolver fiel zu Boden wie ein Spielzeug. Ruby trat danach, und er wirbelte in die stinkige Dunkelheit davon.

Ein Messer. Er hatte ein Messer. Wo kam das her? Hatte er es die ganze Zeit gehabt?

Hitze drang in ihren Arm, und sie bemerkte, dass sie ihre Finger nicht mehr spüren konnte.

Etwas spritzte auf ihr Bein. Sie dachte, dass sie sich eingenässt hätte, aber dann verstand sie, dass es Blut war.

Ihre Hand. Nein. Sie war noch da. Blutbesudelt, aber noch da. Blut tropfte von ihren Fingerspitzen, die *plop, plop, plop* zu Boden fielen.

Sie schaute auf und sah das Messer wieder auf sich zuschießen. Trat zur Seite, die Klinge traf nur ihren Arm.

Das hatte sie doch alles schon einmal durchgemacht.

Oder vielleicht bestand ihr Leben aus einer kranken Zeitschleife. Aber jedenfalls war sie hier, sie durchlebte noch einmal den Albtraum von vor sechzehn Jahren.

Ihr Überlebenswille meldete sich. Sie packte seinen Arm – aber er war stark, so stark, seine Hände waren wie Krallen, seine Muskeln wie ein sehniges, straff gespanntes Seil. Während die Frau im Kühlschrank zusah, niemals zwinkerte, stolz grinste, stieß der Madonna-Mörder mit seinem Messer wieder und wieder zu, manchmal traf er sein Opfer, manchmal gelang es Ivy, auszuweichen.

Sie stürzten zu Boden, fielen neben das Bett, Ruby obenauf.

Als Ivy dort lag und ihr klebriges Blut an den eigenen Händen fühlte, spürte sie die Vergeblichkeit des Kampfes, sie spürte ihre Kraft und ihren Lebenswillen abnehmen. Es war ihr Schicksal, und das Schicksal konnte man nicht ändern. Sie hatte es versucht. Hatte sie es etwa nicht versucht?

Sie wollte nur, dass endlich alles endete. Wollte, dass ihr Leben endete.

Sokrates hatte gesagt, die perfekte Gesellschaft basiere auf einer großen Lüge. Die Menschen würden diese Lüge von der Wiege an hören, und sie würden sie glauben, denn die Menschen brauchen Ordnung im Chaos.

Ivy hatte sich eine große Lüge eingeredet, eine Lüge, mit der sie gelebt und an die sie geglaubt hatte. Sie hatte gedacht, sie könnte etwas bewirken. Sie hatte gedacht, wenn sie genug lernte, wenn sie alles lernte, was sie über Männer wie Ruby lernen konnte, dann würde sie ihn fangen können.

Aber ihr Baby war tot. Nichts würde ihn wieder zurückbringen.

Ihr Baby war tot.

Sie hatte sich selbst retten können, aber nicht ihr Baby.

Sie war am Leben, ihr Baby war tot.

Wäre sie nur vorsichtiger gewesen. Wäre sie nur stärker gewesen, schneller. Wäre sie nur in jener Nacht nicht einkaufen gegangen. Hätte sie nur ihr Baby zur Adoption freigegeben, wie alle sie gebeten hatten, ihr vorgeschlagen hatten, versucht hatten, sie zu überreden, dann wäre er noch am Leben.

Sie hatte nicht mit der vollständigen Erinnerung an jene Nacht leben können, deswegen hatte ihr Hirn eine Schutzhülle um diese Erinnerung gebildet und sie versteckt.

Ihr Baby war tot.

Wann immer sie an ihn dachte, war sein Gesicht unscharf. Aber jetzt konnte sie ihn sehen, im Geiste, mit blauen Lippen und blauen Fingern. Tot. Tot. Tot.

Sie stieß ein Schluchzen aus. *Soll er mich doch töten. Soll er es zu Ende bringen. Ein Anfang, eine Mitte, ein Ende.*

Ivy wandte ihr Gesicht ab, damit sie nicht den Wahnsinnigen sehen musste, der über ihr aufragte.

Über den Holzboden hinweg, auf der anderen Seite des Bettes, sah sie Ethan. Er lag auf dem Bauch.

Ethan. O mein Gott. Ethan.

Bist du am Leben? Bitte sei noch am Leben.

Sein Mund war mit Klebeband verschlossen. Seine Hände waren hinter seinem Rücken gefesselt, seine Wange lag auf dem Boden, seine Pupillen waren groß und glasig.

Bist du am Leben? Bitte sei noch am Leben!

Er zwinkerte.

Gott sei Dank.

In seinem Blick spiegelte sich all der Schrecken, den er gesehen hatte, und all die Angst, die er verspürte. Und jetzt war endlich jemand hier, der nicht der Madonna-Mörder war. Er schaute Ivy flehend an, er bettelte um ihre Hilfe, bettelte, dass sie es aufhielt, das alles verschwinden ließ.

Wie kann ich dich retten, dachte sie, wenn ich nicht mal mein eigenes Kind retten konnte? Wie kann ich dich retten?

Sie wandte sich rechtzeitig um, um das Messer niedersausen zu sehen. Sie zuckte davon. Er verfehlte sie, die Klinge blieb im Boden stecken. Mit ihrem letzten bisschen Kraft stemmte sie sich auf die Beine und rannte in die Küche, zum Kühlschrank. Während Ruby sich mühte, das Messer aus dem Boden zu ziehen, packte sie den Kopf an den grauen Haaren, riss ihn aus dem Kühlschrank. Ihre Hände legten sich über die kalten Ohren, sie drehte das Gesicht weg von sich, streckte die Arme aus, schrie Ruby an.

»STOP!« Er schaute auf – und sein Gesicht verlor jede Farbe. Sein Mund öffnete sich.

Der Kopf war schwer, ihre Arme zitterten. Die Schwäche stieg in ihr auf.

»Leg das Messer hin!«, rief Ivy. »LEG ES HIN!«

Er schaute schuldig, als hätte seine Mutter ihn bei etwas erwischt, was er nicht tun durfte.

Hinter sich hörte Ivy schwere Schritte heraneilen. Hilfe kam. Viel Hilfe. Draußen kreischten Sirenen. Die Tür flog auf, und sie hörte Max' Stimme ihren Namen rufen.

Max würde niemals das Bild vergessen, das sich ihm bot, als er die Wohnungstür aufriss. Ivy hielt einen Menschenkopf in

den Händen, als wäre es ein Kreuz, das ihr half, Dracula fern-
zuhalten. Ein Mann – der Madonna-Mörder – stand da,
starrte den Kopf entsetzt an und sah aus, als durchlebte er
gerade seine eigene Version der Hölle.

Und dann setzte sich Ruby in Bewegung. Er kam auf Ivy
zugelaufen, ein glitzerndes Messer hoch erhoben, und schrie:
»Ich hasse dich! Ich hasse dich!«

Rubys gesamter Hass auf seine Mutter lag in diesem
Schrei, diesem Angriff. Er würde tödlich verlaufen.

In all seinen Jahren als Detective hatte Max niemals jemanden erschossen. Aber diesmal drückte er den Abzug. Einmal, zweimal, dreimal – denn Max hatte das Gefühl, eine ein-
zelne Kugel würde Grant Ruby nicht stoppen. Kranke Tiere
waren am schwersten zu töten.

Rubys Maske des Hasses zerbarst, sie wurde ersetzt durch
einen Ausdruck idiotischer Überraschung, vollkommenen
Unverständnisses darüber, dass sein Lebenswerk in diesem
triumphalen Augenblick zerstört wurde.

Er war tot, bevor er zu Boden stürzte.

Die Zeit verzerrte sich auf diese komische Art, wie sie es
immer tut, wenn einem Adrenalin in die Venen schießt. Die
dritte Kugel hatte kaum die Kammer verlassen, als Max auch
schon dachte: *Was habe ich getan?*

Ethan.

Ruby war der einzige Mensch, der wusste, ob Ethan am
Leben oder tot war. Der einzige Mensch, der wusste, wo Max
ihn finden konnte.

Im selben Moment, in dem er das dachte, rief Ivy den Namen seines Sohnes.

Wie aus der Ferne nahm er Abraham und die anderen Polizisten hinter sich wahr, aber nur am Rande, sie waren unwichtig.

Er schob seinen Revolver zurück in das Schulterholster
und rannte ein paar Schritte durch die Küche in das Schlafzimmer. Er fürchtete, Ivys Ruf falsch gedeutet zu haben, aber

dann sah er Ethan auf dem Boden, auf der anderen Seite des Bettes.

Er stürzte neben ihm auf die Knie, seine Hände zitterten. Ethans Augen waren geöffnet, er sah ihn an. Max entfernte das Klebeband von seinem Mund. Kaum war sein Mund frei, begann Ethan zu schluchzen.

»Hier …«

Ein Polizist reichte Max ein aufgeklapptes Taschenmesser. Max durchschnitt die Fesseln an Ethans Handgelenken und Knöcheln, dann setzte er sich auf den Boden und nahm seinen Sohn in die Arme, er hielt ihn fest, er küsste sein blutverklebtes Haar, wiegte ihn, weinte.

Jemand musste ihr den Kopf aus den Händen genommen haben. Ivy nahm vage wahr, dass Abraham da war, dass man ihr einen Druckverband um den Arm anlegte, dass zwei Sanitäter sie auf eine Liege packten.

Ich bin nicht tot, glaubte sie zu flüstern, aber sie schienen es nicht zu hören. Vielleicht waren die Worte nur unausgesprochene Gedanken. Würden sie sie in einen Leichensack stecken? Aus irgendeinem Grunde hatte sie keine Angst davor.

Draußen blitzten Kameras, und Reporter riefen Fragen, hielten ihr Mikrofone vor das Gesicht. Und dann fuhr man sie davon, die Sirenen jaulten, der Krankenwagen wiegte sie in den Schlaf.

42

Die Story von Claudia Reynolds, die zu Ivy Dunlap geworden war, überflutete die Zeitungskioske, und Ivy wurde über Nacht zum Star. Leute, die sie nicht einmal kannte, schickten ihr Blumen ins Krankenhaus. Reporter gaben sich als entfernte Verwandte aus, um sich an sie heranzuschleichen. Jede Fernseh-Talkshow wollte sie haben, und zwei Verlage hatten bereits nach ihrer Autobiografie gefragt.

Sie war beinahe verblutet. Als der Krankenwagen das Blessings Hospital erreicht hatte, war ihr Blutdruck praktisch bei Null gewesen. Sie brauchten zwei Liter Blut, um sie wieder auf die Beine zu bekommen. Ein Spezialist arbeitete an ihrem Handgelenk und ihrer Hand, während ein anderer sich die übrigen Verletzungen vornahm – drei Wunden, die unglaublicherweise alle wichtigen Organe verfehlt hatten. Es fanden sich fünf oberflächliche Schnitte an ihren Armen, die mit insgesamt zweiundzwanzig Stichen genäht werden mussten. Wäre Ivy bei Bewusstsein gewesen, hätte sie auf dreiundzwanzig oder einundzwanzig bestanden. Zweiundzwanzig erlaubten dem Madonna-Mörder einen letzten Sieg.

Abraham kam sie besuchen, und er hatte einen Vorschlag: Er wollte, dass sie blieb und für das Chicago Police Department arbeitete.

»Wir haben noch nicht entschieden, was deine genaue Position sein könnte«, erklärte Abraham. »Das läge bei dir. Du könntest als kriminalpsychologische Expertin zur Mordkommission gehen. Oder wenn du das als zu eingegrenzt empfindest, könnten wir dich als Sachverständige auf freiberuflicher Basis engagieren. Wir sind da flexibel.«

Zwei Minuten zuvor hatte sie auf den Knopf gedrückt, der

ihre Morphiumpumpe startete. Jetzt konnte sie nur daliegen und seinem Geplapper lauschen.

»Übrigens, Max bleibt doch«, setzte Abraham hinzu.

Das überraschte sie nicht. Sie hatte ihn sich nirgends anders vorstellen können.

»Natürlich sorgt er sich um Ethans Sicherheit, deswegen wird Max, bis Ethan älter ist, eher im administrativen Bereich arbeiten, aber seine Position als Leiter der Mordkommission behalten. Ich denke, das kriegen wir geregelt.«

»Das ist gut«, sagte sie und hatte Mühe, die Augen offen zu halten.

»Ich lasse dich jetzt in Ruhe«, sagte Abraham, der sah, dass sie Mühe hatte, wach zu bleiben. »Aber überleg dir, ob du bleiben willst, ja?«

Sie nickte.

Am dritten Tag im Krankenhaus zog man ihr die Braunüle aus dem Handrücken und schnitt ihren Nachschub an Morphium ab. Im Rollstuhl fuhr man sie in einen Besuchsbereich mit einem großen Fenster, durch das sie ein Stückchen vom Michigansee in der Ferne erahnen konnte, und vielleicht ein paar Segelboote, wenn sie Glück hatte.

Dorthin kam Max, sie saß in einem Rollstuhl und starrte zum Fenster hinaus.

Sie fragte sofort nach Ethan.

»Immer noch durcheinander, aber froh, am Leben zu sein«, sagte Max und setzte sich auf einen der vinylbezogenen Sessel.

Ivy wusste, dass Ethan eine Nacht im Krankenhaus verbracht hatte, dann war er nach Hause geschickt worden.

Wie lange würde es dauern, bis er sich erholt hatte, bis er vergaß und wieder als Teenager leben konnte?

Ivy wusste leider, dass das nie passieren würde. Er war, wie so viele andere, mit einem Wahnsinnigen in Kontakt gekommen, und diese Berührungen hinterließen Eindrücke, die niemals, niemals ganz verschwanden. Ethan würde nach Hause

356

zurückkehren und feststellen, dass er die Sorglosigkeit einge-
büßt hatte, die man brauchte, um mit seinen alten Freunden
abzuhängen. Sie würden ihn nicht verstehen, und mit der Ungeduld der Jugend würden sie ihn auch nicht verstehen wollen. Er war eine Last, mehr interessierte sie nicht. Und wenn
jemand belastend ist, trifft man sich nicht mehr mit ihm.

Vielleicht würde Ethan andere Leute kennenlernen, die ein
paar Jahre älter waren und mehr Lebenserfahrung hatten.
Aber selbst dann, egal was sie durchgemacht hatten – den
Verlust der Eltern, den Verlust eines Geschwisterkindes –
würden sie nicht die Dunkelheit und Angst verstehen können, die Ethan ab und an überfielen.

»Die Reifenspuren am Tatort von Alex Martin passen zu
den Reifen an Rubys Wagen. Genaugenommen, dem Wagen
seiner Mutter.« Sie nickte, das überraschte sie nicht.

»Er hat sie eingemacht.«

»Was?«

»Jedenfalls einen Teil von ihr. Im Keller standen dreißig
Gläser Spaghettisoße. DNA in einem Teil der Soße gehört der
Mutter.«

»Mein Gott. Das wollte ich nicht so genau wissen. Ich
werde nie wieder Spaghetti essen können.«

»Tut mir leid. Ich dachte, das würde Sie interessieren. Und
noch etwas. In seinem Highschool-Jahrbuch schrieb Ruby,
dass er hoffte, eines Tages würde jemand ein Buch über ihn
schreiben, und hoffentlich würde das Buch auch noch ver-
filmt werden. Unglücklicherweise wird das jetzt wohl in Er-
füllung gehen.«

Er erhob sich von dem Sessel und trat ans Fenster. Er
schaute einen Augenblick lang hinaus, dann wandte er sich
wieder Ivy zu. »Es tut mir leid, dass ich Ihnen neulich Vorwürfe gemacht habe. Wenn Sie nicht die Idee mit dem Brief
gehabt hätten, würde der Madonna-Mörder immer noch frei
herumlaufen.«

Ein Mann, der sich entschuldigen konnte. Das war ja mal

etwas Neues. Aber Ivy glaubte an die Verantwortung für ihr eigenes Handeln. »Sie hatten absolut recht, mir Vorwürfe zu machen. Der Brief hat Ruby durchdrehen lassen. Deswegen hat er Alex Martin getötet und Ethan entführt.«

»Aber das konnte man nicht voraussehen. Und wir mussten etwas unternehmen.«

»Ich war zu zuversichtlich«, gab sie zu. »Wir hätten vorsichtiger sein sollen.«

»Ruby hatte es sowieso schon auf Ethan abgesehen. Der Hockeyschläger beweist, dass er ihn schon länger verfolgt hat. Er hatte es auf Sie beide abgesehen. Dass wir von dem Tattoo wussten, war der erste Stein des Puzzles für ihn, der ihn auf die Idee brachte, dass Claudia Reynolds, der einzige Mensch, der das Tattoo mit dem Madonna-Mörder in Verbindung bringen konnte, noch am Leben wäre. Zugleich versuchte er herauszufinden, wer diese Ivy Dunlap war und was sie hier trieb. Wir haben eine zerlesene Ausgabe Ihres Buches *Symbolic Death* bei ihm zu Hause gefunden. Es könnte sein, dass er darauf gekommen ist, dass Sie und Claudia Reynolds dieselbe Person sind. Und dann hat er Sie am Abend des Hockeyspiels mit Ethan gesehen. Da Sie sich ähnlich sehen, hat er denselben Schluss gezogen wie andere, die Sie zusammen sahen. Er dachte, wenn Sie noch am Leben waren, dann vielleicht auch Ihr Sohn. Vielleicht wollte er Ethan aber auch nur wehtun, weil er mein Sohn ist.«

Sie nickte. »Es wäre sehr aufregend für ihn gewesen, zu wissen, dass Sie an einen Tatort kommen und die Leiche ihres eigenen Sohns vorfinden.«

»Vielleicht wollte er sogar, dass ich derjenige bin, der Ihnen in Ihre alte Wohnung folgt.«

»Was haben Sie rausbekommen über die sechzehn Jahre ohne Morde?«

»Kurz nach dem Angriff auf Sie meldete er sich selbst in einer psychiatrischen Klinik, wo man ihn als paranoiden Schizophrenen mit zwanghaften Tendenzen aufnahm. Er bekam starke Medikamente und blieb dort mehrere Jahre, bis die Klinik klar Schiff machte und über hundert Patienten entließ. In der ganzen Zeit war er niemals als gefährlich eingestuft worden. Ich werde dafür sorgen, dass Sie eine Kopie seiner Akte erhalten. Es scheint, dass seine liebste Freizeitbeschäftigung darin bestand, Figuren aus feucht gekautem Brot zu formen. Meistens die Madonna mit Baby.«

»Und das ist niemandem aufgefallen?«

»Offensichtlich nicht. Als Kind wurde er von seiner Mutter schwer misshandelt.«

»Was höchstwahrscheinlich wieder einmal Debatten darüber lostreten wird, ob Leute einfach böse geboren werden oder äußeren Einflüssen unterliegen.«

»Wäre er als Kind aus der Familie genommen worden, wäre aus ihm trotzdem ein Mörder geworden?«

»Genau dieser Medienwahnsinn stigmatisiert alle Patienten der Psychiatrie«, sagte sie voller Mitgefühl. »Die Schizophrenie ließ ihn nicht morden. Aber kombiniert mit den Misshandlungen in der Kindheit wurde daraus eine tödliche Mischung.«

»Wie Sie sicher schon ahnen, hat er vor ein paar Monaten aufgehört, seine Medikamente zu nehmen.«

»Hat das denn niemand überprüft?«

»Er wurde psychiatrisch betreut, aber er konnte seinen Arzt davon überzeugen, dass es ihm außergewöhnlich gut ging und er seine Medikamente nahm.«

»Ich bin sicher, dass er ausgesprochen überzeugend sein konnte«, sagte sie. »Wie geht es Regina?«

»Nicht besser. Die Ärzte sagen, wenn sie bis jetzt noch nicht bei Bewusstsein ist, wird es wahrscheinlich auch nicht mehr so weit kommen.«

»Die wissen nicht, mit wem sie es zu tun haben.«

Er stimmte ihr zu. »Ich habe sie für die Einsatzgruppe ausgewählt, weil ich ihr toughes, geradliniges Auftreten mochte. Übrigens, Ihrem Kater geht es gut«, sagte er und betrachtete einen Kratzer auf seinem Handrücken. »Er hasst mich, aber es geht ihm gut.«

»Nicht Sie. Jinx mag eigentlich niemanden. Er ist im Grunde halb wild, der Arme.«

»Ich habe gehört, dass Sie bald aus dem Krankenhaus rauskommen.«

»Ich werde übermorgen entlassen.«

»Kann ich Sie zu Ihrer Wohnung fahren?«

»Das wäre nett.«

Wenn sie dort wäre, würde sie, nachdem sie Jinx all die Aufmerksamkeit hätte zuteil werden lassen, die er ertragen konnte, die Schachtel öffnen, die sie seit sechzehn Jahren nicht zu öffnen in der Lage gewesen war. Darin würde sie einen kleinen weißen Strampelanzug finden. Das war eine Extravaganz gewesen, die sie sich eigentlich nicht hatte leisten können, aber sie hatte ihn trotzdem gekauft. Sie erinnerte sich an seine Weichheit, sie stellte sich vor, ihn an ihre Wangen zu drücken. Er würde nach dem Dachboden ihres Hauses riechen, aber vielleicht, vielleicht würde die zarte Baumwolle auch noch den entfernten Duft eines Babys in sich tragen. *Ihres* Babys.

»Ich weiß, dass Abraham hier war und Sie besucht hat. Ich weiß, dass er Sie gebeten hat, zur Mordkommission zu kommen. Haben Sie sich schon entschieden?«

»Noch nicht.«

Sie dachte über ihre Zukunft nach. Sechzehn Jahre lang hatte sie nur für ein Ziel gelebt, und jetzt erschien ihr das Leben im Grunde unnütz.

Was sollte sie tun?

Sich um Jinx kümmern.

Und jeden Tag würde sie über die Fragen nachdenken, die sich die Menschheit seit Anbeginn der Zeiten stellte. Was tue ich hier? Wer bin ich? Was ist mein Lebenssinn?

Diese tiefen Fragen stellten sich oft mitten in der Nacht, aber bei Ivy war es mehr als das. »Ich weiß, das klingt komisch, aber jetzt wo Ruby tot ist, verschwunden, fühle ich mich … ich weiß auch nicht, leer. Ich konnte immer in die Zukunft sehen, aber jetzt schaue ich dorthin, und da ist nichts.«

»Das ist verständlich. Er hat lange Zeit einen Großteil Ihres Seins bestimmt. Sie werden schon etwas anderes finden, um es auszufüllen.«

»Ich weiß nicht, ob hierher zu ziehen die Antwort ist. Wenn ich umziehe, kann ich nicht mehr zurück. Wenn ich umziehe, muss ich mein Haus in St. Sebastian verkaufen, ein Haus, das mir eine Zuflucht war.«

Konnten sie und Jinx irgendwo leben, wo es keine Felder gab, auf denen runde Steine lagen, die von den Gletschern geformt worden waren?

»Vielleicht finden Sie eine neue Zuflucht.«

Es war eigenartig, aber im Geiste hatte sie bereits ihre Welt aufgegeben, in der sie mit dem Tod nur zu tun hatte, wenn sie eine tote Maus fand, oder ein kleines Kaninchen, das Jinx gefangen hatte. »In St. Sebastian bin ich in Sicherheit.«

Aber es war auch eine Welt, die ihr nie ganz wirklich erschienen war. Wegen ihres Geheimnisses hatte sie sich den Menschen nie ganz öffnen können, hatte nie über eine bestimmte Ebene in der Intimität hinausgehen können. Aber wie konnte sie die Sicherheit St. Sebastians hinter sich lassen, um in eine Welt voll Mord und Chaos zu ziehen?

Und was war mit Ihren Forschungsarbeiten?

Vielleicht konnte sie die in Chicago weiterführen. In Chicago konnte sie das Grab ihres Sohnes besuchen, denn dazu war sie jetzt bereit.

»Was ist mit Ihnen?«, fragte sie. »Ich habe gehört, Sie haben sich entschieden, bei der Mordkommission zu bleiben.«

»Wir können die Zeit nicht zurückdrehen«, sagte er leise. »Keiner von uns kann das.«

Er hatte vor derselben Entscheidung gestanden wie sie, und er hatte sich für die brutale Realität der Mordkommission entschieden. Und obwohl diese Welt ihn nicht zerstört hatte, hatte sie ihm Narben zugefügt. Ihm und seinem Sohn.

Er schwieg. Sie wusste, dass er darüber nachdachte, was vor ihr lag. »Ich werde Sie nicht bitten, zu bleiben«, sagte er. »Sie sind die Einzige, die diese Entscheidung treffen kann, aber Abraham hatte recht, als er sagte, dass man nach so etwas nicht die Tür schließen und erwarten kann, dass sie verschlossen bleibt. Ich wünschte wirklich, Sie könnten zurück nach Kanada gehen und alles vergessen. Aber Sie wissen selbst, dass das nicht geht. Und ich persönlich fände es nicht schön, wenn Sie so weit weg sind.«

»Es ist nicht weit. Zwei Stunden mit dem Flugzeug.«

»Das wäre nicht dasselbe.«

»Was versuchen Sie mir zu sagen?«

Sie konnte an seinem Gesichtsausdruck erkennen, dass er Mühe damit hatte, wie viel von sich er preisgab. »Ich sage, dass ich Sie vermissen werde«, gab er zu. »Aber ich will, was am besten für Sie ist, nicht für mich.«

Er war ihr Freund, begriff sie plötzlich, und sie hatte einen solchen Freund seit langer Zeit gebraucht.

»Ich weiß«, sagte sie sanft.

Hier in Chicago lebten die einzigen beiden Menschen auf der Welt, die sie kannten und verstanden: Max und Abraham.

Er trat weg vom Fenster. »Ich muss bald los. Ich will Ethan nicht zu lange alleine lassen.«

»Bedanken Sie sich bitte bei ihm von mir für die Rosen. Sie sind wunderschön.«

»Er möchte Sie gern wiedersehen, er möchte mit Ihnen reden, aber noch nicht gleich. Es ist alles noch zu frisch. Er weint viel, und er kann es nicht kontrollieren. Ich glaube, das ist ihm peinlich.«

»Es ist gut, wenn er Gefühle zeigt.«

»Das habe ich ihm auch gesagt. Wein wie der Teufel, wenn du willst.«

362

»Wenn er jemals reden will, ich stehe zur Verfügung – Tag und Nacht. Bitte sagen Sie ihm das.«

»Mache ich.«

Er nahm ihre unverletzte Hand und hielt sie zwischen seinen beiden, als wäre sie ein kleiner, verletzlicher Vogel. »Sie haben das Leben meines Sohnes gerettet. Darauf können Sie stolz sein.«

Sie wusste, dass sie beide an jenen Sohn dachten, den sie nicht hatte retten können. Und obwohl der Verlust schon so lange her war, hatte das schreckliche Erlebnis in ihrer alten Wohnung letztendlich die Erinnerungen wieder freigesetzt. »Das Hirn ist so ein unglaubliches Ding«, sagte sie und spürte die Erleichterung in ihrem Herzen. Ethan gerettet zu haben, sprach sie frei von der Schuld, die sie so lange mit sich herumgeschleppt hatte.

Eine Krankenschwester kam ins Zimmer. »Ach, hier sind Sie. Wir haben Sie schon gesucht. Zeit für Ihre Medikamente.« Sie reichte ihr ein Papierbecherchen mit einer Codein-Tablette, die Ivy dankbar schluckte. Ihre Hand hatte begonnen zu pulsieren. Die Ärzte hatten Nerven und Sehnen retten können, aber sie würde wahrscheinlich nie wieder die volle Beweglichkeit erreichen. Und in ein paar Jahren, hatte man sie gewarnt, würde sie höchstwahrscheinlich Arthrose bekommen.

Die Krankenschwester fuhr Ivy zurück in ihr Zimmer und half ihr ins Bett.

»Sind die Schmerzen schlimm?«, fragte Max, als die Krankenschwester gegangen war.

Ivy öffnete die Augen. »Manchmal tut es höllisch weh«, gab sie zu. »Aber ich komme schon klar. Es wird nur eine Weile dauern.«

»Sie sind ein unglaublich starker Mensch, Ivy Dunlap.«

Sie lächelte, sie freute sich nicht nur über das Kompliment, sondern auch darüber, dass er sie bei ihrem wahren Namen genannt hatte. Denn sie *war* jetzt Ivy. Sie war schon lange Ivy.

Sie begann einzuschlafen, als er sich vorbeugte und seine Lippen auf ihre Stirn drückte. »Ich habe Ihnen etwas auf den Nachttisch gelegt«, flüsterte er, »das Ihnen vielleicht helfen wird, eine Entscheidung zu treffen.«

Scheiße.

Oh, Scheiße.

Regina fühlte sich so grauenhaft beschissen.

Als erdrückte sie eine dicke Zementdecke, hinderte sie daran, tief durchzuatmen.

Schlafen. Bloß schlafen.

Aber sie konnte nicht schlafen. Sie fühlte sich zu beschissen zum Schlafen. Sie hatte Kopfschmerzen. Ihre Augen taten weh. Ihre Gelenke.

Und die Schmerzen nahmen immer weiter zu. Sie gingen nicht weg. Sie nahmen immer weiter zu, bis sie keine andere Wahl hatte, als ihre Augen zu öffnen.

Grelles Licht blendete sie.

Ein Gewicht auf ihren Oberschenkeln.

Jemand mit dunklem Haar, die Stirn gegen ihr Bein gedrückt.

Runter da.

Sie versuchte, sich zu bewegen, versuchte, die Person wegzudrücken, aber sie brachte bloß ein kleines Zucken und ein Stöhnen zustande, das kaum mehr war als ein Ausatmen. Mit einer Hand versuchte sie, gegen den Kopf desjenigen zu stoßen, der da lag, aber da war all dieser Kram an ihrem Arm, der irgendwo dranhing.

Aber die Bewegung reichte aus, dass er sie bemerkte. Er rührte sich und schaute zu ihr hoch. Ronny Ramirez.

Ramirez?

Sie spürte eine Süße irgendwo in sich knospen, und es gelang ihr, ein einziges Wort herauszuwürgen, voll liebevoller Sehnsucht.

»Arschloch.«

Er schaute sie an, und die Freude auf seinem Gesicht war bemerkenswert.

Ethan hatte keine Musik hören können, seit der Madonna-Mörder ihn in seinen Wagen gelockt hatte und Ethan so dumm darauf hereingefallen war.

Willst du einen Lolly, kleiner Junge?

Der Psychopath hatte Ethans Seele an sich gerissen, indem er etwas benutzte, was der Junge liebte, um ihn hereinzulegen, in die Falle zu ködern, ihn in seine kranke, makabre Welt zu locken.

Es klopfte an seiner Schlafzimmertür. Ethan wischte sich schnell die Tränen weg und stemmte sich hoch auf die Ellenbogen. »Es ist offen.«

Die Tür öffnete sich weit genug, dass Heather hereinschauen konnte. Heute war ihr Haar rot. »Kann ich reinkommen?«

Er setzte sich auf, fragte sich, ob sie sehen konnte, dass er geweint hatte. »Ja, klar.«

Bisher war noch keiner seiner Freunde hier gewesen, und obwohl ihn das nicht überraschte, tat es weh.

Sie hielt eine CD-Hülle hoch, ihre Armreifen klingelten.

Sein Magen ging auf Tauchstation.

»Du wirst nicht glauben, was ich gefunden habe. Einen Outtake von Velvet Undergrounds *Ocean*. Ich habe mich erinnert, dass du danach gesucht hast. Hast du ihn je gefunden?«

»Nein«, sagte er wie betäubt. »Hör mal, ich hab keine Lust, Musik zu hören, okay?«

»Nur einen Song«, bat sie. »Du musst das hören.«

Sie steckte die CD in den Player. Ohne auf eine Einladung zu warten, warf sie sich neben ihn auf das Bett, sodass sie Seite an Seite saßen, die Füße am Boden.

Als die Musik anfing, ließ sie sich zurückkippen und schloss die Augen.

Erst versuchte Ethan, nicht hinzuhören, versuchte sich abzuschotten, aber der Song war so überwältigend, so sehnsüchtig, dass er ihm immer näher und näher kam und er sich ihm nicht verschließen konnte.

Wow!

Oh, wow.

Er ließ sich rücklings auf die Matratze fallen, die vor noch nicht allzu vielen Jahren mit Winnie-Pooh-Laken bezogen gewesen war, neben Heather, und schloss die Augen. Er war tief in dem Song versunken, als er ihre kräftigen Finger auf seinem Handrücken spürte, sie schlangen sich um seine, hielten ihn fest.

Ivy nahm das in roten Stoff eingeschlagene Büchlein zur Hand, das Max auf ihrem Nachttisch hatte liegen lassen. Der Titel? *Der Tod als Belohnung, ein Manifest* von Grant Ruby.

In dem Buch befanden sich seitenweise Notizen, die Ruby über die Jahre zusammengestellt hatte. Aber es war der letzte Eintrag, der ihre Entscheidung festigte, nach Chicago zu ziehen, wie nichts anderes es hätte tun können. Max kannte sie gut.

Er war in höchster Präzision geschrieben worden, in schmalen, ordentlichen schwarzen Tintendruckbuchstaben. Die Zeilen waren gerade und präzise, als wäre das Papier liniert.

Sie verweisen immer auf die Medikamente. Medikamente? Ich brauche keine Medikamente. Warum brauche ich Medikamente, die mich daran hindern, die Wahrheit zu sehen? Die mir eine falsche Hoffnung und eine falsche Wirklichkeit vorgaukeln?

Die Leute ziehen sich nett an, reden freundlich miteinander, sagen Guten Morgen, sagen Entschuldigung. Lügen! Lügen!

Die Leute sind dumm. Sie erfinden falsche Welten, falsche Realitäten, nur um die Sinnlosigkeit ihres Lebens zu verges-

sen. Sie bauen Häuser und haben Kinder, um das Chaos zu kontrollieren, um sich einzureden, das Leben hätte eine Bedeutung. Sie können sagen: Sieh nur! Ich mähe den Rasen! Sieh nur, ich füttere den Hund! Sieh nur, meine Kinder haben eine schöne Kindheit! Sieh nur, das Leben ist mehr als Leid und Schmerz.

Die Leute sind dumm. Sie verstehen nicht, dass der Tod ein Gewinn ist! Sie verstehen nicht, dass ich ein Wesen dieser Welt bin, das die Dinge sehen kann, wie sie wirklich sind. Wenn ich töten will, ist nichts daran falsch. Ich bin bloß fortgeschrittener als die anderen, ein paar Generationen vor ihnen. Wenn ihr also allein zu Hause seid, wenn ihr allein in euren Autos sitzt, wenn ihr reist, wenn ihr euch eine Flasche Milch holt, SEID WACHSAM. SEID VERDAMMT WACHSAM.

Ich bin dort draußen.

Und ich bin nicht allein.

Das Werk einschließlich aller seiner Teile ist urheberrechtlich geschützt.
Jede Verwertung außerhalb des Urhebergesetzes ist ohne Zustimmung
des Verlages unzulässig und strafbar. Dies gilt insbesondere für Verviel-
fältigungen, Übersetzungen, Mikroverfilmungen und die Einspeicherung
und Verarbeitung in elektronischen Systemen.

Weltbild Buchverlag – Originalausgaben –
Deutsche Erstausgabe
Copyright © 2007 Verlagsgruppe Weltbild GmbH,
Steinerne Furt, 86167 Augsburg

Copyright © 2002 by Anne Frasier
8. Auflage 2008
Alle Rechte vorbehalten

Projektleitung: Dr. Ulrike Strerath-Bolz
Übersetzung: Ulrich Hoffmann
Umschlagabbildung: © Getty Images (Peter Dazeley)
Umschlaggestaltung: Hauptmann & Kompanie Werbeagentur GmbH, München
Satz: avak Publikationsdesign, München
Gesetzt aus der Sabon 10,5/12,5 pt
Druck und Bindung: CPI Moravia Books s.r.o., Pohorelice

Gedruckt auf chlorfrei gebleichtem Papier

Printed in the EU

ISBN 978-3-89897-727-2